Bombenstimmung

Stefanie Mohr, geboren 1972, liebt ihre Heimatstadt Nürnberg, in der sie (fast) jeden Winkel kennt. Sie wohnt und arbeitet als freiberufliche Autorin und Fotodesignerin im Nürnberger Norden. Nähere Informationen: www.stefanie-mohr.com.

Dieses Buch ist ein Roman. Handlungen und Personen sind frei erfunden. Ähnlichkeiten mit lebenden oder toten Personen sind nicht gewollt und rein zufällig.

Stefanie Mohr

Bombenstimmung

- Hackenholts achter Fall -

Nürnberg Krimi

Edition Gelbes Sofa

Umschlagfoto & -gestaltung: Stefanie Mohr
Verlag: Edition Gelbes Sofa,
Inh. Stefanie Mohr, Nordring 125, 90409 Nürnberg
www.edition-gelbes-sofa.de
Druck & Bindung: CPI books GmbH, 25917 Leck
Printed in Germany 2015
ISBN: 978-3-9816768-3-9
Originalausgabe

Für

HD

He's more myself than I am.
Whatever our souls are made of, his and mine are the same.

Emily Brontë, »Wuthering Heights«

Prolog

November 2008

Im bleichen Licht der aufgehenden Novembersonne löste sich eine Nebelschwade zögerlich von der mit Raureif bedeckten Wiese. Elegant rotierte sie um ihre eigene Achse, dehnte sich, zog sich dann noch einmal zusammen, bevor sie durchsichtig wurde und verschwand.

Aus dem nahe gelegenen Wald erschallten laute Rufe: »Hurraaa, Hurreee!« Dazu klopften Männer mit Holzstöcken gegen die Bäume. Die Jagd hatte begonnen.

Maximilian Freibergers Herz klopfte vor Aufregung: seine erste Treibjagd. Nach Monaten der Theorie durfte er nun endlich die Praxis erleben. Noch am Abend zuvor hatte er sich in einem Internetforum angemeldet und von erfahrenen Kollegen Ratschläge eingeholt, was er zu beachten hatte: keine zu warme Kleidung anziehen, frühzeitig am Sammelplatz sein, sich schon vor Beginn der Jagd beim Jagdherrn bedanken, jedem Teilnehmer die Hand reichen, sich nützlich machen, beobachten, was die anderen tun, im Guten wie im Schlechten von ihnen dazulernen ...

In einer losen Kette durchkämmten sie das Waldstück südlich der A3 zwischen Reutles und Neunhof. Der Pächter hatte ihm einen erfahrenen Obertreiber zur Seite gestellt und einen Posten außerhalb des Waldes zugewiesen. Wohl, weil er ihm zutraute, im Eifer des Gefechts versehentlich auf einen Treiber in seiner orangefarbenen Warnweste zu schießen.

Maximilian Freiberger sollte es recht sein. Er machte sich keine Illusionen, bei seiner ersten Jagd tatsächlich zum Schuss zu kommen. Auch wenn er als Schneider nach Hause ginge, also ohne ein Wild erlegt zu haben, hätte er zumindest einen ganzen Tag in der Natur verbracht.

Plötzlich erregte etwas seine Aufmerksamkeit. Für einen Augenblick war etwas Helles aufgeblitzt. Er ließ seine Augen noch einmal über die Stelle wandern. Nichts war zu sehen. Er musste sich getäuscht haben. Offenbar nur ein Lichtreflex, als die Sonnenstrahlen auf einen Tautropfen trafen. Dennoch war Freibergers Neugierde geweckt. Er achtete nicht mehr auf den Waldrand und die Rufe der Männer, sondern konzentrierte sich auf die vor ihm liegende Wiese. Nach wenigen Schritten sah er es: In gut hundert Metern Abstand hockte ein Kaninchen. Die Nase in die Wiese geduckt mümmelte es an einem Grashalm. Dann hoppelte es wieder einen Schritt nach vorn und die weiße Unterseite seiner Blume hob sich deutlich vom braunen Fell ab.

So ruhig wie möglich entsicherte Freiberger seine Repetierbüchse, legte an, zielte, atmete noch einmal tief durch. Plötzlich hörte er den Obertreiber zu seiner Linken etwas rufen. Überrascht ließ er die Waffe sinken und blickte auf. Hatte er im Begriff gestanden, etwas falsch zu machen? Im nächsten Moment erkannte er jedoch den Grund: Von ihm unbemerkt war ein Wildschwein aus dem Wald gebrochen und rannte schräg vor ihnen über die Wiese in Richtung Gründlach.

Freiberger hob erneut das Gewehr und zielte auf das Schulterblatt. Die Entfernung betrug gute hundertfünfzig Meter. Aber die moderne Munition ließ einen Schuss auf diese Distanz zu, da der Gasdruck bei über dreitausend Bar lag. Freibergers Herzschlag pochte laut in seinen Ohren, seine Hände wollten nicht stillhalten. Dennoch drückte er ab.

Ein peitschender Knall. Das Schwein brach wie vom Blitz getroffen zusammen. Der Treiber hob warnend die Hand. So reagierte Wild häufig auf einen Krellschuss. Freiberger musste damit rechnen, dass er das Tier nur ganz oben an einem Dornfortsatz der Wirbelsäule getroffen hatte. Ein typischer Anfängerschuss. Er fluchte leise vor sich hin.

Der Treiber hielt seine Hunde am kurzen Riemen, während sie sich gemeinsam der Beute näherten. Sie hatten noch keine fünfzig Meter hinter sich gebracht, da sprang das Wildschwein auf. Wegen seiner Unerfahrenheit war Freiberger auf einen Fangschuss nicht vorbereitet. Bevor er die Büchse wieder angelegt hatte, war das Tier in einem noch nicht abgeernteten Maisfeld verschwunden. Am Anschuss untersuchte der junge Jäger den Boden und entdeckte ein Haarbüschel mit einem Hautfetzen daran. Nun fluchte er lauthals.

»Wir müssen dem Tier hinterher und es von seinem Leiden befreien.« Der Treiber winkte zwei weitere Männer zu sich und ließ die

Hunde Witterung aufnehmen. Gemeinsam machten sie sich auf zur Nachsuche.

Die Nasen tief am Boden zerrten die Hunde an den Leinen. Die Männer beschleunigten ihren Schritt, liefen über die Wiese, durch das Maisfeld und erreichten schließlich ein Gebüsch. Vorsichtig durchstreiften sie es. Ein Plätschern wurde lauter. Die Hunde hielten ratlos inne. Das Wildschwein musste durch die Gründlach gewatet sein. Freiberger nahm Anlauf und sprang über das Bächlein, die Hunde stürmten hinterher. Sofort nahmen sie wieder Witterung auf und zerrten stärker denn je an den Leinen. Erneut ging es über Felder. Schon von weitem konnten sie das Wildschwein erkennen. Die Hinterläufe begannen einzuknicken.

»Schieß!«, rief der Treiber.

Freiberger legte an, traute sich aufgrund der Distanz dann aber doch nicht abzudrücken. Unverrichteter Dinge nahm er die Büchse wieder herunter. Das Wildschwein hatte in der Zwischenzeit ein weiteres Dickicht erreicht.

Vorsichtig arbeiteten sich die Männer durch das Gestrüpp, bis die Hunde schließlich etwas verbellten. Unter einem Baum lag das Wildschwein. Verzweifelt versuchte sich der massige Körper aufzurichten, aber die Hinterläufe gehorchten ihm nicht mehr. Endlich konnte Freiberger es erlegen.

Danach schnitt er mit seinem Jagdmesser mehrere kleine Fichtenzweige ab. Er wollte sie mit ein wenig Blut des Krellschusses benetzen, sich einen Zweig an den Hut heften und den Hunden danken, indem er ihnen ebenfalls einen ans Halsband steckte. Der letzte hätte im Maul des Wildschweins enden sollen – doch so weit kam es nicht.

Als sich Freiberger zu dem erlegten Tier hinabbückte, entdeckte er daneben einen Knochen. Einen langen, röhrenförmigen Knochen, der von einem menschlichen Oberschenkel stammte.

Montag

Hackenholt saß an seinem Schreibtisch und starrte nichts sehend auf den Bildschirm seines Computers. Seine Hände zitterten leicht, aber er bemerkte es nicht. Es war der 8. Dezember – der Tag, an dem vor genau einem Jahr sein früherer Münsteraner Kollege Peter Renner gestorben war. Getötet von Arnold Schweinsberger und Brian O'Connor. Den beiden Männern, die gemeinsam mit Arnolds Vater Anton Schweinsberger Hackenholt entführt, misshandelt und anschließend geknebelt und gefesselt bei Eiseskälte in einem Lieferwagen auf einem stillgelegten Autobahnparkplatz seinem Schicksal überlassen hatten.

Die digitale Ziffer der Uhrzeitanzeige an Hackenholts Bildschirm sprang um: acht Uhr dreißig. In diesen Minuten begann der Prozess gegen die Familie. Eine Mammutaufgabe. Fünf Angeklagte, acht Strafverteidiger, diverse Nebenkläger. Auch Hackenholt ließ sich durch einen Rechtsanwalt vertreten – zum Prozessauftakt hatte er allerdings nicht gehen wollen. Er musste nicht der Verlesung der Anklageschrift lauschen, um zu erfahren, was den einzelnen Familienmitgliedern vorgeworfen wurde; er kannte die Akten in- und auswendig.

War es Feigheit, der Eröffnung nicht beizuwohnen? Würde er sich jetzt besser fühlen, wenn er doch hingegangen wäre? Mit seinem Psychologen hatte er das Für und Wider erörtert. Hackenholt war zu dem Schluss gekommen, dass er sich den Medienrummel nicht antun wollte. Die vielen Kameras, die neugierigen Reporter, die ihm ihre Mikrofone entgegenhalten würden. Dr. Schönbach hatte in den Raum gestellt, er wolle nur den Moment so lang wie möglich hinauszögern, bis er seinen Peinigern wieder gegenübertreten musste.

Ein Räuspern ließ Hackenholt zusammenfahren. Reflexartig ballten sich seine Hände zu Fäusten. Manfred Stellfeldt stand in der Tür. Er hielt einen großen Karton in den Händen.

»Störe ich dich?«

»Nein, ich war nur ... in Gedanken.« Hackenholt hielt inne, räusperte sich.

»Sie werden die Höchststrafe bekommen«, sagte Stellfeldt mit fester Stimme. »Davon bin ich überzeugt.« Offenbar hatte er die Gedanken seines Kollegen erraten.

»Nicht die Frauen.«

»Von denen geht keine so große Gefahr aus. Es sind Vater und Sohn und der Freund der Tochter, die nie wieder auf die Allgemeinheit losgelassen werden dürfen – und das werden sie auch nicht. Schau dir ihre Aussagen an und die psychologischen Gutachten. Die drei sind tickende Zeitbomben, die jederzeit wieder hochgehen können. Ich bin mir sicher, dass das Urteil lebenslänglich lauten wird, dass die besondere Schwere der Schuld festgestellt und darüber hinaus Sicherungsverwahrung verhängt werden wird.«

Hackenholt seufzte. Damit wären die Männer wirklich bis an ihr Lebensende weggesperrt. Genau das, was er sich sehnlichst wünschte. Er wechselte das Thema und nickte zu dem Karton, den Stellfeldt auf dem Beistelltisch abgelegt hatte. »Was hast du da?«

»Den Kopf.«

Hackenholt runzelte die Stirn. Mit Abschluss der Ermittlungen rund um den Toten in der Pegnitz hatte er sein Vorhaben in die Tat umgesetzt und bummelte nun seinen gesamten Urlaub und Resturlaub von diesem und letztem Jahr ab, indem er nur noch Montag bis Mittwoch im Büro war. Die restliche Zeit kümmerte er sich um seine kleine Tochter; so konnte seine Frau Sophie wieder zwei Tage pro Woche für den Verlag übersetzen.

Damit sein regelmäßiges Fehlen bei der Dienstplangestaltung kein Chaos hervorrief, hatte Hans-Jürgen Dorschner, der Kommissariatsleiter, Hackenholt vorgeschlagen, in dieser Zeit keine regulären Fälle zu bearbeiten, sondern sich den Altlasten zu widmen, den sogenannten Cold Cases. Martin Groß sollte ihn dabei unterstützen; der Kollege war vor einigen Wochen vom SEK zum KI I gewechselt und wurde als Springer immer dort eingesetzt, wo man gerade jemanden brauchte.

»Mit Kopf meinst du die Gesichtsrekonstruktion von dem Skelett?«, fragte Hackenholt.

Stellfeldt nickte. »Das Paket wurde eben im Geschäftszimmer abgegeben.«

»Damit hätte ich nicht so schnell gerechnet. Die Rechtsmedizin hat sich ziemlich beeilt.« Hackenholt erhob sich und trat zu seinem Kollegen. »Lass mal sehen.«

Stellfeldt brauchte einen Augenblick, bis er herausfand, welche Lasche er zuerst lösen musste, um den Deckel öffnen zu können. Doch dann lag die Nachbildung vor ihnen. Es hätte eine Szene aus einem Horrorfilm sein können: ein absolut lebensecht wirkender Kopf, knapp unterhalb des Kehlkopfes vom Leib abgetrennt und auf einen Metallspieß mit Standfuß gesteckt. Hackenholt zuckte unwillkürlich zurück.

»Soll ich ...?«

Hackenholt nickte, und Stellfeldt hob den Kopf auf den Tisch.

»Allmächd, wos hobbdnern ihr då?«[1] Saskia Baumann stand plötzlich an der Tür.

»Keine Sorge, der ist nicht echt«, beruhigte der Hauptkommissar.

»Nåcherdla is ja goud.«[2]

»Das ist jetzt aber nicht das Gesicht von unserem Mister Unbekannt, oder?«, wollte Martin Groß wissen. Er lehnte neben der Kollegin im Türrahmen.

»Doch, das ist er.«

»Den habe ich mir ganz anders vorgestellt.«

»Kenndmer ermål anner vo eich derzilln, wos des soll? Iech hobb vo derer Wår bis edzer gårnix miedgräichd.«[3]

»Die menschlichen Überreste des Mannes wurden Mitte November 2008 bei einer Treibjagd in der Nähe von Neunhof gefunden. Bis heute konnte der Mann nicht identifiziert werden. Am Fundort wurden eine dunkelblaue Veloursjacke von H&M sowie Halbschuhe der Marke Boss sichergestellt. Anhand des ermittelten Verkaufszeitraums haben die Kollegen den Todeszeitraum auf Ende 2001 bis etwa 2003 eingegrenzt.«

»Und das ist alles?« Auch Wünnenberg war ins Zimmer gekommen und befüllte seine Kaffeemaschine mit frischem Wasser.

»Es wurden nicht einmal alle zum Skelett gehörenden Knochen entdeckt. Dennoch hat der Rechtsmediziner herausgefunden, dass der Mann wohl neunundzwanzig bis fünfunddreißig Jahre alt, zwischen einhundertsechsundsechzig und einhundertzweiundsiebzig Zentimeter groß und sehr schlank war. Eine eher unscheinbare Erscheinung also. Am auffälligsten waren wohl seine Dreadlocks.«

1 »Um Gottes willen, was habt ihr denn da?«
2 »Na, dann ist es ja gut.«
3 »Könntet ihr mir mal erklären, was es damit auf sich hat? Ich habe von alledem bislang nichts mitbekommen.«

Alle starrten die auffällige Haarpracht des Kopfes an.

»Eine Isotopenanalyse ergab Hinweise, wonach der Verstorbene auf dem südlichen Balkan aufgewachsen und etwa zwei Jahre vor seinem Tod nach Deutschland gekommen sein dürfte. Das DNA-Muster ist weder im nationalen noch im europäischen Fahndungsbestand gespeichert.«

»Fingerabdrücke gibt es natürlich keine«, ergänzte Groß. »Und eine Vermisstenmeldung leider genauso wenig.«

»Ich kann mich noch ganz dunkel an den Fall erinnern. Er hatte einen eingeschlagenen Schädel, nicht wahr?«, fragte Stellfeldt.

Hackenholt nickte. »Die Rechtsmedizin konnte Spuren eines Hammers nachweisen. Er ist ein Mordopfer und nicht nur ein namenloser Toter.«

»Gibt es irgendwelche neuen Ermittlungsansätze?«

»Nur die Weichteilrekonstruktion. Ich will mit Fotos an die Öffentlichkeit gehen: auf unserer Homepage, in der Zeitung und mit Flugblättern in dem Gebiet, in dem das Skelett aufgefunden wurde.«

»Bin ich froh, dass ich nicht diese ollen Kamellen bearbeiten muss. Da ist mir unser Messerstecher lieber.« Stellfeldt wandte sich zur Tür. »Kommst du, Saskia? Wir haben in einer Viertelstunde einen Termin in der U-Haft und sollten uns langsam auf den Weg machen.«

»Und du, Ralph?«, fragte Hackenholt. »Was hast du zu tun?«

»Das kommt darauf an: Wenn du dir eine neue Kaffeerösterei anschauen willst, habe ich natürlich Zeit – ansonsten fürchte ich, dass ich einen Schreibtisch voller dringend zu bearbeitender Akten habe.«

»Ich wollte dich bitten, beim Erkennungsdienst nachzufragen, ob sie den Kopf kurzfristig einschieben können. Ich brauche Fotografien aus verschiedenen Blickwinkeln.«

»Du weißt doch, dass die schon bei dringenden Sachen meckern, wenn wir ohne Termin reinplatzen. Wenn ich mit einem zehn Jahre alten Fall daherkomme, rollen die nur mit den Augen und fragen, ob ich noch ganz sauber bin.«

»Ich kann schnell runterlaufen«, bot Martin Groß hilfsbereit an.

Hackenholt schüttelte den Kopf. »Wir beide fahren nach Neunhof und sehen uns den Fundort des Skeletts an. Sicher fällt es uns dann leichter, neue Ermittlungsansätze zu formulieren – und Ralph soll ruhig auch mal etwas anderes tun, als immer nur Kaffee kochen.«

Die brachliegenden Felder entlang der Erlanger Straße boten einen trostlosen Anblick, insbesondere, da es ein Tag war, an dem die tief hängenden Regenwolken dafür sorgten, dass es auch mittags nicht hell genug wurde, um das Licht auszuschalten. Allein die Temperatur gab keinen Anlass zum Meckern: fünfzehn Grad plus. Von Winter keine Spur.

Der Scheibenwischer quietschte leise, während er alle fünfzehn Sekunden den feinen Sprühregen mehr auf der Windschutzscheibe verteilte, als sie zu säubern. Groß lenkte den Dienstwagen in seinem konzentrierten, ruhigen Fahrstil an der Firma Staedtler vorbei, dann wechselte er auf die rechte Fahrspur und bog schließlich gegenüber der Würzburger Straße ab ins Niemandsland. Hinter ihnen hupte ein Pkw-Fahrer, der sich offenbar darüber ärgerte, noch einmal abbremsen zu müssen, bevor er nach der Kreuzung endlich auf die erlaubten hundert Stundenkilometer beschleunigen konnte.

Groß folgte dem einspurigen Landwirtschaftsweg zurück in Richtung Nürnberg. Nach hundertfünfzig Metern bog er nach Osten ab und dann wieder nach Norden – immer tiefer hinein in das Labyrinth der Felder. Schließlich hielt er vor einem schmalen Baumgürtel.

Hackenholt studierte die topografische Karte, die er der Akte entnommen hatte, dann deutete er nach Westen. »Dort drüben ist es.«

Sie mussten sich durch dichtes Unterholz schlängeln, um an die richtige Stelle zu kommen. Groß zog sich seine ledernen Diensthandschuhe über, nachdem er in die Dornen einer Brombeerranke gegriffen hatte. Drei Schritte später gab es ein lautes, schmatzendes Geräusch.

»Warum zum Teufel haben eigentlich immer nur Fernsehkommissare Gummistiefel im Kofferraum?«, fluchte er, während er auf einem Bein balancierte und mit der anderen Hand seinen Turnschuh aus dem Matsch rettete.

Hackenholt lachte. »Weil wir einen Fahrzeugpool haben und das Auto nehmen müssen, das gerade da ist.«

»Vielleicht sollte ich mal eine Eingabe machen.«

»Der Herr Innenminister wird sich sicher darüber freuen!« Dann wurde Hackenholt wieder ernst. »Ich glaube, wir haben die Stelle erreicht.« Er schlug die Akte auf und besah sich die Fotos, die am Fundort gemacht worden waren. »Da, unter diesem Baum lagen die Skelettteile.«

»Kein Wunder, dass der arme Kerl jahrelang nicht entdeckt wurde«, brummte Groß, der inzwischen wieder beide Schuhe an den Füßen hatte.

»Lass uns bei unseren Überlegungen zunächst so tun, als wäre der Tote gestern gefunden worden und wir sind die Erstsachbearbeiter. Was kommt dir spontan in den Sinn?«

»Eine ziemlich abgelegene Stelle. Es ist unwahrscheinlich, dass sich Opfer und Täter hier zufällig begegnet sind. Entweder haben sie sich gezielt verabredet – oder der Mann wurde an einem anderen Ort getötet und sein Leichnam danach in dieser Wildnis abgelegt.«

»Mach weiter«, ermunterte Hackenholt seinen Kollegen. »Welche Gründe könnte es geben, sich hier zu treffen?«

»Spontan kommt mir ›Romeo und Julia‹ in den Sinn.«

Hackenholt lachte. »Du meinst wegen der ländlichen Gegend?«

Groß zuckte mit den Schultern. »Selbst wenn ich jemandem etwas übergeben will – Diebesgut, Drogen, weiß der Teufel was –, würde ich mich ganz sicher nicht nachts hier mit ihm treffen. Da sieht man doch die eigene Hand vor Augen nicht.«

»Das Treffen könnte tagsüber stattgefunden haben«, gab Hackenholt zu bedenken.

»Das glaube ich nicht. Wegen den vielen Felder ist das Risiko ziemlich groß, dass ein Bauer vorbeikommt. Ihm würde ein fremdes Fahrzeug sofort auffallen – und hergelaufen sind Täter und Opfer garantiert nicht, dazu liegt der Platz zu weit ab vom Schuss. Daneben wissen wir aufgrund des Verletzungsbilds, dass dem Mann der Schädel nicht mit einem Ast, sondern mit einem Hammer eingeschlagen wurde. Warum sollte jemand mitten in der Pampa solch ein Werkzeug bei sich tragen?«

»Es ist wahrscheinlicher, dass das Opfer erst nach seiner Ermordung hergebracht wurde«, stimmte Hackenholt zu. »Das passt auch zum Ergebnis der Bodenanalyse, die die Kollegen damals veranlasst haben.«

»Der Tote sollte nicht gefunden werden, und das ist dem Täter hervorragend gelungen.«

»Allerdings muss man diesen Ort erst einmal kennen. Wenn ich eine Leiche verstecken müsste, würde ich ...« Hackenholt hob die Hände. »Keine Ahnung, wo ich sie hinbringen würde, aber sicher nicht hierher.«

»Das heißt: Der Täter muss eine Verbindung zum Knoblauchsland haben.« Groß dachte einen Augenblick nach, bevor er fortfuhr. »Könnte er ein Erntehelfer gewesen sein?«

»Wer? Opfer oder Täter?«

»Sowohl als auch.«

»Das Opfer trug Schuhe der Marke Boss – das wäre für Erntehelfer eher atypisch. Soweit ich weiß, sind das üblicherweise arme Schlucker aus Osteuropa. Und laut Isotopenanalyse stammt unser Mann vermutlich vom Balkan.«

»Die Jugoslawienkriege waren zwischen 1991 und 1995.« Groß rieb sich über das bartstoppelige Kinn. »Und der Kosovokrieg war 1999. Da das Opfer zwischen Ende 2001 und 2003 getötet wurde, könnte es ein Flüchtling gewesen sein, der nach dem Krieg in Deutschland geblieben ist.«

»Gemäß Isotopenanalyse war er nur circa zwei Jahre lang vor seinem Tod in unserer Region«, gab Hackenholt zu bedenken.

»Das würde passen, wenn er aus dem Kosovo stammt«, unterstrich Groß.

Hackenholt schürzte die Lippen. »Ich habe mich letzte Woche schlaugemacht: Die damaligen Kriegsflüchtlinge kamen entweder mit einem Visum im Rahmen des Familienzusammenzugs nach Deutschland oder aufgrund eines Aufnahmekontingents, wobei sich die in sehr überschaubaren Größenordnungen hielten.«

»Gab es damals auch schon so viele illegale Einwanderer wie heute? Das Schengen-Abkommen trat doch erst später in Kraft.« Groß trat unruhig von einem Fuß auf den anderen, wobei der Matsch, in dem sie standen, jedes Mal ein schmatzendes Geräusch von sich gab.

»Natürlich. In der Regel waren das Asylsuchende, die über die sogenannte grüne Grenze zu Österreich beziehungsweise Tschechien kamen, mit Fußschleusern, versteckt in Fahrzeugen oder mit falschen oder missbräuchlich benutzten Ausweisen.« Hackenholt hielt kurz inne und überlegte, was ihm der Kollege vom Fachkommissariat noch erzählt hatte. »Asylanträge konnten, wie auch heute, grundsätzlich immer gestellt werden. Asylgründe in Form von politischer Verfolgung lagen allerdings nicht vor, sodass die Anerkennungsquote marginal war. Allerdings durfte der Aufenthalt auch bei einer Ablehnung wegen den Verhältnissen in der Heimat nicht zwangsweise beendet werden. 1993 wurde sodann in der Neuregelung des Asylrechts eine Bürgerkriegsregelung eingeführt, um zu verhindern, dass den Menschen aufgrund eines jahrelangen geduldeten Aufenthalts als Bürgerkriegsflüchtlinge ein Anspruch auf Erteilung einer Aufenthaltserlaubnis entsteht.«

»Wie wurden die Flüchtlinge seinerzeit erfasst?«

»Im Ausländerzentralregister, wobei der Datenumfang sowie die Aktualität nicht den heutigen Standards entsprachen. Dennoch bin ich mir sicher, dass die Erstermittler in unserem Mordfall den Toten in irgendeiner Datenbank gefunden hätten, wenn er als Flüchtling in Deutschland aufgenommen worden wäre oder sogar einen Asylantrag gestellt hätte.«

»Nicht notwendigerweise: Gespeicherte Fingerabdrücke hätten die Kollegen nicht weitergebracht, weil an dem Skelett keine Vergleichsabdrücke gesichert werden konnten. Und seine Gesichtszüge kannten sie ebenfalls nicht.«

Hackenholt schürzte die Lippen. »Damit haben wir einen ersten Ansatz: Wir müssen das Foto der Weichteilrekonstruktion mit dem Bildmaterial im Ausländerzentralregister abgleichen. Sich mit der Ausländerbehörde in Verbindung zu setzen und nachzuhaken, ob es zwischen 2001 und 2003 Flüchtlinge oder Asylsuchende aus dem Balkangebiet gab, die plötzlich verschwunden sind, wird dagegen wenig sinnvoll sein. Jetzt lass uns aber auf deine andere Feststellung zurückkommen: Woher kannte der Täter diesen Ort?« Er drehte sich einmal um die eigene Achse. Um sie herum lagen Felder so weit das Auge reichte.

»Er könnte ein Bauer gewesen sein. Oder ein Erntehelfer, ein Mitarbeiter von Staedtler, jemand, der in Reutles oder Neunhof wohnt, der regelmäßig die Erlanger Straße befährt, der immer die Autobahnauffahrt nutzt.« Plötzlich ließ Groß die Schultern sinken. »Bringen uns diese Spekulationen wirklich weiter? Es könnte schier jeder gewesen sein.«

»Menschen mit einer Leiche im Kofferraum fahren im Allgemeinen nicht ziellos kreuz und quer durch die Gegend.« Er seufzte. »Lass uns zum Auto zurückgehen, hier kommen wir nicht weiter.«

»Gute Idee, ich habe klatschnasse Füße.«

Als Hackenholt sich gerade abwenden wollte, wurde in ihrem Rücken das Tuckern eines Traktors lauter. Durch eine Lücke im Gebüsch sah er einen Bauern auf seinem dreckverkrusteten Vehikel den schmalen Weg auf ihren Dienstwagen zukommen. Sobald er ihn erreicht hatte, hielt er an und schaltete den Motor aus.

»Was tun Sie da?« Der Mann blieb auf dem Traktor sitzen und musterte sie misstrauisch. »Sie befinden sich auf landwirtschaftlichem Gebiet. Das ist Privatbesitz. Hier können Sie nicht einfach so herumlaufen, wie Sie wollen.«

»Wir sind von der Kriminalpolizei.« Hackenholt stellte sich vor und zeigte seinen Dienstausweis. »Und wer sind Sie?«

»Moritz Simmeth.«

Aus den Akten wusste der Hauptkommissar, dass einer der Landwirte, dessen Felder an den Baumgürtel grenzten, Lutz Simmeth hieß. Er musterte den Mann. Vielleicht war er der Sohn.

»Was tun Sie hier?«, wiederholte der Bauer seine Frage.

»Wir haben uns die Stelle angesehen, an der vor sechs Jahren eine Leiche entdeckt wurde.«

Der Fremde nickte wie zur Bestätigung, dass er davon gehört hatte. »Gibt es etwas Neues?«

»Sind Sie Lutz Simmeths Sohn?«

»Der Neffe. Ich habe den Hof nach seinem Tod übernommen.«

Hackenholt verzog das Gesicht. Das war das größte aller Probleme, mit denen Ermittler konfrontiert wurden, die an Altfällen arbeiteten: Wichtige Zeugen waren in der Zwischenzeit verstorben und hatten möglicherweise hilfreiche Informationen mit ins Grab genommen.

»Wissen Sie, was Ihr Onkel in den Jahren 2001 bis 2003 auf diesem Feld angebaut hat?« Hackenholt konnte sich nicht erinnern, einen entsprechenden Hinweis in den Akten gelesen zu haben.

»Nein, ich war damals noch bei der Bundeswehr. Mein Studium an der Hochschule in Weihenstephan habe ich erst ein Jahr später begonnen.«

»Können Sie mir etwas zu den Erntehelfern sagen, die in der Landwirtschaft beschäftigt werden? Ich kenne mich da nicht sonderlich gut aus«, mischte sich Groß ins Gespräch ein.

»Das sind Saisonarbeiter, wie es sie auch in vielen anderen Branchen gibt. Je nachdem, was angebaut wird, heuern wir sie im Frühjahr an und geben ihnen auf sechs Monate befristete Arbeitsverträge – oder kürzere, wenn sie beispielsweise nur zum Spargelstechen hier sind.«

»Werden die irgendwo angemeldet?«

»Selbstverständlich! Wir wären blöd, wenn wir es nicht täten, bei den ständigen Kontrollen.«

»Wie war das früher? Vor zehn Jahren?«, hakte Groß nach.

Simmeth zuckte mit den Schultern. »Keine Ahnung, da habe ich das noch nicht gemacht. Am besten fragen Sie beim Bauernverband nach. Oder bei der Zentrale Auslands- und Fachvermittlung, das ist eine Dienststelle bei der Bundesagentur für Arbeit.«

Groß machte sich Notizen, dann verabschiedeten sich die Beamten und stiegen in ihr Auto.

»Sprechen wir morgen mit den anderen Landwirten, deren Felder rund um den Fundort liegen?«, fragte Groß, während er den Wagen zurück Richtung Nürnberger Innenstadt lenkte. »Wir haben die Weichteilrekonstruktion des Gesichts und damit Fotos, die wir herumzeigen können. Außerdem hat sich vielleicht das Machtgefüge innerhalb der Gruppe verschoben, wenn zwischenzeitlich einer der Bauern gestorben ist.«

»Natürlich müssen wir noch einmal mit allen sprechen, aber versteife dich nicht zu sehr darauf, dass unser Täter ein Erntehelfer gewesen sein könnte«, warnte Hackenholt. »Wie du vorhin festgestellt hast, gibt es sehr viele andere Personen, die hier in der Nähe vorbeikommen. Und wie wäre es mit Reitern, Mountainbikern, Joggern? Sie alle können die Stelle kennen.«

»Du hast recht«, räumte Groß ein. »Was ist eigentlich mit dem Jäger, der das Skelett gefunden hat? Ist er über jeden Verdacht erhaben?«

»Die Kollegen sahen damals keinen Grund, an seiner Aussage zu zweifeln. Warum sollte er mehrere Jahre nach dem Mord die Polizei zu einem Toten führen, der anderweitig unentdeckt geblieben wäre?«

»Weil das schlechte Gewissen an ihm genagt hat?«

Hackenholt dachte einen Augenblick nach, dann schüttelte er den Kopf. »Ich hoffe, Ralph hat inzwischen Fotos von dem Kopf machen lassen. Wir müssen an die Öffentlichkeit gehen. Das steht jetzt im Vordergrund.«

»Heißt das, ich werde die kommenden Tage wieder pausenlos am Telefon sitzen?« Groß klang nicht sonderlich begeistert.

»Ich denke, der Kriminaldauerdienst kann das für uns übernehmen. Es ist unwahrscheinlich, dass wir eine solche Flut an Hinweisen bekommen, wie es bei einem aktuellen Mord der Fall wäre, bei dem die Menschen im Umfeld des Opfers intensiv Anteil nehmen.«

Als Hackenholt am späten Nachmittag nach Hause kam, saß Sophie auf dem Fußboden und spielte mit Ronja. Sobald die Kleine die Wohnzimmertür aufgehen hörte, strampelte sie so wild mit den Beinen, dass sie es schließlich schaffte, sich auf den Bauch zu wälzen. Dann stemmte sie sich mit ihren Ärmchen vom Boden ab und reckte den Kopf so hoch sie nur konnte. Lachend hob Hackenholt seinen kleinen Sonnenschein hoch und drückte ihn an sich. Ronja brachte ihre Freude darüber zum Ausdruck, indem sie ihn kräftig in die Nase zwickte und den Mund zu einem zahnlosen Lachen aufriss.

»Ich glaube, wir sollten nach Weihnachten umräumen und unser Wohnzimmer babysicher machen. Bestimmt fängt sie bald an zu krabbeln.« Aus Hackenholt sprach der stolze Vater, der es kaum erwarten konnte, mit seinem Kind mehr zu unternehmen, als es nur im Kinderwagen durch die Gegend zu schieben.

»Lass ihr noch ein bisschen Zeit. Sie ist gerade erst fünf Monate alt geworden.« Sophie stand auf und gab ihm einen Kuss. »Wie war dein Tag?«

»Ziemlich ereignislos. Und was habt ihr zwei gemacht?«

»Ich ...« Sophie hielt inne und wandte sich ab, um die Spielsachen vom Boden aufzuheben. »Ronja hat heute Vormittag ihre Tante besucht«, sagte sie schließlich zögerlich.

»Kein Babyschwimmen? War sie zu nörgelig?«

»Im Gegenteil, sie war so brav, dass ich sie eine Weile mit meiner Schwester allein lassen konnte.«

Hackenholt stutzte. Sophie redete ziemlich um den heißen Brei herum. Endlich drehte sie sich um und sah ihn an.

»Ich war heute Morgen im Gericht.«

Reflexartig drückte Hackenholt Ronja fester an sich. »Warum?«

»Ich wollte die Menschen sehen, die uns das angetan haben. Wollte wissen, wie sie sich verhalten, wie sie mit ihrer Schuld umgehen. Ich weiß, dass sie als unschuldig gelten müssen, bis sie verurteilt sind, aber ... für mich sind sie das bereits.«

»Und? Was ist bei deinem Menschenstudium herausgekommen?«

Sophie biss sich auf die Unterlippe.

»Sie sehen nicht wie Monster aus, nicht wahr? Würde man ihnen auf der Straße begegnen, hielte man sie für absolute Durchschnittsbürger. Zudem sind sie meistens sehr sorgfältig gekleidet, wenn sie vor Gericht erscheinen und wirken dadurch sogar noch seriöser.«

»Der Vater wurde in einem Rollstuhl in den Gerichtssaal geschoben. Er sah aus wie ein Neunzigjähriger.« Sophies Stimme stockte. »Kaum hatte der Richter die Verhandlung eröffnet, hat sein Anwalt beantragt, das Verfahren gegen ihn einzustellen, weil er nicht verhandlungsfähig ist. Er soll umgehend aus dem Gefängnis freigelassen werden.«

Hackenholts Puls beschleunigte sich. »Warum? Was gibt er vor zu haben?«, er fühlte, wie er zu schwitzen begann.

»Er *hat* Parkinson.«

»Sei dir da nicht so sicher, er ist ein verdammt guter Schauspieler. Denk daran, dass er damals in Münster zusammen mit seiner Familie sogar seinen eigenen Tod inszeniert hat. Danach ist er jahrelang abgetaucht und hat zuletzt ein Doppelleben geführt.«

»Er hat Sprachstörungen und bringt keinen einzigen kompletten Satz heraus.«

»Das kann man alles simulieren. Was hat der Vorsitzende Richter gesagt?«

»Laut Gutachten soll Anton Schweinsberger verhandlungsfähig sein, wenn die Verhandlungsdauer nicht mehr als vier Stunden pro Tag beträgt und immer wieder Pausen gemacht werden.«

Hackenholt nahm Sophie in den Arm und drückte sie an sich und Ronja. »Du hättest nicht allein ins Gericht gehen sollen, du kennst dich mit Strafprozessen nicht aus. Die Anwälte stellen am Anfang immer die absurdesten Anträge. Dafür werden sie bezahlt. Es ist so etwas wie ein Kräftemessen mit dem Richter. Jeder will sein Revier markieren und zeigen, was er draufhat«, versuchte er, seine Frau zu beruhigen. Insgeheim beunruhigte ihn ihre Schilderung jedoch zutiefst.

Dienstag

»Ich habe gestern noch mit der Nürnberger Geschäftsstelle des Bayerischen Bauernverbands telefoniert«, informierte Martin Groß Hackenholt, kaum dass der die Dienststelle um kurz vor halb neun betreten hatte.

Auch in dem Punkt hatte sich in den letzten Wochen ein gewisser Schlendrian eingenistet: Seit Hackenholt den Altfall bearbeitete und es daher nicht mehr zwingend erforderlich war, bei den Dienstbesprechungen anwesend zu sein, nahm er es sich heraus, morgens zwei Stunden mit seiner kleinen Tochter zu verbringen. Während Sophie noch friedlich in ihrem Bett schlummerte, fütterte und wickelte er Ronja und machte mit ihr einen Spaziergang.

»Und was hast du herausgefunden?« In aller Ruhe hängte er seine Jacke auf, dann setzte er sich an seinen Schreibtisch und fuhr den Computer hoch.

Groß musste niesen, holte ein Taschentuch hervor und schnäuzte sich geräuschvoll. »Ich glaube, ich habe mir gestern dort draußen eine Erkältung eingefangen. Am Abend habe ich mitten im Training schlapp gemacht.«

»Solltest du dann nicht besser heimgehen und dich auskurieren?« Hackenholt musterte den Kollegen. Er sah tatsächlich ziemlich blass aus. »Ich wollte jetzt dann mit der Pressestelle unseren Fahndungsaufruf klarmachen. Sollten wider Erwarten doch ein paar erfolgversprechende Hinweise hereinkommen, müsstest du sie am Donnerstag und Freitag überprüfen.«

»Das passt schon. Ich gehe heute Abend früh ins Bett, morgen bin ich wieder fit. Jetzt zum Bauernverband: Ich habe erfahren, dass Saisonarbeiter damals maßgeblich aus Polen kamen. Um die Lohnnebenkosten so gering wie möglich zu halten, wurden üblicherweise sozialversicherungsfrei zu beschäftigende Personengruppen ausgewählt, die dann hier maximal zwei Monate beziehungsweise fünfzig Arbeitstage pro Kalenderjahr beschäftigt werden durften. Studenten, Hausfrauen und -männer oder Rentner sowie Arbeitnehmer im unbezahlten Urlaub.«

»Damit kann unser Toter kein Erntehelfer gewesen sein. Er hat zwei Jahre lang in unserer Region gelebt, nicht nur zwei Monate.« Hackenholt sah von seinem Bildschirm auf. »Trotzdem besuchen wir nachher die Bauern, deren Felder sich rund um den Fundort befinden. Such bitte schon mal die Adressen aus den Akten heraus. Ich werde in der Zwischenzeit in die Pressestelle gehen.«

Der erste Landwirt, den die beiden Beamten in einem Schuppen neben dem Haupthaus antrafen, war ein Mann in den Sechzigern. Er trug ein rot-weiß kariertes Hemd zu einer grünen Latzhose und Gummistiefeln. Im Mund hielt er eine Pfeife, deren Tabak einen intensiven Geruch verströmte. Neben ihm lag ein Golden Retriever geduldig wartend auf dem kalten Boden. Hackenholt stellte sich und seinen Kollegen vor und erklärte Peter Wittmann den Grund ihres Besuches.

»Ich dachte, die Polizei hätte den Fall längst zu den Akten gelegt.«

»Wir vergessen nie, Herr Wittmann. Zwar lässt sich ein Verbrechen im echten Leben nicht so schnell aufklären wie im Tatort am Sonntagabend, aber bis auf wenige Ausnahmen können wir den Täter früher oder später ermitteln.«

»Gut zu wissen. Kommen Sie ins Haus, hier ist es nicht sonderlich gemütlich.« Wittmann schritt ihnen voran zu einem Sandsteingebäude, wo er an der Tür nachlässig seine Gummistiefel abstreifte. Sie gelangten in eine geräumige Diele, in der ein antiker bemalter Bauernschrank stand. Die weiß getünchte Holzdecke war niedrig, die beiden Ermittler zogen automatisch die Köpfe ein, als sie dem Mann rechter Hand durch eine Tür in die Wohnstube folgten.

»Wir gehen davon aus, dass der Tote vor über einem Jahrzehnt dort draußen abgelegt wurde. Hat sich an der Stelle seit damals viel verändert?« Hackenholt wollte das Thema bewusst sanft anschneiden und sich mit dem Bauern zur Einstimmung auf eine Zeitreise begeben.

»Überhaupt nichts.«

»Wie war das Leben damals? In zehn Jahren passiert einiges.«

»Bei uns hat sich nichts geändert – und bei den anderen auch nicht. Wir leben von der Landwirtschaft, da geht alles seinen geregelten Gang.«

»Gab es damals schon so viele Hilfsarbeiter wie heute?«

»Natürlich. Alleine ließe sich das alles gar nicht bewältigen. Mein

Großvater hatte neun Geschwister – ich habe zwei und beide wollen mit dem Hof nichts zu tun haben.«

»Ist seinerzeit in der Gegend etwas Besonderes vorgefallen?«

Wittmann rieb sich nachdenklich über das Kinn. »Einmal ist ein Flugzeug auf der Erlanger Straße notgelandet. Das war ein Ereignis. Aber sonst?«

»Wir dachten eher an Streitereien. Gab es eine Wirtshausschlägerei oder ist eine Kärwa aus den Fugen geraten?«, präzisierte Groß.

Wittmann schüttelte den Kopf.

»Ich weiß, es ist lange her, aber vielleicht gab es eine Häufung von Einbrüchen und Diebstählen, denen die Polizei nicht auf die Spur gekommen ist?«

»Nein, ich erinnere mich an nichts dergleichen.«

»Es wurden auch keine Scheunen oder Schuppen in Brand gesteckt?«

Wieder schüttelte Wittmann den Kopf.

»Haben Sie diesen Mann schon einmal gesehen?« Endlich legte Hackenholt Kopien der Fotos von dem rekonstruierten Gesicht auf den Tisch.

Wittmann betrachtete die Bilder lang. »Nein, der ist mir nie begegnet.«

»Wissen Sie noch, was Sie in den Jahren 2001 bis 2003 auf dem Feld angebaut haben?«

»Nicht auswendig, aber ich führe ein Felderwirtschaftsbuch – ich könnte also nachsehen.«

»Ein Felderwirtschaftsbuch?«, echote Hackenholt.

»Darin wird die zeitliche Abfolge der auf einer landwirtschaftlichen Fläche angebauten Nutzpflanzenarten im Ablauf der Vegetationsperiode notiert. Die Fruchtfolge soll die Bodenfruchtbarkeit nachhaltig erneuern und erhalten. Das ist ein wichtiger Bestandteil des modernen Agrarmanagements und des ökologischen Landbaus.«

Hackenholt zog erstaunt die Augenbrauen hoch.

»Bei der Fruchtfolge unterscheiden wir zwischen Blattfrucht, Halmfrucht und Zwischenfrüchten. Halmfrüchte werden häufig als Humuszehrer und Blattfrüchte als Humusmehrer bezeichnet. Trotzdem haben alle Früchte unterschiedliche Eigenschaften, wodurch sie dem Boden Nährstoffe entziehen oder zuführen sowie dessen Eigenschaften verbessern oder verschlechtern. Auch eine fruchtspezifische

Düngung kann für die Nachfruchtgestaltung eine wichtige Rolle spielen. Zwischenfrüchte werden daher, ohne geerntet zu werden, in den Boden eingearbeitet, um beispielsweise die Schadverdichtungen aufzubrechen, Nährstoffe für die Nachfrucht zu halten oder zurückzuführen, das Bodengefüge zu stabilisieren, aber auch um Schaderreger abzutöten.«

»Das ist sicher alles sehr interessant, aber ... könnten wir vielleicht einfach nachsehen, was Sie in den betreffenden Jahren auf dem Feld angebaut haben?«, unterbrach Martin Groß den Exkurs in die Fruchtfolgesystematik.

»Natürlich, ich wollte Sie nicht langweilen. Ich hole rasch das Buch.«

Während Wittmann die Stube verließ, sah Groß Hackenholt fragend an. »Warum ist es dir so wichtig zu erfahren, was auf den Feldern rund um den Fundort angebaut wurde?« Er zog ein Taschentuch aus seiner Jacke, die er trotz des gut geheizten Zimmers nicht ausgezogen hatte, und schnäuzte sich.

»Keine Ahnung.« Hackenholt zuckte mit den Schultern. »Vielleicht, weil es mir leichter fällt zu glauben, dass niemandem eine Veränderung an der Stelle aufgefallen ist, wenn rundherum hohe Maisfelder gestanden haben. Es muss zumindest Grabspuren gegeben haben, weil der Tote nicht einfach nur abgelegt, sondern mit Erde bedeckt wurde – wenngleich nicht sonderlich gründlich.«

Der Bauer kehrte zurück. Er legte ein aufgeschlagenes Buch vor Hackenholt auf den Tisch, in dem handschriftliche Eintragungen hinter den jeweiligen Jahreszahlen vermerkt waren. Wie der Hauptkommissar erkennen musste, waren im fraglichen Zeitraum auf dem Feld Kartoffeln, Salat und Gerste, dazwischen jedoch auch Sonnenblumen und Senf angebaut worden. Da die Ermittler nicht den geringsten Anhaltspunkt dafür hatten, wann das Opfer unter den Bäumen verscharrt worden war, halfen ihnen diese Informationen nicht weiter.

»Ist hier in der Gegend vor zehn Jahren jemand plötzlich verschwunden?«, unternahm Hackenholt einen letzten Versuch, doch noch etwas Hilfreiches aus dem Landwirt herauszubringen. »Ich meine damit nicht unbedingt den Mann.« Er wies auf das Bild. »Irgendjemand.«

»Das haben Ihre Kollegen vor ein paar Jahren auch alles gefragt.

Ich kann Ihnen beim besten Willen nicht weiterhelfen.« Wittmann breitete bedauernd die Arme aus.

Bei den anderen drei Landwirten, die die beiden Beamten im Anschluss aufsuchten, erging es ihnen nicht anders. Niemand konnte sich an etwas erinnern, was den Kriminalern bei ihren Ermittlungen weitergeholfen hätte, und niemand kannte die Person auf dem Foto.

Zurück im Kommissariat bemerkte Hackenholt, dass sein Büro leer war; von Wünnenberg gab es weit und breit keine Spur, nur eine volle Kanne Kaffee hatte er stehen lassen. Rasch schenkte Hackenholt zwei Tassen ein und reichte eine seinem Kollegen. Während Groß zwei Stück Würfelzucker in Wünnenbergs Gebräu rührte und damit den in dessen Augen größtmöglichen Frevel beging, sagte er nachdenklich: »Ich konnte heute Nacht nicht einschlafen und habe daher eine Weile intensiv über unseren Fall nachgedacht.«

Hackenholt musterte ihn. Er hatte dunkle Schatten unter den Augen und eine fahle Hautfarbe. »Ich hoffe, du willst mir damit nicht sagen, dass dich unser Toter wach gehalten hat. Martin, es ist nie gut, seine Arbeit mit nach Hause zu nehmen. Natürlich tun wir das alle bis zu einem gewissen Maß – aber es darf dich nicht um deinen Schlaf bringen, denn dann frisst dich der Job früher oder später auf. Und das ist der Anfang vom Ende – auch für deine Familie.«

»Ich habe keine Partnerin. Meine Frau hat sich vor drei Jahren von mir scheiden lassen. In meinem Leben gibt es jetzt nur noch meine Mutter und meine Tochter. Aber die sind beide Kummer gewohnt; spätestens seit ich nach Afghanistan gegangen bin.«

»Oh, ich wusste nicht, dass du einen Auslandseinsatz gemacht hast. Wann warst du denn dort?«

»Ist schon eine Weile her. Vor drei Jahren – unmittelbar nach der Scheidung«, druckste Groß herum. »Details erzähle ich dir ein anderes Mal, okay?«

Hackenholt nickte. Es war ihm unangenehm, mit seiner Bemerkung offenbar eine alte Wunde aufgerissen zu haben. »Wenn ich dich richtig verstanden habe, wolltest du mir sagen, worüber du heute Nacht nachgedacht hast«, wechselte er bereitwillig das Thema.

»Genau. Ich habe mir überlegt, ob wir uns dem Opfer über den Täter nähern können.«

»Wir haben so gut wie keine Anhaltspunkte. Natürlich gibt es DNA-Spuren an der Kleidung des Toten, aber die sind weder in einer unserer Datenbanken gespeichert noch steht fest, ob sie überhaupt tatrelevant sind.«

»Das weiß ich vom Aktenstudium. Ich meinte eher: Sollten wir nicht besser einen Kollegen von der Operativen Fallanalyse anfordern, um –« Er wurde von einem Niesanfall unterbrochen.

»Um die Kollegen vom KI6 in München einzuschalten und ein Täterprofil erstellen zu lassen, haben wir leider zu wenige Anhaltspunkte«, erklärte Hackenholt, nachdem Groß sich die Nase geputzt hatte. »Was aber nicht heißt, dass wir uns nicht selbst entsprechende Gedanken machen können.«

»Geht das denn?«

»Im Kleinen natürlich«, lächelte Hackenholt. »Setz dich.« Einen Augenblick wühlte er in einer Schreibtischschublade, dann zog er ein Buch hervor: die Polizeiliche Kriminalstatistik für die Bundesrepublik Deutschland, herausgegeben vom BKA. »Statistiken sind nicht jedermanns Sache, aber manchmal helfen sie, ein gewisses Grundverständnis für unsere Arbeit zu vermitteln.«

Er blätterte in dem Buch und legte es dann aufgeschlagen vor Groß auf den Tisch. »Hier wurde beispielsweise die Beziehung Opfer – Täter nach Geschlechtern aufgeschlüsselt. Bei weiblichen Opfern waren die mutmaßlichen Täter in fast sechsundachtzig Prozent der Fälle Partner, Verwandte, Freunde oder wenigstens flüchtige Bekannte. Männliche Opfer wurden immerhin in zwei Dritteln der Fälle von Verwandten oder Bekannten getötet.« Hackenholt lehnte sich zurück, bevor er fortfuhr: »Daneben musst du dir vor Augen halten, dass es im Grunde genommen drei klassische Hauptmotive bei Tötungsdelikten gibt: Kränkungen und Verletzungen des Selbstwertgefühls sind wohl der häufigste Tötungsgrund. Habgier und materielle Bereicherung stehen an zweiter Stelle, gefolgt von Rache. Daneben begegnen wir häufig noch sexuellen Motiven, Eifersucht, Hass und Liebe.«

»Liebe?«

»Zum Beispiel der Dreiundachtzigjährige, der seine schwer kranke, bettlägerige Frau tötet, um sie von ihrem Leiden zu erlösen.«

»Unser Opfer war ein Mann Anfang dreißig, der vom Balkan stammte. Als er starb, trug er eine billige Veloursjacke von H&M,

außerdem hatte er Dreadlocks. Damit war er nicht gerade der Typ, an dem man sich materiell bereichern kann.«

»Genau. In den meisten Fällen können wir davon ausgehen, einen Täter in einem sehr eingeschränkten Kreis von Verdächtigen aufzuspüren«, nahm Hackenholt seinen ursprünglichen Faden wieder auf. »Wichtig sind natürlich auch Informationen zur Waffe. Da ein Großteil der Tötungsdelikte Beziehungstaten sind, die nicht langfristig geplant wurden, werden sie überwiegend mit Gegenständen verübt, die leicht verfügbar sind. Das häufigste Tatwerkzeug ist das Küchenmesser. An zweiter und dritter Stelle stehen Eisenstange und Hammer. Eine Schusswaffe ist dagegen etwas Besonderes.«

»Unser Opfer wurde mit einem Hammer erschlagen. Heißt das, es handelt sich nach deinem Dafürhalten um eine spontane Tat?«

»Nicht unbedingt. Außerdem sagt auch die Art und Weise, wie das Opfer getötet wurde, viel über den Täter aus.«

»*Den* Täter? Es ist also ein Mann?«

»Nicht notwendigerweise. Das Opfer soll für einen Mann eher klein gewesen sein – wenn es stimmt, was die Rechtsmediziner errechnet haben. Dennoch halte ich es für wahrscheinlich, dass wir es mit einem männlichen Täter zu tun haben. Manche Tötungsarten setzen einfach bestimmte Fähigkeiten voraus – sowohl körperlicher als auch charakterlicher Art. Jemandem in die Augen zu schauen, während man ihm einen Hammer auf den Kopf knallt und das Blut spritzen sieht, das erfordert ein erhebliches Maß an mentaler Kraft. Unser Opfer wurde zudem nicht nur ein-, sondern viermal mit dem Hammer geschlagen. Das ist ein Hinweis auf eine wahnsinnige Wut. Diese Art von Zorn empfindet man kaum gegenüber einer fremden Person.« Hackenholt sprach eindringlich. Er wollte, dass Groß ein Gefühl für die Täter entwickelte, mit denen er es zukünftig in seinem neuen Kommissariat zu tun bekommen würde.

»Wir suchen also nach einem männlichen Täter, der das Opfer gekannt hat und auf den Mann aus irgendeinem Grund wütend war.«

»Das ist in meinen Augen die naheliegendste Option«, bestätigte Hackenholt.

»Wenn wir unterstellen, dass er ein Flüchtling war, könnte er beispielsweise bei einem Streit in einer Gemeinschaftsunterkunft getötet worden sein.« Groß war begierig, die vagen Angaben in etwas Handfestes umzusetzen.

»Das ist eher unwahrscheinlich, denn wie sollte der Täter, der ja dann wohl ein anderer Flüchtling sein müsste, ihn an den Fundort gebracht haben? Für konkrete Vermutungen ist es noch viel zu früh. Es gibt unendlich viele Möglichkeiten.«

»Na, wirklich weitergebracht hat uns das jetzt aber nicht, oder?« Groß klang enttäuscht.

»Das stand zu befürchten.« Hackenholt sah, dass dem Kollegen ein dünner Schweißfilm auf der Stirn stand. »Eine Methode, bei deren Anwendung am Schluss ein Foto des Täters oder ein Name samt Anschrift herauskommt, gibt es leider nicht. Aber es hat unseren Blick geschärft. Als Nächstes sollten wir uns fragen: Wo würde ein junger Mann vom Balkan in Nürnberg Unterschlupf finden? Warum ist er überhaupt hierhergekommen?«

»Erstens: Er könnte ein Flüchtling gewesen sein. Zweitens: Er könnte jemanden im Großraum besucht haben. Drittens: Er könnte hier gearbeitet haben.«

»Wenn er ein Flüchtling war, wurde er amtlich registriert – inklusive Fingerabdrücke und Foto. Wie wir festgestellt haben, nutzen uns Erstere nichts, weil an der Leiche keine mehr genommen werden konnten. Aber, wie du gestern vorgeschlagen hast, müssen wir mithilfe der Vergleichssoftware das Bild der Weichteilrekonstruktion auf Übereinstimmungen mit Fotos aus dem Ausländerzentralregister prüfen. Unter Umständen bringt uns das schon weiter. Wenn er jemanden besucht oder hier gearbeitet hat, werden sich hoffentlich Kontaktpersonen melden, sobald sie unseren Fahndungsaufruf in der Zeitung sehen.«

»Nicht, wenn er illegal beschäftigt wurde. Das ist in meinen Augen das wahrscheinlichste Szenario, denn sonst hätte sich derjenige bereits damals bei den ermittelnden Kollegen gemeldet, als das Skelett gefunden wurde. Außerdem wäre er im Falle einer legalen Beschäftigung noch in irgendeiner anderen Datenbank vertreten.«

»Sei nicht so negativ – bei Altfällen kommt öfter mal etwas ans Tageslicht, womit man zunächst nicht rechnet.« Hackenholt erhob sich. »Ich mache für heute Schluss. Du solltest auch besser heimgehen und dich ins Bett legen. Du siehst aus, als ob du Fieber hättest.«

Als Hackenholt am Abend vor dem Fernseher saß und sich die Nachrichten anschaute, musste er plötzlich dreimal hintereinander niesen.

»Martin hat sich gestern erkältet, als wir den Ort in Augenschein genommen haben, an dem das Skelett gefunden wurde«, erklärte er auf Sophies kritischen Blick hin. »Hoffentlich habe ich mich heute nicht bei ihm angesteckt.«

»Dann kommst du ab sofort in Quarantäne und hast Ronja-Verbot, bis wir das ausschließen können«, sagte Sophie entschieden.

»Was?« Hackenholt sah sie entgeistert an.

»Ja, glaubst du, ich will, dass unser Baby sein erstes Weihnachtsfest mit Fieber schreiend im Bett verbringt? Mir hat die Mittelohrentzündung vor drei Wochen völlig genügt.«

»Und ich? Was ist, wenn ich Weihnachten im Bett verbringen muss?«

»Das würde zwar meinen Plan durcheinanderbringen, wäre aber kein Weltuntergang, denn es ist ja nicht dein erstes Weihnachten.«

Hackenholt reckte den Hals nach links und rechts, bis die Wirbel knackten. »Bislang fühle ich mich eigentlich ganz fit: keine Hals- und Gliederschmerzen, keine verstopfte Nase, kein Fieber.«

»Dann sieh zu, dass es so bleibt! Ronja-Verbot hast du trotzdem.«

Mittwoch

Am Morgen nahm Hackenholt zum ersten Mal in dieser Woche an der täglichen Lagebesprechung teil, da Sophie mit ihrer Drohung tatsächlich Ernst gemacht hatte und er sich nicht um sein Töchterchen kümmern durfte. Überrascht stellte er nun fest, dass seine Kollegen, obwohl es nicht so gewirkt hatte, viel beschäftigt gewesen waren. Über die Diskothekenbesucherin, der am Wochenende von einer anderen Frau im Toilettenraum mit einem Messer in den Bauch gestochen worden war, hatte er in den Lagemeldungen gelesen. Dass annähernd zeitgleich jedoch Unbekannte in einer weiteren Disko einen jungen Mann so schwer gegen den Kopf getreten hatten, dass er sich immer noch auf der Intensivstation befand, war ihm offenbar entgangen.

Einen Augenblick lang verspürte er ein Ziehen in der Brust: Er fühlte sich überflüssig – das Team kam wunderbar ohne ihn zurecht. Eilig rief er sich zur Ordnung. Es war *sein* Wunsch gewesen, für eine Weile kürzerzutreten und nur drei Tage pro Woche zu arbeiten, um Sophie zu entlasten und mehr Zeit mit seiner Tochter verbringen zu können.

»Martin hat sich krankgemeldet«, wandte sich Stellfeldt schließlich an ihn. Der ältere Kollege hatte, wie immer während Hackenholts Abwesenheit, die Führung des Teams übernommen. »Er hat kaum ein Wort rausgebracht.«

»Wahrscheinlich wäre es besser gewesen, wenn ich ihn gestern am Morgen gleich wieder nach Hause geschickt hätte. Er sah da schon nicht sonderlich gut aus.«

»Brauchst du einen von uns, der heute mit dir rausfährt?«

»Es wäre gut, wenn du Ralph entbehren könntest – weniger wegen dem, was im Augenblick anliegt, sondern vielmehr im Hinblick auf die kommenden Tage. Heute steht der Fahndungsaufruf mit einem Bild der Weichteilrekonstruktion in der Zeitung. Wenn Martin nicht da ist und ich frei habe, muss sich einer von euch in unserem Fall auskennen.«

»Du erwartest jetzt aber nicht von mir, dass ich mich zu dir in das kleine Kabuff setze, in das du dich mit Martin zum Aktenstudium zurückgezogen hast, während unser schönes Büro leer steht«, protestierte Wünnenberg umgehend.

»Es geht dir doch nur um die Auswirkungen, die deine vorübergehende Abwesenheit auf das Seelenleben deiner Kaffeemaschine haben könnte«, spottete Christine Mur, die bei der Besprechung ebenfalls anwesend war, um die Kollegen über die neuesten kriminaltechnischen Ergebnisse bezüglich der Angriffe in den Diskotheken ins Bild zu setzen.

»Keine Sorge, Ralph, wir haben uns gestern schon neben deine Kaffeemaschine gesetzt, um deinem Liebling etwas Gesellschaft zu leisten«, beruhigte Hackenholt den Kollegen.

Am Ende der Besprechung hielt Hackenholt Stellfeldt zurück. »Hast du einen Augenblick Zeit?«

»Was gibt's?« Der ältere Beamte ließ sich wieder auf seinen Stuhl sinken.

Hackenholt wartete, bis alle anderen Ermittler den Raum verlassen hatten. Mit gesenktem Blick sagte er schließlich: »Sophie war am Montag im Gericht. Sie hat gesagt ...« Er hielt kurz inne, sammelte seine Gedanken. Als er aufsah, bemerkte er zu seiner Bestürzung, dass Stellfeldt seine Glatze massierte. Das war kein gutes Zeichen. Er räusperte sich. »Sophie hat erzählt, dass Anton Schweinsberger krank ist und sein Verteidiger die sofortige Freilassung fordert.«

Stellfeldt wandte den Kopf ab und ließ seine Hand langsam sinken. Eine anderweitige Reaktion zeigte er jedoch nicht. Weder winkte er entspannt ab und versicherte Hackenholt, dass nichts daran sei, noch tat er mit einem empörten Ausruf seine Verwunderung kund. Vielmehr schien er sich vor Hackenholts Worten am liebsten verschließen zu wollen.

Hackenholts Puls schnellte in die Höhe. »Weißt du etwas darüber, Manfred?«

»Ich habe Dorschner gesagt, dass ich es für keine gute Idee halte, dich nicht über die Sachlage ins Bild zu setzen.«

»Worüber wurde ich nicht informiert?« Hackenholts Atem ging schneller. »Was hat der Chef damit zu tun?«

»Während du zur Reha in Bad Bocklet warst, wurde bei den üblichen Durchsuchungen in Arnold Schweinsbergers Zelle ein Zettel gefunden – die internen Ermittlungen haben ergeben, dass er von seinem Vater stammt und über andere Mithäftlinge weitergegeben wurde.«

»Was stand in diesem Brief?« Hackenholt war blass geworden.

»Es ging nicht um dich«, beruhigte Stellfeldt ihn sofort. »Anton Schweinsberger hatte einen Plan ausgearbeitet, wie sein Sohn den Anstaltsleiter als Geisel nehmen sollte, um sich und die restlichen Familienmitglieder aus der Haft freizupressen. Die zuständigen Stellen haben sofort reagiert: Die zwei Männer wurden in den jeweiligen Vollzugsanstalten in andere Abteilungen verlegt und zudem wurde für beide strenge Einzelhaft angeordnet.«

»Was geschah dann?«

»Nichts. Der zuständige Haftrichter hat die Haftbedingungen alle drei Monate überprüft und deren Fortbestand bestätigt. Das will jetzt offenbar der Anwalt des Vaters als Trumpf ausspielen, indem er behauptet, Anton Schweinsberger wäre aufgrund der unmenschlichen Bedingungen verhandlungsunfähig. Mehr steckt nicht dahinter.«

»Hast du den Vater in letzter Zeit gesehen?«

Stellfeldt schüttelte den Kopf. »Es gibt keinen Grund, sich Sorgen zu machen. Kein Psychiater der Welt wird ein Gutachten erstellen, aufgrund dessen Schweinsberger frei kommt.« Der Kollege erhob sich. »Ich muss los, Frank, ich habe um neun einen Termin bei Gericht.«

Hackenholt nickte geistesabwesend.

»Gibt es schon etwas Neues in deinem Altfall?«, fragte Wünnenberg, als der Hauptkommissar schließlich im gemeinsamen Büro erschien und sich an den Schreibtisch setzte.

»Leider nicht. Martin und ich haben die Akten intensiv studiert, uns den Fundort der Leiche angesehen und mit den Eigentümern der umliegenden Felder gesprochen. Wir sind an die Sache herangegangen, als wären wir die Erstermittler, aber alles, was wir bislang herausgefunden haben, stand bereits in den Akten. Es gibt kaum neue Ermittlungsansätze. Nicht einmal der Abgleich der Gesichtsrekonstruktion mit den im Ausländerzentralregister gespeicherten Lichtbildern, den Martin gestern noch veranlasst hat, ergab einen Treffer.«

»Wie sieht es mit Reaktionen auf euren Fahndungsaufruf aus?«

»Den haben wir gestern erst an die Presse herausgegeben und ins Internet gestellt. Es wird sicher eine Weile dauern, bis sich jemand meldet.«

»Wenn du mich fragst, werden überhaupt keine Hinweise dazu eingehen«, brummte Wünnenberg pessimistisch. »Mensch, überleg doch mal: Der Fall ist zehn Jahre alt! Da erinnert sich doch keiner mehr an was. Noch dazu war das Opfer kein sozialintegrierter Bürger, sondern im besten Fall ein Flüchtling und im schlimmsten ein Illegaler.« Er starrte auf den Fahndungsaufruf vor ihm.

Mittig stand in großen roten Buchstaben »Mord«, darunter waren zwei Fotos der Gesichtsrekonstruktion abgedruckt. Daran schloss sich ein kurzer Text an, der das mutmaßliche Alter des Toten benannte, in welchem Zeitraum er gestorben war und wo die sterblichen Überreste gefunden worden waren. Auch die Vermutung, dass der Tote aus dem Balkangebiet stammte, wurde genannt. Der Aufruf schloss mit der Frage, wer den Mann auf dem Foto gekannt hatte oder den ermittelnden Behörden mit Beobachtungen rund um den Ablageplatz der Leiche weiterhelfen konnte. Dann folgte die Telefonnummer des Kriminaldauerdienstes.

»Hast du dir den Kerl schon mal ganz genau angesehen?« Wünnenberg blickte auf.

»Natürlich!« Hackenholt klang irritiert.

»Und was ist dir dabei aufgefallen?«

»Was hätte ich denn deiner Meinung nach entdecken sollen?«

»Die Haare, die Dreadlocks. Das Gesicht.«

»Ich verstehe nicht.«

»Wenn ich an südländische Typen denke, dann stelle ich mir einen Mann mit schwarzen Haaren und buschigen Augenbrauen vor, der einen starken Bartwuchs hat und sich zweimal am Tag rasieren muss. Dagegen wirkt dieses Bild fast weiblich.«

»Es besteht überhaupt kein Zweifel daran, dass es sich um einen männlichen Toten handelt. Die Rechtsmedizin war in dem Punkt ausgesprochen explizit, gerade weil die Knochen auf einen eher kleinen und vor allem sehr schlanken Mann schließen lassen.«

»Und die Wissenschaft hat sich natürlich noch nie geirrt«, spottete Wünnenberg. »Ich habe neulich erst einen Artikel in einer Fachzeitschrift gelesen, in dem dargestellt wurde, welche Fehler bei DNA-Analysen gemacht werden, ohne dass es jemand merkt, und wie es dann zur Verurteilung von Unschuldigen kommt. Mir war richtig schlecht danach.«

»Aber dieser Gefahr sind wir uns doch bewusst. Deswegen verlassen wir uns nicht nur auf daktyloskopische und molekulargenetische Ergebnisse, sondern hinterfragen ständig unsere Theorien, versuchen, uns nicht von persönlichen Sympathien und Antipathien leiten zu lassen, sondern herauszufinden, ob uns wirklich jemand anlügt und deswegen nervös ist. Oder ob er einen echten Grund hat, gestresst zu sein.« Hackenholt lehnte sich zurück. »Du meinst also, ich sollte eine weitere Meinung einholen, ob es sich bei dem Toten wirklich um einen Mann handelt? Obwohl sowohl das Skelett als auch die DNA-Analyse besagen, dass der Tote männlich ist?«

»Ach, ich weiß doch auch nicht. Wahrscheinlich hast du recht und hinsichtlich des Geschlechts hat alles seine Richtigkeit. Aber Dreadlocks! Das passt meiner Meinung nach nicht zum Balkan. Könnte der Tote nicht vielleicht aus der Karibik stammen? Dort sind die Männer doch oftmals eher klein und zierlich. Vielleicht gibt es bei denen ähnliche Isotope wie auf dem Balkan, sodass die Analyse uns in eine ganz falsche Richtung geschickt hat?«

»Ein blonder Jamaikaner?« Hackenholt sah Wünnenberg zweifelnd an. »Ich glaube, so kommen wir nicht weiter. Ich frage jetzt mal bei der Bereitschaftspolizei nach, ob die Kollegen uns beim Verteilen der Fahndungsaufrufe in Reutles und Neunhof unterstützen können.« Damit wandte er sich seinem Telefon zu.

Noch während er die Modalitäten mit dem zuständigen Beamten abklärte, ging ein weiterer Anruf auf seiner Leitung ein. Wünnenberg nahm ihn entgegen. Nach einer Weile machte der Hackenholt ein Zeichen, sein Telefonat zu beenden.

»Was ist los?«

»Das war ein Fotograf, der unseren Unbekannten erkannt haben will. Er ist heute nur noch eine Stunde lang in seinem Studio, dann muss er zu einem Termin außer Haus. Wir müssen uns beeilen, die Adresse ist nämlich draußen in Altenfurt.«

Nils Ophoff saß an einem Computerarbeitsplatz, erhob sich aber beim Eintreten der beiden Beamten sofort.

»Ich habe schon alles bereitgelegt«, erklärte der Enddreißiger, nachdem sich die Ermittler vorgestellt und ausgewiesen hatten. Auf einem Tisch stapelten sich neben einem Schuhkarton eine Menge ausbelichteter Bilder.

»Sie haben den Mann fotografiert?«, fragte Hackenholt überrascht.

»Ich habe damals die gesamte Großfamilie mit meiner Kamera begleitet. Und das hier ist der, den Sie suchen – glaube ich zumindest.« Ophoff wies auf eine Fotografie. Sie zeigte einen zierlichen jungen Mann mit blonden Dreadlocks und Spitzbart, der ein kleines Mädchen in einem rosafarbenen Kleid auf dem Arm hielt.

Hackenholt starrte auf das leicht verschwommene Bild und versuchte, sich den Bart wegzudenken. Der Mann hatte eine gewisse Ähnlichkeit mit dem Gesicht, das die Rechtsmedizin rekonstruiert hatte, das ließ sich nicht leugnen.

»Erzählen Sie uns bitte mehr. Wie kam es zu den Fotos?«, bat Hackenholt.

»Ende der Neunzigerjahre habe ich in einer Wohngemeinschaft in der Regensburger Straße gelebt – ich studierte damals noch Maschinenbau. Nebenan war eine Roma-Familie in den alten, heruntergekommenen Häusern aus der Nazi-Zeit untergebracht. Manchmal waren es bis zu hundert Menschen, die dort lebten. Sie haben sich viel draußen aufgehalten, im Garten und im Wald, und so bin ich schließlich mit ein paar von ihnen ins Gespräch gekommen. Ich war neugierig, weil sie scheinbar ein so anderes Leben führten. Zumindest habe ich das anfänglich geglaubt. Stück für Stück bin ich in ihre Welt eingetaucht. Trotzdem hat es viele Monate gedauert, bis ich mal zu einem Tee bei ihnen eingeladen wurde. Dabei kam ich auf die Idee, die Familie zu porträtieren. Ich war begeisterter Hobbyfotograf. Es hat aber noch einmal fast ein halbes Jahr gedauert, bis ich die Familie tatsächlich fotografieren durfte.«

»Von wann genau stammen diese Bilder?« Hackenholt wies auf den Tisch.

»Frühjahr bis Herbst 2002.«

»Wissen Sie, wie der Mann auf dem Foto heißt?«

»Nein. Ich habe ihn nur ein paarmal gesehen. Wie gesagt, dort haben sich zeitweise bis zu hundert Menschen getummelt. Ich hatte zwei, drei Bezugspersonen, alle anderen waren und blieben mir fremd. Ich habe ja nicht einmal die Sprache verstanden. Ich weiß nur, dass sie aus dem ehemaligen Jugoslawien stammten und Anfang der Neunzigerjahre nach Nürnberg gekommen sind.«

Bis zu diesem Satz hatte Hackenholt es für möglich gehalten, dass der Tote tatsächlich die Person auf dem Foto war, doch nun schüttelte er den Kopf. »Der Mann, den wir suchen, hat vor seinem Tod höchstens zwei Jahre in Mittelfranken gelebt.«

»Das kann durchaus sein. Es gab ein großes Kommen und Gehen in den Häusern. Manche Menschen habe ich nur in dem einen Sommer gesehen, andere schienen immer dort zu sein.«

»Lebt die Familie noch dort draußen in der Regensburger Straße?«, fragte Wünnenberg.

»Schon längst nicht mehr. Irgendwann sind sie in Wohnungen der Stadt Nürnberg umgezogen, die Unterkünfte standen eine Weile leer und verfielen. Ein trister Ort – aber das war er auch schon vor zwölf Jahren.«

»Wissen Sie zumindest von den Kontaktpersonen die Namen?«

»Er hier«, Ophoff deutete auf ein Bild, »hieß Badžo. Und das ist Rupa.« Der Finger wanderte zu einer bildhübschen jungen Frau in einem weißen Kleid. »Mit Romano habe ich die meiste Zeit verbracht.« Ophoff zeigte auf einen Mann, der nur mit einer kurzen Hose bekleidet auf einem Campingstuhl saß. »Ob das Vor- oder vielleicht nur Spitznamen waren, kann ich leider nicht sagen.«

»Und? Habt ihr erste Hinweise auf die Identität des Skeletts bekommen?«, begrüßte Stellfeldt die beiden Rückkehrer.

Hackenholt umriss in groben Zügen, was sie von dem Fotografen erfahren hatten.

»Ohne die Namen habt ihr keine Chance herauszubekommen, welche Wohnungen die Stadt Nürnberg den einzelnen Familien zugewiesen hat.«

»Hältst du es überhaupt für möglich, dass der Tote ein Roma gewesen sein könnte?«, fragte Wünnenberg zweifelnd. »Die hätten doch gemerkt, wenn einer der ihren plötzlich verschwunden wäre.«

»Und was hätten sie dann deiner Meinung nach getan? Eine Vermisstenmeldung bei der Polizei aufgegeben?« Stellfeldt schüttelte den Kopf. »Menschen dieser Ethnie gehören nicht gerade zu denjenigen, die sich vertrauensvoll an uns wenden, wenn sie ein Problem haben. Und da müssen wir uns durchaus an die eigene Nase fassen, da wir Sinti und Roma früher sehr schnell in eine eigene Schublade gesteckt haben. Auch wenn das offiziell niemand zugeben würde.«

»Ich fürchte, nicht nur früher«, brummte Hackenholt verdrossen. »Selbst wenn sie zu einer unserer Polizeiinspektionen gegangen wären, um eine Vermisstenmeldung zu erstatten, liegt die Vermutung nahe, dass sie mit dem Hinweis abgewimmelt worden wären, als sogenanntes fahrendes Volk könnten sie sich nicht sicher sein, ob sich der Angehörige nicht gerade auf den Weg zu einem anderen Zweig der Familie gemacht hatte. Aber nach so langer Zeit wird man das nicht mehr herausfinden.«

»Iech hoff, iech mou niemåls suern Aldfall bearbeidn«, stellte Baumann fest. »Des is doch dodål frusdrierend.«[4]

»Außerdem steht zu erwarten, dass sich die meisten Familienangehörigen nicht mehr in Deutschland aufhalten«, konstatierte Stellfeldt eine schlichte Tatsache. »Die Zahl der Asylverfahren von Roma aus dem ehemaligen Jugoslawien hat sich seit dem Ende der Visumspflicht aus diesen Ländern vervielfacht. Dabei beträgt die Erfolgsquote der Verfahren annähernd null Prozent. In vielen Fällen wird als Asylgrund die Zugehörigkeit zur Volksgruppe der Roma angeführt und argumentiert, dass sie deshalb in ihren Herkunftsländern besonders schlechten Lebensumständen ausgesetzt sind. Was zwar absolut stimmt, aber natürlich nicht ausreicht, um einen Aufenthaltstitel zu erhalten. Und da die Lage in Ex-Jugoslawien inzwischen als vermeintlich sicher angesehen wird, müssen die Bewerber relativ zeitnah nach der Ablehnung ihres Antrags ausreisen. Nur in ganz wenigen Ausnahmefällen wird jemandem beispielsweise aufgrund einer schweren Erkrankung eine humanitäre Duldung gewährt.«

»Kann ich es mir dann nicht sparen, bei der Stadt Nürnberg nachzufragen, was aus den Leuten in der Regensburger Straße wurde?« Wünnenberg sah Hackenholt fragend an.

»Was sollen wir denn sonst tun? Ich bin für jeden Vorschlag offen. Es ist ja nicht so, als ob wir in einer Flut von Hinweisen ertrinken würden.« Hackenholt boxte frustriert mit der Faust gegen den Türrahmen.

»Des hodd fei noo zwaa weidere Ånruf geem.«[5]

Hackenholt sah überrascht auf. »Wirklich?«

»Ja, aber ...« Stellfeldt winkte ab. »Der eine will den Typ neulich

4 »Ich hoffe, ich muss nie so einen Altfall bearbeiten«, (...). »Das ist doch total frustrierend.«

5 »Es gab noch zwei weitere Anrufe.«

in der Königstorpassage gesehen haben. Er soll gebettelt haben. Und der andere meinte, dass es sich um einen Musiker aus der Karibik handelt.«

»Womit wir wieder am Ausgangspunkt wären. Du wirst also doch die Spur über die Stadt Nürnberg verfolgen müssen, Ralph.« Hackenholt wandte sich ab, ging in sein Büro und setzte sich an den Computer. Er kannte sich in der Thematik rund um die in Deutschland lebenden Roma zu wenig aus, als dass er sich ein Bild von deren Situation machen konnte. Es war an der Zeit, sich zumindest oberflächlich einzulesen.

Schnell lernte er, dass er zwischen zwei Gruppen unterscheiden musste: Einerseits lebten Sinti und Roma bereits seit mehreren Hundert Jahren in Deutschland – andererseits hatte es während der Jugoslawienkriege viele Flüchtlinge nach Deutschland verschlagen.

Obwohl Hackenholt davon ausging, dass der Tote, wenn überhaupt, zur zweiten Gruppe gehörte, las er sich als geschichtsinteressierter Mensch in die komplette Vergangenheit der Ethnie ein.

So erfuhr er, dass Sinti zum ersten Mal 1407 in Hildesheim urkundlich erwähnt wurden. Sechzehn Jahre später gestattete König Sigismund ihnen schriftlich verbrieft ihre eigene Gerichtsbarkeit und versuchte gleichzeitig, sie vor Übergriffen zu schützen.

Hackenholt blickte auf. Sigismund war auch der König gewesen, der den Nürnbergern unwiderruflich und unanfechtbar das Recht zur ewigen Verwahrung der Reichskleinodien übertragen hatte. Ein spendabler König – allerdings sollte den Sinti kein sonderliches Glück mit dem Schutzbrief beschert sein.

Wie der Hauptkommissar im nächsten Abschnitt las, änderte sich die Situation bereits gegen Ende des Jahrhunderts völlig: Während der Lindauer und Freiburger Reichstage wurde Sigismunds Schutzbrief aufgehoben und während der Augsburger Reichstage wurden die »Zigeuner« schließlich sogar für vogelfrei erklärt. Die Verfolgung begann: Die Zünfte untersagten ihnen die Ausübung von Handwerksberufen, viele deutsche Landesherren wollten sie nicht auf ihrem Grund dulden; sie wurden verfolgt oder teilweise sogar ermordet – alles straffrei.

Erst Mitte des 18. Jahrhunderts brachte der Humanismus erneut eine Wende: Statt die Sinti weiter zu verfolgen, sollten sie nun sesshaft gemacht werden. Eigentlich hätte das eine positive Entwicklung sein können, doch je nach Wohnort wurde ihnen die Pflege ihrer Kultur und Sprache verboten, die Jugendlichen mussten ein Handwerk lernen und wurden zum Militär verpflichtet, viele Sinti-Kinder wurden den Familien entrissen und zwangsadoptiert.

Als 1864 Bulgarien und Rumänien die Leibeigenschaft aufhoben, versuchten viele Roma in westliche Länder auszuwandern; die meisten schafften es jedoch gar nicht erst über die Staatsgrenzen. Von denen, die nach Deutschland kamen, wurde ein Großteil als »Zigeuner ohne deutsche Staatsangehörigkeit« zwangsweise zurücktransportiert.

Die systematische, reichsweite Registrierung und Überwachung der Sinti und Roma nahm Ende des 19. Jahrhunderts in Bayern ihren Anfang. Der Einrichtung der ersten nachrichtendienstlichen Stelle folgte 1926 die neue »Zigeunerpolizeistelle« beim Regierungspräsidium München.

Direkt nach der Machtübernahme durch die Nationalsozialisten verloren die hier lebenden Sinti und Roma die deutsche Staatsbürgerschaft, viele wurden ab Mitte der Dreißigerjahre in Lagern interniert und mussten Zwangsarbeit leisten. Kinder durften keine Schule mehr besuchen, es gab Berufsverbote, spezielle Meldepflichten und zahlreiche Einschränkungen im täglichen Leben. Das Reichsgesundheitsamt begann, sie mit Rassegutachten zu erfassen, und initiierte eine rassenbiologisch motivierte Verfolgung mit Zwangssterilisationen, Eheverboten, grausamen medizinischen Menschenversuchen sowie Massentötungen in Vernichtungslagern. Zwischen 1938 und 1945 wurden in Deutschland etwa fünfzehntausend »Zigeuner« und »Zigeunermischlinge« ermordet.

»Starker Tobak!«, murmelte Hackenholt.

Im letzten Jahrzehnt des 20. Jahrhunderts flüchteten angeblich rund fünfzigtausend Roma vor dem bosnischen Bürgerkrieg und wegen des Kosovokonflikts nach Deutschland; die meisten von ihnen waren entweder christlich-orthodoxen oder muslimischen Glaubens.

Durch strikte staatliche Maßnahmen – die Asylrechtsreform von 1993, bilaterale Rückübernahmeabkommen mit den südost- und osteuropäischen Staaten, vermehrte Abschiebungen, Abwehr der Einreise über sichere Drittstaaten und Rückkehrfördermaßnahmen – wurde die Zahl der Flüchtlinge in Deutschland ab Mitte der Neunzigerjahre stark reduziert. Allerdings führten die restriktiven Zuwanderungs- und Asylbestimmungen zur Erhöhung der Anzahl illegal Eingereister.

Hackenholt lehnte sich in seinem Bürostuhl zurück und starrte die Weichteilrekonstruktion an, die noch immer auf seinem Schreibtisch stand.

»Und du?«, murmelte er leise. »Wer bist du? Wie bist du zu uns gekommen? Was hast du ausgerechnet in Nürnberg gemacht? Du musst uns helfen, wenn wir herausfinden sollen, wer dir den Schädel eingeschlagen hat. Allein schaffen wir es nicht.«

Donnerstag

Sophie war mit Ronja einkaufen gegangen – und zwar ohne Hackenholt. Der stand noch immer unter Quarantäne, weil er gelegentlich niesen musste, sich hin und wieder räusperte und in der vergangenen Nacht sogar zweimal ein leichtes Hüsteln von sich gegeben hatte. Insgeheim vermutete er jedoch, dass Sophie Weihnachtsgeschenke einkaufte und Ronjas Kinderwagen brauchte, um sie unbemerkt in die Wohnung schmuggeln zu können. Denn mit der Masse an Viren und Bakterien, der sie das Kind in vollen Läden aussetzte, konnte er um Längen nicht mithalten.

Da er nichts zu tun hatte, machte er es sich im Wohnzimmer mit seiner dritten Tasse Kaffee und der Tageszeitung gemütlich. Der Politikteil gab nicht viel her. Noch immer wartete die Welt auf die herausragenden Taten des nun in Nürnberg ansässigen Heimatministeriums. Und auch in Berlin schien man schon in den Winterurlaub gegangen zu sein. Gemächlich blätterte Hackenholt zu den Lokalnachrichten.

Plötzlich weiteten sich seine Augen. Ungläubig formten seine Lippen stumm die Worte der dicken Überschrift eines Kommentars: ISOLATIONSHAFT RICHTET MANN ZUGRUNDE. Rasch überflog er den Artikel. Der reißerischen Schlagzeile folgte ein einseitig recherchierter und linksradikal gefärbter Artikel mit dem Tenor, dass ein bislang unbescholtener alter, kranker Mann von den Justizbehörden durch folterähnliche Maßnahmen zum Krüppel gemacht worden war. Da hatten Anton Schweinsbergers Anwälte offenbar ganz tief in die Trickkiste gegriffen und sehr gute Lobbyarbeit geleistet. Am Artikelende angekommen, knüllte Hackenholt die Zeitung zusammen und schleuderte sie auf den Boden. Im selben Moment begann sein Handy zu piepen. Wünnenbergs Mobilfunknummer wurde im Display angezeigt. Hackenholt atmete mehrere Male tief durch, dann meldete er sich.

»Was gibt's, Ralph? Hast du die Familien ausfindig gemacht, die um die Jahrtausendwende in der Regensburger Straße gewohnt haben?«

»Natürlich. Und einen Blick in die Vergangenheit habe ich auch gleich noch getan, während ich in die Kristallkugel gesehen habe, und weiß jetzt, wer der Mörder ist.« Wünnenberg hörte sich genervt an. »Es hat wieder jemand angerufen, der unser Opfer erkannt haben will. Diesmal ist es eine Kneipenwirtin.«

»Soso.«

»Die Frau klingt glaubwürdig. Wenn es stimmt, was sie mir am Telefon erzählt hat, bekommen wir durch ihre Aussage vielleicht brauchbare Hinweise. Ich dachte, es wäre ganz gut, wenn du zu dem Gespräch mitkommen würdest. Manfred und Saskia sind beschäftigt, Martin ist bis nächste Woche krankgeschrieben und die anderen haben keine Ahnung von der Sache.«

Einen Augenblick lang war Hackenholt hin- und hergerissen. Natürlich interessierte es ihn, welche Wendungen »sein Fall« auch während seiner Abwesenheit nahm. Andererseits: Er hatte Urlaub. Wäre er verreist, wäre niemand auf die Idee gekommen, ihn zu bitten, zu einer Vernehmung mitzukommen. Aber er war nicht weggefahren. Er hatte einen freien Tag, den er mit seiner Tochter verbringen wollte – doch seine Frau hatte sich etwas anderes in den Kopf gesetzt. Dann konnte Sophie eigentlich nichts dagegen haben, wenn er ...

»Holst du mich ab?«

»Ich bin schon in der Pirckheimerstraße.«

Hackenholt stand auf, ging in den Flur und schlüpfte in seine Winterjacke. Er balancierte gerade auf einem Bein, um in seinen Schuh zu schlüpfen, als ihm etwas einfiel. Rasch lief er noch einmal ins Wohnzimmer zurück, griff nach der Zeitung, rollte sie zusammen und steckte sie in seine Jackentasche. Wenn er schon so unverhofft die Wohnung verließ, war es eine gute Gelegenheit, den Artikel unauffällig verschwinden zu lassen, bevor Sophie ihn zu Gesicht bekam.

Sollte Hackenholt eine Spelunke erwartet haben, wurde er positiv überrascht. In dem Gebäude, vor dem Wünnenberg schließlich in der Roonstraße hielt, waren das Arbeitsgericht und Teile des Versorgungsamtes untergebracht.

»Bist du sicher, dass wir hier richtig sind?«, fragte der Hauptkommissar zweifelnd.

»Vertrau mir.« Wünnenberg stieg aus und sperrte den Dienstwagen ab. Dann führte er seinen Kollegen mit schlafwandlerischer Sicherheit durch lange Gänge; offensichtlich hatte er eine gute Wegbeschreibung erhalten. In der Kantine angekommen, ging er zu einer langen Theke.

»Hallo? Jemand da? Frau Röll?«

Augenblicklich hörten sie das schabende Geräusch, das entstand, wenn hölzerne Stuhlbeine über Fliesen kratzten. Eine Frau erschien. Sie war in den Fünfzigern, groß und hager und in strahlendes Weiß gekleidet. Auf dem Kopf trug sie kein Haarnetz, sondern eine Kochmütze – allerdings keine solch hohe, lange wie sie Chefköche hierzulande in einem Sterne-Restaurant trugen, sondern eine eher in Frankreich übliche ballonförmige.

»Kriminalpolizei. Wir haben vorhin miteinander telefoniert«, übernahm Wünnenberg die Vorstellung.

»Setzen Sie sich. Ich hole meinen Mann.« Sie verschwand durch die doppelflügelige Schwingtür, durch die sie den Kantinenraum betreten hatte. Kurze Zeit später kehrte sie in Begleitung eines Kochs zurück, dessen Schürze man deutlich ansah, dass er Gelbe Rüben geputzt hatte.

Wünnenberg zog eins der Fahndungsplakate aus seiner Jackentasche, faltete es auseinander und legte es auf den Tisch. »Sie glauben, diesen Mann wiedererkannt zu haben?«

»Ich habe es Ihnen schon am Telefon gesagt: Bis Ende 2010 hatten wir in Zabo eine Kneipe. Da uns mit dem Rauchverbot der Umsatz weggebrochen ist, mussten wir uns nach etwas Neuem umsehen. Mein Mann ist gelernter Koch – deshalb dachten wir zunächst an ein kleines Restaurant. Da schlägt das Rauchverbot nicht so durch wie in den reinen Bierkneipen. Aber dann hat uns ein Gast erzählt, dass für diese Kantine ein neuer Pächter gesucht wird, und so sind wir hier gelandet.«

»Der Mann auf dem Foto war früher Stammgast in unserer Kneipe«, ergriff nun zum ersten Mal Herr Röll das Wort. Er hatte eine angenehme, tiefe Stimme.

»Wissen Sie, wie er hieß und wo er gewohnt hat?«

»Jelko. Seinen Nachnamen hat er nie genannt. Er kam aus dem ehemaligen Jugoslawien. Bei wem er in Nürnberg untergekommen ist, wissen wir nicht.«

»Wann haben Sie ihn zum letzten Mal gesehen?«

»Das müsste im Herbst 2002 gewesen sein.«

»War er Roma?«

»Keine Ahnung.« Röll zuckte mit den Schultern. »Er war jedenfalls Bauarbeiter.«

»Bei welcher Firma war er beschäftigt?«, hakte Hackenholt sofort nach.

»Falls wir es je wussten, haben wir es inzwischen vergessen. Das ist alles so lange her. Und er war ja auch nicht die ganze Zeit da.« Der Mann sah seine Frau an. Sie nickte, und er fuhr fort. »Wir gehen davon aus, dass Jelko ein Illegaler war. Eines Abends kam er in unsere Kneipe, und von da an war er so gut wie jeden Tag dort. Am Anfang konnte er kaum mehr als ein paar Brocken Deutsch. Nach ungefähr einem halben Jahr verschwand er genauso plötzlich, wie er gekommen war. Dann haben wir ihn einige Monate lang nicht mehr gesehen und auf einmal stand er wieder in unserer Kneipe. Wahrscheinlich war er in der Zwischenzeit woanders in Deutschland, denn seine Sprachkenntnisse hatten sich deutlich verbessert.«

»Warum glauben Sie, dass sich der Mann hier illegal aufgehalten hat?«

»Es gab mal einen Vorfall in der Kneipe: Zwei Gäste haben sich geprügelt und einiges zerschlagen. Daraufhin rief ich die Polizei. Als Jelko das mitbekommen hat, tat er so, als wollte er auf die Toilette gehen, ist aber heimlich durch den Hausflur abgehauen. Die Rechnung hat er am nächsten Abend bezahlt.«

»Lassen Sie uns noch einmal auf seinen Beruf zurückkommen. Sie sagten, er hätte auf dem Bau gearbeitet. Sind Sie sich sicher? Der Mann, den wir suchen, war sehr schmächtig.«

»Jaja. Jelko war klein und unscheinbar. Schwere körperliche Arbeit hätte man ihm nicht zugetraut. Trotzdem hatte er ziemlich viel Kraft.«

»Außerdem trug er oft noch seine Arbeitskleidung: ein Holzfällerhemd und dreckige Jeans«, ergänzte Frau Röll.

»Erinnern Sie sich an weitere Kleidungsstücke?«, fragte Wünnenberg.

»Es gab da noch die Jacke, die ich Ihnen am Telefon beschrieben habe. Eine dunkelbraune Veloursteppjacke mit hellbraunen Glattlederärmeln.«

Hackenholt horchte auf. »Geht das bitte etwas genauer?«, hakte er nach.

»Es war keine ausgesprochene Winterjacke, eher eine, die man in der Übergangszeit trägt. Unten Velours, oben gesteppt. Sie war sein ganzer Stolz.«

Wünnenberg öffnete den mitgebrachten Aktenkoffer und entnahm ihm ein Blatt Papier. »Hat die Jacke dieser hier geähnelt?«

»Das ist sie!«

»Und wenn er keine Baustellenkleidung trug, was hatte er dann außer der Jacke noch an?«, machte Hackenholt weiter. Er versuchte, sich seine Erregung nicht anmerken zu lassen, aber durch die Identifikation der Jacke war es ein ganzes Stück wahrscheinlicher geworden, dass die ehemaligen Wirtsleute tatsächlich den richtigen Mann meinten.

»Dasselbe – nur sauber: ein Holzfällerhemd, Jeans und Schnürschuhe.«

»Turnschuhe?«

»Lederschuhe. Aber keine schicken, sondern mehr so klobige mit einem groben Profil«, antwortete die Frau.

»Er hatte immer ein Taschenmesser in seiner Hosentasche«, sagte Herr Röll nachdenklich. »Natürlich kein Schweizer, ein billiges. Er hat damit seine Bierflaschen aufgemacht.«

»Stimmt! Jetzt, wo du es sagst, erinnere ich mich. Es war klein und grün.«

Hackenholt schürzte die Lippen. Ein Messer war damals nicht bei dem Skelett gefunden worden – das musste allerdings nichts heißen. Wahrscheinlich hatte der Täter die Taschen des Toten geleert, da dieser auch keine Brieftasche oder sonstigen Gegenstände bei sich gehabt hatte. Vielleicht waren aber auch die Wildschweine dafür verantwortlich, dass nicht nur Teile des Skeletts verschwunden waren.

»Ich glaube, das war für den Moment alles.« Hackenholt legte eine Visitenkarte auf den Tisch. »Sollte Ihnen noch etwas einfallen, rufen Sie mich bitte unbedingt an – auch wenn es eine Kleinigkeit ist.«

»Wohin jetzt?« Wünnenberg steckte den Schlüssel ins Zündschloss und sah Hackenholt fragend an. »Willst du nach Hause oder kommst du mit in die Dienststelle, um das weitere Vorgehen zu planen? Meiner Meinung nach haben wir nun etwas Konkretes in der Hand.«

»Einen Vornamen«, gab Hackenholt zu bedenken.

»Jelko«, bestätigte Wünnenberg. »Außerdem wissen wir, dass der

Mann 2002 bei einem Bauunternehmen gearbeitet hat. Damit lässt sich etwas anfangen. So viele Baufirmen gibt es in Mittelfranken bestimmt nicht.«

»Wir reden von vor zwölf Jahren.«

»Ein blonder Roma mit Dreadlocks ist seinen Kollegen garantiert in Erinnerung geblieben.«

»Warum melden sie sich dann nicht bei uns?«

»Weil heutzutage kaum noch jemand Zeitung liest und sie unseren Fahndungsaufruf überhaupt nicht mitbekommen haben.«

»Ob Jelko Roma war, ist auch noch lange nicht gesagt. Ich muss gestehen, ich hoffe sehr, dass er nicht dieser Minderheit angehört, denn sonst ist die Hölle los, sobald die Medien davon Wind bekommen. Dann hätten wir einen Fahndungsdruck, der den üblichen bei weitem übersteigt. Mal ganz davon abgesehen, dass wir so gut wie keine Chance haben, den Täter zu finden, wenn es sich um eine rassistisch motivierte Tat handelt. Was die Öffentlichkeit darüber wiederum denken wird, muss ich dir nicht sagen.«

»Irgendwie klingst du ziemlich frustriert. Was ist los?«

»Ich habe es einfach satt, in unserem Job immer als der Dumme dazustehen. Hast du gelesen, was sie heute über die ach so schlimmen Haftbedingungen des armen Anton Schweinsberger geschrieben haben?«

Wünnenberg schüttelte den Kopf.

»Ist auch besser so.« Nach einer Weile fügte Hackenholt hinzu: »Fahr zur Dienststelle, und dann schauen wir, ob wir herausfinden können, wie viele Baufirmen es 2002 in der Noris gab.« Ohne aufzusehen, zog er sein Handy aus der Hosentasche und schrieb Sophie eine SMS, in der er ihr mitteilte, er sei eine Weile unterwegs – schließlich müsse nicht nur sie geheime Einkäufe erledigen. Er hoffte, dass er sie so auf eine falsche Fährte lockte und sie glauben würde, er sei ebenfalls Weihnachtsgeschenke kaufen gegangen.

»Was ist eigentlich bei den Ermittlungen hinsichtlich der Leute herausgekommen, die in der Regensburger Straße gewohnt haben?«, fragte er, während er das Handy wegsteckte.

»Ich habe mich eine gefühlte Ewigkeit lang durch die verschiedenen Ämter telefoniert. Manfred hatte recht: Ohne Nachnamen besteht nicht die geringste Chance, etwas herauszufinden – und schon gar nicht nach so langer Zeit. Also habe ich versucht, über die Einwohnermeldedaten zu ermitteln, wer vor zwölf Jahren in den Anwesen in der Regensburger Straße gewohnt hat. Aber du wirst es nicht glauben: Offiziell war dort nur eine Handvoll Menschen gemeldet – und die leben inzwischen nicht mehr in Deutschland.«

Im Büro hängte Hackenholt seine Jacke an einen Kleiderhaken. Dabei merkte er, dass die zusammengerollte Zeitung immer noch in seiner Tasche steckte. Er nahm sie heraus und warf sie in den Papierkorb. Anschließend sah er in Stellfeldts Büro. Es war leer. Also ging er zu seinem Schreibtisch und fuhr den Computer hoch.

Nach einer Weile fand er, was er suchte: die Telefonnummer der Berufsgenossenschaft Bau. Da die Mitgliedschaft für alle gewerblichen Bauunternehmen und baunahen Betriebe gesetzlich zwingend vorgeschrieben war und durch keine private Versicherung ersetzt werden konnte, hoffte er, dort auf dem kleinen Dienstweg die benötigte Auskunft zu erhalten.

Nachdem er mehrere Male weiterverbunden worden war, hatte er endlich einen kompetenten Herrn an der Strippe, der ihm freundlich auseinandersetzte, warum er ihm nicht weiterhelfen durfte, ihm jedoch den Tipp gab, sich an die IHK zu wenden. Dort würde man ihm problemlos eine Liste der entsprechenden Unternehmen erstellen, da sie auch an private Bauherrn herausgegeben wurde. Man konnte die Daten sogar nach Jahreszahlen filtern.

Reichlich skeptisch beendete Hackenholt das Gespräch und wählte sofort die genannte Nummer. Und in der Tat versprach ihm eine freundliche Mitarbeiterin, sich um sein Anliegen zu kümmern. Das Fax, das er schlussendlich nach einer halben Stunde Wartezeit erhielt, umfasste zehn Seiten mit annähernd zweihundert Firmen.

»Machst du Witze?« Wünnenbergs Gesichtsausdruck entgleiste. »Das dauert mindestens einen Monat, die alle abzuklappern.«

»Dann sollten wir schleunigst damit beginnen.« Hackenholt erhob sich und schlüpfte in seine Jacke.

Während sie zum Dienstwagen liefen, zückte er sein Handy und wählte die Nummer des Kollegen von der Bereitschaftspolizei, mit dem er gestern gesprochen hatte. Der Koordinator war nicht sonderlich erfreut, eine weitere Anfrage für eine Unterstützung zu erhalten. Nach einigem Zögern sicherte er Hackenholt jedoch zu, ihm für den nächsten Tag ein paar Beamte zur Verfügung zu stellen. Sie vereinbarten, dass der Hauptkommissar selbst die jungen Kollegen um sieben Uhr in der Dienststelle in der Kornburger Straße unterweisen sollte.

»Du kommst also morgen wieder in die Arbeit?«, fragte Wünnenberg überrascht.

Hackenholt erstarrte. Im Planungseifer hatte er völlig vergessen, dass er eigentlich zwei freie Tage genießen sollte. Jetzt gab es kein Zurück. Er brummte etwas, das wie eine Zustimmung klang. Was sollte er bloß Sophie sagen? Dass im Kommissariat ein Notstand ausgebrochen war und man aufgrund einer hohen Krankheitsquote nicht auf ihn verzichten konnte?

Die erste Baufirma, die Wünnenberg ansteuerte, befand sich in der Nordstadt. Der lang gestreckte weiße Bau aus den siebziger Jahren machte nicht sonderlich viel her. Auch die futuristisch anmutende Überdachung vor dem Eingangsbereich änderte daran nichts. In der Lobby wurden die beiden Ermittler von einer freundlichen Empfangsdame nach ihren Wünschen gefragt.

»Haben Sie diese Person schon einmal gesehen?« Hackenholt hielt ihr die Fotografie der Weichteilrekonstruktion entgegen.

»Das ist der Mann aus der Zeitung, nicht wahr?«

»Sein Name ist Jelko. Er soll 2002 auf dem Bau gearbeitet haben.«

»Bei uns?«

Hackenholt gab einen unbestimmten Laut von sich. »Wir hätten gerne mit Ihrer Personalabteilung gesprochen.«

»Mit welcher?«

»Haben Sie mehrere?«

»Allerdings.« Als sie Hackenholts verblüfften Gesichtsausdruck sah, erklärte sie: »Wir sind eins der führenden Bauunternehmen in der Metropolregion. Unter unsrem Dach tummeln sich annähernd zwanzig Einzelfirmen: Tochtergesellschaften. Nur so können wir Bauprojekte fast jeder Größenordnung realisieren.« Sie wies auf eine Tafel hinter sich, an der diverse Firmennamen standen. »Sie müssten bei jedem Unternehmen mit dem zuständigen Personaler sprechen, wenn Sie herausfinden wollen, wer der Mann war. Und auch dann bin ich mir nicht sicher, ob Sie Erfolg haben werden. Zwölf Jahre sind eine lange Zeit – einige unserer Human Resources Manager waren damals noch gar nicht hier.«

Sie griff zum Telefonhörer und tippte eine Kurzwahl ein, wartete, sprach ein paar Worte, dann legte sie wieder auf.

»Nehmen Sie den Aufzug und fahren Sie in den siebten Stock. Herr Greif erwartet Sie. Er ist von allen am längsten im Haus. Vielleicht kann er Ihnen weiterhelfen.«

Norbert Greif war noch vom alten Schlag: Ein Handwerker, der sich im Laufe seines Arbeitslebens hochgedient hatte und dem man die jahrelange körperliche Plackerei deutlich ansah. Die ledrige Haut und die tiefen Falten zeugten von einem Leben draußen auf den Baustellen. Nachdem die beiden Ermittler in seinem Büro Platz genommen hatten, zückte Hackenholt erneut die Fotografie der Weichteilrekonstruktion.

»Kennen Sie diesen Mann? Hat er hier gearbeitet oder ist er Ihnen mal auf einer Baustelle begegnet?«

Greif sah sich das Bild lange an, dann schüttelte er den Kopf. »Ich kann mich zumindest nicht an ihn erinnern.«

»Sein Name könnte Jelko sein«, half Hackenholt nach.

»Nein, der Name sagt mir nichts. Und er ist auch nicht außergewöhnlich; viele der Arbeiter kommen aus dem Osten.«

»Es gibt Hinweise, dass er 2002 bei einer Nürnberger Baufirma gearbeitet hat.«

»Vor zwölf Jahren?« Greif klang ungläubig. »Dann brauche ich gar nicht erst in unserem Archiv nachzusehen. Wie alle anderen Firmen vernichten wir die Personalakten zehn Jahre nach dem Ausscheiden des Mitarbeiters. Alles andere wäre der schiere Wahnsinn. Wir wissen sowieso schon nicht, wohin mit den Papierbergen. In der Baubranche herrscht eine hohe Personalfluktuation.«

Hackenholt schnitt eine Grimasse. An Aufbewahrungsfristen hatte er bislang überhaupt nicht gedacht. »Wir müssen Kollegen von diesem Mann finden«, beharrte er.

»Gehen Sie auf die Baustellen und reden Sie mit den Arbeitern. Wenn Ihnen jemand weiterhelfen kann, dann einer von denen und nicht die Büroleute.«

»Wie stellen wir jetzt fest, wo sich gerade Baustellen befinden?« Wünnenberg steckte den Schlüssel ins Zündschloss.

»Gar nicht, wir fahren zur nächsten Firmenadresse.« Hackenholt sah auf die IHK-Liste. »Henglein & Söhne ist gleich ums Eck im Horneckerweg.«

»Aber –«

»Ralph, nicht jede Firma ist so groß wie diese Baugruppe, bei der wir gerade waren. Es gibt Dutzende kleine Unternehmen, deren Chef ganz genau weiß, wen er eingestellt hat.« Er hielt kurz inne. »Wenn du da vorne abbiegst, sind wir übrigens schon da.«

Wünnenberg parkte den Dienstwagen neben einem Bagger im Hof, dann sahen sie sich um. Das zweigeschossige Gebäude war mit blauem Wellblech verkleidet und wirkte mit dem großen Tor von außen wie eine Autowerkstatt. Nachdem Hackenholt eingetreten war, erkannte er den Grund: Im Inneren der Halle wurden nicht nur Baustoffe, sondern auch Maschinen gelagert. Rechter Hand waren zwei abgetrennte Büros. Ein Mann kam auf sie zu. Er trug eine schmale Brille und hielt den Kopf so angewinkelt, dass er über deren Rand hinweg die Neuankömmlinge mustern konnte. Die unnatürliche Haltung erzeugte nicht nur ein dickes Doppelkinn, vielmehr ließ es ihn insgesamt bucklig wirken.

»Wir sind von der Kriminalpolizei und würden gern den Chef sprechen.« Hackenholt zeigte seinen Ausweis.

Der Mann erbleichte. »Was ist passiert?«

Hackenholt wurde klar, dass er glaubte, sie kämen wegen eines Unglücks auf einer Baustelle. »Es geht um eine Personenfahndung«, stellte er daher rasch klar.

»Ich bin Karl Henglein, der Inhaber.« Sein Händedruck glich dem eines Schraubstocks. Endlich schob er die Brille auf den Kopf und richtete sich aus seiner vornübergebeugten Gestalt zur vollen Größe auf.

»Haben Sie diesen Mann schon einmal gesehen?« Wieder legte Hackenholt das Foto der Weichteilrekonstruktion vor. »Er war Bauarbeiter.«

»Ach ja?« Henglein griff nach dem Blatt, wandte sich ab und ging in sein Büro zurück. »Kommen Sie, setzen Sie sich.« Er wies auf zwei harte Holzstühle, die vor einem wuchtigen Schreibtisch standen. Rasch schloss er die Tür, dann nahm er ebenfalls Platz. Noch immer hielt er das Foto in der Hand. »Der soll auf dem Bau gearbeitet haben?«

Hackenholts Blick glitt zu dem Boulevard-Blatt, das aufgeschlagen auf Hengleins Schreibtisch lag. Im Stillen bedauerte er, dass es die Nürnberger Abendzeitung nicht mehr gab. Sie hatte eine Klientel abgedeckt, die von den verbliebenen Blättern nicht erreicht wurde. Er räusperte sich, dann fasste er zusammen, was jedermann in dem Fahndungsaufruf nachlesen konnte.

»Tut mir leid, ich kann Ihnen nicht weiterhelfen«, sagte der Bauunternehmer schließlich. »Meine Kunden wollen gute deutsche Wertarbeit und keinen Pfusch. Ich bevorzuge hiesige Fachkräfte, wenn Sie verstehen, was ich meine.« Damit erhob er sich und begleitete die Beamten zu ihrem Wagen.

Bei den nächsten drei Firmen erging es den Ermittlern keinen Deut besser, was insbesondere Wünnenbergs Laune in den Keller sinken ließ. Als sie auf dem Weg zur sechsten Firma an einer Baustelle vorüberkamen, setzte er daher kurzerhand den Blinker und bog auf das Gelände ab.

Hackenholts fragenden Blick beantwortete er mit einem knappen: »Lass es uns einfach mal probieren!«

»Das bringt doch nichts, Ralph«, protestierte der Hauptkommissar, aber der Kollege ließ sich nicht von seinem Vorhaben abbringen. Mit einem Seufzen öffnete Hackenholt die Tür – und wäre fast in eine riesige Pfütze getreten. Er fluchte leise vor sich hin, während er Wünnenberg folgte, stets bemüht, in dessen Fußspuren zu treten, um nicht knöcheltief im Matsch zu versinken. Bereits nach wenigen Metern kamen ihnen zwei Männer mit gelben Schutzhelmen entgegen.

»Sie können hier nicht einfach herumlaufen, das ist ein Baustellengelände. Wenn Sie sich für eine Wohnung interessieren, müssen Sie dort vorn ins Verkaufsbüro gehen.« Der Arbeiter wies in Richtung eines Wohncontainers, neben dem diverse Bautafeln standen. Wünnenberg zückte seinen Dienstausweis und hielt ihn dem Mann unter die Nase. Der zog überrascht die Augenbrauen hoch.

»Sind Sie der Chef?«, fragte Hackenholt.

»Der Polier.«

Der Hauptkommissar zog sein Notizbuch aus der Tasche. »Ihr Name?«

»Christoph Sturm.«

»Und Sie arbeiten für welche Firma?«

»Günther Bau.«

Er notierte die Angaben, dann blickte er wieder auf. »Sind die Männer alle für diese Firma tätig?«

»N... nein. Es gibt auch zwei Subunternehmer. Worum geht es denn, wenn ich fragen darf?« Sturms Augen huschten hektisch zwischen den Beamten und dem anderen Arbeiter hin und her.

»Kennen Sie diesen Mann?« Hackenholt hielt ihm das Foto hin. »Sein Name ist vermutlich Jelko, und er soll früher auf Baustellen tätig gewesen sein.«

Dem Polier stand die Erleichterung ins Gesicht geschrieben, als er den Kopf schüttelte. »Nein, tut mir leid, der ist mir noch nie untergekommen.«

»Gut. Dann müssen wir jetzt Ihre Kollegen befragen.« Wünnenberg drehte sich in Richtung Rohbau. Sofort war die Anspannung wieder deutlich in Sturms Gesicht zu erkennen.

»Warten Sie, ich trommle die Männer rasch für Sie zusammen.« Er steckte zwei Finger in den Mund, um einen Pfiff auszustoßen.

»Lassen Sie das. Wir gehen etagenweise vor, dann müssen die Leute ihre Arbeit nicht wegen uns unterbrechen«, hielt Hackenholt ihn im letzten Augenblick zurück.

»Dann begleite ich Sie«, erklärte Sturm dienstbeflissen.

»Nicht nötig. Sie haben sicher etwas Wichtigeres zu tun.«

»Wie schon gesagt, ich darf Sie aus versicherungsrechtlichen Gründen nicht alleine über die Baustelle laufen lassen.« Er wandte sich an seinen Begleiter. »Hol mal zwei Schutzhelme.«

Erst nachdem sie den Sicherheitsvorschriften gemäß ausgestattet waren, konnten die beiden Beamten ihre Mission beginnen. Hackenholt ärgerte sich über die vergeudete Zeit. Dennoch ging er im Erdgeschoss von Raum zu Raum, hielt jedem Arbeiter das Foto entgegen und fragte, ob er den Abgebildeten schon einmal gesehen hatte. Stets erntete er nur ein stummes Kopfschütteln. Der fünfte Mann, den er fragte, schien ihn gar nicht zu verstehen. Der Polier sprang ein und übersetzte in eine Sprache, die Hackenholt nicht kannte.

Während Wünnenberg sich um den ersten Stock kümmerte, stieg der Hauptkommissar ins zweite Obergeschoss. Dort bot sich ihm ein ähnliches Bild. Entweder sprachen die Arbeiter kein Deutsch oder sie schüttelten bereits den Kopf, noch bevor er das Foto zeigte.

Als die Kriminaler gemeinsam den dritten und obersten Stock betraten, maulte der Polier unwirsch: »Beeilen Sie sich jetzt! Es wird langsam dunkel, und die Jungs müssen mit den Wänden heute fertig werden.«

Ungerührt wandte sich Hackenholt ab und betrat den Raum zu seiner Linken. Darin arbeiteten drei Männer. Zwei mauerten, einer schleppte Steine von einer Palette heran.

»Kriminalpolizei! Kennen Sie diesen Mann?« Er hielt den Maurern den Fahndungsaufruf entgegen. Beide verneinten. »Und Sie?« Er drehte sich zu dem Hilfsarbeiter, doch der war verschwunden. Rasch ging er ins nächste Zimmer. Es war leer. Hackenholt lief weiter, kam an zwei anderen Männern vorbei, denen er im Vorüberhasten die Kopie entgegenhielt. Sie schüttelten den Kopf.

Plötzlich vernahm er Wünnenbergs Stimme: »Hallo? Was tun Sie da?«

Keine Antwort, dafür schnelle Schritte.

»Stehen bleiben!« Wünnenberg klang alarmiert. Irgendetwas stimmte nicht. Hackenholt lief los. Gerade als er um die Ecke bog, sah er einen gelben Bauhelm hinter einer Absperrung auf dem Gerüst verschwinden.

»Kommen Sie zurück!« Wünnenberg machte sich daran, aus einem Fenster auf das Gerüst zu klettern. Metall quietschte. Hackenholt rannte auf einen Balkon. Zu seiner Rechten stieg Wünnenberg über eine Leiter in das tiefer gelegene Geschoss hinab. Wo war der Bauarbeiter?

Hackenholt packte eine feuchte Querverstrebung und beugte sich weit über das Gerüst hinaus. Seine Augen huschten über die unteren Stockwerke. Plötzlich sog er scharf die Luft ein. Der Mann war über die Begrenzung geklettert und hangelte sich wie ein Affe außerhalb der sicheren Haltestangen am Äußeren des Gerüsts nach unten. Hackenholts Magen krampfte sich zusammen.

»Machen Sie keinen Blödsinn! Kommen Sie zurück!«

Für einen Sekundenbruchteil hielt der Mann inne, hob den Kopf, dann kletterte er nur umso schneller weiter. In dem Moment passierte es: Ein Fuß rutschte ab, die Hand griff ins Leere, ein lang gezogener Schrei hallte über die Baustelle.

Hackenholts Augen weiteten sich in blankem Entsetzen. Der Mann stürzte rücklings in die Tiefe, Arme und Beine ruderten hilflos in der Luft. Der Torso bekam Übergewicht, zog den Kopf nach unten, der gelbe Schutzhelm löste sich. Schließlich schlug der Körper im Matsch auf. Schockiert blieb Hackenholt wie angewurzelt stehen, dann drehte er sich um, rannte zurück und spurtete die Treppe hinunter.

Der Verunglückte lag reglos auf dem Boden. Blut quoll aus einer klaffenden Kopfplatzwunde und sickerte in einem dünnen Rinnsal aus Nase und Ohr. Kein gutes Zeichen. Hackenholt ging neben ihm in die Hocke, fühlte den rasenden, flachen Puls, fragte den Arbeiter, ob er ihn hören könne. Doch die Gestalt bewegte sich nicht. Neben dem Kopf lag ein blutverschmiertes Kantholz; offenbar war er mit voller Wucht draufgeknallt.

»Rettungswagen und Notarzt sind unterwegs – Verstärkung ebenfalls«, rief Wünnenberg. Hackenholt nickte mechanisch. Plötzlich stieß ihn jemand zur Seite. Er rutschte aus und fiel mit dem Knie in eine Pfütze, bevor er sich mit der Hand abstützen konnte, um Schlimmeres zu verhindern. Die großen Hände des Poliers krallten sich in die Weste des Verletzten, rüttelten ihn unsanft. Der Mann öffnete benommen die Augen und lallte ein paar unverständliche Worte. Ein anderer Arbeiter kam mit einem Erste-Hilfe-Kasten angerannt. Zusammen versuchten sie den Kollegen aufzusetzen und ihm einen Verband anzulegen.

»Um Gottes willen, lassen Sie den Mann liegen. Er ist schwer verletzt!« Hackenholt war außer sich.

»Nicht hier im Schlamm!«, protestierte der Arbeiter.

»Er hat sich wer weiß was gebrochen. Jede Bewegung kann mehr schaden als nützen!«, insistierte Hackenholt. Im selben Augenblick verdrehte der Verunglückte die Augen, röchelte und sank in sich zusammen.

Eine halbe Stunde später fuhr der Rettungswagen mit Blaulicht davon. Der Notarzt hatte den Schwerverletzten notdürftig versorgt und brachte ihn auf kürzestem Weg in die Klinik. Streifen der PI Ost waren eingetroffen und hatten nicht nur das Gerüst abgesperrt, sondern auch die Personalien von sämtlichen Anwesenden aufgenommen. Hackenholt sah aus, als habe er sich im Schlamm gewälzt. Seine Schuhe waren nicht mehr zu gebrauchen und die Jeans war bis in Hüfthöhe schlammverkrustet.

Christian Berger, der junge Kollege, der die Streifenbeamten koordinierte, trat zu ihnen. »Wir sind mit den Personalien der Arbeiter fertig. Gibt es sonst noch etwas für uns zu tun?«

»Wie heißt der Mann?«

Berger blätterte in seinem Notizbuch. »Josip Ivica. Er ist kroatischer Staatsbürger und fünfundzwanzig Jahre alt. Eine Meldeadresse in Deutschland haben wir noch nicht herausgefunden, aber er ist zumindest nicht zur Fahndung ausgeschrieben.«

»Hatte er eine Arbeitserlaubnis?«

»Nein. Es gibt noch zwei weitere Männer, die aus Kroatien stammen – auch sie haben keine.«

»Brauchen die denn eine?«, mischte sich Wünnenberg wieder ins Gespräch. »Kroatien ist doch der EU beigetreten.«

»Ja, aber erst im Sommer 2013 – die Menschen genießen noch keine Arbeitnehmerfreizügigkeit. Sie können lediglich ihren Wohnort innerhalb der EU frei wählen«, erklärte Berger.

»Denkst du, das ist der Grund, warum er vor uns abhauen wollte? Weil er keine Arbeitserlaubnis hat?« Wünnenberg sah Hackenholt fragend an.

»Entweder das, oder er weiß etwas über unseren unbekannten Toten.«

»Ist das nicht ziemlich unwahrscheinlich? Wenn die Altersangabe stimmt, war er damals gerade zwölf, dreizehn Jahre alt.«

»Wir müssen ihn befragen, sobald er aus dem Koma erwacht ist.«

»Sollen wir die Kollegen vom Zoll informieren? Die Finanzkontrolle Schwarzarbeit?«, fragte Berger.

»Gute Idee. Die können die Firma mal gründlich durchleuchten. Drei Ausländer ohne Arbeitserlaubnis auf einer einzigen Baustelle – da möchte ich nicht wissen, wen die sonst so alles beschäftigen.« Hackenholt sah sich noch einmal um. Es war dunkel geworden, und die Baustelle wurde von starken Scheinwerfern erhellt. Hier konnten sie nichts mehr ausrichten. »Fahren wir zurück ins Präsidium – ich muss aus den nassen Schuhen raus, sonst hole ich mir wie Martin eine Erkältung.«

In der Dienststelle nahm er seine Ersatzkleidung aus seinem Büro, ging in den Duschraum im Keller und wusch sich den Schlamm von den Beinen. Seine Turnschuhe übergab er umgehend dem Mülleimer, Socken und Jeans packte er in eine große braune Papiertüte. Er hoffte, er würde sie in der kommenden Woche mit nach Hause nehmen und in die Schmutzwäsche schmuggeln können. Heute kam nicht infrage, wenn er nicht wollte, dass Sophie erfuhr, was er den Tag über getrieben hatte.

»Ein Irish Coffee wäre zwar besser, da aber in unseren geheiligten Hallen Alkohol verboten ist, musst du hiermit vorliebnehmen.« Wünnenberg hatte in der Zwischenzeit Kaffee gekocht und reichte Hackenholt eine Tasse. Stellfeldt erschien in der Verbindungstür der beiden Büros.

»Ralph hat erzählt, was passiert ist. Eine saublöde Sache.«

»Das kannst du laut sagen.« Hackenholt trank einen Schluck heißen Kaffee. »Ist in unserer Abwesenheit etwas Interessantes reingekommen? Weitere Anrufe zu unserem Fahndungsaufruf zum Beispiel?«

»Davon ist mir zumindest nichts zu Ohren gekommen.«

Hackenholt unterdrückte ein Gähnen. »Dann mache ich mich jetzt mal besser auf den Heimweg. Sophie wundert sich bestimmt schon, wo ich abgeblieben bin. Wir sehen uns morgen früh.«

Sophie saß noch an einer Übersetzung, als Hackenholt endlich zu Hause ankam. Überrascht blickte sie auf und legte ihren Schreibblock zur Seite, auf dem sie ihre Notizen machte.

»Du warst ganz schön lange weg.«

»Tja, manchmal muss das eben sein.«

»Wo bist du denn gewesen?«

»Lass einem Mann seine Geheimnisse.« Er lächelte vielsagend und wollte Ronja aus dem Laufstall nehmen, was Sophie mit dem Hinweis auf eine mögliche Ansteckungsgefahr jedoch unterband. »Was schenken wir unserer Süßen eigentlich zu Weihnachten?«, wechselte er eilig das Thema.

»Ich weiß nicht. Hast du heute nichts für sie gefunden?«

Hackenholt brummte etwas Unverständliches. Das kam einem Nein am nächsten und war doch keine explizite Lüge. Er hätte eine andere Frage stellen sollen, also versuchte er es noch einmal. »Hast du dich inzwischen entschieden, wie wir Weihnachten verbringen?«

»Heiligabend sind wir allein, aber am ersten Weihnachtsfeiertag kommen Christine Mur und Maurice Puellen. Jetzt müssen wir also nur noch hoffen, dass du nicht kurzfristig in die Arbeit musst. Aber Weihnachten fällt ja auf einen Mittwoch und du hast derzeit donnerstags und freitags sowieso frei. Das sollte also keine Probleme geben.«

Hackenholt holte Luft, schluckte im letzten Moment dann aber doch die Antwort hinunter, die ihm fast herausgerutscht wäre. Obwohl es ihm unter den Nägeln brannte, Sophie zu beichten, dass er am nächsten Tag in die Dienststelle musste, wollte er auf eine bessere Gelegenheit warten, um ihr diese Tatsache schonend beizubringen. Wenn er sie sofort damit überfiel, würde ihr klar werden, dass er den Tag nicht in der Stadt verbracht hatte.

Erst nachdem Sophie Ronja ins Bett gebracht hatte und es sich auf dem Sofa gemütlich machte, wagte er einen zaghaften Vorstoß in diese Richtung.

»Sag mal, Schatz, da du mich im Augenblick im Hinblick auf Ronja sowieso unter Quarantäne gestellt hast, würde es dich stören, wenn du morgen ein paar Stunden lang ohne mich auskommen müsstest?«

»Willst du schon wieder Weihnachtsgeschenke kaufen gehen?« Sophie musterte ihn. »Hast heute wohl nichts Passendes gefunden?«

»Du weißt gar nicht, wie schwierig das ist«, flunkerte er.

»Soll ich dir einen Tipp geben?«

Hackenholt blickte von seinem Buch auf. »Oh ja, bitte.«

»In deinem Kommissariat wirst du mit Sicherheit nicht fündig.« Grinsend zog sie ihn sanft am Ohr. »Hast du auch nur einen Moment lang geglaubt, ich würde dir deine Ausrede abkaufen? Sei froh, dass ich nicht zur eifersüchtigen Sorte Ehefrau gehöre, sonst hätte ich vielleicht vermutet, du wärst bei deiner heimlichen Geliebten gewesen.«

Hackenholt sah sie entsetzt an. »Wie kannst du nur –«

»Keine Sorge: Christine hat dir ein Alibi gegeben. Wir haben heute Nachmittag telefoniert – wegen Weihnachten. Nachdem ich ihr gedroht habe, ihr die Patenschaft für Ronja zu entziehen, wenn sie mich anschwindelt, hat sie zugegeben, dich und Ralph im Hof gesehen zu haben.«

»Manchmal habe ich das Gefühl, ich stehe unter einer engmaschigeren Überwachung, als es sämtliche Geheimdienste dieser Welt jemals hinbekämen.«

»Nur zu deinem Besten«, lächelte Sophie. Dann beugte sie sich vor, hob ein paar Zeitschriften vom Wohnzimmertisch und schaute sich suchend um. »Hast du die heutige Zeitung irgendwo gesehen?«

»Tut mir leid. Die habe ich versehentlich mitgenommen, als Ralph mich abgeholt hat – und dann habe ich sie im Büro liegen lassen. Ich dachte, du hättest sie schon gelesen.« Im Geiste beglückwünschte er sich für die Nonchalance, mit der er das sagte. »Du hast aber nichts verpasst, es stand nichts Wichtiges darin.«

Freitag

Die Unterweisung der Kollegen in den Räumen der Bereitschaftspolizei hielt Hackenholt so kurz wie möglich. Er verteilte Listen mit Baufirmen und den Fahndungsaufruf, dann schwärmten die jungen Beamten aus.

»Wir hätten ihnen unsere Adressen auch noch aufs Auge drücken sollen«, meinte Wünnenberg missmutig, während er den dunkelbraunen Plastikbecher in seiner Hand anstarrte. Auf der Oberfläche des Gebräus, das angeblich Kaffee sein sollte, hatte sich ein grauer Schleier gebildet. Angewidert stellte er den Becher auf einen der Tische, bevor sie das Gebäude verließen.

»Das erste Unternehmen ist in Schniegling.« Hackenholt klang gut gelaunt. Er war froh, dass Sophie seine heutige Abwesenheit stoisch hingenommen hatte. »Baufirma Dieter Traub.«

»Klingt nach einer Klitsche.«

»Besser als ein Imperium mit zwanzig Tochtergesellschaften.«

Wünnenberg entriegelte die Fahrertür und setzte sich ans Steuer, während Hackenholt sein Handy zückte und im Klinikum anrief. Nach einer Weile hatte er einen Assistenzarzt an der Strippe, der ihm mitteilte, dass Josip Ivica, der verunglückte Arbeiter, in der Nacht operiert worden war und nun im künstlichen Koma lag. Man sei derzeit vorsichtig optimistisch, was seine Überlebenschance betraf. Der Arzt notierte sich Hackenholts Nummer und versprach, sich zu melden, wenn es Neuigkeiten gab, insbesondere wenn der Patient das Bewusstsein wiedererlangte und vernehmungsfähig war.

Eine Viertelstunde später stellte sich heraus, dass Wünnenberg absolut recht gehabt hatte – bei dem Bauunternehmen in Schniegling handelte es sich um eine Klitsche: Der Hof neben dem zweigeschossigen Wohnhaus mit schief heruntergelassenen Jalousien wurde von einem hohen Zaun umgeben. Das mit Rost gesprenkelte Tor war durch ein Vorhängeschloss gesichert, dahinter standen schrottreife Fahrzeuge und uralte Baumaschinen. Wünnenberg warf Hackenholt einen vielsagenden Blick zu, hielt sich jedoch mit einem Kommentar zurück.

Die Beamten stiegen aus und sahen sich um. Keine Menschenseele weit und breit. Entschlossenen Schritts ging Hackenholt zum Wohnhaus und klingelte. Ein Mann weit über siebzig öffnete. Er hatte schlohweiße Haare und trug breite Koteletten, die an den späten Elvis Presley erinnerten; allerdings waren sie ebenfalls weiß. Das rechte Ohr zierte eine kleine silberne Creole. Als er an seiner Zigarette zog, entdeckte Hackenholt eine Tätowierung am rechten Mittelfinger. Über einen Teil des ersten Fingerglieds und das Gelenk zum Mittelhandknochen erstreckte sich eine Gamstrophäe, bestehend aus dem Schädelskelett und den kräftigen, leicht gebogenen Hörnern.

»Dieter Traub?«

»Worum geht's?«

»Kriminalpolizei Nürnberg. Kennen Sie diesen Mann?«

Traub griff nach dem Fahndungsaufruf, den ihm der Hauptkommissar entgegenhielt, zögerte kurz und nickte schließlich.

Hackenholt fühlte, wie sich sein Puls beschleunigte. »Hat er für Sie gearbeitet?«

»Natürlich nicht! Er war ein Illegaler.«

»Woher kennen Sie ihn dann?«

»Er hat mich auf einer Baustelle angesprochen und gefragt, ob ich jemanden brauche. Ich habe ihm gesagt, dass ich keinen ohne gültige Arbeitserlaubnis nehme. Das macht nur Schwierigkeiten. Er war ziemlich verzweifelt und bot an, für einen sehr geringen Stundenlohn zu arbeiten. Ich habe trotzdem abgelehnt.«

»Sie können sich an einen Mann erinnern, mit dem Sie sich vor über zehn Jahren weniger als fünf Minuten lang unterhalten haben?« Wünnenberg klang äußerst skeptisch. »Hören Sie, wir sind nicht von der Finanzkontrolle Schwarzarbeit! Sie können es ruhig zugeben, wenn Sie ihn für eine Weile beschäftigt haben. Das ist inzwischen längst verjährt und hat keinerlei Folgen für Sie.«

Traub zog an seiner Zigarette und sah den Beamten scharf an. »Wollen Sie mich verarschen? Vorsätzliche Nichtzahlung der Sozialversicherung verjährt nach dreißig Jahren – und keinen Tag früher!«

»Warum können Sie sich dann so gut an den Mann erinnern?«, bohrte Wünnenberg nach, der sich keine Blöße geben wollte.

»Er war einfach ein auffälliger Kauz. So klein und zart, man hätte ihn für ein Mädchen halten können. Er sagte, er käme aus Ex-Jugoslawien – im krassen Gegensatz dazu standen die blonden Dreadlocks. Außerdem bin ich ihm ein paar Wochen später noch einmal begegnet. Auf einer Baustelle. Er hat sich schnell geduckt, damit ich ihn nicht sehe, aber ich bin mir sicher, dass er es war.«

»Wann und wo war das?«

»Auf dem Gelände des ehemaligen Linde-Stadions.« Als Traub sah, dass Hackenholt die Bezeichnung nichts sagte, schob er rasch hinterher: »Sie wissen schon, das alte Eisstadion in der Äußeren Bayreuther Straße.«

»Tut mir leid, das sagt mir nichts.«

»Dort, wo heute das Mercado steht.«

Immerhin das Einkaufszentrum war Hackenholt ein Begriff.

»An das genaue Jahr erinnere ich mich nicht mehr, aber das können Sie sicher irgendwie herausfinden.« Traub rieb sich mit dem Daumen über die Stirn. »Wir waren eine der Firmen, die nach dem Abriss des Eisstadions das Einkaufszentrum hochgezogen haben. Das ging damals alles via Subunternehmer.«

»Bauarbeiter tragen üblicherweise das Firmenlogo auf ihrer Kleidung«, gab der Hauptkommissar zu bedenken. »Sie kennen Ihre Konkurrenz. Ihnen muss aufgefallen sein, für wen der Mann tätig war.«

»Niemand, der bei klarem Verstand ist, würde einem Illegalen Arbeitskleidung mit Firmenlogo überlassen. Damit stattet man allenfalls Festangestellte aus.«

»Welche Unternehmen waren außer Ihrem am Bau des Einkaufszentrums beteiligt?«

»Wie soll ich das jetzt noch wissen? Das müssen Sie den Architekten fragen, der war der Bauleiter.«

»Keine Sorge, das werden wir tun. Einstweilen hätte ich jedoch gerne von Ihnen gewusst, an welche Kollegen Sie sich erinnern können.«

»Jeder, der in der Branche Rang und Namen hat. Ich weiß es wirklich nicht mehr genau. Einige Unternehmen haben sich für Ausschreibungen zusammengeschlossen, wenn sie allein zu klein gewesen wären.« Er zuckte mit den Schultern. »Günther Bau hatte natürlich seinen Rüssel im Trog. Ziemlich groß war auch der Hans im Geschäft. Den jungen Henglein habe ich ebenfalls ein paarmal gesehen. Die Aushubarbeiten hat eine Firma von außerhalb gemacht ...«

Nach und nach fielen Traub annähernd zwanzig Firmen ein, die auf der Baustelle gearbeitet hatten. Alle standen auf der Liste, die Hackenholt von der IHK erhalten hatte.

Auf dem Rückweg zum Dienstwagen zückte Hackenholt sein Handy und rief in der Dienststelle an. Baumann meldete sich.

»Saskia, sagt dir das Linde-Stadion was?«

»Nerfraali! Dou wår iech als Kind effders zern Schliddschoulaafm.«[6]

»Kannst du im Internet nachsehen, wann es abgerissen wurde?«

»Momendler.« Eine Tastatur klapperte, dann war Baumanns Stimme zurück. »Däi Abbruchärbern hom in Juni 2001 oogfangd, in Grundschdaa fiers Mergado homs in Oggdober 2001 gleechd un is Richdfesd wår Nofember 2002.«[7]

»Danke.«

»Bleibermål nu er Momendler droo, der Manni meecherd aa mied dir blaudern.«[8] Baumann gab den Telefonhörer weiter.

»Ein Kollege von der Finanzkontrolle Schwarzarbeit hat vorhin wegen dem Vorfall auf der Baustelle gestern angerufen. Du sollst dich bitte schnellstmöglich mit ihm in Verbindung setzen.«

Hackenholt notierte den von Stellfeldt diktierten Namen samt Telefonnummer und legte auf. »Jetzt müssen wir nur noch herausfinden, welche Firmen damals tatsächlich auf der Baustelle in der Äußeren Bayreuther Straße als Subunternehmer gearbeitet haben.«

»Selbst wenn wir das über den Architekten herausbekommen sollten, wird der Inhaber der Firma, die den Mann beschäftigt hat, das sicher nicht zugeben. Zumindest nicht, wenn die Verjährungsfrist tatsächlich dreißig Jahre beträgt.« Wünnenberg hielt inne und sah Hackenholt fragend an. »Glaubst du, das stimmt?«

»Woher soll ich das wissen? Am besten fragen wir einen Fachmann.« Er tippte die Telefonnummer des Zollbeamten der FKS ein und wartete. Als sich der Kollege meldete, schilderte er ihm kurz den Sachverhalt hinter seiner Frage.

»Da hat der Unternehmer absolut recht: Die Verjährungsfrist für Beiträge zur Sozialversicherung beträgt normalerweise vier Jahre.

6 »Natürlich! Dort war ich als Kind öfter zum Schlittschuhlaufen.«

7 »Moment.« (...) »Die Abbrucharbeiten haben im Juni 2001 begonnen, die Grundsteinlegung für das Mercado war im Oktober 2001 und das Richtfest im November 2002.«

8 »Bleib mal noch einen Moment dran, Manfred will dich sprechen.«

Werden sie jedoch vorsätzlich nicht gezahlt, verlängert sich die Frist auf dreißig Jahre. Und nach herrschender Rechtsprechung bedeutet Schwarzarbeit immer eine vorsätzliche Nichtzahlung der Sozialversicherungsbeiträge.«

»Schade, dann wird der Unternehmer sicher nicht zugeben, den Mann, den wir suchen, beschäftigt zu haben. Das liegt nämlich erst zwölf Jahre zurück.«

»Das dürfte in der Tat schwer werden.« Der Zöllner hielt einen Augenblick inne, dann kam er auf sein Anliegen zu sprechen und bat um eine kurze Schilderung des gestrigen Vorfalls auf der Baustelle.

Nachdem Hackenholt das Telefonat beendet hatte, schlug Wünnenberg vor: »Ruf noch mal bei Saskia an. Sie soll versuchen herauszufinden, welcher Architekt für das Mercado zuständig war, damit wir erfahren, welche Firmen tatsächlich involviert waren.«

»Und dann?«

»Dann konzentrieren wir uns auf die.«

»Wie wir bereits festgestellt haben, wird der Inhaber nicht zugeben, dass er Jelko beschäftigt hatte.«

»Stimmt, aber mir kam gerade eine Idee: Der Kollege vom Zoll scheint ein ganz aufgewecktes Bürschchen zu sein. Wir könnten ihn bitten, nächste Woche genau diese Firmen zu kontrollieren. Wer einmal einen Schwarzarbeiter beschäftigt hat, der wird es sicher wieder tun. Parallel dazu können wir mit den Arbeitern reden. Wer weiß: Vielleicht finden wir einen ehemaligen, der nicht sonderlich gut auf den Chef zu sprechen ist und uns etwas erzählt.«

Hackenholt musterte Wünnenberg. Er sah einen Polizeibeamten, dem der Jagdeifer ins Gesicht geschrieben stand. »Du weißt, wie viel Arbeit das bedeutet?«

»Das stemmen wir schon.«

»Heißt das, du willst in den Fall miteinsteigen?«

»Ich bin doch schon mittendrin! Oder glaubst du, ich erledige die Laufburschenarbeit und überlasse Martin die Kür, sobald er wieder gesund ist?«

Schmunzelnd griff Hackenholt erneut zum Handy und wählte noch einmal Baumanns Nummer.

Geraume Zeit später hielt Wünnenberg vor einem sehr modern aussehenden Haus in Langwasser. Das Gebäude glich einem gläsernen

Würfel und erstreckte sich über zwei Geschosse. Man konnte von außen nicht nur die Einrichtung sehen, sondern ganz genau beobachten, was sich im Inneren abspielte.

»Da hockt man ja den ganzen Tag auf dem Präsentierteller!«, kommentierte Wünnenberg prompt. »Manchmal frage ich mich, warum sich Architekten so einen Quatsch einfallen lassen. Im Winter friert man sich da drin sicher den Hintern ab und im Sommer bekommt man einen Hitzschlag.« Kopfschüttelnd stieg er aus.

Die Sekretärin musterte die Beamten beim Eintreten mit einem abschätzenden Blick und entschied wohl, sie nicht zur solventen Sorte von Kunden zu zählen.

»Haben Sie einen Termin?«, fragte sie spitz, nachdem Hackenholt um ein Gespräch mit dem Architekten gebeten hatte.

»Wir sind von der Kriminalpolizei.« Er zückte seinen Ausweis.

»Ist schon gut, Gabi. Kommen Sie, meine Herren.« Reinhardt Silberbrunn war hinter einem Paravent hervorgetreten und winkte die Ermittler zu sich. Er war ein drahtiger Mann mit kurzen, graumelierten Haaren und einer Hornbrille. »Was kann ich für Sie tun?«

»Es geht um das Einkaufszentrum in der Nordstadt. Wenn wir richtig informiert sind, hat Ihre Firma die Bauarbeiten betreut.«

»Ja, das stimmt.«

»Haben Sie diesen Mann schon einmal gesehen?«

Silberbrunn starrte das Bild an, dann schüttelte er den Kopf.

»Er soll damals auf der Baustelle gearbeitet haben.«

»Wissen Sie, wie lange das her ist?«, fragte der Architekt hörbar verblüfft. »Außerdem kenne ich nicht alle Arbeiter. In meinem Job habe ich ausschließlich mit Abteilungsleitern oder Firmenchefs zu tun.«

»Sie erkennen den Mann also nicht wieder?«

»Nein.«

»Wie viele Firmen haben damals an dem Bau gearbeitet?«

»Machen Sie Witze? Dort hat es nur so von Subunternehmern gewimmelt.«

»Wie läuft das auf einer derart großen Baustelle eigentlich ab?«

»Wie viel Zeit haben Sie mitgebracht?«, fragte Silberbrunn ironisch. »Ein solches Großprojekt ist eine äußerst komplexe Sache. Ich denke, dieses Zitat von Lee Iacocca bringt es am besten auf den Punkt: Niemand plant zu versagen, aber die meisten versagen beim Planen.« Als Hackenholt nicht reagierte, zuckte Silberbrunn mit den

Schultern und fuhr fort: »Am besten steigen wir an dem Punkt ein, an dem der Grundstückseigentümer einen Investor gefunden, ein Planungswettbewerb stattgefunden und man sich für einen Entwurf entschieden hat.«

Hackenholt nickte.

»Dann durchläuft die Planung mehrere Phasen: Man braucht einen Architektur-Vorentwurf, das statisch-konstruktive Konzept, die Vorplanung für die technische Ausrüstung des Gebäudes, ein bauphysikalisches Planungskonzept, die Vorplanung für die Fassadentechnik und bei Bedarf ein Verkehrskonzept«, zählte Silberbrunn an seinen Fingern ab.

»Das ist ja alles schön und gut, bringt uns aber nicht weiter. Uns geht es ganz konkret um Folgendes: Welche Firmen haben an dem Bau des Einkaufszentrums mitgewirkt?«, fragte Wünnenberg ungeduldig.

»Dazu wäre ich schon noch gekommen. Sie müssen verstehen: Meine Firma war sozusagen der Knotenpunkt für all die ausführenden Unternehmen. Ich war der Generalplaner. Wir haben die Ausschreibungen gemacht und die Aufträge vergeben, wir waren die Schnittstelle für die einzelnen Bereiche. Es gab also kein sogenanntes Generalunternehmen, das die meisten Arbeiten selbst erledigt und den Rest an Subunternehmer weitergibt. Natürlich konnten sich mehrere Firmen zu Arbeitsgemeinschaften zusammenschließen – üblicher ist jedoch, dass eine Firma ein Angebot für die Ausschreibung abgibt und dann, wenn sie selbige gewinnt und feststellt, dass sie das alleine gar nicht leisten kann, Subunternehmer anheuert. Mir sind allerdings lediglich die Firmen bekannt, die die Ausschreibungen gewonnen haben – wer dann tatsächlich auf der Baustelle die Arbeiten ausgeführt hat, entzieht sich meiner Kenntnis.« Reinhardt Silberbrunn faltete die Hände im Schoß.

»Dann benötigen wir zumindest eine Aufstellung der Unternehmen, an die Sie die Arbeiten vergeben haben.«

»Das werden weit über hundert sein«, warnte der Architekt.

Hackenholt machte eine unbestimmte Handbewegung.

»Ich werde meine Sekretärin bitten, Ihnen die entsprechenden Unterlagen zu übersenden. Mitte nächster Woche können Sie damit rechnen.«

»Jetzt gleich mitnehmen geht nicht?«, fragte Wünnenberg.

»Guter Mann, haben Sie mir nicht zugehört? Was glauben Sie, wie aufwendig es ist, eine solche Auflistung zusammenzustellen?« Kopfschüttelnd erhob sich Silberbrunn und signalisierte damit das Ende der Besprechung.

»Tja, einstweilen bleibt uns nichts anderes übrig, als die restlichen Unternehmen auf unserer Liste abzuklappern«, stellte Hackenholt fest und schloss die Autotür.

Wünnenberg verdrehte gequält die Augen, startete aber den Motor. »Wohin?«

»Gebrüder Klinker Constructions Compagnie …« Hackenholt stutzte. Er hatte die letzten beiden Worte englisch ausgesprochen – aber müsste es dann nicht Company heißen? Endlich dämmert es ihm: Bei dem Firmennamen handelte es sich nicht um eine hippe Modeerscheinung, sondern um eine alteingesessene Firma, die um die vorige Jahrhundertwende gegründet worden war und folglich auch deutsch ausgesprochen werden musste. »Gebrüder Klinker Constructions Compagnie GmbH & Co. KG, Brunecker Straße«, wiederholte er daher.

»Klinker? Das ist jetzt nicht dein Ernst, oder?«

»Doch.« Nun musste auch Hackenholt lachen. »Ziemlich passend für die Branche. Allerdings heißt der Inhaber Hans Pauckner.«

Die Firma erstreckte sich auf einem weitläufigen Gelände. Direkt entlang der Straße gab es eine breite, mit Bäumen gesäumte Rasenfläche, sodass das Grundstück im Vorbeifahren nicht einsehbar war. Wünnenberg holperte die mit Schlaglöchern gepflasterte Einfahrt entlang, bis sie bei einem lang gestreckten Gebäude ankamen, vor dem zahlreiche Autos parkten.

»Der Anzahl der Fahrzeuge nach zu urteilen, scheint es sich um eine größere Firma zu handeln, als man bei dem altmodischen Namen annehmen würde«, kommentierte er.

Dieser Vermutung stand jedoch entgegen, dass es im Eingangsbereich keinen Empfang mit einer entsprechenden Mitarbeiterin gab. Auch sonst sah es im Inneren nicht gerade nach einem florierenden Unternehmen aus: Die ehemals hellgelben Wände hatten einen grauen Schleier, Zigarettenkippen lagen auf dem Fliesenboden verstreut, die Fenster waren schmutzig und voller Fingerabdrücke.

Die Ermittler folgten den Stimmen, die aus einem der Räume zu ihrer Linken drangen. Dort saßen mehrere Männer um einen ovalen Holztisch und machten Mittagspause.

»Wir hätten gern den Chef gesprochen. Wo können wir ihn finden?«

Ein schmächtiger Mann um die fünfzig erhob sich. »Sind Sie vom Zoll oder von der Berufsgenossenschaft?«

Hackenholt sah den Arbeiter in seiner schmutzigen Hose und den abgewetzten Sicherheitsschuhen überrascht an. »Wie kommen Sie darauf?«

»Beamte rieche ich drei Kilometer gegen den Wind.« Der Spruch wurde von einem fröhlichen Lachen der anderen Männer quittiert. Der Sprecher trat an die Tür und deutete schräg über den Flur zu einem der Zimmer. »Das Büro vom Chef ist dort drüben. Dritte Tür. Einfach reingehen. Marieluise hat diese Woche Urlaub.« Damit ließ er die Beamten stehen und widmete sich wieder seiner Brotzeit.

Die beiden Ermittler gingen zu dem Raum und klopften. Als sich nichts rührte, drückte Hackenholt die Klinke hinunter, und die Tür schwang auf. Vor ihnen lag ein leeres Büro, in dem es bestialisch nach abgestandenem Zigarettenqualm stank. Papierberge türmten sich auf dem Schreibtisch. Rechter Hand führte eine halb offene Tür zu einem weiteren Zimmer. Eine Stimme war zu hören. Hackenholt ging hinüber. Der Zigarettendunst intensivierte sich mit jedem Schritt.

Eine Gestalt saß mit dem Rücken zur Tür in einem Chefsessel. Die Füße auf den Tisch gelegt, telefonierte sie lauthals, während die freie Hand mit einer Zigarette durch die Luft fuchtelte. Es handelte sich ganz offensichtlich um private Angelegenheiten. Hackenholt klopfte der Form halber erneut an. Ein Ruck ging durch den Körper, die Füße rutschten auf den Boden, der Oberkörper fuhr hoch, der Kopf wandte sich zur Tür. Als der Mann die beiden Fremden gewahrte, veränderte sich sein Ton. Rasch würgte er das Gespräch ab und erhob sich.

»Was kann ich für Sie tun?« Er drückte die Zigarette in einem überquellenden Aschenbecher aus und kam mit ausgestreckter Hand auf die Beamten zu. Er war groß und athletisch gebaut, die vollen, dunklen Haare waren einen Tick zu lang. Das Auffälligste an ihm war jedoch der buschige Schnauzbart, den viele von Hackenholts Kollegen in den Achtzigerjahren ebenfalls getragen hatten.

»Hans Pauckner?«, versicherte sich Hackenholt, um auch wirklich den Inhaber vor sich zu haben.

»Ja.«

»Kriminalpolizei Nürnberg. Kennen Sie diesen Mann?« Der Hauptkommissar legte den Fahndungsaufruf auf den Schreibtisch.

Pauckner warf einen kurzen Blick darauf und griff nach einer Schachtel filterlose Zigaretten. Während er sich eine anzündete, schüttelte er den Kopf.

»Sind Sie sicher? Er hat nie für Sie gearbeitet? Und Sie sind ihm auch auf keiner Baustelle begegnet?«

»Den Kerl hab ich noch nie gesehen.«

»Sein Name ist Jelko. Er war Bauarbeiter.«

Pauckner inhalierte tief und stieß den Rauch anschließend durch die Nase aus. Dem folgte ein erneutes Kopfschütteln.

»Seit wann sind Sie hier der Chef?«

»Ich habe die Firma vor gut zwanzig Jahren übernommen. Mein Vorgänger hatte sie in den Konkurs gewirtschaftet. Warum wollen Sie das wissen?«

»Sie waren also schon der Verantwortliche, als das Mercado gebaut wurde.« Eine Feststellung, keine Frage. Dennoch nickte Pauckner. »Dieser Mann wurde zuletzt vor zwölf Jahren lebend gesehen – und zwar auf ebendieser Baustelle«, fuhr Hackenholt fort.

»Für mich hat er jedenfalls nicht gearbeitet.«

»Haben Sie etwas dagegen, wenn wir Ihre Mitarbeiter kurz befragen? Es wäre gut möglich, dass sich einer von ihnen erinnert, dem Mann auf der Baustelle begegnet zu sein.«

»Kein Problem.« Pauckner legte die Zigarette in den überquellenden Aschenbecher, nahm den Fahndungsaufruf, wandte sich zur Tür und ging den Beamten voraus. Der Sozialraum hatte sich in der Zwischenzeit geleert. Nur noch der Arbeiter, der Beamte drei Kilometer gegen den Wind riechen können wollte, räumte die geleerten Flaschen weg.

»Fritz, die Herren sind von der Polizei. Sag mal, du hast den Kerl hier auch noch nie gesehen, oder? Er soll auf dem Bau gearbeitet haben.«

Der Arbeiter warf einen kurzen Blick auf das Foto, dann schüttelte er den Kopf.

»Tja, tut mir leid.« Pauckner klang nicht so, als würde er es so meinen. »Sie haben den Weg umsonst gemacht.« Damit reichte er Hackenholt das Blatt Papier zurück.

»Wieder eine Nullnummer. Das bringt doch alles nichts.« Wünnenberg starrte angestrengt durch die Windschutzscheibe, auf der sich feinster Sprühregen gesammelt hatte.

»Als Nächstes steht eine Firma Roberto Scicolone in der Südstadt auf unserer Liste.«

»Was hältst du davon, wenn du trotz allem noch einmal bei dem Kollegen von der Finanzkontrolle Schwarzarbeit anrufst?«, fragte Wünnenberg, als habe er nicht gehört, was Hackenholt zu ihm gesagt hatte. »Die Jungs vom Zoll haben bestimmt auch damals Baufirmen überprüft. Davon müsste es doch Unterlagen geben.«

»Das ist die Frage. Die FKS hat letztes Jahr ihr zehnjähriges Bestehen gefeiert. Zwar hat der Zoll schon vor der großen Reform in Sachen Schwarzarbeit kontrolliert, aber, soweit ich weiß, nicht in dem Umfang wie heute. Und der Kollege wird sich ganz bestimmt nicht freuen, wenn ich ihn bitte herauszufinden, welche Baufirmen 2001 bis 2003 überprüft wurden und ob jemand Schwarzarbeiter beschäftigt hat.«

»Trotzdem, wir müssen es versuchen«, beschwor Wünnenberg ihn. »Wir dürfen jetzt nicht lockerlassen. Du siehst doch selbst, dass wir hier nicht weiterkommen.«

Hackenholt blickte auf die Uhr. Halb zwölf. Er seufzte. »Einverstanden. Ich rufe später beim Hauptzollamt an und frage nach. Aber jetzt fahr bitte in die Gugelstraße. Uns läuft die Zeit davon. Handwerker machen bekanntlich am Freitag um zwölf Uhr Feierabend. Außerdem habe ich nachher selbst noch einen privaten Termin; wir müssen bis spätestens vierzehn Uhr in der Dienststelle zurück sein.«

Während Hackenholt rund zweieinhalb Stunden später mit der U-Bahn Richtung Fürth fuhr, ließ er den Tag noch einmal vor seinem inneren Auge Revue passieren: Bei der letzten Firma hatten sie den Chef nicht angetroffen. Allein der Begriff »Firma« war eigentlich zu hochtrabend gewählt. Es handelte sich um einen Einmannbetrieb, wie die Ehefrau des Inhabers ihnen versicherte. Ihr Roberto sei ein Allrounder, der kleine Umbauarbeiten übernahm. Brauchte man eine Abmauerung oder musste eine Wand verputzt werden, war man bei ihm richtig. Mitarbeiter beschäftigte er schon seit langem keine mehr.

Auch die Bemühungen der jungen Beamten von der Bereitschaftspolizei, die Hackenholt einstweilen telefonisch ihre Berichte durchgaben, waren nicht von Erfolg gekrönt. Niemand wollte den Mann auf dem Foto gekannt haben oder ihm auf einer Baustelle begegnet sein.

Schließlich rief Hackenholt noch einmal Bernd Lehner von der Finanzkontrolle Schwarzarbeit an. Der Beamte hörte ihm aufmerksam zu und bestätigte dann sehr zögerlich, dass natürlich auch vor zwölf Jahren, als es die FKS noch nicht gab, nicht nur die Außendienstler der Arbeitsämter, sondern auch Kontrollgruppen vom Zoll Baufirmen überprüft hatten. Wenngleich sich die Kontrollen seinerzeit mehr oder minder auf die Mitführung des Sozialversicherungsausweises beschränkten. Um derartige Altfälle zu finden, wären umfangreiche Recherchearbeiten im Archiv nötig, und Lehner konnte nicht entscheiden, ob dafür genügend Personal vorhanden war. Daher bat er Hackenholt um ein schriftliches Ermittlungsersuchen, das er seinem Vorgesetzten vorlegen wollte, und dann werde man weitersehen.

An der Haltestelle Rathaus stieg Hackenholt aus der U-Bahn und ging die wenigen Schritte zur Praxis seines Psychologen in der Fürther Hirschenstraße. Seit er von dem bevorstehenden Gerichtstermin gegen seine Entführer wusste, stellten sich die Beschwerden trotz seiner Auszeit in Bad Bocklet allmählich wieder ein. Daher begab er sich regelmäßig bei Dr. Wolfgang Schönbach in Behandlung.

Hackenholt nahm im Wartezimmer Platz und schloss die Tür. Eine der goldenen Regeln des Psychologen lautete: Jeder Patient sollte seine Privatsphäre haben, den Vorgänger nicht sehen und selbst nicht gesehen werden.

Nach einer Weile trat Dr. Schönbach ein und bat Hackenholt in sein Sprechzimmer.

»Wie geht es Ihnen? Haben Sie im Augenblick viel zu tun?«

»Zum Glück. Es lenkt mich ab.«

»Von dem bevorstehenden Prozess?«

Hackenholt nickte. »Nächste Woche ist es so weit. Allerdings –« Er hielt abrupt inne.

»Ja?«

»Es gibt neue Entwicklungen.«

»Inwiefern?«

»Einer der Täter, der Vater, soll nicht verhandlungsfähig sein.«

»Wieso das?« Dr. Schönbach runzelte die Stirn.

»Bei ihm wurde angeblich Parkinson diagnostiziert.«

»Angeblich? Das lässt sich heute sogar schon in einem frühen Stadium ziemlich eindeutig feststellen.«

»Ich glaube es einfach nicht.« Hackenholt hielt inne. »Vielleicht will ich es auch nicht glauben«, fügte er nach einem Moment leise an. »Meine Frau war zum Prozessauftakt im Gericht und hat gesehen, dass er mit einem Rollstuhl in den Saal geschoben wurde. Sie meinte, er habe apathisch gewirkt und keine zusammenhängenden Sätze herausgebracht.«

»Das wäre ein Indiz, dass die Krankheit schon ziemlich weit fortgeschritten ist. Bei Parkinson sterben nach und nach Gehirnzellen ab. Dadurch reduziert sich die Kontrolle über die Muskeln, der Mensch kann sich zunehmend weniger bewegen, friert quasi ein – und ab einem bestimmten Zeitpunkt ist auch das Sprachzentrum betroffen, sodass die Aussprache immer verwaschener wird, bis irgendwann gar keine Kommunikation mehr möglich ist.«

»Wie lange dauert das?«

»Das ist unterschiedlich, und es kommt natürlich auf die Therapie sowie die äußeren Einflüsse an.«

»Als er mich vor einem Jahr entführt hat, merkte man ihm nicht das Geringste an.«

»Ich dachte, es war sein Sohn, der Sie niedergeschlagen und in dem Transporter versucht hat, Antworten aus Ihnen herauszuprügeln?«

»Ja, aber der Vater war am Anfang ebenfalls anwesend.«

»Können Sie mit Sicherheit sagen, dass es damals noch keinerlei Symptome gab?«

Hackenholt senkte den Kopf. »Nein, natürlich nicht.« Dann fügte er jedoch hinzu: »Aber meinen Kollegen wäre es bei den Vernehmungen mit Sicherheit aufgefallen.«

Der Psychologe ließ den Gedanken unkommentiert im Raum stehen.

»Rein vom medizinischen Standpunkt gesehen: Kann es sein, dass eine strenge Einzelhaft den Fortschritt der Krankheit beschleunigt hat?«, fasste Hackenholt nach einer Weile den Mut, die Frage auszusprechen, die ihn tief in seinem Inneren umtrieb.

»Was genau muss ich mir unter dem Begriff vorstellen?«

»Der Gefangene wird von den anderen Mithäftlingen isoliert untergebracht. Das heißt, bis auf eine Stunde Hofgang pro Tag bleibt er in seinem Haftraum eingeschlossen. Den Hofgang absolviert er ebenfalls allein. Häufig finden davor und danach Leibesvisitationen statt, um sicherzustellen, dass er nicht in einem unbemerkten Augenblick irgendwo eine Nachricht an andere Gefangene versteckt oder eine an ihn gerichtete Mitteilung an sich nimmt. An Gemeinschaftsveranstaltungen oder Gottesdiensten darf er ebenfalls nicht teilnehmen. Besuche von Angehörigen erfolgen durch eine Trennscheibe, und normalerweise bleibt der Gefangene während der Zeit gefesselt. Er hat nur Kontakt zu Vollzugsbeamten, dem Arzt der JVA und seinem Anwalt.«

»Womit kann er sich in der Zelle beschäftigen?«

»Er hat einen Fernseher.« Hackenholt zögerte. »Ob er sich Bücher aus der Gefängnisbücherei ausleihen darf, weiß ich nicht – ich glaube es aber nicht. Zeitungen können sich die meisten Häftlinge nur leisten, wenn sie der JVA gespendet werden.«

»Und die Mahlzeiten?«

»Mittags bringt ein Beamter dem Häftling eine warme Mahlzeit. Abendessen und Frühstück erhält er zum gleichen Zeitpunkt in Form von Essenspaketen.« Hackenholt merkte, wie er unruhig in seinem Sessel herumzurutschen begann. Er glaubte zu wissen, worauf Dr. Schönbach mit seinen Fragen hinauswollte, denn dass der Psychologe von Einzelhaftbedingungen keine Ahnung haben sollte, hielt Hackenholt für kaum vorstellbar. Das bedeutete: Der Therapeut wollte ihm mit seinen gezielten Fragen die scheinbar ausweglose Situation vor Augen führen und ihn zum Nachdenken anregen, damit er sich seine Frage selbst beantwortete. Es entstand eine Pause.

Schließlich räusperte sich der Psychologe. »Ich fürchte, solche Haftbedingungen würden sogar aus einem gesunden Menschen einen Krüppel machen. In meinen Ohren klingt das nach sehr, sehr schwerwiegenden Maßnahmen. Einen Menschen über einen derart langen Zeitraum auf fünfzehn Quadratmetern einzusperren, ihm kaum Sport- und Beschäftigungsmöglichkeiten zu geben, ihn all seiner sozialen Kontakte zu Mithäftlingen zu berauben, ihn sich mehrfach am Tag vor den Bediensteten entkleiden zu lassen und zu durchsuchen, nicht jeden Tag duschen zu dürfen und sehr einseitige Kost vorgesetzt zu bekommen, ist ein schwerer Eingriff in die höchstpersönlichen Rechte eines jeden Menschen.«

»Würden Sie das genauso sehen, wenn Sie wüssten, dass der Untersuchungshäftling einen detaillierten Plan ausgearbeitet hat, wie sein Sohn eine Geisel nehmen kann, um dadurch sich und seine Familie aus dem Gefängnis freizupressen? Wenn er seinem Sohn eine entsprechende Nachricht hat zukommen lassen? Wenn er andere Häftlinge davon überzeugen konnte, diese Nachricht für ihn von einem Gefängnis zum anderen zu schmuggeln? Was ist, wenn er sie sogar zu noch mehr anstiften wollte? Wenn weitere unbescholtene Menschen zu Schaden kämen?« Hackenholt fühlte, wie er sich in Rage redete. »Denken Sie an Ihre Kollegin, die in der JVA Straubing von einem Inhaftierten als Geisel genommen und mehrfach vergewaltigt wurde, bis das SEK die Räumlichkeiten gestürmt und die junge Frau befreit hat. Mir ist noch gut in Erinnerung, dass die Gefängnisleitung zu keinem Zeitpunkt eine Gefahr für Leib oder Leben der Bediensteten gesehen hat.«

Dr. Schönbach entwich ein Laut, der wie ein Seufzen klang. »Mir war klar, dass es einen Grund geben muss, warum der Mann so lange in Einzelhaft untergebracht wurde – allerdings bin ich davon ausgegangen, dass der Richter das veranlasst hat, weil es sich bei den Opfern um Staatsdiener handelte. Da sieht man mal, welche Vorurteile man mit der Zeit aufbaut.« Er holte tief Luft. »Befindet sich der Täter nach wie vor in Untersuchungshaft?«

»Ja, aber sein Anwalt hat gefordert, ihn umgehend freizulassen.«

»Existiert ein Gutachten, mit dem diese Forderung gestützt wird?«

»Ich weiß nur von einem, in dem eine eingeschränkte Verhandlungsfähigkeit festgestellt wurde. Sein Anwalt hat jedoch offenbar ein Gegengutachten beauftragt.«

»Dann wird der Inhaftierte zumindest nicht in absehbarer Zeit entlassen werden. Ein Gutachten erstellt man nicht von heute auf morgen.«

»Da ist noch etwas.«

»Ja?«

»Der Gerichtstermin nächste Woche …«

»In Ihrem Beruf müssen Sie doch regelmäßig vor Gericht erscheinen und gegen Straftäter aussagen. Sie haben also viel Routine«, beruhigte Dr. Schönbach.

»Wenn ich einen Fall bearbeitet habe, kann ich mich vor dem Prozess noch einmal in die Akten einlesen, falls mir etwas nicht mehr präsent sein sollte. Jetzt habe ich nur meine Erinnerung – aber eigentlich will ich mich nicht erinnern. Ich habe Angst, dass ich mich nicht auf mein Gehirn verlassen kann, dass es Dinge weglässt, weil ich gelernt habe, sie auszublenden.«

»Sie blenden die Details nicht aus, Sie überblenden sie mit positiven Gedanken, wenn die Erinnerung zu schmerzhaft wird. Das ist ein großer Unterschied. Das Geschehen ist nach wie vor komplett in Ihrem Kopf gespeichert. Jeder Moment, jedes noch so kleine Detail. Ihre Sorge ist absolut unbegründet. Sie müssen allerdings den Mut finden, das alles vor fremden Menschen auszusprechen. Daran haben wir jedoch seit einigen Wochen gearbeitet und ich bin sehr zuversichtlich, dass Sie das schaffen werden.«

Montag

Nach einem verregneten Wochenende, das nicht zu einem Spaziergang über den Christkindlesmarkt eingeladen hatte, betrat Hackenholt das Kommissariat äußerst entspannt. Er hatte die letzten zwei Tage dazu genutzt, sich mit seiner bevorstehenden Aussage vor Gericht auseinanderzusetzen, und war nun voller Zuversicht, dass ihm diese ohne emotionale Ausbrüche gelingen würde. Daneben tat ihm auch seine derzeitige Arbeit gut. Im Gegensatz zu seinen üblichen Fällen, bei denen er immer das Gefühl hatte, gegen die Zeit zu arbeiten, empfand er die Ermittlungen in dem Altfall als entspannt. Möglicherweise, weil der Täter schon so lange unerkannt frei herumlief und die Wahrscheinlichkeit, dass er ein weiteres Mal tötete, eher gering war.

»Willst du erst die gute oder erst die schlechte Nachricht hören?«, fragte Wünnenberg zur Begrüßung. Er hatte der morgendlichen Lagebesprechung beigewohnt, vor der sich Hackenholt gedrückt hatte, da Sophie ihn endlich wieder mit seiner Tochter spielen ließ und ihm nicht länger unterstellte, er könne sie womöglich anstecken. Wahrscheinlich lag das daran, dass sie am Sonntag einen Babysitter gebraucht hatte, um in Ruhe Lebkuchen backen zu können, und ihre Schwester nicht verfügbar gewesen war.

»Fang mit der schlechten an, dann kann es nur besser werden.«

»Martin Groß fällt die komplette Woche aus.«

»Heißt das, die gute Nachricht ist: Du übernimmst seine Arbeit?«

»Das ist zwar ebenfalls eine gute Nachricht, aber das meinte ich nicht.«

»Was dann?«

»Das Krankenhaus hat angerufen: Josip Ivica, der vor unseren Augen verunglückt Arbeiter, ist aus dem Koma erwacht. Wir können kurz mit ihm sprechen.«

»Unter einer wirklich guten Nachricht hätte ich mir einen Zeugen vorgestellt, der sich auf unseren Fahndungsaufruf hin beim Dauerdienst gemeldet hat, weil er den Toten kannte und weiß, wie er mit Nachnamen hieß und wo er gewohnt hat.«

»Derart gute Nachrichten am Montagmorgen wären doch schier

nicht zum Aushalten. Tut mir leid, aber damit kann ich leider nicht dienen.«

»Dann lass uns ins Klinikum fahren.«

Josip Ivica lag nach wie vor auf der Intensivstation, war jedoch auf dem Weg der Besserung, wenngleich die Maschinen rund um sein Bett und die Schläuche, die in und aus seinem Körper führten, das Gegenteil suggerierten.

»Herr Ivica, wissen Sie, was letzten Freitag passiert ist?«

»Der Arzt sagt, ich habe auf einer Baustelle gearbeitet und bin vom Gerüst gefallen.«

»Woran können Sie sich selbst noch erinnern?«

»An nichts.«

»Wie lange waren Sie schon für die Firma tätig?«

»Keine Ahnung.«

Hackenholt sah ihn scharf an. Das klang nicht gerade nach großer Kooperationsbereitschaft. »Heißt das, Sie haben sich üblicherweise als Tagelöhner verdingt?«

Der Mann reagierte nicht.

»Sind Sie auf den Arbeiterstrich gegangen und haben sich dort anwerben lassen?«

»Ich kann mich an nichts erinnern.«

Auch wenn Hackenholt keine medizinische Ausbildung genossen hatte, so hatte ihn doch die Erfahrung gelehrt, dass traumatisierte Menschen anders reagierten und niemals pauschal alles vergaßen, was mit dem Ereignis in Zusammenhang stand. Dass Ivica Erinnerungslücken hatte, war selbstverständlich. Aber der Mann bauschte sie in einem Maß auf, dass sie unglaubwürdig wurden.

»Wir sind eigentlich nur auf die Baustelle gekommen, um Sie zu fragen, ob Sie diesen Mann kennen.« Er zeigte ihm den Fahndungsaufruf. »Er heißt Jelko und stammt, soweit wir wissen, ebenfalls vom Balkan.«

Ivica warf einen Blick auf die zwei Fotos, dann schüttelte er leicht den Kopf. »Den habe ich noch nie gesehen.«

»Und jetzt?«, fragte Wünnenberg, nachdem sie wieder zu ihrem Auto gegangen waren.

»Zurück zur Dienststelle«, antwortete Hackenholt einsilbig.

»Und dann?«

»Machen wir da weiter, wo wir am Freitag aufgehört haben.«

Wünnenberg seufzte. »Heißt das, wir müssen wieder Baufirmen abklappern?«

»Nein, das übernehmen glücklicherweise die Kollegen von der Bereitschaftspolizei. Wir fragen bei dem Architekten nach, ob er die Liste der am Bau des Einkaufszentrums beteiligten Firmen schon fertig hat. Außerdem müssen wir uns im Laufe des Tages dahinterklemmen, was beim Zoll herausgekommen ist: Können die Kollegen von der FKS die Vorgänge von vor zwölf Jahren nachvollziehen oder nicht?«

»Dann lass uns als Nächstes zum Hauptzollamt fahren und persönlich vorsprechen. Das liegt quasi auf dem Weg.«

Hackenholt schüttelte den Kopf. »Gib den Jungs noch bis heute Mittag Zeit.«

»Wenn du meinst.« Wünnenberg war deutlich anzumerken, dass er keine Lust hatte, ins Büro zurückzufahren. In die einsetzende Stille hinein begann Hackenholts Handy zu piepen.

»Wir hatten gerade Besuch von den Kollegen von der FKS«, informierte Stellfeldt ihn. »Bernd Lehner scheint das Wochenende im Archiv verbracht zu haben. Jedenfalls hat er eine Aufstellung sämtlicher Baufirmen gemacht, die zwischen 2001 und 2003 vom Zoll überprüft wurden – samt Ergebnis. Jedes Unternehmen, das Dreck am Stecken hatte, wird mit Verstoß und Namen der Beschuldigten aufgeführt.«

»Seid ihr die Daten schon durchgegangen?«

»Nein, ich wollte dir nur Bescheid sagen, dass wir die Unterlagen hier haben.«

»Gut. Wir kommen.«

Im Kommissariat nahm sich Hackenholt sofort die Liste vor, die der Zöllner an Stellfeldt übergeben hatte. In den drei Jahren waren zumeist in Schwerpunktaktionen dreihundertsechsundneunzig Bauunternehmen mit eintausendneunhundertachtzig Mitarbeitern überprüft worden. In über fünfzehn Prozent der Fälle hatte es Hinweise auf Gesetzesverstöße gegeben.

Viele Firmen waren Hackenholt mittlerweile namentlich bekannt. Doch bei einer sog er scharf die Luft ein: Henglein & Söhne war im März 2002 kontrolliert worden. Mit dem Ergebnis, dass zwei Männer ohne Aufenthaltstitel und Arbeitserlaubnis aufgegriffen und an die Polizei übergeben worden waren. Einer hieß Ratko Uljarevic, der andere Jelko Dzemajl. Letzterer war am 22. November 1970 in Podgorica, Jugoslawien, geboren – der heutigen Hauptstadt Montenegros.

Jelko. Ein Zufall? Hackenholt glaubte nicht daran. Das Geburtsdatum lag in dem Zeitfenster, das die Rechtsmedizin für den Toten errechnet hatte. Der Geburtsort stimmte mit den Ergebnissen der Isotopenanalyse überein.

Mit dem vollständigen Namen ließ sich arbeiten. Hackenholt wandte sich seinem Computer zu. Wenn Jelko Dzemajl damals festgenommen worden war, mussten Akten angelegt worden sein; schließlich hatte er sich illegal in Deutschland aufgehalten. Die logische Konsequenz wäre eine Abschiebung gewesen.

Wie erwartet stieß Hackenholt im Ausländerzentralregister auf den Namen. Das Foto war dem der Weichteilrekonstruktion entfernt ähnlich. Die Lippen waren schmaler, die Augenlider schwerer, die Wangen von winzigen Narben übersät. Rasch überflog der Ermittler die Einträge in chronologischer Reihenfolge von unten nach oben.

Nach seinem Aufgriff durch den Zoll hatte der junge Mann seinerzeit angegeben, bei Verwandten in der Regensburger Straße zu wohnen und schon immer in Deutschland gelebt zu haben. Dem stand entgegen, dass er der deutschen Sprache kaum mächtig war und keinen gültigen Personalausweis besaß – allerdings fanden die Beamten einen jugoslawischen Reisepass. Als Dzemajl klar wurde, dass man ihn umgehend abschieben würde, stellte er einen Asylantrag. Er gehöre der Minderheit der Roma an, die in Serbien und Montenegro, wie der Staat nach dem Jugoslawienkrieg bis zur endgültigen Unabhängigkeit Montenegros hieß, verfolgt wurden.

Als Nachweis seiner Schutzbedürftigkeit nannte er allerdings einen sieben Jahre zurückliegenden Vorfall. Damals war in seiner Heimatstadt ein montenegrinisches Mädchen vergewaltigt worden – angeblich von zwei Roma. Daraufhin hatte die Polizei sämtliche in der Roma-Siedlung lebenden jungen Männer verhaftet. Noch am selben Tag versammelte sich ein montenegrinischer Mob, angeführt von Verwandten des geschändeten Mädchens, vor der Polizeistation und forderte die Ausweisung aller Roma aus der Gemeinde. Nachdem zwei Männer die Tat gestanden hatten, ließen die Beamten alle anderen Verhafteten frei und befahlen ihnen, umgehend mit ihren Angehörigen die Stadt zu verlassen, da die montenegrinische Polizei nicht für ihre Sicherheit garantieren könne. Auch Dzemajls Familie war Hals über Kopf geflohen. Einen Tag später ging die Roma-Siedlung in Flammen auf.

Wie abzusehen war, wurde Dzemajls Asylantrag im Juni 2002 negativ beschieden und ein Ausweisungsbeschluss erging. Da er nicht freiwillig in die Heimat zurückkehrte, sollte er schließlich abgeschoben werden. Aber zu diesem Zeitpunkt war er nicht mehr auffindbar gewesen.

Hackenholt lehnte sich zurück und starrte an die Decke.

Die Eheleute Röll hatten ausgesagt, ihr Gast sei vor seinem endgültigen Verschwinden im Herbst 2002 ein paar Monate lang nicht in ihre Kneipe gekommen. Das würde passen, wenn Jelko Dzemajl vor seiner drohenden Abschiebung aus Nürnberg geflohen und eine Weile lang untergetaucht war.

Wünnenberg betrat das Zimmer, Hackenholt schnellte aus seinem Bürostuhl. »Wir müssen Henglein & Söhne noch einmal einen Besuch abstatten.«

Beim Eintreffen der Beamten saß Karl Henglein in seinem Büro und las Zeitung. Hackenholt nahm sich nicht die Zeit, die Tür hinter sich zu schließen. Er stützte sich auf dem Schreibtisch ab und beugte sich zu dem Inhaber vor, bis sein Kopf weniger als dreißig Zentimeter von ihm entfernt war. Henglein zuckte erschrocken zusammen, machte einen Buckel und senkte den Kopf noch weiter, um über den oberen Brillenrand hinweg Hackenholt ansehen zu können.

»Sie haben uns letzte Woche angelogen«, sagte der Beamte mit gefährlich leiser Stimme. »Stichwort: gute deutsche Wertarbeit! Die Kollegen vom Zoll waren so freundlich, uns über das Ergebnis ihrer Kontrolle vom März 2002 in Kenntnis zu setzen.« Endlich richtete er sich wieder auf, trat ein paar Schritte vom Schreibtisch zurück und begann im Zimmer auf und ab zu wandern. »Jelko Dzemajl hat für Sie gearbeitet.« Abrupt drehte er sich um. »Warum haben Sie uns gegenüber behauptet, Sie hätten den Mann auf dem Fahndungsaufruf noch nie gesehen?«

Henglein räusperte sich und schob seine Brille auf den Kopf. Sofort verschwand auch seine bucklige, scheinbar unterwürfige Haltung. »Ich wollte nicht, dass die alte Geschichte wieder aufgewärmt wird. Das Thema ist für mich abgeschlossen – ich beschäftige keine Illegalen mehr.«

»Das haben Sie heutzutage auch gar nicht mehr nötig, nicht wahr? Ihnen eröffnen sich inzwischen ganz andere Möglichkeiten als vor zwölf Jahren: Heute kann man ein paar Polen, Tschechen, Bulgaren oder Rumänen anheuern, die für einen Bruchteil des Mindestlohns schuften. Und weil alle auf Subunternehmerbasis arbeiten, spart man sich auch gleich noch die Lohnnebenkosten.« Hackenholt fühlte, wie er wütend wurde.

»Was soll das heißen?«, begehrte Henglein auf. »Machen Sie nicht mich dafür verantwortlich! Was glauben Sie, wie hoch die Kosten für ein Eigenheim lägen, wenn wir nicht auf osteuropäische Arbeitskräfte zurückgreifen würden? Das könnte sich niemand mehr leisten.«

»Jelko Dzemajl war damals so verzweifelt, dass er sogar zum halben Preis gearbeitet hat. Schämen Sie sich eigentlich nicht, Menschen derart auszubeuten?«

Henglein wich Hackenholts forschendem Blick aus.

»Was ist mit Jelko Dzemajl passiert?«, setzte der sofort nach.

»Ich weiß es nicht. Nach der Kontrolle habe ich ihn nie wieder gesehen. Ich habe angenommen, er wäre abgeschoben worden. Schließlich hat er sich illegal in Deutschland aufgehalten. Erst als ich letzte Woche sein Foto in der Zeitung sah, wurde mir klar, dass ich damit offenbar falsch lag.«

»Warum musste er sterben? Hatten Sie Angst, dass er Ihnen noch weitere Scherereien macht?«

»Ich sage Ihnen doch: Ich wusste nicht, dass er tot ist.« Karl Henglein war laut geworden, Hackenholt sprach hingegen wieder völlig ruhig.

»War es ein Unfall? Ist er von einem Gerüst gestürzt?«

»Das letzte Mal, als ich Jelko gesehen habe, war er quicklebendig.« Henglein sprang von seinem Chefsessel auf. Offenbar hielt er die aufgebaute Spannung nicht aus. »Was danach aus ihm wurde, weiß ich nicht. Ich habe ihn nie mehr gesehen.«

»Sicher? Er ist Ihnen nicht vielleicht noch einmal auf einer anderen Baustelle über den Weg gelaufen?«, fragte Hackenholt.

»Ich habe ihn nicht mehr gesehen! Sonst wäre ich ja nicht davon ausgegangen, dass er abgeschoben wurde.«

»Wir benötigen sämtliche Unterlagen von damals.«

»Für wie blöd halten Sie mich? Ich habe keine Personalakte für ihn angelegt. Er wurde am Ende der Woche bar auf die Hand bezahlt.«

»Was ist mit diesem anderen Mann?« Hackenholt sah den Namen in seinem Notizbuch nach. »Ratko Uljarevic.«

»Von dem habe ich auch nichts mehr gesehen oder gehört. Und jetzt sagen Sie bloß nicht, der wurde ebenfalls umgebracht.«

»Waren die beiden befreundet?«, überging Hackenholt den Kommentar. Er würde den Verbleib des Mannes recherchieren müssen.

»Woher soll ich das wissen? Ratko sprach verhältnismäßig gutes Deutsch. Gab man ihm eine Anweisung, wusste er, was zu tun war. Jelko dagegen musste man oft zeigen, was er machen sollte. Deswegen habe ich die zwei zusammenarbeiten lassen: Ratko musste übersetzen.«

»Hat sich Jelko Dzemajl auch mit anderen Mitarbeitern angefreundet?«

»Ohne Deutschkenntnisse?«

»Ich will mit allen Arbeitern sprechen, die damals Kontakt zu ihm hatten.«

»Warum? Man konnte sich doch nicht mit ihm verständigen.«

Hackenholt sah Henglein mit gerunzelter Stirn an. Warum log der Mann schon wieder? Die ehemaligen Kneipenwirte hatten zwar ebenfalls behauptet, dass Jelko Dzemajl am Anfang schlechtes Deutsch sprach – verständlich hatte er sich dennoch machen können. Und irgendwie musste er im Lauf der Zeit die Sprache gelernt haben.

»Wie kam es dazu, dass Sie Herrn Dzemajl eingestellt haben?«

»Er ist auf einer Baustelle aufgetaucht und hat mich gefragt, ob ich Arbeit für ihn habe.«

»Wie hat er das denn geschafft, wenn er kein Deutsch konnte? Sprechen Sie etwa Montenegrinisch?« Wünnenberg konnte den sarkastischen Unterton nicht aus seiner Stimme halten.

Ein paar Sekunden lang presste Karl Henglein die Lippen aufeinander, sodass sie sehr schmal wurden. Dann entspannte er sich wieder. »Ich habe ihn genommen, weil mir an dem Tag jemand ausgefallen war. Hätte der Auftraggeber nicht solchen Druck gemacht und hätten wir zeitlich etwas mehr Luft gehabt, dann wäre das nie passiert. Das habe ich damals auch zu Protokoll gegeben.«

»Und aus dem einen Tag sind dann wie viele Monate geworden, die er für Sie gearbeitet hat?« Hackenholt machte sich eine mentale Notiz, dass er sich unbedingt die komplette Ermittlungsakte der Finanzkontrolle Schwarzarbeit besorgen musste.

Wieder zeigte Henglein Anzeichen von Stress. »Drei«, presste er schließlich wütend hervor. »Sind wir damit endlich fertig? Ich habe nämlich zu tun.«

»Sie wollten uns noch eine Liste Ihrer Mitarbeiter geben und sagen, wo wir sie derzeit erreichen.«

Henglein wandte sich so heftig zur Tür, dass es für einen Sekundenbruchteil so wirkte, als werde er straucheln. Doch dann fing er sich, stapfte hinaus und brüllte nach einer Anna. Hackenholt nahm an, es sei die Sekretärin. Als die Frau mit weitaufgerissenen Augen aus dem anderen Büro stürzte, wies er sie barsch an, den Ermittlern die geforderten Unterlagen auszuhändigen. Einen Augenblick später schlug die metallene Eingangstür mit einem lauten Knall hinter ihm zu.

Erst als sich die Frau vorstellte, bemerkte Hackenholt, dass er mit seiner Vermutung falschlag: Die Dame war Karl Hengleins Gattin. Da sie seit fünfunddreißig Jahren in dem Familienunternehmen mithalf, konnte sie den Beamten genau sagen, welche Arbeiter 2001 bereits der Firma angehörten, wer neu hinzugekommen und wer seither ausgeschieden war. Außerdem wusste sie darüber Bescheid, auf welcher Baustelle sich die Männer aufhielten.

»Kannten Sie die beiden montenegrinischen Arbeiter, die Ihr Mann vor zwölf Jahren beschäftigt hat?«

»Nein. Karl hatte mir nichts von dem Mist erzählt, den er da gebaut hat. Ich habe erst davon erfahren, als die Beamten an die Tür geklopft haben und Unterlagen sehen wollten, von denen ich noch nicht einmal gehört hatte, dass es sie gibt.«

Dennoch zog Hackenholt den Fahndungsaufruf hervor und zeigte ihn ihr. Aber sie schüttelte nur den Kopf. Der Abgebildete war für sie ein Unbekannter. Den Ermittlern blieb nichts anderes übrig, als auf die Baustelle zu fahren und dort mit den Arbeitern zu sprechen, die Jelko gekannt haben mussten.

Der Polier, an den sich Hackenholt zunächst wandte und der die beiden Beamten mit Schutzhelmen ausstattete, hätte einer Coca-Cola-Werbung entsprungen sein können. Er war braun gebrannt, hatte stechend blaue Augen und einen sehr muskulösen Körperbau. Allein die unendlich vielen Fältchen um die Augen und den Mund herum verrieten, dass er bereits weit in den Vierzigern sein musste.

Er gab zu, Jelko Dzemajl gekannt zu haben; die beiden Montenegriner waren seinerzeit in seinem Bautrupp gewesen. Bei der Polizei hatte er sich nicht gemeldet, weil er nichts Sachdienliches wusste. Außerdem war er davon ausgegangen, dass es dem Chef unangenehm wäre, wenn der damalige Vorfall wieder aufgewärmt würde.

»Wenn Sie mit Herrn Dzemajl zusammengearbeitet haben, als Polier sogar sein Chef auf der Baustelle waren, dann können Sie uns sicher etwas über ihn als Mensch sagen.«

»Er war fleißig und hat nicht viel geredet, was ja auch kein großes Wunder ist, denn er hat kaum Deutsch gesprochen. Morgens war er pünktlich auf der Baustelle und abends ist er wieder nach Hause gegangen.«

»Wissen Sie, wo er gewohnt hat?«

»Nein.«

»Haben Sie ihn mal mit anderen Personen zusammen gesehen?«

Der Polier schüttelte den Kopf. »Er hielt sich immer im Hintergrund, wollte nicht auffallen.«

»Und was ist mit Ratko Uljarevic?«

»Ohne den hätte ich ein echtes Problem gehabt, mich mit Jelko zu verständigen.«

»Waren die beiden befreundet?«

»Vielleicht. Vielleicht auch nicht. Wenn sie sich unterhalten haben, dann in ihrer Sprache. Woher soll ich wissen, worum es dabei ging?«

»Gab es Streit zwischen den beiden?«

»Nein. Sie haben hier einfach gearbeitet. Hart gearbeitet. Mehr hatte ich nicht mit ihnen zu tun – und auch keiner der anderen Männer.«

Als die Ermittler nach der Befragung jedes einzelnen Arbeiters endlich wieder in der Dienststelle waren, rief Hackenholt sofort beim Hauptzollamt an und bat Bernd Lehner, ihm die komplette Akte zum damaligen Fall zu übersenden. Anschließend setzte er sich an seinen Computer und recherchierte, was aus dem zweiten illegalen Arbeiter geworden war.

Auch hier wurde er im Ausländerzentralregister fündig: Ratko Uljarevic war 1993 als Kriegsflüchtling nach Deutschland gekommen und hatte eine humanitäre Duldung in Form einer Aufenthaltsbefugnis für die Dauer des Krieges erhalten. 1998 war er in der großen Rückführungswelle ins ehemalige Jugoslawien zurückgekehrt. Drei Jahre später wurde er jedoch erneut in der Bundesrepublik aufgegriffen. Daraufhin stellte er einen Asylantrag wegen politischer Verfolgung. Das Verfahren zog sich durch mehrere Instanzen. Letztmalig wurde der Antrag im Frühjahr 2003 abgelehnt und der Mann in den Staat Serbien und Montenegro abgeschoben. Seither war er in Deutschland nicht mehr aktenkundig geworden.

Hackenholt streckte die Beine aus. Ratko Uljarevic war also noch in Deutschland, als Jelko Dzemajl starb. Wie gut kannten sich die Männer? Wusste Ratko Uljarevic etwas über Jelkos Tod? Hatte er gar damit zu tun? Gab es eine Möglichkeit, ihn in Montenegro aufzuspüren?

In Gedanken ging Hackenholt rasch alle Ansprechpartner durch, die er in ausländischen Dienststellen hatte. Jemand auf dem Balkan war nicht darunter. Wenn er über das LKA und Europol einen Auslandskontakt herstellen ließ, würde es Monate dauern, bis er eine Antwort auf seine Anfrage erhielt.

Dienstag

Es war noch nicht einmal sieben Uhr in der Früh, als sich Peter Wittmann auf seinen Traktor setzte und aus dem Hof fuhr. Er wollte einen Acker umpflügen. Da die Witterung dieses Jahr noch kaum Bodenfrost hervorgebracht hatte, gedieh das Unkraut prächtig. Und dem wollte er zu Leibe rücken.

Dick eingemummt gegen den kalten Wind fuhr er über den verlassenen Feldweg hinter seinem Gehöft. Der annähernd wolkenlose Himmel über ihm war in das tiefe Azur der blauen Stunde getaucht, das nun bald von den winterbleichen Strahlen der aufgehenden Sonne abgelöst werden würde.

Wittmann liebte diesen Moment zu jeder Jahreszeit. Nichts fand er ergreifender als einen Sonnenaufgang. Noch besser gefiel er ihm, wenn er dieses Naturschauspiel ganz alleine genießen konnte. Solange sein alter Traktor vor sich hin tuckerte, konnte er sich der Illusion völliger Abgeschiedenheit hingeben.

Erst als er an seinem Lieblingsplatz angekommen war und den Dieselmotor ausschaltete, drang das kontinuierliche Rauschen der Autos von der Erlanger Straße an sein Ohr und ließ ihn wissen, dass er nicht allein auf der Welt war.

Die Sonne hatte inzwischen die einzigen zwei Schäfchenwolken am Himmel in rosa Licht getaucht. Über den Bäumen entlang der Gründlach stieg Bodennebel auf. Tauben gurrten in den Wipfeln. Wittmann lehnte sich zurück und zündete seine Pfeife an.

Zufrieden ließ er seinen Blick über den Acker und das daran angrenzende Maisfeld schweifen. Er würde es erst im Frühjahr unterackern, zur Bodenverbesserung. Bis dahin durften sich die Vögel und Wildtiere daran gütlich tun.

Plötzlich kniff er die Augen zusammen. Durch das Feld zog sich eine Schneise. Nicht so breit, wie sie sein Traktor hinterlassen hätte, wenn er damit hindurch gefahren wäre. Es sah eher danach aus, als wäre jemand ohne Rücksicht auf Verluste mitten durch den Mais gelaufen. Eine Horde betrunkener Jugendlicher?

Wittmann hatte schon früher das eine oder andere Mal mit Vandalen zu tun gehabt, die in seinen Kornfeldern wüteten und kreisrunde Flächen niedertrampelten. Das war bislang jedoch ausschließlich in lauen Sommernächten vorgekommen.

Zornig startete er seinen Traktor und fuhr zu dem Acker hinüber. Je näher er kam, desto stärker geriet er in Rage: Die Unbekannten hatten sich offenbar nicht damit begnügt, einmal durch das Feld zu rennen, es gab mehrere niedergetrampelte Pfade. Wittmann schaltete den Motor aus und wollte sich gerade vom Sitz schwingen, um den Boden genauer zu untersuchen, als wohlvertraute Geräusche an sein Ohr drangen: aufgeregtes Grunzen und lautes Schmatzen. Wildschweine.

Sofort war er auf der Hut. Er wusste, dass eine Rotte einem Menschen gefährlich werden konnte. Und das, was er hörte, ließ auf mehr als ein Tier schließen. Auch wenn es möglicherweise nur eine Bache mit Jungtieren war. In Ermangelung eines anderen Werkzeugs griff der Landwirt nach der Axt, die er immer hinter dem Fahrersitz verstaut bei sich hatte. Dann stand er still und horchte. Die Geräusche kamen eindeutig von der Baumreihe her und nicht aus dem Feld.

So leise wie möglich pirschte er sich entlang der Maispflanzen auf die Bäume zu, bis er durch das Gestrüpp der Brombeerranken die zotteligen Buckel der Schweine sehen konnte. Drei ausgewachsene Tiere. Sie waren derart abgelenkt, dass sie ihn nicht bemerkten.

Woran ergötzten sich die Biester? Wittmann kniff die Augen zusammen, um besser sehen zu können. Dann ging er noch ein paar Schritte näher. Im selben Moment drangen die ersten Strahlen der noch niedrig stehenden Sonne durchs Gebüsch. Wittmann erkannte eine blaue Hose, weiße Turnschuhe – und ganz viel Rot.

Ein Schrei des Entsetzens entwich seiner Kehle. Eins der Wildschweine schreckte auf und drehte sich zu ihm um. Wittmann umfasste den Griff des Beils fester und schlug mit dessen breitem Nacken gegen den nächstgelegenen Baum, um möglichst viel Krach zu machen. Endlich ließen auch die anderen beiden Tiere von der leblosen Gestalt ab und rannten davon.

Im nächsten Augenblick drehte sich Wittmann um und erbrach sich ins Gebüsch.

Hackenholts Telefon klingelte. Geistesabwesend griff er nach dem Hörer.

»Ich habe wieder einen gefunden«, sagte eine heisere Stimme.

»Was?« Hackenholt wusste nicht, wovon der Fremde sprach. »Wer sind Sie? Und was haben Sie gefunden?«

»Mein Name ist Wittmann. Sie waren letzte Woche bei mir und haben mir Ihre Visitenkarte dagelassen. Wegen dem Skelett, das damals auf dem Nachbarfeld verscharrt wurde.«

»Ah, jetzt, ja. Herr Wittmann. Ist Ihnen noch etwas eingefallen?«

»Ich habe einen Toten gefunden. Fünfzig Meter von der Stelle entfernt, an der das Skelett gelegen hat.«

»Was?!« Hackenholt sprang von seinem Stuhl auf. »Wo sind Sie jetzt?«

»Auf dem Acker.«

»Kennen Sie den Mann?«

»Nein. Es ist niemand aus dem Dorf.«

»Bleiben Sie, wo Sie sind. Fassen Sie nichts an und laufen Sie nicht herum, Sie könnten Spuren zerstören. Wir kommen so schnell wie möglich zu Ihnen.«

Es kam selten vor, dass Hackenholt der erste Polizeibeamte war, der am Einsatzort eintraf. Normalerweise wurden die Kollegen von der Schutzpolizei über den Fund einer Leiche informiert, die nach einer ersten Inaugenscheinnahme den Kriminaldauerdienst verständigten. Sodann kam die Spurensicherung und erst zu guter Letzt betraten die Ermittler aus den Fachkommissariaten die Bühne.

Diesmal spielte sich alles in annähernd umgekehrter Reihenfolge ab: Hackenholt unterrichtete Christine Mur, während er gefolgt von Wünnenberg zum Dienstwagen hastete. Die Kollegin von der Spurensicherung sagte ihm zu, sich umgehend mit einem Team auf den Weg zu machen. Erst danach rief er in der Einsatzzentrale an und veranlasste alles Weitere.

Das fragliche Feld zu finden, gestaltete sich denkbar einfach. Wie der Landwirt bei seinem Anruf mitgeteilt hatte, lag es in unmittelbarer Nähe der Fundstelle, die Hackenholt erst eine Woche zuvor besichtigt hatte.

Während die Beamten der Spurensicherung mit der Tatortaufnahme begannen, bat Hackenholt Peter Wittmann zu sich in den Dienstwagen und befragte ihn. Nachdem der Bauer den Fund geschildert hatte, zeigte er den Ermittlern die breit gewalzten Spuren im Maisfeld.

»Zunächst habe ich angenommen, es wären Vandalen gewesen, die den Mais niedergetrampelt haben. Womöglich ein paar Jugendliche am vergangenen Wochenende. Als ich die Wildschweine entdeckt habe, dachte ich, sie wären es gewesen. Inzwischen bin ich mir allerdings nicht mehr so sicher.«

»Wie meinen Sie das?«

»Wenn der Mörder dort drüben auf dem Weg gehalten hat, musste er nur durch mein Feld laufen, um genau an der Stelle herauszukommen, an der die Leiche liegt. Einen besseren Schutz als mannshohe Maispflanzen kann man sich gar nicht wünschen, wenn man einen Toten hierherschleppen will. Das würde auch erklären, warum das Feld an manchen Stellen derart niedergetrampelt ist. Das waren nicht nur die Wildschweine.«

Hackenholt hob abwehrend die Hände. »Zügeln Sie Ihre Fantasie. Wir wissen noch nicht einmal, ob es sich um ein Tötungsdelikt handelt.«

»Was soll es denn sonst sein? Ein Spaziergänger, der einen Herzinfarkt hatte?« Wittmann musterte Hackenholt mit unverhohlener Verachtung. »Das war derselbe, wie beim letzten Mal. Der dachte sich, weil man damals die Leiche jahrelang nicht gefunden hat, würde auch dieser arme Kerl nicht so schnell entdeckt werden.«

»Also, wenn ich eine Leiche loswerden wollte, dann würde ich sie ganz sicher nicht erst durch ein Feld schleppen«, kommentierte Wünnenberg.

»Anders kommen Sie aber nicht an die Stelle – es sei denn, Sie hätten einen Traktor. Oder vielleicht einen Geländewagen. Sie haben doch auch auf dem Feldweg gehalten, weil Ihre Autos es nicht bis hierher geschafft hätten.«

»Da ist was dran«, musste Wünnenberg zugeben.

»Wann waren Sie zum letzten Mal hier?«, gab Hackenholt dem Gespräch eine andere Richtung.

»Das ist schon ein paar Tage her. Letzte Woche. Im Winter sehe ich nicht jeden Tag nach dem Rechten.«

»Aber da war noch alles in Ordnung? Keine Leiche?«

»Das kann ich nicht sagen. Es gab keinen Grund, ins Gebüsch zu schauen. Zumindest das Maisfeld lag noch unberührt da.«

»Und ist Ihnen seither etwas Ungewöhnliches aufgefallen? Ein Fahrzeug, das hier nichts zu suchen hat?«

»Nein. Alles war wie immer.«

»Frank? Kommst du mal?«, rief Christine Mur.

Bevor Hackenholt zu ihr ging, bedankte er sich bei dem Landwirt und schickte ihn nach Hause. »Wir melden uns wegen der Vernehmung bei Ihnen.«

»Ich wollte heute das Feld dort drüben umpflügen.« Wittmann deutete auf das Stück Brachland, wegen dem er ursprünglich gekommen war.

»Damit warten Sie bitte noch ein paar Tage.«

Eine Autotür knallte. Hackenholt sah sich um. In einiger Entfernung entdeckte er Dr. Puellens kleine, rundliche Gestalt. Der Rechtsmediziner war gerade dabei, ein Paar knallgelbe Gummistiefel aus seinem Kofferraum zu nehmen und hineinzuschlüpfen. Sofort musste Hackenholt an Martin Groß denken, dessen Turnschuh in dem Matsch stecken geblieben war. Vielleicht bestand die Chance, brauchbare Schuhabdrücke zu finden, wenn der Täter wirklich durch das Maisfeld gelaufen war. Er musste Christine Mur bitten, einen Kollegen abzustellen, der danach suchte.

Gemeinsam mit Maurice Puellen ging er bis an die provisorische Absperrung heran, an der die Kollegin mit Schutzanzügen auf sie wartete.

»Das Viehzeug hat den Mann furchtbar zugerichtet«, sagte sie. »Vor allem die Körperteile, die nicht durch Kleidung verdeckt waren.«

»Aber es ist eindeutig ein Mann?«

Mur nickte.

»Gibt es Hinweise auf die Todesursache?«

»Das soll sich Maurice ansehen. Ich habe eine Vermutung, aber hundert Prozent sicher bin ich mir nicht. Womöglich stammen die Verletzungen ebenfalls von den Wildschweinen.«

Hackenholt ließ dem Rechtsmediziner den Vortritt, der sich mit gewohntem Enthusiasmus an die Arbeit machte.

»Die Schädelverletzungen am Hinterkopf könnten die Todesursache gewesen sein«, bestätigte er schon nach kurzer Zeit Murs unausgesprochene Annahme. »Die wurden definitiv nicht von den Wildschweinen verursacht. Die Fraßspuren im Gesicht dagegen schon.«

Erst jetzt trat Hackenholt so nah heran, dass er den Leichnam vollständig sehen konnte. Seine Augen glitten über den malträtierten

Körper. Ein ekelhafter Anblick. Beine und Füße steckten noch in Jeans und Turnschuhen und waren intakt. Doch das Hemd musste ihm aus der Hose gerutscht sein; oder die Wildschweine hatten es zerrissen. Sollte der Mann im Bauchbereich eine Verletzung gehabt haben, war es unmöglich, sie festzustellen. Die Brust schien wiederum unberührt, dafür waren die schlohweißen Haare blutverkrustet.

Plötzlich stutzte Hackenholt. Puellen hatte den Kopf zur Seite gedreht. Die Gesichtshälfte, die bislang vom Gras verdeckt gewesen war, wurde sichtbar. Im Gegensatz zur linken Ohrmuschel war die rechte intakt. Im Ohrläppchen steckte eine kleine silberne Creole. Hackenholts Augen huschten über das auf schreckliche Weise entstellte Gesicht. Die Nase fehlte. Das rechte Auge, die Braue und die Wange waren mit Schlamm verschmiert. Soweit man jedoch von der intakten Gesichtshälfte erkennen konnte, trug der Mann breite Koteletten. Hackenholts Blick glitt zu den Händen. Die linke war blutig. Bissspuren. Die Finger fehlten teilweise.

»Was ist mit der anderen Hand?«

»Sie lag unter dem Körper, da sind die Tiere nicht rangekommen. Ich werde gleich noch Abdrücke nehmen.«

»Ist dir eine Tätowierung aufgefallen?«

Mur sah ihn überrascht an. »Kennst du den Toten etwa?«

»Ich glaube schon.«

Rasch hob die Beamtin die Jacke des Toten an, die über die rechte Hand gerutscht war. Auf dem Mittelfinger prangte ein Gamsschädel. Nun gab es keinen Zweifel mehr: Der Tote war Dieter Traub, der Handwerker, den sie am Freitag in seiner Klitsche mit dem heruntergekommenen Hof und den verrosteten Baumaschinen in Schniegling besucht hatten. Der Mann, der sich erinnert hatte, Jelko auf der Mercado-Baustelle gesehen zu haben.

»Was denkst du, wie lange er schon tot ist?«, fragte Hackenholt.

Dr. Puellen runzelte die Stirn. »Die Leichenstarre beginnt sich bereits wieder zu lösen. Ich würde sagen, er ist vor zwei bis drei Tagen gestorben. Näheres nach der Obduktion. Treffen wir uns morgen früh um sieben Uhr?«

»Ralph wird den Termin übernehmen. Ich muss ins Gericht«, murmelte Hackenholt. Er hatte es bislang vermieden, seinem Umfeld das genaue Datum für seine Zeugenaussage im Fall Schweinsberger mitzuteilen.

Puellen sah ihn überrascht an, quittierte das Gesagte jedoch nur mit einem »Gut«.

Über das Einwohnermeldeverzeichnis recherchierte Hackenholt Traubs nächste Angehörige. Der Mann war geschieden. Eine Tochter lebte in Berlin, die andere in Oberasbach. Wie die Beamten von den Nachbarn erfuhren, arbeitete Katja Hoyer in einer Bäckereifiliale in Zirndorf.

Die blonde Mittvierzigerin erschrak, als sie vom Tod des Vaters erfuhr. Bei der Befragung reagierte sie jedoch auffallend einsilbig. Erst nach einer Weile gab sie zu, dass der Kontakt zum Vater mit der Scheidung der Eltern abgerissen war. Er hatte kein Umgangsrecht eingefordert, sie und ihre Schwester hatten ihn nicht besuchen wollen. Für ihre eigene Hochzeit vor einigen Jahren hatte er sich nicht interessiert, genauso wenig wie für seine Enkel. Daher konnte sie den Beamten keinerlei Details aus seinem Leben erzählen. Sie wusste nicht, was er in den vergangenen Tagen gemacht hatte oder mit wem er befreundet war.

Nach einer knappen Viertelstunde verließen die beiden Ermittler die Bäckerei und fuhren zu Dieter Traubs Haus. Von unterwegs rief Hackenholt Stellfeldt an und bat ihn, sich um die in Berlin lebende Tochter zu kümmern sowie einen Schlüsseldienst zu Traubs Anwesen zu schicken. Da die Taschen des Opfers leer gewesen waren, hatten sie keine andere Möglichkeit, in die Räume zu gelangen.

»Eigentlich ist die Sache doch ziemlich klar«, beschied Wünnenberg, während sie im Auto vor dem Haus auf den Schlüsseldienst warteten. »Traub muss von demjenigen getötet worden sein, der auch Jelko Dzemajl umgebracht und an der einsamen Stelle dort draußen abgelegt hat. Da gebe ich dem Bauern recht.«

»Zieh keine voreiligen Schlüsse. Wir wissen noch nicht einmal, ob es sich um ein Tötungsdelikt handelt. Außerdem liegt die Stelle gut fünfzig Meter entfernt.«

»Was soll denn sonst passiert sein? Traub geht just an dem Ort spazieren, an dem das Skelett gefunden wurde, bekommt einen Herzinfarkt und stürzt so unglücklich, dass er sich den Schädel einschlägt?« Wünnenberg stieß ein verächtliches Schnauben aus. »Dann hätte Christine einen Stein oder sonstigen Gegenstand finden müssen. Aber sie hat nichts dergleichen erwähnt.«

»Also gut, gehen wir für den Moment davon aus, dass Traub getötet wurde.«

»Mit Schlägen auf den Hinterkopf. Wie Jelko Dzemajl«, betonte Wünnenberg.

»Das wissen wir noch nicht.«

Der Beamte verdrehte die Augen. »Der Leichnam wurde an fast derselben Stelle abgelegt, an der das Skelett entdeckt wurde.«

»Eben. *Fast*, aber nicht exakt.«

»Der Täter könnte geglaubt haben, dass es genau die Stelle ist. Nachts sieht dort draußen alles gleich aus. Da vertut man sich leicht, unter welchem Baum man den Toten damals abgelegt hat.«

Hackenholt wiegte den Kopf hin und her.

»Was ich sagen will: Es muss einen Zusammenhang mit unseren Ermittlungen geben. Warum sollte Traub sonst ausgerechnet jetzt umgebracht worden sein? Dzemajl wurde vor zwölf Jahren getötet und die Leiche vor sechs gefunden.«

»Du denkst, wir haben jemanden aufgescheucht?«

Wünnenberg nickte.

»Nachdem wir praktisch mit jeder Baufirma im Großraum Kontakt aufgenommen haben, grenzt das die Verdächtigen nicht sonderlich ein.«

»Jetzt mach aber mal einen Punkt, Frank. Wir reden hier nicht von irgendeinem Bauarbeiter, sondern von Dieter Traub. Dem Mann, der Jelko Dzemajl auf dem Fahndungsfoto erkannt hat. Der uns sagte, dass der Tote bei ihm nach Arbeit gefragt hat und den er auf der Baustelle des Linde-Stadions wiedersah. Plus: Er hat mehrere Firmen benannt, die damals dort arbeiteten.«

»Aber erst nachdem wir ihm versichert haben, dass wir auch bei der Bauleitung, sprich bei Architekt Silberbrunn, diese Informationen einholen werden.«

Wünnenberg blätterte in seinem Notizbuch, dann las er vor: »Günther Bau hatte natürlich seinen Rüssel im Trog. Ziemlich groß war auch der Hans im Geschäft. Den jungen Henglein habe ich ebenfalls ein paarmal gesehen.« Der Beamte blickte auf. Neben ihnen hielt ein Fahrzeug mit dem Logo eines Schlüsseldienstes. »Und kurze Zeit später erfahren wir, dass Henglein Jelko Dzemajl und noch einen anderen Illegalen eingestellt hatte und bei einer Kontrolle erwischt wurde. Ich finde, wir sollten dem ›jungen Henglein‹ mal auf den

Zahn fühlen und fragen, was er die letzten Tage getrieben hat.« Er öffnete die Tür des Dienstwagens und stieg aus.

Der Spezialist benötigte nur wenige Minuten, um die Haustür zu öffnen und einen neuen Schließzylinder einzubauen, dessen Schlüssel er den Beamten aushändigte. Im Inneren roch es nach ungelüfteten Räumen. Entgegen Hackenholts Befürchtungen war alles in einem relativ ordentlichen Zustand. In einem Zimmer im ersten Stock stand ein Bügelbrett samt Bügeleisen. Daneben gab es einen Wäscheständer, auf dem Hemden und Hosen in Reih und Glied hingen. Das Bad sah sauber und ordentlich aus und auch die Küche war tadellos aufgeräumt.

»Ich verwette meine Kaffeemaschine darauf, dass Traub eine Putzfrau oder Haushälterin hatte«, bemerkte Wünnenberg. »Wonach sollen wir jetzt konkret suchen?«

»Tagebücher wird es wohl keine geben, aber ein Terminkalender wäre nützlich. Und ein Telefonregister. Wir müssen Menschen finden, die ihn gekannt haben und uns etwas über ihn erzählen. Kontoauszüge und Telefonrechnungen könnten ebenfalls hilfreich sein.«

»Hast du jemanden im Büro darauf angesetzt, sich um die Sicherung der Daten der Funkzelle in Neunhof zu kümmern?«

»Nicht, solange wir nur solch eine vage Eingrenzung des Tatzeitpunkts haben. Das veranlassen wir morgen nach der Obduktion.«

»Aber der Fundort ist doch höchstwahrscheinlich nicht mit dem Tatort identisch«, widersprach Wünnenberg. »Die Leiche könnte jederzeit dort abgelegt worden sein. Unmittelbar nach dem Mord oder auch erst heute Nacht.«

»Gut, ich rufe Manfred an. Ich fürchte allerdings, es werden höllisch viele Datensätze sein, die wir bekommen. Allein schon wegen den Anreisenden zum Flughafen, und dann ist auch die Autobahn ganz in der Nähe. Die Daten werden uns nicht weiterbringen, zumal wir sie nicht mit denen des ersten Delikts abgleichen können, weil wir da gar keine haben.«

»Und was ist, wenn wir feststellen, dass Henglein dort draußen unterwegs war? Dann hätten wir doch schon mal einen interessanten Treffer.«

Hackenholt zückte sein Handy und rief in der Dienststelle an. Es war Saskia Baumann, die den Anruf entgegennahm und versprach, sich nicht nur um die Erhebung der Handydaten zu kümmern, sondern auch noch bei der Zentralstelle der Banken aktuelle Kontoauszüge zu organisieren sowie zu überprüfen, ob Dieter Traub ein Handy besessen hatte, und die entsprechenden Verbindungsnachweise anzufordern.

Nachdem der Hauptkommissar aufgelegt hatte, machte er sich daran, das Wohnzimmer systematisch zu durchsuchen. Im Schrank fand er eine umfassende Whiskeysammlung ausschließlich schottischer und irischer Abstammung. Daneben lagen zwei abgegriffene Stapel Playboy-Hefte.

Plötzlich klingelte es an der Haustür. Dreimal kurz, einmal lang. Ein verabredetes Zeichen. Hackenholt ging in den Flur. Vor dem Haus stand eine Frau mit schwarzen Haaren und hageren Gesichtszügen. Als sie den Ermittler erblickte, wich sie einen Schritt zurück.

»Wo ist Herr Traub?« Der Akzent klang nach einem osteuropäischen Land.

»Wer sind Sie?«, gab Hackenholt die Frage zurück.

Die Frau antwortete nicht.

Hackenholt musterte sie kurz. Sie trug einen Rock und eine gefütterte Winterjacke, beides sah nicht sonderlich hochwertig aus. Dazu hatte sie ein Paar einfache Turnschuhe an, die überhaupt nicht zum Rock passten. In der Hand hielt sie einen Stoffbeutel, den sie sich mehrfach ums Handgelenk geschlungen hatte.

»Ich bin von der Kriminalpolizei.« Er zog seinen Ausweis aus der Tasche und zeigte ihn ihr. Für einen Augenblick weiteten sich ihre Augen. »Sie sind Herrn Traubs Putzfrau, nicht wahr?«

Wieder ging sie nicht auf seine Frage ein, sondern wiederholte stur: »Wo ist Herr Traub?«

»Ihm ist etwas zugestoßen. Kommen Sie bitte herein, wir haben ein paar Fragen an Sie.« Er trat von der Tür zurück.

»Nein, nein. Wenn er nicht da ist, dann gehe ich wieder.« Sie machte Anstalten, sich umzudrehen.

»Sie müssen keine Angst haben, ich bin nicht von der Ausländerbehörde.« Hackenholt griff sie sanft am Ellenbogen. »Ich möchte Ihnen lediglich ein paar Fragen stellen.«

Widerwillig kam sie mit ins Wohnzimmer. Hackenholt bot ihr einen Platz auf dem Sofa an.

»Darf ich bitte Ihren Ausweis sehen?«

»Ich habe nichts gemacht!«, protestierte die Frau.

»Bitte.« Hackenholt streckte die Hand aus. Umständlich holte sie ihren Pass aus dem Beutel.

Aurica Dumitrescu war 1953 in Galați, Rumänien, geboren. Auf einer Seite des Dokuments war ein uneingeschränkter Aufenthaltstitel eingeklebt. Sie lebte schon seit achtzehn Jahren in der Bundesrepublik Deutschland. Hackenholt notierte sich die Personalien, dann gab er ihr den Pass zurück.

»Frau Dumitrescu, Sie müssen keine Angst haben. Ihnen passiert nichts. Sie wissen, dass die Polizei in Deutschland ...« Einen Augenblick suchte er nach den richtigen Worten. »Die deutsche Polizei ist für die Bürger da. Wir sind neutral und versuchen Sachverhalte objektiv aufzuklären.«

Sie sah ihn abwartend an.

»Es tut mir sehr leid, Ihnen mitteilen zu müssen, dass Herr Traub tot ist.« Er ließ ihr einen Augenblick Zeit, das Gesagte zu verarbeiten. Dann fügte er an: »Wie es im Moment aussieht, ist er keines natürlichen Todes gestorben.« Wieder machte er eine kleine Pause. »Wie standen Sie zu ihm?«

Den Blick auf die gefalteten Hände gerichtet sagte sie endlich: »Ich habe für Herrn Traub geputzt. Ganz legal. Sie können nachsehen, er hat mich angemeldet.«

»Sind Sie immer dienstags hier?«

»Nein, ich komme zweimal die Woche für vier Stunden. Ich mache alles, was anfällt: Ich koche, putze, wasche und bügle seine Wäsche.«

»Wann haben Sie Herrn Traub zum letzten Mal gesehen?«

»Freitagnachmittag. Ich bin um halb vier gegangen.«

»Haben Sie ihm an dem Tag etwas fürs Wochenende gekocht?«, fragte Hackenholt, da er keine Töpfe oder Schüsseln im Kühlschrank entdeckt hatte.

»Nein. Er geht am Samstagvormittag immer zum Stammtisch und isst dort zu Mittag. Sonntags macht er oft einen Ausflug und kehrt unterwegs irgendwo ein.«

»Was ist das für ein Stammtisch?«

»Dort treffen sich Bauarbeiter. Das ist eine Gewohnheit von früher, als es seine Firma noch gab. Ich meine, als er noch richtig gearbeitet hat. Jetzt erledigt er manchmal Kleinigkeiten, aber früher, da waren hier viele Männer.« Sie nickte zum Hof hinüber.

»Sind Sie schon lange für Herrn Traub tätig?«

»Im Frühjahr wären es dreizehn Jahre gewesen.«

»Wie heißt die Wirtschaft, in die er immer ging?«

Aurica Dumitrescu wusste den Namen nicht genau, sie meinte, es sei etwas wie Baggerloch, was Hackenholt für ziemlich unwahrscheinlich hielt. Aber immerhin konnte sie den Beamten sagen, dass die Zusammenkünfte in einem Lokal in einer Kleingartenanlage in Gleishammer abgehalten wurden.

»Sollen wir als Nächstes bei Henglein & Söhne vorbeifahren? Oder willst du lieber in die Dienststelle zurück und die Sachen durchsehen, die wir aus Traubs Haus mitgenommen haben?«

»Fahr ins Kommissariat. Bevor wir Karl Henglein zu seinem Alibi befragen, sollte zweifelsfrei feststehen, dass wir es mit einem Tötungsdelikt zu tun haben. Und das erfahren wir nicht vor morgen. Jetzt will ich erst einmal wissen, was Traubs Einzelverbindungsnachweis hergibt, welches Verhältnis er zu seiner Tochter in Berlin hatte und ob wir irgendwie herausbekommen können, wo er sich in den letzten Tagen vor seinem Tod aufgehalten hat.« Hackenholt hielt kurz inne. »Außerdem möchte ich heute nicht allzu spät nach Hause gehen. Ich brauche einen freien Kopf, wenn ich morgen vor Gericht aussagen muss.« Er starrte aus dem Beifahrerfenster. »Traubs Obduktion musst du übernehmen. Sie ist für sieben Uhr angesetzt. Wir sehen uns dann nach der Verhandlung.«

»Willst du wirklich in die Arbeit kommen? Warum nimmst du nicht den Nachmittag frei und erholst dich? Der Vormittag wird sicher anstrengend. Außerdem: Wer weiß, wie lange sie dich einvernehmen.«

»Lass mal. Ich glaube, es wird mir ganz guttun, euch anschließend zu sehen.« Hackenholt wandte den Blick vom Fenster ab und bedachte Wünnenberg mit einem Lächeln. Seine engsten Kollegen waren mehr als nur Personen, mit denen er jeden Tag ein Büro teilte. Sie und seine Frau hatten ihn nach der Entführung aufgefangen und ihm Halt gegeben. Und dasselbe würden sie nun während des Prozesses wieder tun.

Offenbar hatte sich auch Sophie intensiv Gedanken um den bevorstehenden Tag gemacht. Das äußerte sich zum einen darin, dass sie

Hackenholt am Abend mit einer seiner Leibspeisen empfing: gegrillte Nürnberger Bratwürste mit Kartoffelsalat. Daneben hatte sie sich jedoch noch etwas ganz Besonderes ausgedacht.

»Ich habe Ronja zu meiner Schwester gebracht«, berichtete sie in scheinbar beiläufigem Tonfall, nachdem sie ihn gefragt hatte, wie sein Tag gewesen war. »Sie bleibt über Nacht bei ihr.«

Hackenholt nahm Sophie in die Arme, als ihm die Bedeutung ihrer Worte klar wurde. Sie hatten zum allerersten Mal seit Ronjas Geburt einen ganzen Abend und die komplette Nacht für sich.

»Und dann sollen wir die kostbare Zeit mit Essen vergeuden?«

»Welche Alternative schwebt dir denn vor?«, fragte sie leichthin.

»Sollte Ronja nicht ein Geschwisterchen bekommen? Ich habe irgendwo mal gelesen, dass die Sozialisation kleiner Kinder enorm gefördert wird, wenn sie in einem möglichst großen Verbund Gleichaltriger aufwachsen.«

»Ein möglichst großer Verbund Gleichaltriger?«

Er grinste über beide Ohren, als er Sophies entsetzten Gesichtsausdruck sah. »Wenn wir schon auf der Suche nach einem Haus sind, dann muss es sich doch rentieren. Sonst könnten wir genauso gut weiter hier wohnen bleiben.«

»Hatten wir uns nicht darauf geeinigt, dass *ein* weiteres Geschwisterchen genügt? Und das zu einem noch nicht absehbaren Zeitpunkt in der Zukunft?«

»Wunschdenken. Ich erinnere mich an etwas ganz anderes.« Hackenholt hatte die Stimme gesenkt und fuhr Sophie mit den Fingerspitzen über den Nacken. »Wir wollen doch auch nicht aus der Übung kommen, oder?«

»Ich dachte, du möchtest dir mit mir einfach mal wieder einen guten Film ansehen und eine Nacht durchschlafen, ohne von Babygeschrei geweckt zu werden, damit du morgen früh ausgeschlafen in den Kampf ziehen kannst.« Endlich lehnte sie ihren Kopf an seine Brust. »Soll ich mitkommen?«

»Nein. Das stehe ich allein durch. Mein Rechtsanwalt wird anwesend sein. Außerdem möchte ich nicht, dass dich die Reporter mit mir zusammen ablichten und du in der Zeitung zu sehen bist. Mein Privatleben geht niemanden etwas an.« Wieder senkte er die Stimme. »Lass uns so tun, als wäre morgen ein ganz normaler Tag – aber heute eine besondere Nacht.«

Mittwoch

Hackenholts Augen waren stur auf den Vorsitzenden Richter gerichtet, während er seine Erinnerungen an die Nacht vom 12. auf den 13. Dezember des vorigen Jahres schilderte. Er konzentrierte sich darauf, mit möglichst ruhiger Stimme den Sachverhalt vorzutragen. So, als betreffe ihn das alles nicht persönlich, als sei er nicht das Opfer gewesen, dem der Anschlag galt, sondern würde einen von ihm bearbeiteten Fall beschreiben.

Während er auf den fingierten Anruf einging, mit dem er zu einem angeblichen Tatort gelockt worden war, gelang ihm diese Distanziertheit noch recht gut. Doch je länger er erzählte, desto intensiver brach die Erinnerung über ihn herein. Zunächst waren es einzelne Bilder, die in seinem Kopf aufblitzten: Wie er Sophie auf dem Sofa zurückließ, die Fahrt entlang des Altstadtrings, durch die Wallensteinstraße, vorbei an der PI West, das verlassene, schneebedeckte Feld in der Uffenheimer Straße. Ein wenig hatte er sich gewundert, dass es um ihn herum so still und dunkel war. Eigentlich hätte er erwartet, Blaulichter und Scheinwerfer zu sehen, die die nächtliche Szenerie erhellten.

Dann erblickte er die Unterführung vor seinem inneren Auge. Im Licht der Straßenlampen hatte er einen Wagen mit eingeschalteten Warnblinkern entdeckt, von dem er annahm, es sei ein Zivilfahrzeug. Ein Mann stand auf der Straße.

Ab jetzt lief der Film unaufhaltsam in Hackenholts Kopf ab. Er nahm nicht mehr wahr, dass er sich in einem Gerichtssaal befand, wie die Menschen um ihn herum reagierten, wie er selbst vom Gesagten immer atemloser wurde.

Er hatte hinter der vermeintlichen Zivilstreife gehalten. Völlig arglos und in keinster Weise auf einen Angriff vorbereitet. Der Mann kam auf ihn zu. Noch immer schöpfte er keinen Verdacht, auch nicht, obwohl außer ihm keine anderen Kollegen zugegen waren. Er hatte vermutet, dass der Beamte ihm vielleicht nur sagen wollte, wo er abbiegen musste, weil der Tatort von der Straße zurückversetzt lag. Erst als der andere Typ seine Beifahrertür aufriss und er sich erschrocken umwandte, schlug sein Unterbewusstsein Alarm. Doch das war nicht mehr als ein Aufblitzen in seinem Gehirn, denn im nächsten Moment traf ihn ein Schlag auf den Kopf, und er wurde bewusstlos.

Als er wieder zu sich kam, lag er gefesselt und geknebelt auf einer harten Unterlage. Sehen konnte er nichts, weil seine Augen mit Klebeband umwickelt waren. Die Welt um ihn herum schaukelte. Es dauerte eine Weile, bis er realisierte, dass er auf der Ladefläche eines fahrenden Fahrzeugs lag.

Er wusste nicht, wie lange die Fahrt dauerte, aber nach einiger Zeit hielt der Wagen, die Hecktür wurde geöffnet, jemand stieg zu ihm auf die Ladefläche. Anhand der Stimmen konnte er zwei Männer unterscheiden. Einer riss ihm das Klebeband vom Mund und verlangte in herrischem Tonfall zu erfahren, wer außer ihm von Anton Schweinsbergers Doppelleben wusste, der im großen Stil mittels manipulierter Computersoftware fremde Geldkonten abgeräumt hatte.

Trotz seines brummenden Schädels realisierte Hackenholt, dass eine Lüge seine einzige Chance war, lebend aus der Sache herauszukommen. Er verriet dem Mann, dass der getötete Polizeibeamte Peter Renner sowohl den Ermittlern in Nürnberg als auch seinen Kollegen in Düsseldorf und Münster vor seinem Tod entsprechende Nachrichten hatte zukommen lassen und dass auch Hackenholt am Vortag seinem Team von dem Verdacht berichtet und entsprechende Beweise vorgelegt hatte.

Der Mann, der sich später als Arnold Schweinsberger entpuppte, geriet daraufhin derart in Rage, dass er wie ein Wahnsinniger mit seinen schweren Schuhen auf Hackenholt eintrat. Gegen Schulter, Kopf und Oberkörper. Seine Nase war gebrochen, auf einem Ohr konnte er zeitweise nichts mehr hören. Dennoch bekam er mit, dass der zweite Kerl Arnold Schweinsberger irgendwann zu beruhigen versuchte und Hackenholt möglicherweise das Leben rettete, indem er Schweinsberger darauf hinwies, dass sie den Polizisten bei ihrer Flucht unter Umständen noch brauchen würden.

Die vielen Stunden, die Hackenholt in dem eisigen Transporter lag, in denen sein Körper so stark auskühlte, bis er schließlich keine Kraft mehr hatte, gegen die alles überwältigende Müdigkeit anzukämpfen, unterschlug er. Niemand außer seinen Ärzten sollte erfahren, dass er nach Stunden des inneren Kampfes aufgab, dass er akzeptierte, Sophie nie wiederzusehen und seine ungeborene Tochter niemals kennenzulernen.

»An mehr kann ich mich nicht mehr erinnern. Aufgrund der Kälte habe ich irgendwann das Bewusstsein verloren. Danach bin ich erst wieder im Krankenhaus zu mir gekommen«, schloss er stattdessen seine Schilderung.

Erst jetzt merkte er, wie angespannt er auf der vordersten Kante seines Stuhles saß, die Beine leicht gespreizt und die Füße fest auf den Boden gestemmt. Fluchthaltung. Er konnte jederzeit aufspringen und wegrennen. Die Knöchel seiner vor ihm auf dem Tisch liegenden Hände waren weiß angelaufen, weil er die Finger so verkrampft ineinander verschränkt hielt. Sein Herz schlug schnell, er konnte das Pochen in seinen Ohren hören. Für einen Moment schloss er die Augen, konzentrierte sich darauf, tief ein- und auszuamten, dachte an Sophie und Ronja. Mit einer enormen Willensanstrengung löste er die Finger und lehnte sich auf dem Stuhl zurück.

»Sollen wir die Sitzung für eine kurze Pause unterbrechen?«, fragte der Vorsitzende freundlich.

Hackenholt schüttelte den Kopf. Er wusste, dass er noch nicht am Ende seiner Zeugenbefragung angekommen war, und trotzdem fühlte er sich erleichtert, weil er das Schlimmste überstanden hatte.

In der folgenden Stunde gingen sie die Fragen durch, die sich sowohl die drei Richter als auch die zwei Schöffen während seiner Aussage notiert hatten, bis der Vorsitzende schließlich auf die Folgen der Entführung zu sprechen kam.

»Aufgrund der Unterkühlung wurden Ihnen zwei Zehen amputiert. Ist das richtig?«

»Drei«, korrigierte Hackenholt.

»Sie können sich aber trotzdem wieder uneingeschränkt bewegen und ihren Dienst versehen?«

Hackenholt nickte.

»Uns liegt ein ärztliches Attest vor, dass Sie sich nach wie vor in psychologischer Behandlung befinden?«

Wieder nickte Hackenholt knapp.

Damit ließ es der Vorsitzende Richter endlich bewenden. »Gibt es noch weitere Fragen?« Er sah zunächst zu Oberstaatsanwalt Dr. Holm, der jedoch nur den Kopf schüttelte, und dann zu den Verteidigern.

»Ja, ich habe noch Fragen«, sagte eine fremde Stimme.

Unwillkürlich drehte Hackenholt den Kopf zur Anklagebank. Seine Augen huschten über die dort sitzenden Personen, er nahm den Rechtsanwalt wahr, der gesprochen hatte. Dann blieb sein Blick an Anton Schweinsberger hängen.

Der Mann saß zusammengesunken in einem Rollstuhl. Eine stark zitternde Hand lag auf dem Tisch. Er hatte sich nicht wie die anderen Familienmitglieder in vorteilhafte Kleidung geworfen, um dem Gericht einen positiven Eindruck zu vermitteln, sondern trug die tiefblaue Anstaltskleidung der JVA. Seine Haare waren zu lang, als habe er schon länger keinen Besuch des Anstaltsfriseurs mehr erhalten, und das Gesicht war voller grauer Bartstoppeln. Die Nachricht, die er und sein Anwalt in die Welt hinaustrugen, war eindeutig: Seht her, was ihr aus einem Mann gemacht habt, der noch nicht einmal rechtskräftig verurteilt ist und von daher als unschuldig zu gelten hat!

»Sie behaupten in Ihrer Aussage, mein Mandant hätte Ihnen mit seiner Taschenlampe auf den Kopf geschlagen, während sein Vater Sie abgelenkt hat, indem er die Beifahrertür öffnete.«

Hackenholt nickte.

»Wenn ich richtig informiert bin, trug der Mann, der Sie niederschlug, Mütze, Schal und Handschuhe und war damit wohl kaum zu erkennen. Wie können Sie sicher sein, dass es sich dabei um Arnold Schweinsberger gehandelt hat und nicht um eine ganz andere Person?«

»Ich sah ihn auf mich zukommen, während ich den Wagen abgestellt habe, und konnte ihn später in einer Lichtbildvorlage identifizieren.«

»Des Weiteren sagten Sie, Arnold Schweinsberger und Brian O'Connor hätten Sie in dem Mercedes Sprinter geschlagen. Wie können Sie sich sicher sein, dass es sich hierbei nicht um Anton Schweinsberger gehandelt hat?«

»Ich erinnere mich, dass der Wagen dreimal für längere Zeit hielt – also länger, als man an einer Ampel stehen würde. Beim ersten Mal wurde das Fahrzeug betankt, das habe ich anhand der Geräusche feststellen können. Beim zweiten Stopp stiegen ihr Mandant und Brian O'Connor zu mir auf die Ladefläche und haben versucht, mich zum Reden zu bringen. Sie haben mit mir gesprochen und sich auch miteinander unterhalten. Im Krankenhaus wurden mir später Stimmproben verschiedener Personen vorgespielt, unter denen ich die zwei identifizieren konnte. Brian O'Connor spricht mit einem eindeutigen Akzent und Arnold Schweinsberger hat die Angewohnheit, viele Endungen zu verschlucken.«

Der Anwalt hakte nicht weiter nach.

»Keine weiteren Fragen?« Der Beisitzer blickte nachdenklich in die Runde.

Alle schüttelten den Kopf.

»Dann können wir den Zeugen entlassen. Wird auf die Vereidigung verzichtet?«

Einvernehmliches Nicken.

»Ich danke Ihnen für Ihr Kommen. Wenn Sie Auslagen hatten ...«

Hackenholt erhob sich. Ohne noch einmal zur Anklagebank zu blicken, verließ er den Schwurgerichtssaal. Es war vorbei. Überstanden. Erledigt. Abgehakt. Die Angeklagten würden ihre gerechte Strafe erhalten. Der Vorsitzende Richter war für seine harten Urteile bekannt.

Vor dem Justizgebäude sah Hackenholt auf seine Armbanduhr. Halb eins. Die Stunden waren nur so verflogen. Plötzlich merkte er, dass ihm kalt war. Rasch schlüpfte er in seine Jacke. Sollte er zum Polizeipräsidium laufen? Prüfend sah er in den Himmel. Ein Regentropfen traf ihn an der Stirn. Augenblicklich entschied er sich für die U-Bahn.

Dreißig Minuten später ließ sich Hackenholt in seinen Schreibtischstuhl sinken. Im ersten Moment war er enttäuscht, sein Büro verwaist vorzufinden. Doch im nächsten war er froh, noch einen Augenblick durchschnaufen zu können, bevor die Kollegen ihn mit Fragen bombardieren würden.

Welchen Eindruck hatte Anton Schweinsberger auf ihn gemacht? Was die Zeitungen über das optische Erscheinungsbild des Vaters geschrieben hatten, traf tatsächlich zu. Er wirkte fragil. Konnte der Gerichtsgutachter recht haben? Hatte Schweinsberger die lange Einzelhaft tatsächlich dermaßen zugesetzt, dass sich seine Vorerkrankung durch die strengen Bedingungen derart verschlechtert hatte und er nun ein physisches Wrack war? Andererseits war der Mann schon immer der Denker und Planer in der Familie gewesen, der die Dinge ausheckte, die seine Frau und die Kinder sodann in die Tat umsetzten. Verfolgte er nun auch einen Plan? Ein Klopfen am Türstock riss Hackenholt aus seinen Gedanken. Es war Christine Mur.

»Na? Wie ist es gelaufen? Wie geht es dir? Oder brauchst du noch ein bisschen Ruhe?«

Hackenholt schüttelt den Kopf.

Mur trat ins Zimmer und stellte eine weihnachtliche Plätzchendose auf seinen Schreibtisch. »Die hat Maurice gestern für dich und Sophie gebacken.« Sie öffnete den Deckel und nötigte ihn, einen Zimtstern zu probieren. Nachdem er sich bedankt und das Resultat überschwänglich gelobt hatte, berichtete er ihr schließlich von dem Termin. Nach und nach trudelten auch Wünnenberg, Stellfeldt und Baumann ein, sodass er immer wieder von vorne beginnen musste.

»Was ist bei Traubs Obduktion herausgekommen?«, schaffte er es daher erst nach einer Weile, auf den aktuellen Fall zu sprechen zu kommen.

»Ich dachte schon, du fragst gar nicht mehr«, grinste Wünnenberg. »Also: Dieter Traub wurde mit einem stumpfen Gegenstand niedergeschlagen. Offenbar ein Hammer. Die Bruchkanten haben angeblich eine entsprechende Form. Wie Maurice das in all der breiigen Masse erkannt haben will, ist mir schleierhaft. Aber ich vertraue ihm: Er ist der Fachmann. Ich habe ihm inzwischen die Unterlagen von Jelko Dzemajl gefaxt, damit er die Abdrücke vergleichen kann. Die anderen Verletzungen führt er ausschließlich auf Leichenfraß durch Wildtiere zurück.«

»Hat Maurice den Zeitpunkt des Todes näher eingegrenzt?«

»Die feingeweblichen Untersuchungen dauern wie üblich natürlich noch an, aufgrund des Verdauungsgrades des Mageninhalts schätzt er allerdings, dass Traub fast unmittelbar, nachdem er gegessen hatte, getötet wurde.«

»Dann müssen wir jetzt *nur noch* herausfinden, wann er zuletzt etwas gegessen hat. Ein Kinderspiel. Schade, dass er allein gelebt hat«, brummte Hackenholt voller Ironie.

»Das sollte eigentlich nicht allzu schwer sein. Der Mageninhalt bestand aus Schnitzel, Kartoffelsalat und reichlich Alkohol. Den Promillewert bekommen wir noch.«

»Er wurde am Samstag also gleich nach dem Stammtischbesuch getötet?«

»Vermutlich.«

»Wir sollten schleunigst herausfinden, wie das Lokal heißt, in dem die Zusammenkünfte stattfinden.«

»Schon geschehen. Es heißt – genau wie die Rumänin gesagt hat – Baggerloch und ist eine Gastwirtschaft in einer Kleingartenkolonie beim Zeltnerschloss.«

»Mir häddn obber nuer Ieberraschung fer diech. Ern richdichn Gnaller!«, platzte Baumann heraus.[9]

»Und zwar?«

»Die Akten vom Zoll sind heute Morgen gekommen. Und weil weder du noch Ralph sich darum kümmern konnten, habe ich mich eingelesen. Wie ihr wisst, wird ein Teil der Firmen überprüft, weil die Kollegen hin und wieder einen Tipp bekommen, wem sie mal genauer auf die Finger schauen sollten.« Stellfeldt machte eine bedeutungsschwere Pause. »So auch hier: Henglein & Söhne wurde nur kontrolliert, weil jemand im Hauptzollamt angerufen und einen Verstoß gemeldet hat.«

»Wissen wir, wer der Tippgeber war?«

»Dieter Traub«, ließ Stellfeldt die Bombe platzen.

»Damit haben wir Henglein!« Wünnenberg war seine Genugtuung anzumerken.

»Nicht so schnell!«, warnte Stellfeldt.

»Däi Wår hodd nerblous ern Hågn.«[10]

»Und der wäre?«

»In Kårl Henglein sei Händi schdäid ned aaf der Lisdn mied denner Händi, wou zwischn ledsdn Samsdåchmiddåch un Dinsdåchfräi in die endschbrechnde Fungzelln in Neinhuuf eigloggd wårn.«[11]

»Das hat nichts zu sagen«, wischte Wünnenberg den Einwand beiseite. »Vielleicht hat er es ausgeschaltet. Oder er hat es erst gar nicht mitgenommen, als er die Leiche weggeschafft hat.«

»Jetzt fahren wir erst einmal in die Gartenwirtschaft, dann sehen wir weiter«, bremste Hackenholt seinen Kollegen.

Das Kolonieheim Baggerloch lag in der Gleißhammerstraße, idyllisch umringt von den Parzellen der gleichnamigen Schrebergartenanlage und in unmittelbarer Nähe zum Zeltnerschloss. Auch den nicht sonderlich schönen Business-Tower hatte man von hier im

---

9 »Wir haben aber noch eine Überraschung für dich. Einen echten Knaller!«, (...).

10 »Die Sache hat nämlich einen Haken.«

11 »Karl Hengleins Handy steht nicht auf der Liste der Handys, die zwischen vergangenem Samstagmittag und Dienstagfrüh in der entsprechenden Funkzelle in Neunhof eingeloggt waren.«

Blick. Den Eingang zur Gaststätte zierte eine grüne Metalltafel, auf der ein roter Bagger ein Loch aushob. Hackenholt öffnete die Gartentür und betrat das Grundstück. Im Sommer musste die kleine vorgelagerte Terrasse zum Draußensitzen einladen. Jetzt im Winter waren die Tische und Stühle weggeschafft worden.

Bei ihrem Eintreten sah eine ältere Frau auf und nickte ihnen freundlich zu. Dann legte sie die Zeitschrift, in der sie gelesen hatte, beiseite und erhob sich, um zwei Speisekarten an der Theke zu holen.

»Wenn wir schon hier sind, können wir auch gleich zu Mittag essen.« Wünnenberg steuerte einen Tisch am Fenster an. Hackenholt war sich nicht sicher, ob er nach dem anstrengenden Vormittag wirklich Hunger hatte. Aber als er Bratwürste auf der Karte entdeckte, war seine anfängliche Unentschlossenheit wie weggeblasen.

Erst nach dem Essen, das aus bodenständiger Hausmannskost bestand, wiesen sie sich als Kriminaler aus und baten die Wirtin, ihre Fragen zu beantworten. Sie war sichtlich schockiert, als sie von Traubs Tod erfuhr.

»Dieter war am Samstagmittag hier. Im Gegensatz zu den anderen, die nur ein- oder zweimal im Monat kommen, war er einer, der samstags immer vorbeigeschaut hat. Ich glaube, das lag daran, dass er sich dadurch das Kochen sparte.«

»Hat er letzten Samstag bei Ihnen gegessen?«

»Ja.«

»Schnitzel mit Kartoffelsalat?«

»Genau. Das aß er immer. Woher wissen Sie das?«

»Und wie viel hat er getrunken?«, überging Hackenholt die Frage.

»So genau erinnere ich mich nicht mehr.« Die Wirtin errötete.

»Versuchen Sie es bitte.«

»Er saß mit Hans und Reinhardt zusammen. Die Stimmung war gut, es sah fast so aus, als hätten sie etwas zu feiern. Aber das war möglicherweise nur mein Eindruck, gesagt haben sie nichts.« Sie dachte einen Moment lang nach, dann schüttelte sie den Kopf. »Jedenfalls haben sie ein paar Runden bestellt.«

»Ich bräuchte die vollständigen Namen.«

»Hans Pauckner und Reinhardt Silberbrunn.«

Sieh mal einer an, dachte Hackenholt. Der Chef der Gebrüder Klinker Constructions Compagnie GmbH & Co. KG und der Herr Architekt.

»War Karl Henglein auch unter den Anwesenden?«, platzte Wünnenberg heraus.

»Ja, aber er saß an einem anderen Tisch.«

»Um wie viel Uhr ist Herr Traub gegangen?«, übernahm nun wieder Hackenholt.

»Es war ziemlich spät, dafür dass der Stammtisch eigentlich nur am Vormittag ist. Vielleicht so halb drei, drei.«

»War er in Begleitung?«

»Nein, die anderen sind alle vor ihm gegangen.«

»Wer war der Letzte, der vor ihm das Lokal verlassen hat?«

Die Wirtin schürzte die Lippen. »Ich glaube der Karl Henglein.«

»Ist Ihnen irgendetwas an Herrn Traub aufgefallen? Hat er erzählt, was er am Wochenende unternehmen wollte?«

Die Wirtin sah Hackenholt überrascht an. »Nein. Alles war wie immer. Dieter hat Witze gemacht und sich bis nächsten Samstag verabschiedet.«

Nachdem sie bezahlt hatten und gegangen waren, zückte Hackenholt sein Handy und rief in der Dienststelle an.

»Wir wissen jetzt, dass Dieter Traub zwischen vierzehn Uhr dreißig und fünfzehn Uhr den Stammtisch verlassen hat. Haben wir die Einzelverbindungsnachweise für Traubs Telefone erhalten?«

»Ja, Fesdnedz un Händi.« Papier raschelte am anderen Ende der Leitung. »Ieber den Fesdnedzånschluss hodder am Samsdåch ieberhabbsned delefonierd. Un min Händi ...« Wieder raschelte es. »Is Händi hodder zwaamål benudsd. Aamål ummerer elf Uhr fuchzehn un is neggsdmål ummerer vàzzeh Uhr siemerdreissg.«[12]

»Wen hat er angerufen?«

»Jedsmål die Daggsizendråln.«[13]

»Kannst du mir einen Gefallen tun? Versuche herauszufinden, wohin Traub vom Baggerloch aus gefahren ist.«

»Machmer. Iebrichens: Der Maddin hodd oogrufm. Es gäidnern besser. Morng kummder widder af die Ärberd.«[14]

---

12 »Ja, sowohl Festnetz als auch Handy.« (...) »Über den Festnetzanschluss hat er am Samstag überhaupt nicht telefoniert. Und mit dem Handy ...« (...) »Das Handy hat er zweimal benutzt. Einmal um elf Uhr fünfzehn und das andere Mal um vierzehn Uhr siebenunddreißig.«

13 »Beide Male die Taxizentrale.«

14 »Wird gemacht. Übrigens: Martin hat angerufen. Es geht ihm besser, er kommt morgen wieder in die Arbeit.«

»Prima.« Hackenholt steckte sein Handy weg und sah Wünnenberg an. »Lass uns zu Architekt Silberbrunn fahren.«

»Warum nicht zu Henglein?«

»Weil Silberbrunn uns zum einen noch die Unterlagen für die Baustelle vom Einkaufszentrum schuldet und zum anderen, weil er mit Traub am selben Tisch gesessen hat.«

Die Sekretärin begrüßte die beiden Beamten mit größtmöglicher Herablassung. »Herr Silberbrunn ist nicht im Haus, für den Fall, dass Sie ihn sprechen wollen.«

»Wo ist er denn?«

»In New York.«

»Wegen eines Bauvorhabens?«, fragte Hackenholt überrascht.

»*Christmas-Shopping* mit seiner Frau«, antwortete die Sekretärin knapp.

»Wann ist er geflogen?«

»Am Wochenende.«

»Geht es etwas genauer?«

»Wenn ich mich recht entsinne, sollte ich die Tickets für Samstagnachmittag buchen.«

»Und wann erwarten Sie ihn zurück?«

»Freitagabend.« Sie blickte auf. »Ist das alles? Ich habe zu tun.«

»Herr Silberbrunn hat uns zugesichert, dass Sie uns eine Liste zusammenstellen, in der sämtliche Firmen aufgeführt sind, die damals am Bau des Mercados beteiligt waren.«

»Davon ist mir nichts bekannt.«

»Soll das heißen, Sie haben noch nicht einmal angefangen, sich darum zu kümmern?«

»Exakt.« Sie lächelte ihn affektiert an.

»Dann gebe ich Ihnen genau bis morgen früh um acht Uhr Zeit, das nachzuholen.«

»Sonst?«

»Komme ich mit einem Durchsuchungsbeschluss wieder und suche mir die Daten selbst zusammen. Allerdings werde ich dafür wohl sämtliche Akten mitnehmen müssen, sodass Sie in den nächsten Wochen nichts mehr arbeiten können.« Damit verließ Hackenholt das Glashaus des Architekten.

»Nicht sonderlich hilfsbereit, die Dame«, kommentierte Wünnenberg auf dem Weg zum Auto nachdenklich. »Warum sollen wir nicht erfahren, welche Unternehmen damals auf der Baustelle tätig waren? Denkst du, das hat etwas zu bedeuten?«

»Keine Ahnung«, schnaubte Hackenholt. »Allerdings empfinde ich den zeitlichen Zusammenhang zwischen Traubs Tod und Silberbrunns Shoppingtour als einen ziemlich großen Zufall.«

»Aus welchem Grund sollte der Architekt Traub umbringen? Und wenn wir davon ausgehen, dass es derselbe Täter war wie damals: Was hätte er mit Jelko Dzemajl zu schaffen gehabt?« Wünnenberg schüttelte den Kopf. »Da wird kein Schuh draus. Karl Henglein ist unser Mann.«

»Jetzt warten wir erst mal ab, was uns Hans Pauckner über den Samstag erzählt.«

»Dieter ist tot?« Der Inhaber der Gebrüder Klinker Constructions Compagnie sah den Hauptkommissar überrascht an und fuhr sich geistesabwesend über den Schnauzbart. »Wann ist das passiert?«

»Relativ zeitnah, nachdem er den Stammtisch am Samstag verlassen hat.«

»Dann war es wenigstens ein Tod ganz nach seinem Geschmack. Er sagte immer: Eine Party schmeißen und dann abtreten – was könnte einem Besseres passieren?« Pauckner lächelte und zog ein Päckchen Zigaretten aus der Brusttasche seines Hemds.

»Ganz so romantisch ist es wohl nicht vonstattengegangen: Ihm wurde der Schädel eingeschlagen.«

Hans Pauckner zuckte zusammen, einen Augenblick verharrte er reglos, dann zündete er sich umso hektischer eine Zigarette an und inhalierte tief. »Was?«, fragte er sichtlich erschüttert. »Was ist denn passiert?«

»Das versuchen wir herauszufinden. Sie sagten gerade: ›Eine Party schmeißen und dann abtreten.‹ Hat Herr Traub am Samstag im Baggerloch etwas gefeiert?«

»Nicht direkt. Also eher: nein. Aber er war in ausgelassener Stimmung und hat ganz schön was gebechert.« Nachlässig streifte er die Zigarette auf einer mit Stummeln überquellenden Untertasse ab.

»Sie ebenfalls?«

»Ich?« Pauckner sah ihn überrascht an. »Nein. Ich war ja mit dem Auto unterwegs.«

»Warum hatte Herr Traub so gute Laune?«

»Das weiß ich nicht.«

»Worüber haben Sie sich unterhalten?«

»Dies und das. Nichts Besonderes.« Wieder rollte er die Zigarette auf dem Rand der Untertasse hin und her.

»Herr Pauckner!« Hackenholt fixierte ihn mit einem bohrenden Blick. »Wenn jemand in besonders guter Stimmung ist, wenn er womöglich sogar die eine oder andere Runde schmeißt, während man mit ihm am Tisch sitzt, dann würde es an grobe Unhöflichkeit grenzen, wenn man ihn nicht nach dem Grund seiner Freude fragt. Davon abgesehen: Fünfundneunzig Prozent der Menschheit wäre schlicht und ergreifend neugierig.«

»Ich weiß es wirklich nicht.« Pauckner befeuchtete seine Lippen. »Er ist der Frage ausgewichen. Stattdessen hat er alte Zoten zum Besten gegeben. Lustiges Zeug, an das sich kaum noch jemand erinnert hat.«

Hackenholts Handy klingelte. Er wandte sich ab und nahm das Gespräch entgegen. Es war Saskia Baumann. Sie hielt sich nicht mit Höflichkeiten auf, sondern berichtete ihm, was sie von der Taxizentrale erfahren hatte: Der Wagen, der Traub vom Baggerloch hätte abholen sollen, hatte eine Fehlfahrt gehabt. Als der Taxifahrer am Kolonieheim ankam, wartete niemand mehr auf ihn. Er ging hinein und fragte, aber die Wirtin wusste nicht, wer ihn gerufen hatte. Damit verlor sich Dieter Traubs Spur mit dem Verlassen der Gaststätte.

»Wann sind Sie am Samstag gegangen?«, machte Hackenholt mit seinen Fragen weiter, nachdem er das Telefonat beendet hatte.

»Um halb zwölf. Ich hatte noch einen Termin auf einer Baustelle.« Pauckner hatte sich in der Zwischenzeit eine neue Zigarette angesteckt.

»Am Wochenende?«

»Eine Familie, die die gefühlte dreihundertste Änderung an ihrem Eigenheim durchsprechen wollte. Ich gebe Ihnen gerne deren Telefonnummer, damit Sie nachfragen können.«

»Und danach?«

»Bin ich zum Mittagessen nach Hause gefahren. Meine Frau war sauer, weil ihr die Nudeln verkocht sind. Auch ihr Gezeter können Sie sich gern live anhören.« Angriffslustig reckte er das Kinn vor.

»Da scheinen Sie am Samstag ja keinen allzu guten Tag gehabt zu haben«, meinte Hackenholt mitfühlend. »Was hat Dieter Taub gemacht, als Sie das Baggerloch verließen?«

Pauckner dachte einen Moment lang nach. »Er hat sich mit Karl unterhalten. Karl Henglein.«

»Worum ging es?«

»Keine Ahnung, ich habe nicht zugehört.« Die Antwort kam zu schnell, zu bestimmt. Pauckner schien es zu merken, denn er schob rasch eine Begründung hinterher. »Ungewöhnlich war es trotzdem, weil sich Henglein und Traub eigentlich nicht ausstehen konnten.«

»Warum?«

»Was genau passiert ist, weiß ich nicht. Aber ihre Abneigung reicht viele Jahre zurück. Wahrscheinlich hat Henglein Traub mal einen Auftrag vor der Nase weggeschnappt.«

Oder Henglein hat irgendwie herausbekommen, dass Traub ihn bei den Behörden verpfiffen hat, dachte Hackenholt. Das würde erklären, warum sich die zwei Männer nicht mochten. Allerdings lieferte das keinen Grund, warum der eine den anderen nun nach so langer Zeit getötet haben sollte.

»Und Sie sind sicher, dass sich die Herren Traub und Henglein nicht über einen ehemaligen Mitarbeiter unterhalten haben? Über diesen hier?« Hackenholt zog den Fahndungsaufruf aus der Tasche.

Pauckners Blick schweifte über die Fotos, dann sah er rasch weg und aschte auf die Untertasse. »Dazu kann ich wirklich nichts sagen.«

»Uns ist zu Ohren gekommen, dass Herr Henglein vor einigen Jahren zwei Illegale beschäftigt hat und deswegen ein Verfahren gegen ihn geführt wurde. Was wissen Sie darüber?«

»Nichts. Das geht mich auch gar nichts an. Es gibt immer wieder mal Situationen, in denen man auf einen Arbeiter zurückgreift, von dem sich später herausstellt, dass er nicht die erforderlichen Papiere besitzt, obwohl er das Gegenteil behauptet hat. Wenn man Glück hat, kommt man mit einem blauen Auge davon und kann den Mann entlassen, bevor die Behörden Wind davon kriegen. So etwas hat wohl jeder von uns schon einmal erlebt.«

»Holen wir jetzt endlich Karl Henglein in die Dienststelle?« Wünnenberg war begierig, sich seinen Hauptverdächtigen vorzunehmen.

»Ich denke nicht, dass das der beste aller Schachzüge wäre, Ralph«, wählte Hackenholt eine vorsichtige Formulierung. »Wir könnten ihn befragen, ja. Aber darüber hinaus? Ich halte es für taktisch sinnvoller, wenn wir abwarten, was Christine hinsichtlich der Spurenlage herausfindet.«

»Er ist aber derjenige mit dem stärksten Motiv.«

»Eben deswegen sollten wir mit Bedacht vorgehen. Was haben wir im Augenblick gegen ihn in der Hand? Wir wissen, dass Traub ihn damals wegen Jelko Dzemajl angeschwärzt hat. Das war vor zwölf Jahren. Hätte er sich rächen wollen, hätte er wohl kaum so lange gewartet.«

»Aber wir haben die Aussage der Wirtin: Henglein ist als Letzter vor Traub gegangen.«

»Na und?«

»Traub hat sich ein Taxi bestellt – und als es aufgetaucht ist, war er nicht mehr da. Wer außer Henglein sollte ihn mitgenommen haben? Die anderen waren alle schon weg. Außerdem ist auffällig, dass die beiden Männer miteinander gesprochen haben – obwohl sie sich spinnefeind waren.«

»Das sind aber doch alles nur vage Indizien, Ralph. Wir müssen Henglein einstweilen als Zeugen betrachten. Die zwei haben sich nicht gestritten, Hengleins Handy taucht nicht in der Funkzellenauswertung auf und auch sonst haben wir keinen handfesten Beweis, den wir gegen ihn vorbringen können. Ich will erst die Lagebesprechung morgen früh abwarten und hören, welche Spuren Christine am Fundort entdeckt hat. Danach vernehmen wir ihn, okay?«

Wünnenberg gab ein unwilliges Schnauben von sich.

Im Kommissariat ging Hackenholt auf direktem Weg zu Manfred Stellfeldt und hakte nach, was sich hinsichtlich Traubs in Berlin lebender Tochter ergeben hatte. Die Kollegen von der Hauptstadtpolizei, die ihr die Nachricht überbrachten, hatten sie einer behutsamen Befragung unterzogen, bei der sie, genau wie ihre Schwester, aussagte, den Kontakt zum Vater mit der Scheidung der Eltern verloren zu haben. Sachdienliche Hinweise konnte sie keine geben.

Stellfeldt und Baumann hatten daraufhin Traubs Exfrau aufgesucht, um die Hintergründe der Scheidung zu beleuchten. Dabei erfuhren sie, dass Traub ein notorischer Fremdgänger gewesen war und sie es irgendwann nicht mehr ausgehalten hatte. Rückblickend hätte ihr allerdings nichts Besseres passieren können, da sie damals wieder zu arbeiten begann und nun erfolgreich einen eigenen Friseursalon führte. Von ihrem Exmann hatte sie seit über zehn Jahren nichts mehr gehört – allenfalls war ihr sein Name auf Baustellenschildern begegnet.

Mit den ausgedruckten Einzelverbindungsnachweisen, die Baumann angefordert hatte, ging Hackenholt schließlich in sein Büro. Zunächst nahm er sich den Terminkalender vor, den er in Traubs Haus mitgenommen hatte. Für die letzten Wochen enthielt dieser jedoch nur sporadische Einträge. Hier hatte Traub eine Grube ausgebaggert, dort ein Carport errichtet. Regelmäßig tauchten die Erinnerungen an den Stammtisch auf sowie der Name der Putzfrau. Traub schien ein sehr zurückgezogenes Leben geführt zu haben.

Ein dazu passendes Bild zeichneten auch die Einzelverbindungsnachweise. Wenn Traub das Festnetz verwendet hatte, dann dazu, um einen Bauherrn anzurufen – denn dieselben Namen fanden sich im Terminkalender mit der stichwortartigen Beschreibung eines Bauauftrags. Außerdem hatte Traub regelmäßig mit einem ehemaligen Arbeiter telefoniert. Üblicherweise ein oder zwei Tage bevor im Kalender eine Notiz folgte, auf welcher Baustelle was und wie viele Stunden gearbeitet worden waren.

Gegen halb sechs verließ Hackenholt das Kommissariat. Erst auf dem Heimweg merkte er, dass er den ganzen Nachmittag kein einziges Mal an die Verhandlung gedacht hatte. Seine Entscheidung, den Tag nicht freizunehmen, sondern sich abzulenken, war also genau richtig gewesen.

Als er die Wohnungstür öffnete, stieg ihm frischer Bratenduft in die Nase. Rasch entledigte er sich seines Mantels und der Schuhe, dann folgte er den Geräuschen, die aus der Küche drangen. Sophie hatte sich Ronja in einem Tragetuch auf den Rücken gebunden und war gerade dabei, das Schäufele in der Röhre mit Bratensaft zu übergießen. Auf dem Herd stand der Topf, den sie für gewöhnlich zum Klößekochen verwendete und in einem kleineren blubberte Soße.

»Du bist ein Schatz!«, strahlte Hackenholt, als er erneut eines seiner Lieblingsgerichte sah. Er umarmte Sophie und gab ihr einen Kuss, dann nahm er Ronja aus dem Tuch und drückte sie ebenfalls an sich.

Sophie musterte ihn. Er kannte diesen Blick. Sie suchte in seinem Gesicht und seiner Körperhaltung nach Anzeichen von Stress.

»Es ist vorbei«, beantwortete er ihre unausgesprochene Frage, wie der Gerichtstermin verlaufen war. »Das ist das Wichtigste.«

Sophie zog die Augenbrauen fragend hoch.

»Es war anstrengend, aber ich glaube, ich habe mich ganz gut geschlagen. Sowohl hinsichtlich der Glaubwürdigkeit meiner Aussage als auch in Bezug auf meine Psyche.«

»Und Anton Schweinsberger?«, fragte sie endlich.

»Der macht in der Tat einen vergreisten Eindruck. Mehr kann ich zu seinem Zustand nicht sagen.«

»Als ich im Gericht war, hat man schon an seiner Haltung gesehen, dass er ein gebrochener Mann ist. Der gesenkte Blick, die hängenden Schultern, sein gebeugter Rücken. Und während der Verhandlung hat er kein einziges Mal aufgeschaut – egal wer sprach. Er schien überhaupt nicht mitzubekommen, wenn es um ihn ging.«

»Ich habe mich bemüht, die Anklagebank so gut wie möglich auszublenden und mich auf meine Gefühle zu konzentrieren, während ich alles noch einmal Revue passieren lassen musste. Immerhin hat die Familie meinen Kollegen getötet, und ich sollte die Nacht auch nicht überleben.« Hackenholt war irritiert.

Sophie biss sich für den Bruchteil einer Sekunde schuldbewusst auf die Unterlippe, dann streichelte sie ihm über die Wange. »Du hast ja recht. Es ist nur ... mir fällt es schwer zu akzeptieren, dass ...« Sie ließ den Satz in der Schwebe.

Aber Hackenholt wusste auch so, was sie sagen wollte: Sie haderte mit den Haftbedingungen, die man Vater und Sohn auferlegt hatte. Aber Sophie wusste nicht die ganze Wahrheit, nämlich, welch konkreten und brutalen Fluchtplan Anton Schweinsberger geschmiedet hatte.

Donnerstag

Am Donnerstagmorgen hielten die Beamten zum ersten Mal im Mordfall Dieter Traub eine gemeinsame Lagebesprechung mit allen beteiligten Ermittlern ab. Sie hatten sich entschlossen, die beiden Fälle Dzemajl und Traub zusammenzufassen und fortan im erweiterten Team zu bearbeiten. Martin Groß war noch etwas blass, aber ansonsten wieder fit. Er staunte, als er erfuhr, dass der alte Firmeninhaber an fast derselben Stelle tot aufgefunden worden war, an der seinerzeit das Skelett gelegen hatte.

»Christine, kannst du uns etwas über die Spurenlage vor Ort sagen?«, gab Hackenholt nach einer kurzen einleitenden Zusammenfassung das Wort an Mur weiter.

»Wir haben an der Kleidung des Opfers jede Menge Haare sichergestellt – allerdings steht zu befürchten, dass es sich dabei um Wildschweinborsten handelt, die uns nicht zum Täter führen werden. Gleiches gilt für die DNA-Proben, die wir genommen haben.«

»Scheißviecher!«, schimpfte Wünnenberg.

»Aufgrund des Regens war der Boden rund um den Fundort aufgeweicht«, fuhr Mur ungerührt fort. »Es ist wahrscheinlich, dass sich dort Fußabdrücke des Täters befunden haben – allerdings sind uns auch in der Hinsicht einmal mehr die Wildschweine in die Quere gekommen. Gestern war ich noch beim Bauern und habe einen Vergleichsabdruck seiner Gummistiefel genommen, damit wir seine Spuren ausschließen können.« Mur blickte in die Runde. »Außer seinen Schuhabdrücken haben wir nämlich noch weitere gefunden. Und zwar in dem Feld, durch das der Täter vermutlich die Leiche geschleppt hat.« Mur hob das Foto eines Schuhabdrucks hoch. »Wie man auf dem Bild erkennen kann, müssen die Schuhe noch relativ neu sein: Das Profil ist tief, das Muster der Sohle eindeutig, die Ränder nicht abgelaufen.«

»Welche Größe?«

»Fünfundvierzig.«

Hackenholt machte sich eine Notiz.

»Dem ausgefallenen Profil nach zu urteilen, handelt es sich wohl um Gummistiefel.«

»Könnten es nicht auch Arbeitsschuhe sein?«, hakte Hackenholt nach.

»Das wäre die Alternative. Aber schau dir mal das Profil genau an: Es sieht aus wie das eines Traktorreifens. Außerdem sind die Erhebungen weit über einen Zentimeter tief. Das ist für Arbeitsschuhe eher unüblich.«

»Wennsi däi Abdrigg derårdich däif in Buudn neidriggd hom, hassd des doch aa, dass der Däder er gscheids Drumm Mannsbild gween sei mou, odder?«[15]

»Falls du damit auf das Gewicht anspielst: nicht unbedingt. Die Zehen des Abdrucks zeigen zum Fundort. Er war in dem Moment höchstwahrscheinlich einfach schwer beladen.«

»Allein schon die Tatsache, dass er einen Mann fünfundzwanzig Meter durch ein Feld schleppen kann, ist für mich ein Hinweis, dass der Täter einige Kraft haben muss«, urteilte Wünnenberg.

»Traub war ein relativ kleiner und schlanker Mann«, gab Hackenholt zu bedenken. »Im Feuerwehrgriff wird man ihn wohl ein Stück weit tragen können, auch wenn man kein Herkules ist.«

»Also iech kennerd des ned.«[16]

»Gut, dann scheidest du als Täterin aus«, beschied Stellfeldt.

»Saskia wäre sowieso nicht infrage gekommen«, stellte Wünnenberg klar. »Die Obduktion hat ergeben, dass die Schläge, mit denen der Hammer das Opfer traf, relativ steil von rechts oben geführt wurden. Damit wissen wir, dass der Täter mit der rechten Hand zugeschlagen hat und mindestens zehn Zentimeter größer als Traub sein muss.«

»Wisst ihr was?« Hackenholt schürzte die Lippen. »Mir ist gerade eine weitere Parallele zwischen den beiden Opfern aufgefallen. Jelko Dzemajl war ebenfalls ein kleiner, schmächtiger Mann.«

»Was willst du damit sagen?«, fragte Wünnenberg. »Dass der Täter ein Kerl ist, der auf kleine, schlanke Männer steht?« Er schüttelte den Kopf. »Dagegen spricht schon allein das Alter: Dzemajl war zweiunddreißig Jahre alt, als er getötet wurde – Traub hingegen zweiundsiebzig. Außerdem gab es keinerlei Anzeichen auf kürzlich erfolgte homosexuelle Aktivitäten.«

---

15 »Wenn sich die Abdrücke so tief in die Erde gedrückt haben, heißt das doch auch, dass der Täter ein stattlicher Mann gewesen sein muss, oder?«
16 »Also ich könnte das nicht.«

»Ich war noch nicht fertig«, mischte sich Mur wieder ins Gespräch. »Wir haben im Maisfeld wahre Wunder vollbracht und konnten an einzelnen Pflanzen Fasern sichern. Sie gehören zu einer schwarzen Fleecejacke.«

»No soungmer also ern groußn Moo mied Gummischdiefl, anner schwazzn Fliesjaggn un ern Hammer. Außerdem mouer ern andern Moo fimbferzwanzg Meder durcher Feld schlaafm kenner«, resümierte Baumann.[17]

Als Nächstes gab Hackenholt einen Überblick über die Eintragungen in Traubs Terminkalender. »Er hat nach wie vor ein paar kleinere Bauaufträge übernommen. Ich denke, wir sollten diese noch etwas genauer überprüfen, um sicherzugehen, dass da nichts unter der Hand gelaufen ist und er auch anderweitig korrekt gearbeitet hat.«

»Es ist doch wohl ziemlich unwahrscheinlich, dass er einen Kollegen wegen Schwarzarbeit anzeigt und dann selbst das Gleiche macht«, kommentierte Mur. »Hast du schon seine Kontoauszüge kontrolliert?«

»Die haben wir noch nicht.«

»Darum kann ich mich kümmern«, bot Martin Groß an.

»Sehr gut.«

»Am besten fahrt ihr noch einmal zu Traub nach Hause und schaut, ob ihr irgendwo einen Rechnungsordner mit seiner Buchführung findet. Dann könnt ihr das mit den Einträgen im Kalender vergleichen«, meinte Mur.

»Das sollten wir in der Tat«, stimmte Hackenholt zu.

»Holen wir jetzt Karl Henglein zur Vernehmung her?« Wünnenberg hatte immer noch seinen Lieblingsverdächtigen auf dem Kieker.

»Henglein kommt aufgrund seiner Größe nicht in Betracht«, bremste Hackenholt.

»Ich denke, die Sache mit der Körpergröße sollten wir mit Vorsicht genießen«, wandte Stellfeldt unerwartet ein. »Das Opfer könnte beispielsweise gesessen haben, als es erschlagen wurde. Oder der Täter stand auf einer Stufe. Solange wir den Tatort nicht kennen, können wir derlei nicht sicher ausschließen.«

»Siehst du!« Wünnenberg grinste Hackenholt breit an. »Außer-

---

17 »Dann suchen wir also einen großen Mann mit Gummistiefeln, schwarzer Fleecejacke und einem Hammer. Außerdem muss er in der Lage sein, einen anderen Mann fünfundzwanzig Meter durch ein Feld zu schleppen«, (...).

dem mimt er mit seiner Körperhaltung und dem Über-die-Brille-Geschaue bloß den kleinen Buckligen. Wenn er sich aufrichtet, ist er gut und gern auch eins achtzig groß. Also, auf geht's. Ich bin sehr gespannt, was uns der gute Mann zu sagen hat.«

Als die beiden Ermittler die Firma Henglein & Söhne betraten, stand der Inhaber locker gegen den Türstock des Zimmers gelehnt, in dem seine Frau die Sekretariatsarbeiten erledigte. Das Kinn angezogen, um in gewohnter Manier über den Brillenrand sehen zu können, plauderte er mit einem Mann in Arbeitskleidung. Beim Klang der Tür drehte er sich halb um. Hackenholt konnte das Wechselspiel von Hengleins Miene beobachten: Gerade noch freundlich, gefroren seine Gesichtszüge, um sich dann wütend zu verzerren.

»Was haben Sie schon wieder hier zu suchen? Das ist die reinste Schikane! Was Sie tun, grenzt an Belästigung.«

»Wir haben noch einmal ein paar Fragen an Sie.«

»Ich habe aber keine Zeit, sie Ihnen zu beantworten«, blaffte er Hackenholt an.

»Dann muss ich Sie ins Präsidium vorladen.«

»Das können Sie nicht machen.« Wütend schob er die Brille auf den Kopf und richtete sich auf. Wünnenberg hatte recht: Der Mann war definitiv um einiges größer als die beiden Opfer.

»Ich kann Sie auch von der Staatsanwaltschaft vorladen lassen, wenn Ihnen das lieber ist«, konterte Hackenholt. »Wir ermitteln in zwei Tötungsdelikten. Und Sie haben uns bei unseren bisherigen Besuchen nicht die Wahrheit gesagt. Das wirft kein allzu gutes Licht auf Sie.«

»Wieso zwei?«

»Dieter Traub wurde am Wochenende erschlagen. Deshalb möchten wir von Ihnen nun gerne wissen, worüber Sie sich mit ihm beim Stammtisch im Baggerloch unterhalten haben.« Während Hackenholt sprach, ließ er den Mann nicht aus den Augen. Die Nachricht vom Tod des Kollegen rief keine Überraschung hervor. Hackenholt war sich sicher, dass er bereits davon wusste.

»Dieter wollte mir irgendeine Story aus vergangenen Tagen reindrücken. Ich habe überhaupt nicht richtig zugehört. Wir saßen an unterschiedlichen Tischen und sind uns nur auf dem Weg zur Toilette begegnet. Wenn das alles war, dann: guten Tag.« Er wandte sich demonstrativ ab.

»Herr Henglein, es gibt Zeugen, die beobachtet haben, dass Sie sich letzten Samstag mit Herrn Traub unterhielten. Äußerst ungewöhnlich. Sie und Ihr Kollege waren seit mehreren Jahren zerstritten.«

»Na, da haben Sie's: Ich habe ihn ganz bestimmt nicht umgebracht, wir haben uns nach langem nämlich ausgesöhnt und wieder vertragen.«

»Soso. Worum ging es denn bei Ihrem Streit?«

»Er hat mich mal bei einem Auftrag unterboten, weil er zufällig die Kalkulation auf meinem Schreibtisch gesehen hat.«

»Ein wichtiger Auftrag?«

»Ein kleines Bauvorhaben, eigentlich war es nicht der Rede wert«, winkte Henglein ab. »Die Geschichte hat sich vor ein paar Jahren zugetragen. Dieter kam her, um sich von mir eine Maschine auszuleihen. Dabei hat er in meinem Büro das Angebot entdeckt. Das Ende vom Lied war: Ich bin so nett und helfe ihm mit der Maschine aus und er revanchiert sich, indem er mich ausbotet. Das hat mich damals verständlicherweise wütend gemacht.«

»Hat er den Auftrag bekommen?«

»Was?« Henglein klang irritiert.

»War Herrn Traub mit seinem Angebot erfolgreich? Oder gab es ein Unternehmen, das noch weniger verlangt hat?«

»Nein, nein. Ich wäre am Zug gewesen.«

»Das klingt fast so, als hätten Sie sich mit den anderen Baufirmen abgesprochen.«

Henglein wurde rot und polterte wütend los: »Drehen Sie mir jetzt nicht das Wort im Mund um!«

»Das käme mir nie in den Sinn.« Hackenholts Handy piepte, er ignorierte es. Stattdessen sah er Henglein in die Augen. »Ihr Streit hatte also nichts damit zu tun, dass Dieter Traub Sie bei den Behörden angeschwärzt hat, weil Sie zwei Illegale beschäftigt haben?«

»Schwachsinn!«

»Wie darf ich das verstehen?«

»Traub hat mich nicht verpfiffen.«

»Oh doch. Und Sie wussten es.«

»Woher denn?« Auf der Stirn des Firmeninhabers bildete sich ein dünner Schweißfilm. Eine Stressreaktion, die Hackenholt nicht entging.

»Ich habe mir die Ermittlungsakte besorgt. Sie haben sich damals anwaltlich vertreten lassen und selbstverständlich hat Ihr Rechtsbeistand Akteneinsicht beantragt – wie das eben üblich ist. Dabei fiel ihm der Aktenvermerk in die Hände, in dem der damalige Telefonist den Anruf protokollierte, mit dem der Stein ins Rollen kam.«

Henglein presste die Lippen aufeinander. Ihm war anzusehen, dass er sich gerade nicht sonderlich wohl in seiner Haut fühlte.

»Was haben Sie am Samstag nach dem Besuch im Baggerloch gemacht?«, legte Hackenholt unerbittlich nach.

Mit einem Mal entspannte sich der Körper des Mannes, auf seinem Gesicht breitete sich ein Grinsen aus. Er drehte den Kopf in Richtung Bürotür: »Anna, magst du den Herren Polizeibeamten von unserem aufregenden Wochenende berichten?«

Ein Schreibtischstuhl quietschte. Henglein trat zur Seite. Neben ihm erschien seine Frau. Es war ihr sichtlich unangenehm, auf diese Weise ins Gespräch eingebunden zu werden.

»Ich habe meinen Mann gegen vierzehn Uhr vom Baggerloch abgeholt, dann sind wir auf direktem Weg nach Naila zu meiner Schwägerin gefahren, weil sie ihren sechzigsten Geburtstag gefeiert hat.«

»Wann sind Sie zurückgekommen?«

»Am Sonntagnachmittag. Wir haben dort oben bei Karls Schwester übernachtet.«

»Wir brauchen Name und Telefonnummer von der Dame.« An Wünnenbergs geschäftsmäßigem Tonfall konnte Hackenholt hören, dass er ein Rückzugsgefecht kämpfte. Henglein hatte ein Alibi – und das gefiel dem Kollegen ganz und gar nicht.

Auf dem Weg zum Auto zog Hackenholt sein Handy aus der Tasche, um nachzusehen, wer ihn angerufen hatte. Es war Martin Groß. Hackenholt drückte die Rückruftaste.

»Könnt ihr bitte umgehend in die Dienststelle zurückkommen?«, bat der ehemalige Zugriffsbeamte eindringlich.

»Wir sind schon auf dem Weg. Was gibt es denn so Dringendes?«

»Wann warst du zum letzten Mal in dem Büro, in das wir uns in den letzten Wochen zum Aktenstudium zurückgezogen haben?«

Hackenholt dachte nach. »Das ist schon eine Weile her. Seit du krank geworden bist und Ralph für dich eingesprungen ist, war ich immer in meinem Büro. Warum?«

»Jemand hat Post an uns in das Zimmerchen gelegt. Unter anderem einen sehr wichtigen Brief. Du musst sofort herkommen.«

Angesichts der Geheimniskrämerei runzelte Hackenholt die Stirn. »Wie gesagt: Wir sind schon auf dem Weg.«

»Beeilt euch. Es bleibt nicht mehr viel Zeit.«

Der Hauptkommissar war ein wenig außer Atem, als er Stellfeldts Büro betrat, in dem sich alle versammelt hatten.

»Es gab eine Panne, wie es im heutigen Neusprech so schön heißt. Man könnte auch sagen: Hier ist die Kacke gerade am Dampfen.« Stellfeldts Hand massierte hektisch seine Glatze.

»Wie schon gesagt: Irgendjemand hat Post in unser kleines Kabuff am Ende des Flurs gelegt. Als ich heute Morgen zum Dienst gekommen bin, habe ich die Briefe geöffnet. Unter anderem diesen Umschlag.« Martin Groß wies auf ein großes braunes Kuvert, das in einen Asservatenbeutel eingetütet war. »Der Poststempel ist vom Montag. Darin lag dieser Brief.« Er reichte Hackenholt eine Fotokopie. »Das Original ist schon bei der Spurensicherung.«

ICH WEISS WER DIETER TRAUB GETÖTET HAT
ABER DAS KOSTET SIE EINE SAFTIGE BELOHNUNG
LEGEN SIE 5000 € IN EINEN STOFFBEUTEL UND
DEPONIEREN SIE IHN AM DONNERSTAG UM 12.00 UHR
IM ABFALLBEHÄLTER NEBEN DEN WASCHBECKEN
IN DER HERRENTOILETTE IM PLÄRRER UNTERGESCHOSS

Hackenholts Blick glitt zur Uhr. Zehn Uhr dreißig. Blieben noch anderthalb Stunden bis zur Übergabe.

»Verdammt! Was machen wir jetzt?« Wünnenberg hatte den Text ebenfalls überflogen. »Sollen wir bei der VAG anrufen und die Toiletten außer Betrieb nehmen lassen?«

»Des verschafferd uns wengsdns er bisserler er Zeid.«[18]

»Wenn der Typ das halbwegs professionell angeht, wird er die Anlage schon lange im Vorfeld im Auge behalten«, widersprach Groß. »Wenn wir sie jetzt sperren lassen, stellt er sofort den Zusammenhang zur Geldübergabe her, und wir haben keine Chance, ihn zu schnappen.«

18 »Das würde uns zumindest ein bisschen Zeit verschaffen.«

»Du hast von uns allen sicher die meiste Erfahrung mit solchen Dingen. Was schlägst du vor?« Hackenholt sah Groß fragend an.

»Zuallererst müssen wir uns überlegen, ob wir uns überhaupt darauf einlassen wollen«, protestierte Stellfeldt.

»Wir können uns wohl kaum einfach zurücklehnen und das Ganze ignorieren.« Wünnenberg war irritiert. »Allerdings: Wo sollen wir in anderthalb Stunden fünftausend Euro herbekommen? Der Chef hat die Summe sicher nicht in seinem Schreibtisch.«

»Der freilich nicht, aber die Einsatzzentrale und auch das K44 haben immer eine gewisse Bargeldreserve als Vorzeigegeld griffbereit.«

»Also den Schdoffbeidl kennerd iech beischdeiern.«[19] Baumann wedelte mit einer eierschalenfarbenen Einkaufstasche mit blauem Werbeaufdruck einer Bank.

Groß griff danach. »Wir müssen dem Kerl gar kein Geld geben – es steht schließlich kein Menschenleben auf dem Spiel. Wir könnten zurechtgeschnittenes Papier reintun, das geht schneller und unkomplizierter. Und eine Nachricht.«

»Eine Nachricht?«

»Mit dem Tenor, dass die Polizei in ganz besonderen Fällen bei sachdienlichen Hinweisen, die zur Ergreifung des Täters führen, eine Belohnung zahlt.«

»In dem Fall ist aber keine ausgelobt worden. Dafür ist es auch noch viel zu früh«, betonte Stellfeldt.

»Das ist doch egal«, konterte Wünnenberg. »Wir behaupten ja nicht, dass er eine bekommt.«

»Und wie geht's dann weiter, Martin?«, fragte Hackenholt.

»Wir schnappen uns den Kerl, wenn er den Beutel abholt.«

»Woher sollen wir wissen, wer der Richtige ist? Es wäre ziemlich auffällig, wenn wir einen Beamten als Toilettenmann in den Vorraum setzen.« Hackenholt konnte sich ein Lachen nicht verkneifen.

»Wir fordern Unterstützung beim MEK an. Die haben ein Gerät, das wie ein Rauchmelder aussieht, tatsächlich aber eine Raumüberwachung ist. Damit können wir sehen, wer den Beutel aus dem Müll nimmt. Und dann greifen wir zu. Außerdem haben wir genügend Leute, wenn wir die Kollegen miteinbinden.«

»Klappt das in Anbetracht der knappen Zeit?« Hackenholts Miene drückte deutliche Zweifel aus.

---

19 »Also den Stoffbeutel könnte ich beisteuern.«

»Wir müssen es einfach versuchen. Du unterrichtest den Chef, ich ruf beim MEK an, Manfred weiht die VAG ein und Ralph und Saskia basteln die Geldbündel«, verteilte Groß die Aufgaben – er war mit einem Mal ganz in seinem Element.

Punkt zwölf Uhr öffnete Hackenholt die Tür zur Herrentoilette in der U-Bahn-Unterführung. Das Team hatte nach kurzer Diskussion beschlossen, dass der Hauptkommissar selbst die Ablage des Stoffbeutels übernehmen sollte, weil er wegen der häufigen Pressekonferenzen das bekannteste Gesicht der Gruppe war und der Täter ihn möglicherweise erkannte.

Groß lehnte an der Brüstung und sah zu den ein- und ausfahrenden U-Bahnen hinunter. Wünnenberg saß auf einer an der Wand angebrachten metallenen Sitzschale und las Zeitung, während er so tat, als warte er auf seinen Zug. In einer Ecke hockte ein Obdachloser mit Schäferhund, ein junger Punk bettelte die Passanten an, ein Pärchen stand engumschlungen neben einem Ladengeschäft und flüsterte sich Zärtlichkeiten ins Ohr. Ansonsten herrschte reges Kommen und Gehen.

Der Vorraum der Herrentoilette war leer. Hackenholt hob den Kopf und sah zur Decke. Ein Rauchmelder wie er in Hunderttausenden von Haushalten inzwischen üblich war, hing in der den Waschbecken entgegengesetzten Ecke.

Plötzlich rauschte eine Toilettenspülung. Hackenholt zuckte zusammen und eilte zum Abfallkorb, in den die benutzten Papierhandtücher geworfen wurden. Rasch wickelte er den Stoffbeutel zusammen, den er bislang gut sichtbar ums Handgelenk geschlungen bei sich getragen hatte, und schob ihn tief in den Behälter. Anschließend drehte er den Kaltwasserhahn auf, um sich die Hände zu waschen. Im selben Moment öffnete sich die Tür einer Toilettenkabine, und ein Mann trat heraus. Hackenholt schenkte ihm keine Beachtung, sondern trocknete seine Finger ab. Anschließend verließ er die Sanitäranlage und ging mit gesenktem Blick zur nächstgelegenen Treppe. Seine Aufgabe war erfüllt; er hatte den Auftrag, jetzt auf direktem Weg zur Dienststelle zurückzukehren. Falls er beobachtet wurde, musste sein Handeln authentisch wirken.

Martin Groß lehnte noch immer an der Balustrade, allerdings hatte er sich in der Zwischenzeit umgedreht. Nun beobachtete er nicht mehr die U-Bahnen, sondern die ins Verteilergeschoss hastenden Menschen. Plötzlich erkannte er in der Menge einen ehemaligen Kollegen, mit dem er früher beim SEK zusammengearbeitet hatte und der schon einige Zeit vor ihm in eine andere Dienststelle gewechselt war. Rasch wandte er sich ab, damit der Mann nicht auf ihn aufmerksam wurde. Erst als er ihn in sicherer Entfernung wähnte, blickte er sich wieder um. Sofort beschleunigte sich sein Herzschlag. Ein Typ in Blaumann und Turnschuhen kam die Treppe herunter und lief genau auf ihn zu. Geistesgegenwärtig bückte sich Groß und begann, an seinem Schnürsenkel herumzunesteln. Der Mann lehnte sich ein paar Schritte von ihm entfernt an die Brüstung und sah sich suchend um. Groß wusste, dass er hier nicht länger stehen bleiben durfte, wenn er nicht auffallen wollte. Er prüfte den zweiten Schnürsenkel, und nachdem er festgestellt hatte, dass damit alles in Ordnung war, wandte er sich zu den Rolltreppen.

»Hey Alter, haste bisschen Kleingeld für mich?« Der Punk hielt ihn am Jackenärmel fest.

»Pfoten weg!«

»Du hast doch sicher nen guten Job.«

»Verpiss dich!«, zischte Groß.

»Spinnst du oder was?« Der Kerl schlurfte davon. Aus den Augenwinkeln sah Groß, dass er sich als Nächstes an den Kerl im Blaumann wandte. Der schüttelte abweisend den Kopf, aber der Punk ließ nicht so leicht locker und redete auf ihn ein. Die Szene wurde lauter, Menschen drehten sich nach den beiden um. Martin Groß fühlte, wie ihm der Schweiß ausbrach. Der verdammte Punk würde ihnen noch den ganzen Zugriff verderben. Groß wollte gerade eine Warnung in das kleine Mikrofon seines Funkgerätes murmeln, damit sich jemand des Kerls annahm, als Stellfeldts Stimme, der den Einsatz oben von einem Auto aus leitete und die Kamera im Toilettenraum überwachte, im Headset ertönte.

»Zielperson eingetroffen, durchwühlt den Mülleimer.«

Scheiße!, durchfuhr es Groß. Er hatte sich ablenken lassen. »Personenbeschreibung?«, murmelte er knapp in das Mikro.

»Klein, schmächtig, um die fünfzig, graumelierte Haare, Jeans, helle Turnschuhe, dunkle Jacke.« Es entstand eine Pause. »Ich kann nicht sehen, ob er etwas herausnimmt.« Stellfeldts Stimme klang gepresst. »Er schirmt sich mit dem Körper ab.« Wieder eine Pause.

»Achtung, er kommt raus. Martin geh rein und sieh nach, ob der Beutel noch im Müll liegt. Ralph, gib Martin Rückendeckung, falls er es nicht war. Die anderen bleiben unauffällig an dem Kerl dran.«

Schnellen Schritts, aber ohne zu rennen, ging Groß in Richtung Toiletten. Er stieß die Tür auf, beugte sich über den Müllkorb und riss die benutzten Papierhandtücher heraus. Dann hielt er den Beutel in der Hand. Zwei tastende Griffe. Leer. Noch einmal wühlte er in dem Korb, dann hatte er die Geldattrappe gefunden.

»Er ist es, aber er hat den Beutel nicht mitgenommen.« Groß drehte sich zu dem vermeintlichen Brandmelder um und hielt mit der einen Hand den Stoffbeutel und mit der anderen das gebündelte Papier in die Kamera.

»Zugriff!«, befahl Stellfeldt.

Hackenholt sah von seinem Schreibtisch auf, als Groß und Stellfeldt den Mann ins Büro führten.

»Das ist Fritz Pohl, er arbeitet bei der Firma Gebrüder Klinker«, übernahm Stellfeldt die Vorstellung.

»Sieh mal einer an.« Hackenholt lehnte sich in seinem Bürostuhl zurück und verschränkte die Arme. »Der Herr, der Beamte drei Kilometer gegen den Wind riecht. So sieht man sich wieder.« Er erhob sich. »Nun, Herr Pohl, dann lassen Sie uns mal über diese Aktion reden.« Er deutete auf die Kopie des Schreibens, das der Arbeiter an die Polizei geschickt hatte. »Ich bin sehr neugierig zu erfahren, was Sie wissen.«

Wie sich innerhalb der nächsten Minuten herausstellte, fand Fritz Pohl, dass ihm eine Belohnung zustand, da er entscheidende Hinweise geben konnte. Die Tatsache, dass man als Tippgeber keinen Rechtsanspruch auf eine hatte und dass diese – wenn überhaupt – erst im Nachhinein gewährt wurde, schien ihn nicht weiter zu berühren. Hackenholt war sich eine Weile nicht sicher, ob der Mann einfach nur grenzenlos naiv oder äußerst gerissen war.

»Sagen Sie uns endlich, was Sie wissen. Alternativ können wir auch zum Ermittlungsrichter fahren. Dann müssen Sie nämlich eine Aussage machen. Tun Sie's nicht, stehen die Chancen gut, dass er Sie in Beugehaft nimmt, bis Sie es sich anders überlegt haben.«

Pohl schürzte die Lippen. Fast glaubte Hackenholt, der Mann wolle einen erneuten Versuch unternehmen, um eine Belohnung auszuhandeln. Dann begann er doch zu erzählen. Und gleich der erste Satz schlug ein wie eine Bombe: »Der alte Traub hat den Chef erpresst.«

Hackenholt zog die Augenbrauen hoch. »Womit?«

»Mit Jelko natürlich.«

»Können Sie auch in vollständigen und zusammenhängenden Sätzen reden, die Sinn ergeben?«, provozierte Wünnenberg.

»Marieluise, unsere Sekretärin, war letzte Woche krank. Deshalb habe ich ein bisschen im Büro ausgeholfen – auf den Baustellen herrscht gerade ziemliche Flaute. Auch sonst schreibe ich immer die Angebote für kleinere Bauvorhaben. Als ich die Post aufgemacht habe, lag plötzlich ein komischer Brief vor mir: Die Buchstaben waren aus der Zeitung ausgeschnitten. Darin stand, dass der Chef am Samstag fünftausend Euro im WC-Kasten vom Baggerloch hinterlegen soll, wenn er keinen weiteren Ärger wegen Jelko haben will.« Pohl räusperte sich. »Dadurch bin ich überhaupt erst auf die Idee gekommen, Ihnen den da zu schicken.« Er wies auf die Kopie seines eigenen vermeintlichen Erpresserbriefs.

»Ach, Sie dachten wohl, es wäre ungefährlicher, die Polizei zu erpressen – da wird man allenfalls festgenommen, wenn etwas schiefgeht, und nicht gleich umgebracht?«, stellte Wünnenberg sarkastisch fest.

Hackenholt warf ihm einen irritierten Blick zu. An Pohl gewandt fragte er: »Was hätte denn in Bezug auf Herrn Dzemajl herauskommen können?«

»Jelko hat mal bei uns gearbeitet.«

Hackenholt glaubte seinen Ohren nicht zu trauen. »Wann war das?«

»Als wir die Großbaustelle in Mögeldorf hatten: 2002.« Der Arbeiter rieb sich über die Schwielen seiner rechten Hand. »Wir waren damals hoffnungslos unterbesetzt. Deshalb hat der Chef jeden genommen, der schon mal auf dem Bau gearbeitet hat. Der alte Traub bekam natürlich Wind davon und hat gedroht, dasselbe zu machen wie beim Henglein.« Pohl sah auf und erklärte: »Den hat Traub ein paar Monate vorher beim Zoll angeschwärzt.«

»Woher wissen Sie das?«

»In unserer Branche weiß jeder über jeden Bescheid.«

Das eröffnete ganz neue Aspekte. Hackenholt grübelte einen Augenblick, dann schob er den Gedanken beiseite und hakte nach: »Traub hat also Henglein verpfiffen und Ihrem Chef dasselbe angedroht?«

Pohl nickte.

»Was ist dann passiert?«

»Pauckner hat bezahlt. Damals konnte er sich das leisten. Traub hat es mit seinen Forderungen ja nicht übertrieben – zumindest nicht im Vergleich zu dem, was die Behörden von Henglein verlangt haben. Außerdem hat der Chef an der Großbaustelle einen fetten Gewinn gemacht.«

»Gibt es dafür irgendwelche Beweise?«

»Nein, natürlich nicht. Das habe ich mir damals selbst zusammengereimt; die Gerüchteküche hat kräftig gebrodelt. Inzwischen bin ich mir allerdings nicht mehr sicher, ob es nicht ganz anders war.« Seine Augen huschten unruhig durchs Zimmer. »Was ist, wenn der Chef Jelko beseitigt hat? Das würde nämlich genau passen.«

»Wieso?«

»Wir mussten seinerzeit von früh bis spät auf der Baustelle in der Laufamholzstraße schuften. Offiziell waren es zwei Schichten – aber so viele Leute hatten wir gar nicht. Der Bauleiter war ständig vor Ort und wollte Fortschritte sehen. Wir standen alle unter ungeheurem Zeitdruck. Es war Herbst, wir mussten das Gebäude noch vor dem Winter hochziehen. Gerade als wir mit dem Aushub der Baugrube begonnen hatten, kam Traub vorbei und hat mit dem Chef gesprochen. Ich dachte, er würde ihm ein Geschäft vorschlagen und uns ein paar von seinen Leuten ausleihen. Von denen ließ sich in der Folgezeit allerdings keiner blicken. Aber einen Tag später waren Jelko und sein Kumpel verschwunden.«

»Welcher Kumpel?«

»Mit dem er immer zusammengearbeitet hat. Auch ein Ausländer. Hatte einen komischen Namen.«

»Ratko Uljarevic?«

»Ja, genau. Ratko.«

»Und der ist gleichzeitig mit Jelko verschwunden?«

Pohl nickte. »Sie sehen, eine Belohnung wäre bei mir gut angelegt. Jetzt haben Sie Ihren Täter.«

Hackenholt wiegte den Kopf hin und her. »Pauckner hätte die beiden Illegalen doch nur fortjagen müssen und schon hätte Traub nichts mehr gegen ihn in der Hand gehabt. Man bringt nicht einfach so einen Menschen um. Und zwei schon gar nicht.«

»Ach, und warum hat Traub dann jetzt geschrieben, dass der Chef ihm fünftausend Euro geben soll, wenn er keinen weiteren Ärger wegen Jelko haben will? Keinen – *weiteren* – Ärger. Genau so hat es da gestanden. Das heißt doch, dass es schon mal Ärger gab.«

»Wann kam der Brief?«

»Er lag am Donnerstag im Kasten.«

Hackenholt dachte nach: Wünnenberg und er hatten Traub und seine heruntergekommene Firma erst am Freitagmorgen besucht. Der Fahndungsaufruf war jedoch schon am Mittwoch in den Zeitungen veröffentlicht worden. Traub hatte also keine Zeit verloren, den Erpresserbrief zu schreiben – wenn er ihn tatsächlich verfasst hatte.

»Warum sind Sie sich eigentlich so sicher, dass der Brief von Dieter Traub stammte?«

»Von wem sollte er denn sonst sein?« Pohl schüttelte nachdrücklich den Kopf. »Es muss der Chef gewesen sein: Damals hat er Jelko und vielleicht auch Ratko umgebracht und jetzt den alten Traub.«

»Machen wir mal eine Pause.« Hackenholt erhob sich.

»Was passiert mit mir?«

»Das wird sich zeigen, sobald ich mit dem Staatsanwalt gesprochen habe. Einstweilen bleiben Sie hier.« Hackenholt verließ das Büro und ging zu seinen Kollegen.

»Und? Was sagt er?«, fragte Groß neugierig.

Hackenholt gab eine Zusammenfassung der Aussage.

»Nåcherdla wär also der Hans Baugner, der Scheff vo denner Gebrüder Glingger, der Däder?«[20]

»Angeblich. Etwas Handfestes haben wir aber nicht gegen ihn.«

»Wir sollten mit dem Arbeiter sprechen, der bei Traub bis vor kurzem manchmal ausgeholfen hat«, regte Stellfeldt an. »Er heißt Frieder Dierauff.«

»Darum kümmern wir uns morgen.«

»Und was tun wir jetzt?«, fragte Groß.

Hackenholt sah auf die Uhr. Halb fünf. »Wir müssen uns Pauckner schnappen und vernehmen. Wird ein langer Abend werden.«

---

20 »Dann ist also Hans Pauckner, der Chef der Gebrüder Klinker Constructions Compagnie, der Täter?«

»Warum verschieben wir das nicht auf morgen?«

»Das wäre zu gefährlich, Pohl könnte ihn warnen«, sagte Stellfeldt.

»Wieso?«, fragte Groß verständnislos.

»Weil wir den Mann gehen lassen müssen, falls der zuständige Staatsanwalt kein Kaninchen aus dem Hut zaubert – was nicht anzunehmen ist.«

»Wie bitte?« Groß sah Hackenholt entsetzt an. »Nach all dem Aufwand, mit dem wir ihn geschnappt haben?«

»Das Dumme ist, soweit ich es überblicke, hat er keine Straftat begangen.« Hackenholt schnitt eine Grimasse. »Nötigung und Erpressung kommen nicht infrage, dafür fehlt es an der Gewalt oder der Drohung mit einem empfindlichen Übel. Und für eine Strafvereitelung durch Unterlassen fehlt die erforderliche Garantenstellung.«

Stellfeldt nickte. »Ruf bei der Staatsanwaltschaft an und frag, was wir mit Pohl machen sollen. Wenn wir ihn heute Abend gehen lassen müssen, müssen wir uns Pauckner vorher schnappen.«

»Und die Firma müssen wir auch durchsuchen«, gab Wünnenberg zu bedenken.

»Dann sollten wir keine Zeit vertrödeln.« Damit erhob sich Hackenholt.

Das Telefonat mit dem zuständigen Anklagevertreter dauerte nur wenige Minuten. Er sah, genau wie die Ermittler, keine Handhabe, Pohl längerfristig festzuhalten. Daher sagte er Hackenholt zu, eine Durchsuchungsanordnung für die Firma Gebrüder Klinker Constructions Compagnie GmbH & Co. KG sowie Hans Pauckners Privaträume zu erwirken.

Als die Beamten um halb sechs endlich mit allen erforderlichen Dokumenten ausgestattet aufbrachen, war es bereits seit zwei Stunden dunkel. Hackenholt ging nicht davon aus, dass Pauckner noch in der Arbeit war. Daher fuhren sie zunächst zu seiner Wohnung. Die sechzehnjährige Tochter öffnete verdutzt. Wie sich herausstellte, war die Mutter bei ihrer wöchentlichen Yogastunde und der Vater wider Erwarten doch in der Firma. Baumann und Stellfeldt blieben bei dem Mädchen, um die dortige Durchsuchung zu leiten. Hackenholt fuhr mit Wünnenberg und Groß zum Firmensitz in die Brunecker Straße.

Schon vom Parkplatz aus konnten sie einen matten Lichtschein im Inneren erkennen. Die Eingangstür war jedoch geschlossen. Hackenholt suchte vergeblich nach einer Klingel. Schließlich blieb ihm nichts anderes übrig, als mit der Faust gegen die Metalltür zu hämmern. Dennoch regte sich nichts. Plötzlich hörten sie Martin Groß' Stimme, der sich auf der Rückseite des Gebäudes umsah.

»Polizei!«

Dem Ruf folgten ein spitzer Frauenschrei und laute Schritte. Endlich wurde die Tür von innen aufgestoßen. Groß stand vor den Beamten.

»Was ist passiert?«, fragte Hackenholt sofort.

»Die Herrschaften hatten es sich gerade auf dem Sofa gemütlich gemacht und waren offenbar so voneinander fasziniert, dass sie sich von deinem Klopfen nicht stören lassen wollten. Sie sind allerdings ziemlich erschrocken, als ich durchs Fenster eingestiegen bin. Es hat offensichtlich auch Vorteile, wenn jemand wie ein Schlot qualmt: Man muss lüften.« Noch immer feixend ging er voran zum Büro des Chefs.

Trotz des offenen Fensters nebenan war der Raum gut geheizt und stank dadurch noch intensiver nach abgestandenem Zigarettenrauch. Die Frau auf dem Sofa wirkte wie eine Pennälerin, die beim Stehlen im Supermarkt erwischt worden war – auch wenn ihre Teenagerjahre schon einige Zeit zurücklagen. Ihr war es sichtlich peinlich, beim Austausch von Intimitäten mit dem Chef ertappt worden zu sein. Pauckner dagegen lief nervös mit der obligatorischen Zigarette in der Hand im Zimmer auf und ab, als wolle er den Teppichboden bis zum nächsten Morgen durchwetzen. Sobald er Hackenholt erblickte, baute er sich vor ihm auf.

»Was soll das?«

Ohne auf die Frage einzugehen, wandte sich der Hauptkommissar in aller Ruhe der Frau zu. »Ihren Ausweis bitte.«

»Das ist meine Sekretärin – und egal, was Sie wollen, sie hat damit nichts zu tun. Lassen Sie sie in Ruhe!«

Ungerührt nahm Hackenholt die Plastikkarte entgegen und überflog sie. Marieluise Hirschmann, Jahrgang 1975. »Ist Ihre Frau tatsächlich beim Yoga oder ist das nur das Synonym dafür, dass sie sich ebenfalls eine Auszeit von der Ehe gönnt?«

Pauckner schnappte nach Luft und starrte den Hauptkommissar wütend an.

»Sie brauchen darauf nicht zu antworten; das war nur privates Interesse.« Während Hackenholt sprach, holte er den Durchsuchungsbeschluss für die Räume aus dem Aktenkoffer. »Herr Pauckner, wir müssen Sie bitten, uns ins Präsidium zu begleiten. Wir haben den begründeten Verdacht, dass Sie uns durch eine absichtliche Falschaussage in unseren Ermittlungen behindert haben.«

»Was meinen Sie damit?« Der Mann klang gereizt.

»*Wen* meinen Sie damit – nicht *was*. Ich spreche von Jelko Dzemajl. Uns wurde zugetragen, dass er für Sie gearbeitet hat. In dem Zusammenhang würde uns interessieren, was Sie über seinen Tod wissen.«

»Nichts! Woher denn auch?« Pauckner war abrupt stehen geblieben. Unwirsch drückte er die Zigarette in einer leeren Kaffeetasse aus.

»Gehen wir, Herr Pauckner. Die Kollegen werden in der Zwischenzeit die Räume nach Beweismaterial durchsuchen.«

Wie abgesprochen blieb Martin Groß mit einigen Kräften des Unterstützungskommandos zurück. Hackenholt und Wünnenberg brachten den Inhaber derweil in die Dienststelle.

»Herr Pauckner, von wann bis wann war Jelko Dzemajl bei Ihnen beschäftigt?«

»Überhaupt nicht.«

»Wie bitte?«

»Ich kenne keinen Jelko Dzemajl.«

»Ich spreche von diesem Mann.« Hackenholt legte einen der Fahndungsaufrufe auf den Tisch.

»Die Antwort wird nicht besser, wenn Sie mich das noch hundertmal fragen.« Er tastete nach der Zigarettenschachtel in seiner Hemdtasche.

»Dieser Mann hat also nie auf einer Ihrer Baustellen gearbeitet?«, lenkte Hackenholt die Aufmerksamkeit zurück auf das Foto.

»Endlich haben Sie es begriffen.«

»Ein Zeuge behauptet das Gegenteil.«

»Welcher Sauhund hat mich angeschwärzt? Henglein?«

»Sie geben es also zu?«

Pauckner schwieg eine Weile. Hackenholt ebenfalls.

»Jelko hat mal ein paar Tage für mich gearbeitet«, sagte der Unternehmer schließlich.

»Wann?«

»So genau erinnere ich mich nicht mehr. Vielleicht Juni oder Juli 2002.«

»Oder auch Oktober 2002?«

»Ich bilde mir ein, es war im Sommer«, beharrte Pauckner.

»Nach meinen Informationen war es im Herbst.« Hackenholt starrte ihn an, bis er den Blick abwandte. »Welche Baustelle?«

»Ein Wohnblock in Mögeldorf.« Pauckner zog die Zigarettenschachtel aus der Tasche und begann damit herumzuspielen.

»Gibt es darüber irgendwelche Unterlagen?«

»Selbstverständlich. Eine Großbaustelle ist immer mit unendlich viel Papierkram verbunden.«

»Ich meine Dokumente, in denen Jelko Dzemajls Name auftaucht.«

»Nein.«

Hackenholt schürzte die Lippen. »Warum hat er nur so kurz für Sie gearbeitet?«

»Nach ein paar Tagen hatte er die Schnauze voll und ist nicht mehr erschienen.«

»Einfach so?«

»Natürlich, Sie wissen doch, wie die sind.«

»Wie wer ist?«

»Diese Zigeuner.«

Hackenholt überging die Bezeichnung. »War er der einzige Illegale, den Sie beschäftigt haben?«

»Er hatte ordentliche Papiere, sonst hätte ich ihn nicht genommen.« Pauckner konzentrierte sich auf die Zigarettenschachtel.

»Leider haben Sie sich davon aber keine Kopie gemacht, nicht wahr?«

Pauckner zog es vor, nicht zu antworten.

»Noch mal: Haben Sie zu dem Zeitpunkt nur Jelko Dzemajl beschäftigt oder noch andere montenegrinische Arbeiter?«

»Es gab noch einen zweiten.«

»Name?«

»An den kann ich mich doch heute nicht mehr erinnern! Das ist über zwölf Jahre her«, protestierte Pauckner.

»Er heißt Ratko Uljarevic.«

Pauckner öffnete die Schachtel und nahm eine Zigarette heraus.

»Sie dürfen hier nicht rauchen!«, wies Wünnenberg ihn zurecht.
»Was wurde aus ihm?«, bohrte Hackenholt weiter.
»Woher soll ich das wissen?«
»Sie haben behauptet, dass Herr Dzemajl einfach eines Tages nicht mehr zur Arbeit erschienen ist – was war mit Herrn Uljarevic?«
»Der ist ebenfalls abgehauen.«
»Ihnen scheinen die Arbeiter ja in Scharen davongelaufen zu sein.«
»Sehen Sie, es war so: Die beiden sind zusammen auf der Baustelle aufgetaucht und ich hatte gerade einen Personalengpass, den ich überbrücken musste; also habe ich sie genommen. Die ersten Tage hat es ganz passabel geklappt, aber dann haben die zwei angefangen, miteinander zu streiten. Also habe ich sie ermahnt, dass sie sich während der Arbeitszeit benehmen sollen. Und dann waren sie plötzlich verschwunden. Ich war froh, weil mir in der Zwischenzeit Bedenken gekommen waren –« Abrupt hielt Pauckner inne.
»Bedenken weswegen?«
»Weil …« Seine Finger spielten mit der Zigarette, bis sich feine Tabakbrösel auf dem Tisch verteilten.
»Weil die beiden doch keine Papiere vorweisen konnten?«
»Nein, nein. Bedenken, weil sie mit ihrer laxen Arbeitseinstellung möglicherweise die Moral meiner Männer untergraben hätten.«
»Aha.« Hackenholts Handy piepte. Martin Groß' Name leuchtete im Display auf. Der Hauptkommissar verließ das Zimmer, bevor er den Anruf entgegennahm.
»Ich brauche die Kombination für den Safe«, sagte der Kollege ohne Umschweife.
Hackenholt ging wieder ins Büro und gab die Frage weiter. Erst nach Hackenholts Drohung, andernfalls einen Schlosser zu verständigen, der den Safe aufschweißen sollte, antwortete Pauckner widerwillig.
»Zurück zu den beiden Montenegrinern«, nahm er anschließend die Vernehmung wieder auf. »Wussten Sie, dass die zwei ein Jahr zuvor bei Henglein & Söhne gearbeitet haben?«
»Nein.«
»Dann ist Ihnen auch nicht bekannt, dass Karl Henglein deswegen eine Strafe aufgebrummt bekam?«
»Woher sollte ich das wissen?«
»Ich dachte, solche Dinge verbreiten sich branchenintern wie ein

Lauffeuer. Insbesondere, wenn der Tipp an die Behörden aus den eigenen Reihen kommt.«

Pauckner schüttelte den Kopf. »Kann ich jetzt eine rauchen gehen?«

»Es gibt Gerüchte, dass Dieter Traub Karl Henglein ein Angebot gemacht hatte: Er würde seinen Mund halten, wenn Henglein ihm ein Schweigegeld bezahlt«, überging Hackenholt die Frage geflissentlich.

»Was kümmert mich derartiges Geschwätz?«

»Nun, soweit ich weiß, wurde Ihnen seinerzeit ebenfalls ein solches Angebot unterbreitet.«

»Was soll das heißen?«

»Wurden Sie von Dieter Traub erpresst?«, fragte Hackenholt rundheraus. »Wollte er 2002 Geld von Ihnen, damit er den Mund hält?«

»Nein, natürlich nicht!«

Wieder piepte Hackenholts Handy, wieder war es Martin Groß.

»Volltreffer!«, frohlockte er. »Im Safe lag ein Kuvert mit dem Erpresserbrief. Es ist genau so, wie Pohl es gesagt hat. Hast du was zum Schreiben?«

Hackenholt nahm sich einen Stift und notierte, was Groß ihm diktierte. Danach drehte er sich wieder zu Hans Pauckner um.

»Hat Frau Hirschmann, Ihre Sekretärin, Zugriff auf Ihren Safe?«

»Nein.«

»Wer dann?«

»Niemand außer mir.« Er stand auf. »Ich muss jetzt wirklich mal eine rauchen.«

»Nachher! Zuerst erklären Sie mir bitte mal, wie in Ihren Safe ein Schreiben folgenden Inhalts hineinkommt: ›Wenn du keinen weiteren Ärger wegen Jelko haben willst, dann steck am Samstag fünftausend Euro in den WC-Kasten vom Baggerloch.‹«

Pauckner ließ sich mit aufeinandergepressten Lippen zurück auf den Stuhl sinken.

»Sie wurden erpresst.« Eine Feststellung, keine Frage. »Von wem stammt der Brief?«

»Woher soll ich das wissen? Es stand ja kein Name darunter.«

»Wenn man sich den Wortlaut ansieht, ist das auch gar nicht nötig. ›Keinen weiteren Ärger‹ bedeutet nach meinem Sprachverständnis, dass es schon einmal welchen in derselben Angelegenheit gab.«

»Der ist doch völlig verrückt. Fünftausend Euro wegen einem Zigeuner!«

Diesmal überhörte Hackenholt die Verunglimpfung nicht. »Achten Sie gefälligst auf Ihre Wortwahl!«

»Kann ich jetzt endlich eine rauchen?«

»Von wem stammt der Brief?«

Keine Antwort.

»Ich glaube, Dieter Traub hat ihn geschrieben. Das würde zu den Gerüchten passen, die damals kursierten, als Jelko verschwand: Traub hat Sie unter Druck gesetzt und Schweigegeld verlangt, damit er nicht auch Sie an den Zoll verpfeift. Und nachdem Sie bei Henglein miterlebt haben, wie teuer es ist, einen Illegalen zu beschäftigen, haben Sie brav bezahlt.«

Plötzlich sprang Pauckner auf, schleuderte die Zigarette auf den Boden und begann im Zimmer auf und ab zu laufen. »Natürlich nicht.«

»Sondern?«

»Ich habe Jelko und Ratko je hundert Euro in die Hand gedrückt und ihnen gesagt, dass sie sich nie wieder auf einer meiner Baustellen blicken lassen sollen. Und falls jemand fragt, haben sie nie für mich gearbeitet.«

»Und bei dem Deal sollen die beiden mitgemacht haben?«

»Hundert Euro war für die verdammt viel Geld.«

Hackenholt stöhnte innerlich auf. Es würde sehr schwer werden, Pauckner das Gegenteil zu beweisen: Dieter Traub war tot, Jelko Dzemajl ebenfalls und Ratko Uljarevic war nach Montenegro abgeschoben worden.

»Sie sind also nicht am Samstag ins Baggerloch gegangen, um den geforderten Geldbetrag im Toilettenkasten zu deponieren?«, fragte er schließlich.

»Natürlich nicht. Ich hätte überhaupt keine fünftausend Euro übrig gehabt.«

»Warum sind Sie dennoch zum Stammtisch gegangen? Ich an Ihrer Stelle hätte die gesamte Bagage gemieden.«

»Ich dachte, ich könnte herausfinden, wer mir diesen Brief geschickt hat.«

»Und?«

Pauckner schüttelte den Kopf.

»Was haben Sie nach Ihrem Besuch im Kolonieheim gemacht?«

»Das habe ich Ihnen gestern bereits gesagt: Ich hatte noch einen Termin auf einer Baustelle. Danach habe ich mit meiner Frau zu Mittag gegessen und anschließend sind wir zur Weihnachtsfeier in ihren Reitclub gefahren.«

Als Hackenholt bei Stellfeldt auf dem Handy anrief, um ihn zu bitten, das Alibi zu überprüfen, waren die Beamten bereits auf dem Rückweg in die Dienststelle. Es war nach dreiundzwanzig Uhr. Stellfeldt schlug vor, die Befragung der Ehefrau auf den nächsten Tag zu verlegen und nicht umzukehren und den häuslichen Frieden erneut zu stören. Die Durchsuchung hatte ihrem zarten Gemüt genug zugesetzt. Außerdem war Frau Pauckner sowieso zu einer Vernehmung vorgeladen worden.

Gefunden hatten Stellfeldt und Baumann nichts Relevantes. Keinen blutigen Hammer, keine zu dem gesicherten Profil passenden Gummistiefel, kein Erpresserschreiben. Dafür hatten sie Terminkalender und Kontoauszüge mitgenommen.

Eine halbe Stunde nach den Kollegen kehrte auch Martin Groß von der Durchsuchung der Firmenräume zurück. Die ihn unterstützenden Beamten hatten kistenweise Unterlagen eingepackt – ob sich darin ein Hinweis auf Jelko Dzemajl und Ratko Uljarevic finden würde, blieb abzuwarten. Zumindest das Tatwerkzeug und passende Gummistiefel hatte es auch hier nicht gegeben.

Hans Pauckner wurde für die Nacht ins Polizeigewahrsam gebracht. Ob das an ihn adressierte und von den Ermittlern sichergestellte Erpresserschreiben ausreichte, um ihn in U-Haft zu nehmen, wollte Hackenholt am nächsten Tag bei einer Rücksprache mit der Staatsanwaltschaft klären.

Es war gegen Mitternacht, als der Hauptkommissar endlich nach Hause kam. Sophie und Ronja lagen jede für sich friedlich schlafend in ihren Betten. Mit einem Seufzer der Zufriedenheit angesichts dieses Ruhepols in seinem Leben ging Hackenholt duschen und schlüpfte dann zu seiner Frau ins Bett. Wie immer, wenn ihr Unterbewusstsein auf seine Rückkehr reagierte, murmelte Sophie im Halbschlaf ein paar unverständliche Worte und schmiegte sich an ihn.

Manchmal fragte er sich, warum sie beim ersten Mucks von Ronja aus dem Bett sprang, es jedoch nicht einmal bewusst wahrnahm, wenn er sich zu ihr ins Bett legte. Das musste wohl der Mutterinstinkt sein, etwas, wovon sie jahrelang behauptet hatte, sie wäre damit nicht bedacht worden.

Freitag

Hackenholt steckte den Schlüssel in den Schließzylinder von Traubs Haustür und sperrte auf. Diesmal schlug ihm ein intensiver Geruch nach abgestandener Luft entgegen. Was ein paar Tage Abwesenheit ausmachten. Er tastete nach dem Lichtschalter. Als die Deckenstrahler ihr grelles Licht verströmten, musste er einen Moment lang die Augen zusammenkneifen.

»Wonach sollen wir suchen?«, fragte Wünnenberg, während er die Tür hinter sich schloss.

»Mir geht es um zwei Dinge: Zum einen müssen wir Traubs Rechnungsordner und seine Buchhaltung überprüfen. Hat er selbst immer alles picobello versteuert? Zum anderen will ich herausfinden, ob er damals von Pauckner die fünftausend Euro erhalten hat. Außerdem sollten wir nach Hinweisen suchen, die Rückschlüsse darauf zulassen, ob Traub der Verfasser des jetzigen Erpresserbriefs an Pauckner war. Vielleicht hat er noch Schnipsel herumliegen. Wir müssen uns aber beeilen. Ich muss noch im Lauf des Vormittags mit dem Staatsanwalt reden, damit der entscheidet, wie es mit Pauckner weitergehen soll.«

»Dann lass uns anfangen – das Arbeitszimmer befindet sich im Keller. Ich nehme mir die Altpapiertonne vor.«

Hackenholt, der zum ersten Mal Traubs Büro betrat, wurde von dem lichtdurchfluteten Raum im Souterrain überrascht. An den Wänden standen Regale voller Aktenordner. Zwar waren alle ordentlich beschriftet, aber sie bezogen sich auf ein über fünfzig Jahre währendes Arbeitsleben. Entmutigt überflog der Hauptkommissar die Reihen mit der Bezeichnung »Rechnungen«, bis er mehrere Ordner für das Jahr 2002 fand. Er nahm sie aus dem Regal und setzte sich damit an Traubs ordentlich aufgeräumten wuchtigen Weichholzschreibtisch.

Er hatte gerade den ersten Ordner durchgeblättert, als Wünnenberg auf der Treppe erschien. »Schau mal, was ich in der Altpapiertonne gefunden habe!« Triumphierend hielt er mehrere Asservatenbeutel mit Zeitungen hoch. Zumindest an einem der Blätter erkannte Hackenholt, dass es zerschnitten war und Buchstaben fehlten.

»Hast du in seinem Schreibtisch nach einem Klebestift gesucht?«

»Nein.«

Während Wünnenberg das bisher Versäumte nachholte, widmete sich der Hauptkommissar wieder den Rechnungsordnern.

Dann geschahen zwei Dinge gleichzeitig: Wünnenberg stieß in einer der Schreibtischschubladen auf einen Klebestift, als im selben Moment Hackenholts Handy zu piepen begann. Stellfeldts Nummer erschien im Display.

»Und? Was hat Pauckners Frau ausgesagt? Bestätigt sie sein Alibi?«, fragte Hackenholt den Kollegen ohne weitere Einleitung.

»Frank, lass alles stehen und liegen und komm sofort in die Dienststelle zurück«, beschwor Stellfeldt ihn eindringlich.

»Was ist passiert?«

»Komm sofort hierher.« Stellfeldts Stimme ließ bei Hackenholt alle Alarmglocken schrillen. Er wusste, dass Nachhaken zwecklos war, und legte auf.

»Ralph, wir müssen ins Präsidium. Irgendetwas ist passiert.«

Hackenholt war außer Atem, als er in den Flur im zweiten Stock rannte. Die gut zehnminütige Fahrt von Traubs Haus zurück zum Jakobsplatz war äußerst angespannt verlaufen. Einen neuerlichen Mord schloss er aus, den hätte Stellfeldt sicher erwähnt und ihn direkt zum Tatort geschickt.

Was der Kollege möglicherweise nicht am Telefon hätte sagen wollen, wäre, wenn sich Pauckner in der Nacht im Polizeigewahrsam etwas angetan hatte. Ein anderes Szenario war, dass eine hochgestellte Persönlichkeit in den Fall verwickelt war. Vielleicht der Leiter des Städtischen Bauamts. Aber was sollte der mit den Morden zu tun haben? Letztlich war alles Spekulation. Bislang hatten sie nicht den geringsten Hinweis in diese Richtung erhalten.

Noch immer nach Atem ringend betrat er Stellfeldts Büro. Es war leer. Er ging in den Flur zurück und rief den Namen des Kollegen. Sofort tauchte dessen Kopf in der Tür zum Büro des Chefs auf.

»Hier.«

Hackenholt lief zu ihm, Wünnenberg hatte ihn inzwischen eingeholt und folgte ihm.

»Setz dich, Frank«, bat Hans-Jürgen Dorschner, der Leiter des Kommissariats. Neben Stellfeldt war er nicht der einzige Anwesende:

Auch der Dezernatsleiter hatte sich eingefunden. Es musste also in der Tat etwas Schwerwiegendes vorgefallen sein.

»Was ist los?«, fragte Hackenholt so ruhig wie möglich.

»Frank –«, begann Dorschner, brach aber sofort wieder ab.

»Es gab eine Panne«, sprang der Dezernatsleiter ein.

»Schon wieder?«, fragte Hackenholt. Er hatte Fritz Pohls vermeintlichen Erpresserbrief vor Augen, der viel zu lange unentdeckt geblieben war, weil er im falschen Büro lag.

»Anton Schweinsberger konnte aus dem Gerichtsgebäude flüchten«, sagte Stellfeldt leise.

Hackenholt fühlte, wie alle Luft aus seiner Lunge gepresst wurde, als wäre er zwischen Hammer und Amboss geraten. In seinen Ohren rauschte es. Vor seinen Augen tanzten bunte Flecken.

»Frank!« Stellfeldt hielt ihn an der Schulter gepackt und rüttelte ihn.

»Sophie.« Hackenholt versuchte, vom Stuhl aufzustehen, aber seine Beine gehorchten ihm nicht.

»Christine und Martin sind bei ihr. Sophie und Ronja kann nichts passieren.« Stellfeldt machte eine kurze Pause. »Trotzdem: Solange Schweinsberger auf freiem Fuß ist, dürfen sie nicht in der Wohnung bleiben. Deine Adresse steht in den Ermittlungsakten. Wir können nicht mit Sicherheit ausschließen, dass er sie sich gemerkt hat.«

Hackenholt nickte mechanisch.

»Maurice hat angeboten, dass ihr einstweilen bei ihm unterkommen könnt. Er hat das Häuschen erst Monate nach Schweinsbergers Festnahme gekauft – dort seid ihr sicher.« Stellfeldt machte eine Pause. Hackenholt reagierte nicht. »Ich halte das für eine bessere Option, als euch in irgendeinem Hotel zu verstecken. Mit dem Baby fällt man leichter auf. Außerdem kann sich Maurice um euch kümmern. Er ist schließlich Arzt. Bist du einverstanden, dass wir Sophie und Ronja nach Feucht bringen? Wir werden natürlich dafür sorgen, dass das Haus lückenlos überwacht wird.«

Wieder nickte Hackenholt. Dann fuhr er sich mit beiden Händen über das Gesicht. Es war schweißnass. »Wie konnte das passieren?«

»Die Wachtmeister waren nachlässig – sie haben darauf vertraut, dass die Medienberichte über Anton Schweinsbergers Gesundheitszustand und das, was sie täglich sahen, stimmten. Aber offenbar hat er sich verstellt und ist doch nicht so krank wie behauptet«, sagte

Stellfeldt. Noch einmal legte er Hackenholt die Hand auf die Schulter und drückte sie.

»Nach dem, was wir bislang in Erfahrung gebracht haben, bat Anton Schweinsberger kurz nach Eröffnung der heutigen Verhandlung um eine Unterbrechung, weil er angeblich Durchfall hatte«, übernahm der Dezernatsleiter das Wort. »Zwei Wachtmeister haben ihn begleitet, einer blieb vor dem Toilettenraum stehen, der andere offenbar vor der Kabine. Zumindest wurde er dort schwer verletzt gefunden. Schweinsberger hat ihn bis zur Bewusstlosigkeit gewürgt. Wir vermuten, dass der Mann abgelenkt war: Sein Handy lag neben ihm.«

»Schweinsberger ist dann durch das Toilettenfenster auf das Gerüst geflüchtet, das gestern wegen Sanierungsarbeiten aufgebaut wurde«, erklärte Stellfeldt weiter. »Womöglich kam er überhaupt erst dadurch auf den Gedanken, ohne seine Familie abzuhauen.«

»Zu allem Unglück hat er während seiner Flucht die Dienstwaffe des Wachtmeisters entwendet«, fuhr der Dezernatsleiter fort. »Das allein macht ihn schon hochgradig gefährlich. Wir müssen natürlich auch diesen Brief berücksichtigen, den er seinem Sohn vor einigen Monaten in der U-Haft hat zukommen lassen. Seinen Plan, den Gefängnisleiter als Geisel zu nehmen, um die Familie freizupressen.«

»Heißt das, Frank ist wieder in akuter Gefahr?« Wünnenbergs Stimme klang angespannt.

»Wir können es nicht ausschließen.«

Es entstand eine Pause. Nur unruhiges Scharren von Füßen war zu vernehmen.

»Ich glaube nicht, dass er mich als Geisel nehmen will«, brach Hackenholt schließlich das Schweigen. Sein Herzschlag wurde allmählich ruhiger, der Kopf klarer. »Vielleicht will er mich töten, weil ich ihn und seine Familie ins Gefängnis gebracht habe. Aber er weiß, dass ich nur ein kleiner Beamter bin und es ihm durch mich nicht gelingen wird, seinen Sohn und die Frauen freizupressen.«

»Was hat er dann vor?«

»Sein Sohn Arnold sollte damals auch nicht nur einfach einen Mithäftling oder einen normalen Bediensteten als Geisel nehmen, sondern den Leiter der JVA. Vielleicht hat er es noch immer auf ihn abgesehen – oder auf den Richter. Ich bin kein Psychologe, ihr müsst jemanden hinzuziehen, der sich in diesem kranken Hirn auskennt.«

»Der Psychiater, der das Gutachten für das Gericht erstellt hat, ist auf dem Weg hierher.«

»Solange es nicht derselbe ist, der behauptet hat, der Mann wäre nur noch eingeschränkt verhandlungsfähig …« Hackenholt stützte sich mit den Händen auf den Armlehnen des Besuchersessels ab und stemmte sich hoch. Wie ein alter Mann!, ging es ihm durch den Kopf. Doch er fühlte sich tatsächlich, als habe ihn alle Kraft verlassen. »Ich fahre jetzt nach Hause und hole Sophie und Ronja ab.«

»Nein«, widersprach Stellfeldt. »Du solltest bis auf Weiteres nicht in ihrer Nähe sein. Martin und Christine sind bei den beiden. Ihnen kann nichts passieren. Du hast selbst erlebt, wie gut Martin ist. Er wird sie in Maurice' Haus bringen und schützen. Du bist für den Augenblick hier besser aufgehoben.«

»Ich hielte es auch für sinnvoller, wenn du in der Dienststelle bleiben würdest«, unterstrich Hans-Jürgen Dorschner. »Zum einen, weil der Kerl garantiert nicht ins Präsidium kommt, zum anderen bringst du so deine Familie nicht in Gefahr und *last but not least* kannst du dich in seine Denkweise hineinversetzen.«

»Manfred und Ralph mussten sich bei den Vernehmungen genauso intensiv mit ihm auseinandersetzen.«

»Ruf Sophie an, das wird sie beruhigen. Sag ihr, dass wir einstweilen hier für deinen Schutz sorgen werden«, ermunterte Stellfeldt ihn noch einmal.

Das Telefonat mit Sophie gestaltete sich kurz. Sie hatte mit Christine Murs Hilfe bereits alles zusammengepackt, was sie für sich und Ronja in den kommenden Tagen brauchte. Auch für Hackenholt stand eine Tasche bereit. Als er ihr sagte, dass er die Kollegen bei der Fahndung nach dem Flüchtigen unterstützen wolle, nahm sie es mit einem tiefen Seufzen hin. Martin Groß musste gewaltige Vorarbeit geleistet und ihr viele Ängste ausgeredet haben. Dennoch versprach Hackenholt ihr, sich nicht in Gefahr zu bringen und sich regelmäßig zu melden.

Danach ließ er sich in seinem Bürostuhl zurücksinken und schloss die Augen. In welchen Albtraum war er nun wieder hineingeraten? Hörte das mit den Schweinsbergers denn nie auf? Plötzlich klingelte sein Handy, eine Fürther Nummer. Dr. Schönbach.

Hackenholt meldete sich und lauschte der tiefen Stimme seines

Psychologen. Der hatte im Radio von der Flucht eines der Angeklagten gehört und wollte sich nun nach dem Zustand seines Patienten erkundigen und gegebenenfalls seine Hilfe anbieten. Hackenholt rechnete ihm diese Geste hoch an, lehnte jedoch für den Moment ab. Er würde einen Termin vereinbaren, wenn Schweinsberger gefasst war. Im Augenblick wollte er seinen Kollegen nicht noch mehr Arbeit machen, indem er sich von Personenschützern zu einer Behandlung eskortieren ließ.

Nachdem er aufgelegt hatte, bemerkte er Stellfeldt in der Verbindungstür zwischen den beiden Büros.

»Auch wenn du gerade überhaupt keinen Nerv dafür hast, lass uns kurz die aktuellen Ermittlungen durchsprechen. Saskia und ich haben Pauckners Ehefrau vernommen. Sie hat sein Alibi bestätigt: Er ist nach einem verspäteten gemeinsamen Mittagessen mit ihr zur Weihnachtsfeier ihres Reitclubs gefahren.«

»Wann haben sie gegessen?«

»Gegen zwei Uhr. Die Frau war sauer, weil ihr die Nudeln zu Brei verkocht sind. Saskia hat das Ehepaar angerufen, mit dem er sich vorher auf der Baustelle getroffen hat, und ein paar von den Pferdeleuten: Alle haben seine Angaben bestätigt. Im Moment haben wir also nichts gegen ihn in der Hand außer dem Erpresserschreiben, das wir in seinem Safe gefunden haben – von dem wir aber nicht definitiv wissen, von wem es stammt. Und die Aussage seines Vorarbeiters, der glaubt, dass Pauckner sowohl damals als auch heute von Traub erpresst wurde. Das ist ziemlich dürftig, damit werden wir bei keinem Haftrichter punkten.«

»Wir haben in Traubs Wohnung einem Klebestift entdeckt, und im Altpapier lagen zerschnittene Zeitungen. Es ist zwar sehr aufwendig, wenn wir versuchen, die aus den Blättern ausgeschnittenen Buchstaben und Wörter zu rekonstruieren und mit den im Erpresserbrief verwendeten zu vergleichen, aber es wäre allemal den Aufwand wert, wenn wir dadurch beweisen könnten, dass Traub der Verfasser des Erpresserbriefs war.«

»Wir könnten die Hospitantin vom K35 darauf ansetzen«, schlug Stellfeldt vor.

Hackenholt nickte. »Es muss sich auch jemand um die Rechnungsordner kümmern, die ich bei Traub mitgenommen habe. Wenn wir die Belege mit den Einträgen in seinem Terminkalender vergleichen, sollte sich ziemlich schnell herausstellen, ob mit seinen Konten alles in Ordnung war und wie er finanziell dastand.«

»Kannst du das nicht übernehmen?«, fragte Stellfeldt.

»Ich dachte, ich soll mir Gedanken zu Schweinsberger machen?«, entgegnete Hackenholt irritiert.

»Der Gerichtsgutachter ist unterwegs. Bis er eintrifft …? Wir müssen Pauckner heute entweder dem Haftrichter vorführen oder ihn gehen lassen«, warnte Stellfeldt.

»Dann hol ihn aus der Zelle und vernimm ihn noch einmal. Vielleicht verstrickt er sich doch noch in Widersprüche. Denn selbst wenn wir nachweisen können, dass Traub den Erpresserbrief geschrieben hat, ist das kein Beweis, dass Pauckner etwas mit dessen Tod zu tun hat.«

Stellfeldt nickte.

»Was ist mit den anderen Spuren, die Christine gesichert hat? Gibt es da irgendwelche Ergebnisse?«

»Christine ist mit Martin bei Sophie und Ronja. Ich weiß nicht, was sie herausgefunden hat.«

»Ich gehe schnell rüber in ihre Abteilung und frage nach.«

»Lass, ich ruf sie an.« Stellfeldt war offensichtlich daran gelegen, dass Hackenholt sein Büro nicht verließ.

Der Hauptkommissar schüttelte den Kopf. »Manfred, realistisch betrachtet kann Schweinsberger mehrere Tage auf der Flucht sein, bevor wir ihn wieder kriegen. Du kannst mich hier nicht so lange einsperren.« Damit erhob er sich und ging über den Flur, durchs Treppenhaus hinüber zu Murs Kommissariat.

»Die Analyse der schwarzen Fasern, die wir im Maisfeld gefunden haben, ist gekommen. Sobald wir ein Vergleichsobjekt haben, können wir eine Übereinstimmung feststellen«, erklärte die Kollegin, die mit Mur zusammen die Spuren in Neunhof gesichert hatte. »Hinsichtlich der DNA-Proben gibt es ebenfalls etwas Neues. Wir haben Blut auf der Kleidung des Toten gefunden, das nicht von Tieren stammt – die gesicherte DNA ist allerdings nicht in unserer Datenbank registriert und kann derzeit keiner Person zugeordnet werden.«

»Mist! Wir hätten gestern Abend von Pauckner eine Probe nehmen sollen.« Hackenholt schürzte die Lippen, während er nachdachte. Wenn sie das Versäumte umgehend nachholten, erhielten sie das Ergebnis mit viel Glück in vier bis sechs Stunden. Bauchschmerzen bereitete ihm jedoch das Alibi, das genau genommen alles zu Fall brachte. Rasch bedankte er sich bei der Kollegin und eilte zurück in sein Kommissariat.

Prof. Dr. Justus Erlwein, der Psychiater, der Anton Schweinsberger für das vom Gericht in Auftrag gegebene Gutachten untersucht hatte, war eine dynamische Persönlichkeit Anfang fünfzig. In seinem dunklen Anzug mit der gestreiften Krawatte wirkte er eher wie ein Manager als ein Arzt. Er musterte Hackenholt aus wachen, durchdringenden Augen, bevor er lächelte und ihm die Hand reichte. Sein Händedruck war kräftig und drückte Verbindlichkeit aus.

»Es ist gut, dass Sie hier sind. Wie geht es Ihnen?«

Hackenholt horchte einen Augenblick in sich hinein, dann erklärte er schlicht: »Ich habe Angst um die Menschen, die ihm auf seiner Flucht begegnen.«

»Das ehrt Sie, beantwortet aber nicht meine Frage«, antwortete der Psychiater nachdenklich. Als wolle er Hackenholt nicht in die Defensive treiben, wandte er sich ab und ermahnte die anderen Beamten im Raum: »Ich denke, wir sollten keine weitere Zeit verlieren. Jede Minute, die wir herumstehen, ohne konstruktive Ideen zu entwickeln, könnte sich als fatal erweisen.«

Allseitiges Nicken war die Antwort, dann begaben sie sich in den Besprechungsraum.

»Lassen Sie mich kurz ein paar Worte zur Einsatzorganisation sagen«, eröffnete der Abschnittsleiter Kriminalpolizei das Meeting. Er war der Ranghöchste unter den Anwesenden und dem Polizeipräsidenten direkt unterstellt. »Nach Eingang der Meldung leitete zunächst der Dienststellenleiter der PI West die Fahndungsmaßnahmen in die Wege. Sodann hat mein Kollege, der den Abschnitt Mitte betreut, die Koordination übernommen. Wir haben inzwischen eine Besondere Aufbauorganisation gebildet. Neben den regulären Streifen der Polizeiinspektionen, der Zivilen Einsatzgruppe, dem Unterstützungskommando und dem SEK stellt die Bereitschaftspolizei zwei komplette Einsatzzüge. Mein Kollege und ich haben uns darauf verständigt, dass wir den Kräften auf der Straße am besten zuarbeiten, wenn wir hier im kleinen Kreis herauszufinden versuchen, was in Anton Schweinsbergers Kopf vorgeht, wohin er flüchten könnte und wie er bei der Festnahme reagieren wird.«

Im Grunde übernehmen wir damit die Aufgabe von Zielfahndern, dachte Hackenholt. Ihm war nicht wohl dabei. Denn das, was die Kollegen vom LKA mit viel Routine taten, unterschied sich elementar vom üblichen Tagesgeschäft sämtlicher Anwesenden.

»Welche Kontakte hat Anton Schweinsberger außerhalb des Gefängnisses?« Der Abschnittsleiter sah fragend in die Runde. »Wer sind seine Bezugspersonen? Wohin könnte er sich zurückziehen?«

Keine Antwort. Alle Anwesenden starrten die Tischplatte, die eigenen Hände oder ein Bild an der Wand an und dachten nach. Schließlich war es Prof. Erlwein, der das Wort ergriff.

»Soweit ich es beurteilen kann, hat er niemanden außer seiner Familie, deren Mitglieder sich derzeit alle in Haft befinden. Weder in den Akten noch in den mit ihm geführten Gesprächen habe ich Anhaltspunkte auf Freunde oder soziale Kontakte entdeckt. Ich glaube, es wäre daher am sinnvollsten, wenn Herr Hackenholt uns seine Sicht schildert – er kennt die Familie von uns allen am längsten.«

»Als ich den Schweinsbergers zum ersten Mal begegnet bin, habe ich noch in Münster gearbeitet. Wir gingen einem anonymen Hinweis nach, der besagte, dass auf einem abgelegenen Gehöft das Familienoberhaupt ermordet worden war. Bei unseren Ermittlungen fanden wir in der Tat Spuren auf dem Gelände der Zobelfarm, die darauf schließen ließen, dass ein Mensch gewaltsam zu Tode gekommen war – eine Leiche konnten wir hingegen nirgendwo entdecken. Bei den Vernehmungen verstrickten sich die Familienmitglieder in Widersprüche und gestanden schließlich, gemeinschaftlich den Vater getötet, seine Leiche zerstückelt und in einen See geworfen zu haben. Eine Weile später widerriefen sie ihre Aussagen und behaupteten, diese wären nur zustande gekommen, weil sie sich von den Vernehmungsbeamten bedrängt gefühlt hatten. Das Landgericht Münster sprach die Angeklagten schlussendlich aus Mangel an Beweisen frei.«

Hackenholt hielt inne. Einen Augenblick lang glaubte er, Peter Renners drängende Stimme zu hören, der die Aufdeckung des wahren Sachverhalts mit dem Leben bezahlt hatte. »Wie mein von Arnold Schweinsberger und Brian O'Connor ermordeter Kollege im letzten Jahr herausfand, hatte die Familie Anton Schweinsbergers Tod fingiert, da seine damaligen Geschäftspartner dahintergekommen waren, dass er sie nach Strich und Faden betrog. Tatsächlich nahm er zu diesem Zeitpunkt eine neue Identität an und setzte sich nach Nürnberg ab, von wo aus er sodann mittels Computermanipulation fremde Konten abräumte.«

»Es scheint also eher unwahrscheinlich, dass er versuchen könnte, sich nach Münster durchzuschlagen?«, fragte Hackenholts Chef.

»Ja. Zum einen hat die Familie dort sehr zurückgezogen gelebt, zum anderen ist das einige Jahre her. Wir sollten dennoch die Kollegen unterrichten.«

»Ich werde das veranlassen«, entschied der Abschnittsleiter.

»Was ist mit Schweinsbergers letzter Wohnadresse in Gostenhof? Wurde die schon überprüft?« Wünnenberg sah fragend in die Runde.

»Wir haben Zivilstreifen vor dem Haus in der Kernstraße postiert. Genauso wie vor dem Appelhof bei Allersberg. Das Anwesen steht übrigens immer noch leer.«

»Wenn Schweinsberger davon weiß, wäre das ein guter Anlaufpunkt für ihn«, urteilte Wünnenberg.

Hackenholt schüttelte den Kopf. »Anton Schweinsberger ist hochintelligent. Er würde in einer solchen Situation niemals an einen Ort zurückkehren, den wir mit ihm in Verbindung bringen können.«

»Ich stimme Ihnen voll und ganz zu«, mischte sich Prof. Erlwein in die Diskussion. »Der Mann ist ein äußerst logisch denkender Mensch. Ich würde sogar so weit gehen und behaupten, dass er ein begnadeter Stratege ist. Er hat ein Ziel vor Augen und erarbeitet effiziente Wege zur Umsetzung. Nicht umsonst konnte er jahrelang Computer manipulieren, ohne dass ihm jemand auf die Schliche gekommen ist. Das gilt auch für sein privates Gefüge. Er ist nicht nur das Familienoberhaupt, er ist das Gehirn. Sämtliche zur Vertuschung begangenen Straftaten wurden von ihm geplant und von den zwei jüngeren Männern lediglich ausgeführt. Auch im Gefängnis blieb er der denkende Kopf der Bande: Er hat einen Fluchtplan entworfen, wie die Familienmitglieder aus dem Gefängnis freikommen könnten – umsetzen sollte ihn jedoch der Sohn.« Der Psychiater griff nach seiner Kaffeetasse und trank einen Schluck, bevor er fortfuhr. »Und an dieser Stelle offenbaren sich mir zwei ganz entscheidende Fragen. Erstens: War Anton Schweinsbergers heutige Flucht geplant? Zweitens: Wie kommt der Stratege ohne seine ausführenden Soldaten zurecht?«

»Die Flucht kann nicht geplant gewesen sein«, argumentierte der

Abschnittsleiter. »Das Gerüst vor dem Landgericht, über das er geflohen ist, wurde erst gestern aufgebaut, und an dem Tag hat keine Verhandlung stattgefunden. Er kann es also frühestens heute gesehen haben, als er in den Schwurgerichtssaal gebracht wurde.«

»Vertreten Sie dieselbe Ansicht, Herr Hackenholt?«, fragte der Psychiater mit milder Stimme. »Insbesondere, wenn Sie sich sein Verhalten in den letzten Monaten vor Augen halten?«

Hackenholt starrte ihn einen Moment lang an, sein Magen zog sich zusammen, als ihm klar wurde, was Erlwein vermutete. »Schweinsberger hatte einen Plan – oder, wie es sich für einen echten Strategen gehört, vielleicht sogar mehrere.«

»Das ist doch absurd«, widersprach sein Vorgesetzter. »Woher hätte er wissen sollen, dass dieses verdammte Gerüst aufgebaut wird?«

»Das konnte er natürlich nicht wissen, das war reiner Zufall. Ein in seinen Augen glücklicher Umstand, der ihm die Flucht vereinfacht hat. Aber er wäre auch geflohen, wenn es nicht dort gestanden hätte. Vielleicht nicht heute oder morgen, aber er hätte es garantiert spätestens zur Urteilsverkündung versucht. Womöglich wollte er einen Augenblick abwarten, in dem er im Erdgeschoss gewesen wäre. Fest steht jedoch: Er hatte seit geraumer Zeit vor zu fliehen. Alles andere ergäbe keinen Sinn.«

»Was meinst du damit?« Wünnenberg musterte Hackenholt mit hochgezogenen Augenbrauen.

»Seine Kampagne gegen Einzelhaft«, übernahm nun der Professor. »Ein gebrechlicher, schwer kranker Mann, der zitternd und geistesabwesend im Rollstuhl sitzt, welcher der Verhandlung kaum noch folgen und sich nicht mehr richtig artikulieren kann, wäre nicht dazu im Stande, einen Wachtmeister zu überrumpeln, ihn bis zur Bewusstlosigkeit zu würgen und wieselflink ein Gerüst über mehrere Etagen hinabzuklettern. Warum hätte Schweinsberger simulieren sollen, wenn nicht, um seine Umwelt in Sicherheit zu wiegen? Er wusste, dass er den jungen Wachtmeistern körperlich unterlegen war – die Aufgaben, die Körpereinsatz erforderten, hat stets sein Sohn oder Brian O'Connor übernommen. Daher brauchte er das Überraschungsmoment auf seiner Seite. Nur so lässt sich erklären, warum er lediglich zwei Bewacher bei sich hatte, von denen einer sogar noch vor dem eigentlichen Toilettenraum stehen blieb.«

»Scheiße!«, fluchte der Dezernatsleiter.

»Denken Sie, er wird seinen Plan von der Geiselnahme in die Tat umsetzen?«, fragte Hackenholt leise.

Der Psychiater lächelte ihm anerkennend zu. »Ich glaube: ja. Zumindest spricht vieles dafür. Wir wissen, dass die Familienmitglieder seine einzigen sozialen Kontakte darstellen. Er fühlt sich dafür verantwortlich, dass sie sich im Gefängnis befinden. Also wird er alles daransetzen, sie herauszuholen. Welche anderen Möglichkeiten als eine Geiselnahme hätte er, das zu erreichen?«

»Ist Frank also doch in Gefahr?«, fragte Wünnenberg.

»Ich glaube nicht«, sagte Prof. Erlwein mit Bedacht.

»Er hat es immer noch auf den Leiter der JVA abgesehen«, mutmaßte Hackenholt.

Prof. Erlwein nickte. »Wäre es ihm nur um irgendeine Geisel gegangen, hätte er auch den Wachtmeister vor dem Toilettenabteil nehmen können. Er ist jedoch klug genug zu wissen, dass ihn ein einfacher Bediensteter nicht ans Ziel führt. Deswegen sind auch Sie nicht in unmittelbarer Gefahr. Er braucht eine vermeintlich wichtigere Person, einen Entscheider.«

»Aber wie soll er an den herankommen?«, konterte der Abschnittsleiter. »Wenn er wirklich so klug ist, wie Sie sagen, muss ihm klar sein, dass wir auch nicht auf den Kopf gefallen sind und den Gefängnisleiter ab sofort schützen werden.«

»Hören Sie endlich auf, Schweinsberger zu unterschätzen!«, entgegnete Erlwein scharf. »Das könnte fatale Folgen haben. Der Leiter der JVA ist natürlich nur eines seiner möglichen Ziele. Im Gegensatz zu uns weiß Schweinsberger, wer für ihn eine lohnende Person darstellt. Er hatte wochenlang Zeit, sich Gedanken zu machen – wir lediglich ein paar Minuten.«

»Das heißt also, unsere Fahndungsmaßnahmen laufen im Augenblick in eine völlig falsche Richtung? Er will überhaupt nicht zum Bahnhof, um Nürnberg zu verlassen? Und die Ausfallstraßen müssen wir genauso wenig im Auge behalten?«

»Solange wir nicht wissen, wen er im Visier hat, sollten wir die Maßnahmen nicht aufheben«, entgegnete Hackenholt. Plötzlich hielt er inne, ihm war ein Gedanke gekommen. »Werden die Richter und Dr. Holm geschützt? In Schweinsbergers Augen könnten sie wichtige Entscheidungsträger sein, die sein Schicksal und das seiner Familie in Händen halten.«

»Keine Ahnung«, gab der Abschnittsleiter zu. »Ich werde mich darum kümmern.«

»Hat man eigentlich herausgefunden, wie er es geschafft hat, den Brief an seinen Sohn unbemerkt aus dem Nürnberger Gefängnis heraus und in die JVA Straubing zu schmuggeln?«, fragte Wünnenberg.

»Nur insofern, als dass ihm Mithäftlinge geholfen haben müssen«, sagte Hans-Jürgen Dorschner. »Wer von ihnen war allerdings nicht zu ermitteln.«

»Wir brauchen eine Liste mit Namen der anderen Gefangenen, zu denen er Kontakt hatte. Wichtig ist: Wurde einer der Männer in der Zwischenzeit möglicherweise aus der U-Haft entlassen? Hatte Schweinsberger zu einem so engen Kontakt, dass er sich bei dessen Angehörigen verstecken kann?«

»Auch darum werde ich mich sofort kümmern«, entschied der Dezernatsleiter. »Machen wir eine kurze Pause.« Hastig stand er auf und verließ den Raum.

Hackenholt erhob sich ebenfalls, ging zum Fenster und öffnete es. Die kalte Dezemberluft ließ ihn frösteln. Dennoch blieb er lange davor stehen und starrte auf den Innenhof.

»Wir sollten versuchen, genauso an die Situation heranzugehen, wie es Anton Schweinsberger getan hat«, schlug Prof. Erlwein vor, als sie die Besprechung schließlich fortsetzten. »Herr Hackenholt, Sie haben schon einmal herausbekommen, dass sich Schweinsberger hinter einer anderen Identität verborgen hat. Denken Sie nach.«

»Aber das war doch etwas ganz anderes. Außerdem hat mein Kollege Peter Renner diese Zusammenhänge aufgedeckt und mich mit seinen Hinweisen in die richtige Richtung gelotst.«

»Vielleicht hilft es Ihnen, wenn wir die Fluchtsituation nachstellen.« Der Psychiater erhob sich. Er winkte Wünnenberg zu sich und drückte ihm sein Handy in die Hand. Plötzlich riss er eine imaginäre Toilettentür auf, Wünnenberg zuckte tatsächlich zusammen und sah erschrocken auf. Obwohl er wusste, was passieren würde, fühlte er sich sichtlich überrumpelt. Im nächsten Moment packte ihn der Psychiater am Hals und tat, als würge er ihn. Wünnenberg ließ das Handy fallen und versuchte, sich zu wehren, ging dann jedoch zu Boden. Erlwein tat, als nehme er die Dienstwaffe aus dem Holster seines Opfers, anschließend rannte er zum Fenster. Dann drehte er sich zu Hackenholt um. »Er trägt die blaue Anstaltskleidung, aber seine Hände sind nicht gefesselt. Er steigt, die Waffe des Wachtmeisters in der Hand, auf das Gerüst. Danach verschwindet er spurlos.«

»Was ist mit Suchhunden?«, fragte Hackenholt.

»Bislang ist nur einer vor Ort, und der hat die Spur nach wenigen Metern verloren«, räumte der Abschnittsleiter ein. »Wir erwarten allerdings zwei speziell ausgebildete Mantrailer; sie müssten jeden Moment eintreffen.«

»Hat ihn denn niemand während der Flucht beobachtet? Ein Mann in blauer Anstaltskleidung fällt doch auf.« Wünnenberg klang verwundert.

»Ein Gas-Wasser-Installateur sieht in seiner Latzhose und einer blauen Jacke auch nicht viel anders aus«, entgegnete der Psychiater.

»Aber bei diesen Temperaturen trägt jeder normale Mensch eine Winterjacke – Schweinsberger nicht.«

»Ein Arbeiter, der nur schnell etwas aus dem Auto holt, genauso wenig.«

»Wurde die Bevölkerung von der Flucht informiert und wurden Warnhinweise herausgegeben?«, unterbrach Hackenholt die in seinen Augen sinnlose Diskussion.

»Selbstverständlich!«, zischte der Abschnittsleiter.

»Und es hat sich niemand gemeldet?«, hakte Hackenholt nach.

»Doch, bislang war aber keine heiße Spur darunter.«

Hackenholts Handy piepte. Es war Stellfeldt, der ihn bat, wenn möglich für einen Augenblick in sein Büro zu kommen. Hackenholt erhob sich und verließ das Zimmer. Müden Schritts ging er in sein Kommissariat zurück.

»Ich habe mit dem Staatsanwalt gesprochen. Wir müssen Pauckner gehen lassen«, unterrichtete ihn der ältere Kollege. »Wir haben einfach nicht genug gegen ihn in der Hand.«

Hackenholt nickte geistesabwesend. Ein wenig ärgerte er sich, dass Stellfeldt ihn wegen solch einer Lappalie hatte kommen lassen; das hätte er ihm genauso gut am Telefon mitteilen können.

»Wäi leffdsnern bei der Fåndung?«[21] Baumann sah Hackenholt fragend an, und ihm wurde klar, dass das der wahre Grund für Stellfeldts Anruf gewesen war. Die Kollegen wollten über die aktuellen Geschehnisse auf dem Laufenden gehalten werden.

---

21 »Wie läuft es denn bei der Fahndung?«

»Schweinsberger scheint wie vom Erdboden verschluckt zu sein.«

»Sie werden ihn finden. Ganz bestimmt.« Stellfeldt legte ihm eine Hand auf die Schulter. »Ich habe mit Martin telefoniert. Sophie und Ronja geht es gut. Sie fühlen sich in Maurice' Haus wohl.«

Hackenholt quittierte das Gesagte mit einem Nicken, mehr konnte er sich nicht abringen.

»Ich muss mit Ihnen reden – unter vier Augen«, sagte plötzlich eine Stimme hinter ihm.

Erst jetzt merkte Hackenholt, dass Prof. Erlwein ihm gefolgt war. Hackenholt fühlte, wie sich sein Magen zusammenkrampfte. »Glauben Sie, meine Familie ist in Gefahr?«

»Nicht, wenn stimmt, was wir bislang zusammengetragen haben.« Der Professor lächelte ihn beruhigend an.

»Worüber wollen Sie dann mit mir sprechen?«

»Halten Sie Anton Schweinsberger für einen kaltblütigen Menschen?«

»Ja.« Hackenholts Antwort kam ohne Zögern. Er war selbst überrascht, dass er die Frage, ohne nachzudenken, beantworten konnte.

»Warum?«

»Er ist berechnend, und bei seinen Taten war es ihm bislang egal, wie sehr ein Mensch leiden musste – Hauptsache, er bekam, was er wollte. Aber: Wieso fragen Sie mich das?«

»Was passiert, wenn Schweinsberger den Leiter der JVA als Geisel nimmt?«

»Das Übliche: Die Kollegen werden mit ihm verhandeln, ihn zur Aufgabe bewegen wollen. Vielleicht wird man seine Frau oder seine Tochter hinzuziehen, damit sie ihm die Sache ausreden.«

»Und wenn er nicht aufgibt?«

»Dann wird das SEK irgendwann den Ort stürmen, an dem er die Geisel festhält, sie befreien und ihn festnehmen.«

»Genau.« Prof. Erlwein nickte.

Hackenholt runzelte irritiert die Stirn.

»Was hätte Schweinsberger damit gewonnen?«

»Nichts«, antwortete Hackenholt. »Aber er hätte auch nichts verloren – denn die paar zusätzlichen Jahre würden nicht ins Gewicht fallen, da er sowieso lebenslänglich bekommt.«

»Schweinsberger hat ein Ziel vor Augen. Wenn Sie noch einmal an all das zurückdenken, was Sie über ihn wissen: Glauben Sie, er ist der Typ, der einen Plan fasst, bei dem ein solches Ende eine mögliche Option darstellt?«

Hackenholts Augen verengten sich. »Worauf wollen Sie hinaus?«, fragte er schließlich. »Dass unsere bisherigen Überlegungen völlig falsch waren? Wenn ich Sie erinnern darf, Sie waren es, der –«

»Was müsste ein Mensch tun, damit die Polizei auf seine Forderungen eingeht?«, unterbrach Prof. Erlwein ihn sanft.

Hackenholt zuckte mit den Schultern.

»Überlegen Sie!«

»Der Rechtsstaat sollte eigentlich nicht erpressbar sein.«

»Genau: Sollte er nicht – ist er aber. Zum Beispiel, wenn Kinder im Spiel sind. Viele Kinder, deren Eltern alles dafür tun werden, sie wohlbehalten zurückzubekommen. Denken Sie an Nigeria, Stichwort: *Bring back our children*. Die Öffentlichkeit hat Macht. Politiker haben Macht.«

Mit jedem Wort, das Erlwein sprach, krampfte sich Hackenholts Magen weiter zusammen. Er fühlte, wie ihm schlecht wurde, sein Herz begann zu rasen, der Raum um ihn drehte sich. Er schloss die Augen, schwankte.

»Setzen Sie sich einen Augenblick, es wird sicher gleich wieder besser werden. Ich wollte Sie nicht schockieren.«

»Wollten Sie deshalb mit mir alleine sprechen? Weil Sie glauben, Schweinsberger könnte es auf eine Schule abgesehen haben?«

»Der Justizpalast liegt in einem Stadtteil, in dem er sich auskennt wie in seiner Westentasche. Er hat jahrelang in Gostenhof gelebt. Meiner Meinung nach ist es nicht plausibel, dass ihn bislang niemand aus der Bevölkerung auf der Flucht gesehen hat.«

»Es gibt wohl Hinweise, aber –«

»Schweinsberger lebte hier unter dem Namen Toscha Sobolew«, unterbrach ihn der Psychiater. »Er hatte sich eine neue Identität zugelegt – seinen echten Ausweis auf den Namen Anton Schweinsberger haben Ihre Kollegen aber nie gefunden. Zumindest stand das so in den Akten, die ich für das Gutachten gelesen habe.«

Hackenholt starrte sein Gegenüber an.

»Was, wenn er zu Beginn der Computerbetrügereien ein Versteck eingerichtet hatte für den Fall, dass er fliehen musste? Ein geheimer Ort, an dem er andere Kleidung aufbewahrt hat, seinen Ausweis, Geld, vielleicht sogar Nahrungsmittel. Jeder Stratege setzt sich mit der Möglichkeit seiner Entdeckung auseinander und trifft für genau diesen Fall Vorsorge.«

»Sie meinen, er ist in ein altes Versteck geflüchtet und hat sich umgezogen?«

»Eine Möglichkeit. Die andere ist: Er hat sich an einem Altkleidercontainer bedient.«

»Erstere ist wahrscheinlicher – falls er ein Versteck hatte. Eine Flucht, auch wenn sie geplant ist, ist eine Hochstresssituation. Man sieht überall Verfolger und fragt sich ständig, was die Gegenseite gerade tut, um einen aufzuhalten.« Hackenholt biss sich auf die Lippen. »Aber das werden Sie sicher besser wissen als ich, denn Sie haben bei Ihren Gutachten ja oft mit solchen Menschen zu tun.«

»Wir sollten zu den anderen zurückgehen und sie informieren.«

Hackenholt nickte.

»Die Personenspürhunde sind inzwischen beim Landgericht eingetroffen. Hoffen wir, dass sie Schweinsbergers Spur verfolgen können«, berichtete der Abschnittsleiter.

»Ich hatte gerade ein sehr aufschlussreiches Gespräch mit Herrn Prof. Erlwein.« Hackenholt atmete noch einmal tief durch. »Rufen Sie bitte Ihren Kollegen, der die Fahndung leitet, und den Polizeipräsidenten zu uns. Möglicherweise haben wir eine Idee, was Schweinsberger plant. Das Innenministerium muss informiert werden.«

Als der komplette Krisenstab anwesend war, überließ es Hackenholt dem Psychiater, ihre Befürchtungen darzulegen und sie fundiert zu begründen. Während dieser seine Ausführungen sehr klar und in unmissverständlichen Worten erläuterte, beobachtete Hackenholt, wie sich die Gesichter der Anwesenden veränderten. Auf manchen spiegelte sich Ungläubigkeit, auf anderen blankes Entsetzen.

»Er wird versuchen, seine Familie freizupressen. Und er wird damit durchkommen«, schloss der Professor seine Ausführungen.

»Niemals«, widersprach der Polizeipräsident.

»Ein gefährliches Wort.«

»Er hat selbst zwei Kinder. So perfide kann er nicht sein.« Der Chef des Polizeipräsidiums kämpfte ein Rückzugsgefecht.

»Doch, gerade deswegen«, entgegnete Erlwein mit ruhiger Stimme. »Er würde alles Menschenmögliche für seine eigenen Kinder tun – und in dem Punkt schließt er von sich auf andere: Er erwartet von den Eltern gefangener Kinder genau dasselbe. Er rechnet fest damit, dass sie über die Medien Druck machen werden.« Der Blick des Psychiaters wanderte von einem Verantwortlichen zum nächsten. »Und genau so wird es kommen. Was glauben Sie, welch unendlicher Druck von ganz oben auf Sie ausgeübt werden wird? Sobald die Presse über einen potenziellen Mörder berichtet, der Kinder als Geiseln genommen hat, und Bilder von verzweifelten Müttern zeigt, die um das Leben ihrer Lieblinge fürchten, wird sich das Ministerium einschalten. Wenn Sie Glück haben, sitzt Ihnen zunächst nur der Herr Minister im Nacken – wenn es dumm läuft, mischt sich sofort der Ministerpräsident in die Sache ein. Dann sind Sie nur noch eine Marionette, jemand, der die Kastanien aus dem Feuer zu holen hat. Davon abgesehen: Keiner von Ihnen wird es verantworten wollen, wenn auch nur eins der Kinder zu Schaden kommt. Wenn es um Kinder geht, bewegen wir uns in einem hochsensiblen Bereich. Ich würde also nicht so rigoros ausschließen, dass Schweinsberger mit seiner Strategie durchkommt.«

»Prof. Erlwein hat recht«, unterstrich Hackenholt. »Sollte es so weit kommen, werden wir Schweinsberger mit seiner Familie ziehen lassen. Menschenleben gehen vor Strafverfolgung.«

»Damit würde sich der Staat erpressbar machen – das würde niemand zulassen«, argumentierte der Abschnittsleiter Kriminalpolizei.

»So weit darf es gar nicht erst kommen«, entschied der Polizeipräsident.

»Sollen wir etwa sämtliche Kindergärten, -krippen, -tagesstätten, -horte und Schulen informieren, dass es ein Geiselnehmer auf sie abgesehen haben könnte?«, fragte Wünnenberg.

Der Kollege fürchtete, in den Einrichtungen könne auf solch einen Aufruf hin eine Massenpanik ausbrechen, die sodann erst recht Opfer forderte.

»Ich muss mit dem Ministerium Rücksprache halten.« Der Präsident erhob sich.

Hackenholt schaute auf die Uhr. Halb elf. Als er wieder aufsah, begegnete sein Blick dem des Professors.

»Wir vertrödeln zu viel Zeit«, murmelte er.

Im selben Moment wurde die Tür aufgerissen und der Dienstgruppenleiter der Einsatzzentrale stürzte herein. »Es gab einen bewaffneten Überfall auf einen Kindergarten in der Austraße. Eine Erzieherin konnte mit mehreren Kindern flüchten. Sie befanden sich im Turnraum und haben sich in eine Reinigung gerettet. Welche Einsatzkräfte können von der Suche nach Schweinsberger abgezogen werden? Im Augenblick ist völlig unklar, ob sich der Täter noch im Kindergarten befindet.«

»Gibt es eine Personenbeschreibung?«

»Ein Mann, angeblich gut gekleidet –«

»Dann ist es zumindest nicht Schweinsberger«, unterbrach ihn der Abschnittsleiter erleichtert.

»Das ist nicht gesagt«, widersprach Prof. Erlwein sofort und warf Hackenholt einen vielsagenden Blick zu.

»Ich fahre mit Ralph zur Reinigung und befrage die Erzieherin. Wenn es Schweinsberger ist, wird sie ihn hoffentlich auf einem Foto erkennen.«

Bei ihrem Eintreffen war die Austraße bereits von Einsatzkräften abgesperrt worden. Hackenholt und Wünnenberg mussten sich ausweisen, um zur Reinigung durchgelassen zu werden, in der sich die Erzieherin mit den ihr anvertrauten Kleinen nach wie vor befand. Die junge Frau mit langen, hennagefärbten Haaren war in Tränen aufgelöst, während sie einem Streifenbeamten schilderte, was sich zugetragen hatte.

»Ich war gerade mit den Kindern im Turnraum, als es an der Tür geklingelt hat.« Bei der Erinnerung hielt sie einen Moment inne. »Ich dachte mir nichts dabei, denn das kommt öfter vor.«

»Entschuldigen Sie, wenn ich Sie unterbreche, aber: Warum war die Eingangstür abgesperrt?«, fragte Hackenholt.

»Die Kinder können zwischen sechs Uhr dreißig und neun Uhr zu uns gebracht und ab zwölf Uhr wieder abgeholt werden. Dazwischen wird die Tür zum Schutz abgesperrt.«

Hackenholt bedeutete ihr fortzufahren.

»Ich habe Petras Stimme gehört; sie ist die Leiterin. Zuerst sprach sie ganz normal, dann klang es, als würde sie mit jemandem streiten. Ich wollte sehen, ob sie Hilfe braucht. In dem Augenblick, als ich die Tür des Turnraums geöffnet habe, gab es einen lauten Knall und Petra hat geschrien.« Die junge Frau begann heftig zu zittern. »Der Mann hielt eine Pistole in der Hand und hat damit in die Luft geschossen.« Ihre Stimme versagte, Tränen rannen ihr über das Gesicht.

»Ich habe die Tür zugeworfen und sofort den Schlüssel umgedreht. Anschließend habe ich die Kinder aus dem Fenster gehoben, und wir sind hierher gelaufen und haben uns versteckt.« Die einzelnen Worte waren zwischen ihren Schluchzern kaum noch auszumachen.

»Ihre Kollegin –«, begann der uniformierte Beamte seine Frage, wurde jedoch von Hackenholt unterbrochen.

»Können Sie den Mann mit der Pistole beschreiben?«

»Ich habe ihn nur kurz gesehen.«

»Kennen Sie ihn? Ist er der Vater von einem Kindergartenkind?«

»Nein, dazu war er zu alt. Er hatte graue Haare. Wenn, dann müsste er ein Großvater sein, aber ich habe ihn noch nie gesehen.«

»Was hatte er an?«

»Er trug eine dunkelblaue Jogginghose und einen dunkelgrünen Parker.«

So viel zum Thema »gut gekleidet«, dachte Hackenholt. »Sieht der Mann einem von diesen hier ähnlich?« Er legte ihr zwei Fotos vor. Eins war aus der Presse und zeigte Anton Schweinsberger in blauer Anstaltskleidung und unrasiert, wie er am ersten Verhandlungstag im Gerichtssaal gesessen hatte. Das zweite war ungefähr ein Jahr alt, auf ihm sah Schweinsberger so gepflegt aus, wie er kurz nach der Festnahme gewesen war.

»Ich bin mir nicht sicher, aber ich glaube, der hier war es.« Die junge Frau deutete auf das zweite Bild. »Er war rasiert, das weiß ich. Der andere ist viel zu ungepflegt.« Sie wies auf das aktuelle Zeitungsfoto und schüttelte den Kopf.

Während Wünnenberg und der Schutzpolizist sie ausführlicher befragten, zog sich Hackenholt zum Telefonieren in einen angrenzenden Raum zurück.

»Wir müssen einstweilen davon ausgehen, dass es sich um Anton Schweinsberger handelt«, erklärte Hackenholt, sobald er mit dem Abschnittsleiter verbunden worden war. »Die Zeugin glaubt ihn auf einem Foto wiederzuerkennen – allerdings trug er keine Anstaltskleidung und er war rasiert.«

»Wie sollte er das bewerkstelligt haben?«

Hackenholt berichtete knapp, was Prof. Erlwein ihm bezüglich eines möglichen Verstecks erklärt hatte. »Aber egal, ob er es ist oder nicht: Wir benötigen umgehend das Verhandlungsteam und das SEK vor Ort. In jedem Fall haben wir es mit einer Geiselnahme zu tun.

Und spätestens, wenn sich der Mann mit seinen Forderungen meldet, werden wir erfahren, ob es wirklich Schweinsberger ist.«

»Sie haben recht. Ich werde die entsprechenden Schritte in die Wege leiten.«

»Wir benötigen außerdem schnellstmöglich einen Einsatzleiter, der die Verantwortung übernimmt, und Verstärkung, um großräumig abzusperren und die unmittelbar angrenzenden Häuser zu evakuieren. Das Kriseninterventionsteam wäre sicher auch eine gute Idee. An der Absperrung haben sich schon die ersten Journalisten eingefunden. Es ist nur noch eine Frage von Minuten, bis besorgte Eltern zum Kindergarten kommen und betreut werden müssen.«

Innerhalb der folgenden dreißig Minuten lief die komplette Maschinerie an, die bei einem solchen Großeinsatz üblich war: Die Absperrungen wurden verstärkt, Scharfschützen des SEK bezogen an neuralgischen Positionen Stellung, Rettungswagen wurden außerhalb der Sichtweite des Kindergartens in Seitenstraßen gelotst, die umliegenden Häuser evakuiert und die Anwohner in eine Notunterkunft in der Preißler-Schule gebracht. Eine Pressesprecherin kümmerte sich um die immer zahlreicher eintreffenden Journalisten, und das Kriseninterventionsteam betreute die Eltern, die nichtsahnend ihren Nachwuchs vom Kindergarten abholen wollten und nun erfahren mussten, dass sich ihre Kinder in der Gewalt eines zu allem entschlossenen Mannes befanden.

Hackenholts Handy klingelte.

»Die Spürhunde haben das Versteck gefunden.« Prof. Erlweins Stimme klang triumphierend. »Können Sie rasch zu uns kommen?«

»Wo?«

»Wir sind gleich ums Eck, in der Volprechtstraße. Ich habe es im Präsidium nicht mehr ausgehalten.«

Hackenholt informierte den Abschnittsleiter Kriminalpolizei, der sich zusammen mit dem polizeilichen Verhandlungsteam in ein eigens dafür vorgesehenes und technisch hochgerüstetes Fahrzeug zurückgezogen hatte, um den Einsatz vor Ort zu leiten, und meldete Wünnenberg und sich für geraume Zeit ab.

»Bringen Sie den Psychiater mit und sehen Sie zu, dass Sie selbst schnellstmöglich wieder zurück sind! Ich will Sie beide in der Verhandlungsgruppe haben – es scheint ja so, als würden Sie die Gedanken dieses Verrückten nachvollziehen können«, beschied der Vorgesetzte wenig erfreut.

In der Volprechtstraße standen mindestens genauso viele Journalisten vor der Polizeiabsperrung wie am eigentlichen Einsatzort in der Austraße. Das Erste, was Hackenholt sah, nachdem er sich durch die dicht an dicht stehenden Menschen gequetscht hatte, war ein sichtlich nervöser Schäferhund, der knurrend die Lefzen hochzog und seine spitzen Zähne zeigte, als der Hauptkommissar versuchte, sich der Haustür zu nähern.

»Kann mal jemand den Hund hier in ein Auto sperren?«, rief Wünnenberg.

Sofort erschien der Hundeführer im Hausflur und gab seinem Tier ein Zeichen, woraufhin es sich hinlegte und die beiden Beamten passieren ließ. Im Keller stießen sie auf Prof. Erlwein und Christine Mur.

»Was machst du denn hier, Christine? Ich dachte, du bist bei Sophie?«, fragte Hackenholt überrascht.

»Dort war ich auch. Aber nachdem Martin und Maurice jetzt bei ihr sind, habe ich beschlossen, wieder in die Arbeit zu fahren. Hier werde ich mehr gebraucht.« Und nach einem Augenblick fügte sie hinzu. »Du kennst mich doch: Ich kann nur schlecht untätig daheim rumsitzen, wenn ich weiß, dass ihr gerade einen Schwerverbrecher jagt.«

Er nickte, dann wandte er sich dem schmalen Kellerverschlag zu, dessen Tür offen stand. »Was habt ihr gefunden?«

»Schweinsberger hat sich hier umgezogen.« Mur deutete auf mehrere Asservatenbeutel. Sie enthielten typische Gefängniskleidung: kratzige, weiße Unterwäsche und tiefblaue Oberbekleidung. »Das ist aber noch nicht alles.« Sie wandte sich um und ging den Flur entlang, bis sie vor einer Stahltür haltmachte. Wohlige Wärme schlug ihnen beim Betreten des Heizungskellers entgegen. Neben einer wuchtigen Anlage samt Warmwassertank und diversen Rohren gab es ein Handwaschbecken. Mur deutete auf das Abflusssieb. Es war voller Barthaare.

»Hast du schon eine Probe für einen Abgleich genommen?«

Die Beamtin nickte. »Im Müll lag ein Einwegrasierer. Den habe ich ebenfalls eingetütet.«

»Dann besteht wohl kein Zweifel mehr: Anton Schweinsberger ist der Mann, der in den Kindergarten eingedrungen ist.« Hackenholt drehte sich um und sah Prof. Erlwein an, der ihnen gefolgt war. »Hut ab! Damit haben Sie mit Ihren Vermutungen heute schon zweimal ins Schwarze getroffen.«

»Mir wäre lieber, wenn dem nicht so wäre«, seufzte der Psychiater. »Was hat sich in der Austraße inzwischen getan?«

»Nichts. Entweder hat Schweinsberger noch nicht bemerkt, dass wir das Anwesen abgeriegelt haben, oder er will uns schmoren lassen, bevor er mit uns Kontakt aufnimmt. Der Chef erwartet Sie jedenfalls, er möchte Sie im Verhandlungsteam haben.«

Als sie an den Einsatzort zurückkamen, erkannte Hackenholt sofort eine entscheidende Veränderung: Am Gebäude des Kindergartens waren sämtliche Fensterläden geschlossen worden.

»Er weiß also inzwischen, dass die Polizei ihn umstellt hat. Mist! Jetzt können die Scharfschützen ihn nicht mehr beobachten.«

Prof. Erlwein folgte Hackenholts sorgenvollem Blick. »Und ihn auch nicht mehr erschießen, was ich als positiv werten würde.«

»Was?«

»Denken Sie an das Wohl der Kinder: Wenn Schweinsberger vor ihren Augen durchs Fenster erschossen würde, wären sie für den Rest ihres Lebens traumatisiert.«

»Und Sie denken, das Trauma ist kleiner, wenn er eins der Kinder oder die Erzieherin vor den Augen der anderen tötet?« Hackenholt sah den Psychiater unverwandt an. »Sie haben selbst gesagt, dass der Mann berechnend ist und alles dafür tun würde, sein Ziel zu erreichen. Wir können ihn mit den üblichen Taktiken sicherlich ein paar Stunden hinhalten – welches Trauma das für die Geiseln bedeutet, möchte ich gar nicht wissen –, aber wenn er merkt, dass wir nicht vorhaben, auf seine Forderungen einzugehen, wird er zur Tat schreiten und seine Drohungen wahr machen. Und dann wäre es mir lieber, wenn die Kinder traumatisiert sind, weil sie einen toten Geiselnehmer vor sich liegen haben, als wenn sie mit ansehen müssen, wie ihre Freunde und Freundinnen umgebracht werden.« Hackenholt wandte sich ab und ging zum Einsatzwagen.

»Wir haben inzwischen von der geflüchteten Mitarbeiterin erfahren, dass sich zwei weitere Erzieherinnen, drei Kinderpflegerinnen und circa fünfundvierzig Kinder in der Einrichtung befinden«, informierte der Abschnittsleiter Kriminalpolizei. »Davon sollte grob die Hälfte zwischen zwölf und ein Uhr von den Eltern abgeholt werden. Die anderen sind Ganztagskinder.«

»Hat sich Schweinsberger mit Ihnen in Verbindung gesetzt?«, fragte Prof. Erlwein.

»Nein.«

»Sollten wir dann nicht Kontakt zu ihm aufnehmen? Nun, da er die Fensterläden geschlossen hat, geben wir nichts preis, was er nicht sowieso schon weiß. Wir könnten ihm anbieten, uns um Verpflegung für die Kinder zu kümmern. Er soll wissen, dass uns das Wohlergehen seiner Geiseln am Herzen liegt. Gleichzeitig könnten wir herausfinden, wie es um seinen Gemütszustand bestellt ist.«

Plötzlich klingelte eins der Telefone. Ein Beamter der Verhandlungsgruppe reichte den Hörer an den Abschnittsleiter weiter. »Die Einsatzzentrale.«

»Was gibt's?«

Die Antwort war für Hackenholt nicht zu hören, die Umstehenden konnten lediglich sehen, wie sich seine Augenbrauen zusammenzogen. »Einen Moment.« Er wandte sich an die Beamten. »Schweinsberger ist in der Leitung – wir haben noch nicht vereinbart, wer die Gesprächsführung übernimmt, aber ich würde gerne Sie darum bitten, Prof. Erlwein. Zum einen kennt Schweinsberger Sie, zum anderen sind Sie in psychologischen Dingen der Versierteste von uns und drittens: Sie können am meisten Zeit herausschlagen, weil Sie sich immer erst offiziell bei uns rückversichern müssen, ob dieses oder jenes möglich ist.«

Damit wandte er sich wieder an den Anrufer aus der Einsatzzentrale und bat ihn, das Gespräch durchzustellen. Dann reichte er den Hörer rasch an den Psychiater weiter. Dieser meldete sich mit vollem Namen und fragte, mit wem er spreche. Hackenholt setzte einen Kopfhörer auf, den ihm einer der Beamten reichte. Nun konnte er das Gespräch mitverfolgen.

Schweinsberger sprach mit ruhiger, aber entschiedener Stimme, die nichts mit dem Gestammel gemein hatte, das er vor Gericht von sich gegeben hatte. Er forderte die sofortige Freilassung seiner Familie, sie solle zum Kindergarten gebracht werden. Außerdem verlangte er einhunderttausend Euro und einen Fluchtwagen.

Prof. Erlwein erklärte ihm, er werde die Forderungen weiterleiten und sich gegenüber den Entscheidungsträgern für eine rasche Erfüllung einsetzen. Gleichzeitig gab er zu bedenken, dass das Bargeld in der geforderten Höhe erst beschafft werden müsse, was Zeit in Anspruch nehmen werde. Außerdem zweifelte er an, inwiefern der polizeiliche Einsatzleiter die Möglichkeit habe, die Familie aus dem Gefängnis zu holen. Das müsse bestimmt ein Richter entscheiden. Als im Hintergrund ein Weinen zu hören war, fragte Erlwein, wie es den Kindern gehe und ob sie schon zu Mittag gegessen hätten. Sodann erbot er sich, Verpflegung zu organisieren.

»Ich gebe Ihnen jetzt eine Nummer, unter der Sie mich direkt erreichen können«, sagte der Psychiater, als der Abschnittsleiter ihm ein Stück Papier reichte. »Haben Sie etwas zum Schreiben?« Er diktierte die Handynummer und wiederholte sie noch einmal, bevor er das Gespräch beendete.

Hackenholt sah auf die Uhr. Halb eins. Der Vormittag war nur so verflogen.

»Wo bekommen wir Mahlzeiten für die Kinder her?«, fragte Prof. Erlwein.

»Darum kümmert sich das Rote Kreuz. Nudeln mit Soße ist eins ihrer leichtesten Übungen. Ich habe schon bei deren Einsatzleiter vorgefühlt«, erklärte ein Beamter aus der Verhandlungsgruppe.

»Für uns ist die Frage wesentlich relevanter, ob bei der Übergabe eine Zugriffsmöglichkeit besteht«, sagte ein Mann, der sich bislang im Hintergrund gehalten hatte. Hackenholt erkannte in ihm einen Großgruppenführer, mit dem er schon bei früheren Einsätzen zusammengearbeitet hatte.

»Das Rote Kreuz wird das Essen in Warmhalteboxen verpackt liefern«, informierte der Beamte, dem die Organisation der Verpflegung oblag. »Ich gehe davon aus, dass die Kisten ein gewisses Gewicht haben, aber von einer Person getragen werden können.«

»Schweinsberger wird darauf bestehen, dass wir sie gut sichtbar vor dem Gebäude abstellen und der Überbringer sich anschließend zurückzieht«, mutmaßte der Großgruppenführer. »Ein Zugriff scheint also so gut wie unmöglich. Allenfalls die Scharfschützen könnten versuchen, ihn ins Fadenkreuz zu bekommen, aber ich nehme an, dafür gibt es noch keine Freigabe?«

»Nicht zum jetzigen Zeitpunkt«, bestätigte der Abschnittsleiter.

»Er hat noch nicht einmal eine Drohung ausgesprochen, für den Fall, dass wir seinen Forderungen nicht nachkommen.«

»Kann man ihn nicht irgendwie anderweitig außer Gefecht setzen?«, fragte Prof. Erlwein.

»Woran dachten Sie?«

»Medikamentös. In der Psychiatrie hat man unwilligen Patienten bis vor wenigen Jahren die Medikamente ins Essen gemischt.«

»Das ist heute wohl kaum noch mit den Vorschriften, an die auch wir gebunden sind, in Einklang zu bringen.« Der Abschnittsleiter warf Hackenholt einen Blick zu, der besagte, dass er sich nicht mehr so sicher war, ob es eine gute Entscheidung gewesen war, den Professor ins Team zu berufen.

»Wie wollen Sie dann vorgehen?«

»Wir machen das wie immer«, antwortete der Leiter unbestimmt. »Jetzt sehen wir erst einmal zu, dass die Kinder ihr Mittagessen bekommen.«

»Werden wir den Geiseln auch Getränke liefern? Ein paar Kannen Kakao und eine mit Kaffee?«, fragte der Großgruppenführer.

»Das ist eine sehr gute Idee.«

Hackenholt holte tief Luft, sagte jedoch nichts. Er wusste, was die Kollegen planten, wollte seine Bedenken aber nicht im Beisein von Prof. Erlwein vorbringen, um die Aktion nicht zu gefährden.

Gegen halb zwei traf ein Rot-Kreuz-Transporter mit den Mahlzeiten ein. Wie Prof. Erlwein mit Schweinsberger in einem weiteren Telefonat abgesprochen hatte, hielt die Fahrerin in ihrer weißen Dienstkleidung vor der Einfahrt, öffnete die Schiebetür und trug die großen grünen Styroporboxen – eine nach der anderen – in Richtung Eingang, wo sie die Behälter rund fünf Meter von der Tür entfernt abstellte. Zuletzt brachte sie acht Thermoskannen, dann stieg sie wieder in ihr Fahrzeug und fuhr weg.

Wenige Minuten später ging die Eingangstür auf und eine verhuscht wirkende junge Frau kam heraus. Zunächst blickte sie sich unsicher um, ganz so, als fürchte sie, die Polizei könne sie für den Geiselnehmer halten, dann rannte sie zu den Boxen. Die Kannen stellte sie zur Seite, öffnete die Styroporbehälter, nahm die darin befindlichen Schüsseln und Töpfe heraus und trug sie zum Eingang. Danach wurde die Tür geschlossen.

»Rufen Sie Schweinsberger an und sagen sie ihm, dass wir in den Warmhaltekannen Kakao für die Kinder haben«, wies der Abschnittsleiter den Psychiater an. »Nervennahrung. Betonen Sie das. Er soll sie unbedingt hereinholen lassen.«

»Den letzten Satz würde ich allerdings weglassen, wenn wir nicht wollen, dass er wegen den Kannen Verdacht schöpft«, murmelte Hackenholt.

Ein paar Minuten nach dem Telefonat ging die Eingangstür noch einmal auf und wieder eilte die junge Kinderpflegerin heraus, griff nach den Gefäßen und trug sie hinein.

»Das wäre also geschafft.« Der Großgruppenführer klang erleichtert.

Einer der Beamten schaltete einen Monitor ein. Sofort erschien ein Bild, das den Eingangsbereich des Kindergartens zeigte: An niedrigen Kindergarderoben hingen bunte Jacken. Der Beamte stöhnte enttäuscht auf.

»Wie ...?«, fragte Prof. Erlwein entgeistert. »Ist das nicht sehr gefährlich? Wenn Schweinsberger die Kamera findet?«

»Wird er nicht«, entgegnete der SEK-Beamte mit voller Überzeugung. »Das hat bislang noch niemand. Und für uns ist Aufklärung im Vorfeld eines Zugriffs das A und O. Wir haben einige Stunden vor uns, in denen wir ihn beobachten müssen.«

Das Handy der Verhandlungsgruppe klingelte. Hackenholt sah auf die Uhr: kurz nach drei. Seit dem ersten Telefonat mit Schweinsberger waren rund vier Stunden vergangen. Rasch griff er nach dem Kopfhörer. Prof. Erlwein meldete sich.

»Was ist los? Wo bleiben die hunderttausend Euro, das Auto und vor allem meine Familie?«, ertönte die körperlose Stimme des Geiselnehmers.

»Wir arbeiten daran, Herr Schweinsberger. Das ist allerdings alles nicht so leicht, wie Sie es sich vorstellen. Das Geld muss erst beschafft werden, wobei die Bank ihrerseits eine Lieferung der Zentralbank abwarten muss. Immerhin haben wir die Zusage, dass uns der Betrag noch heute zur Verfügung steht.«

»Und das Auto?«

»In dem Punkt habe ich ebenfalls eine gute Nachricht für Sie: Der Wagen wird demnächst hier eintreffen. Wir haben ihn – wie gefordert – von einer Autovermietung geliehen. Allerdings gab es nur noch einen Ford Mondeo und keinen Mercedes Kombi.«

Schweinsberger fluchte.

»Es ging nicht anders: Das von Ihnen gewünschte Modell wäre erst übermorgen wieder verfügbar gewesen, und ich habe nicht angenommen, dass Sie so lange warten wollen.«

»Was ist mit meinem Sohn? Wann wird er hier sein?« Schweinsberger klang unwirsch. Die Verzögerungen begannen ihm ganz offensichtlich allmählich zuzusetzen.

»Wir arbeiten daran«, antwortete Erlwein voller Zuversicht.

»Was soll das heißen?«

»Wir versuchen, den zuständigen Richter davon zu überzeugen, dass er den Haftbefehl gegen Arnold aufhebt; sonst lässt ihn der Gefängnisdirektor nicht frei.«

Statt einer Antwort war nur noch ein Knacken in der Leitung zu hören. Schweinsberger hatte aufgelegt.

»Der Druck, den Sie aufbauen, zeigt Wirkung«, brach Erlwein schließlich das Schweigen im Fahrzeug. »Aber wie wollen Sie ihn unter Kontrolle halten und verhindern, dass er durchdreht?«

»Solange er daran glaubt, dass sein Plan gelingt, ist alles im grünen Bereich. Sobald das Fluchtfahrzeug vor der Tür steht, wird er wieder ruhiger werden«, erklärte der Großgruppenführer.

»Ist das in unserem Sinne, dass er daran glaubt?«, fragte Hackenholt.

»Ja, wir spielen mit seinen Gefühlen, zermürben ihn. Die Zweifel kommen ganz von alleine, wenn er danach wieder einige Stunden auf das Geld warten muss. Sobald er es bekommt, wird ihn ein Hochgefühl erfassen. Viele gegensätzliche Emotionen in rascher Reihenfolge ermüden Menschen«, erklärte ein langjähriger Beamter der Verhandlungsgruppe. »Sobald die Dämmerung hereinbricht, suggeriert auch noch das Gehirn dem Körper, dass er müde wird und sich hinlegen will. Dann sinken Mut und Entschlossenheit der Täter noch weiter ab, und wir haben bessere Voraussetzungen für einen Zugriff.«

»Sie wollen das Gebäude stürmen?« Prof. Erlwein klang alarmiert.

»Wenn Schweinsberger nicht aufgibt, bleibt uns nichts anderes übrig.«

»Und die Kinder?«

»Idealerweise befindet er sich im Moment des Zugriffs nicht im selben Raum. Deshalb die Kamera: Wir müssen herausfinden, wo er sich aufhält, ob er die ganze Zeit bei den Geiseln bleibt oder sie beispielsweise in einem Zimmer einschließt, während er das Essen hereinholen lässt.«

»Hat jemand Kontakt mit seinen Angehörigen aufgenommen?«, fragte der Psychiater nach einer Weile. »Besteht die Chance, dass sie ihn überreden aufzugeben?«

»Zwei Kollegen sprechen mit der Tochter. Wenn wir ein Familienmitglied von der Sinnlosigkeit dieser Aktion überzeugen können, dann sie. Ob sie sich jedoch bereit erklärt, in unserem Sinn auf den Vater einzuwirken, ist noch lange nicht gesagt. Aber beim Sohn oder der Frau brauchen wir es gar nicht erst zu versuchen.«

Prof. Erlwein nickte. Offenbar teilte er die Einschätzung.

»Schaut!«, sagte plötzlich der Beamte, der an den Monitoren saß. Gebannt blickten die Anwesenden auf den Bildschirm, der das Innere des Kindergartens zeigt. Eine Frau lief auf die Thermoskannen zu, nahm sie und trug sie weg. Hackenholt hielt die Luft an, während sein Blick durch den nun sichtbaren Raum schweifte.

Den Kindern schien es so weit gut zu gehen – allerdings machten sie einen verschreckten Eindruck. Alle saßen auf ihren kleinen Stühlen, manche schienen über die Tische gebeugt eingenickt zu sein, andere flüsterten, wieder andere weinten leise vor sich hin. Hackenholts Herz zog sich zusammen. Er musste sich zur Ruhe zwingen, dennoch ballte er unwillkürlich die Fäuste.

Schweinsberger hockte auf einem Fenstersims und beobachtete die Szene wachsam. Die Pistole war nicht zu sehen. Vielleicht hatte er sie neben sich gelegt oder aber in den Hosenbund gesteckt.

»Wenn wir ihn für den Zugriff nur irgendwie aus dem Raum locken könnten«, sprach der SEK-Beamte den Gedanken aus, der auch Hackenholt durch den Kopf ging.

»Testen wir, wie er sich verhält, wenn er telefoniert.« Der Abschnittsleiter wandte sich an Prof. Erlwein. »Rufen Sie ihn an und sagen Sie ihm, dass der Fluchtwagen eingetroffen ist. Als Gegenleistung soll er einen Teil der Kinder freilassen. Zumindest die Kleinsten. Die geflüchtete Erzieherin hat uns eine Liste mit Namen notiert. Wir können nicht sicher sein, dass sie niemanden vergessen hat, aber es ist zumindest eine Stütze, mit der wir arbeiten können. Schweinsberger soll die Dreijährigen gehen lassen, dann stellen wir den Wagen vor dem Kindergarten in die Einfahrt und übergeben ihm den Schlüssel.«

Der Psychiater holte tief Luft und nickte. Er wusste, dass es nun allein auf ihn und sein Verhandlungsgeschick ankam. Deshalb erbat er sich, das Gespräch nicht aus der fast klaustrophobischen Enge des Fahrzeugs heraus führen zu müssen, sondern sich an einen anderen Ort zurückziehen zu dürfen.

Hackenholt begleitete ihn schließlich in die leerstehende Reinigung, die den Beamten von der Inhaberin für die Dauer des Einsatzes zur Verfügung gestellt worden war. Während des Telefonats verhielt er sich mucksmäuschenstill.

Obwohl es ein langes Gespräch wurde, behielt Erlweins Stimme die ganze Zeit über ihren freundlichen, ebenmäßigen Klang. Auch schaffte es der Psychiater stets, höfliche Worte zu wählen, wenngleich Hackenholt an dessen Körpersprache ablesen konnte, dass es in ihm zeitweilig ganz anders aussah. Stellenweise glich die Verhandlung einem Tauziehen zweier gleich starker Partner.

Prof. Erlwein legte die Argumente dar, warum Schweinsberger zumindest die jüngsten Kinder in die Obhut ihrer Mütter zurückkehren lassen sollte, ging auf die Gegenargumente ein, wagte dann einen neuerlichen Vorstoß. Am Ende schien sich Schweinsberger darauf einzulassen.

»Ich fasse also noch einmal zusammen: Ich fahre mit dem Auto vor, die Kinderpflegerin bringt die Kleinen zur Tür, ich steige aus dem Auto aus, es bleibt unverschlossen, die Mitarbeiterin kommt mir mit ihren Schützlingen entgegen, ich übergebe ihr den Schlüssel für das Fluchtfahrzeug und laufe mit den Kindern zu ihren Müttern.«

Dem Einsatzleiter würde nicht gefallen, dass sich Erlwein freiwillig zur Zielscheibe machte, das war Hackenholt sofort klar. Sollte Schweinsberger ein falsches Spiel spielen, wäre es für ihn ein Leichtes, den Psychiater zu zwingen, sich in seine Hände zu begeben. Vor die Wahl gestellt, erschossen zu werden oder in den Kindergarten zu gehen, würde wohl jeder die zweite Option wählen.

Wenn Schweinsberger jedoch schlau war, hütete er sich vor solch einem Schritt, da er wusste, dass ihm die Präsenz eines Psychiaters in seiner unmittelbaren Umgebung mit Sicherheit mehr zusetzte, als ihm der Triumph über den Gegner nutzte. Aus diesem Grund hatte

Schweinsberger wohl auch Erlweins Versuch abgelehnt, sämtliche Kinder gegen erwachsene Geiseln auszutauschen.

Hackenholts Herz raste, als sich schließlich die Eingangstür öffnete und die Kinderpflegerin, die schon das Essen geholt hatte, einen Pulk Kinder herausführte. Erlwein ging ihr entgegen, die ganze Zeit hielt er den Wagenschlüssel gut sichtbar in der erhobenen rechten Hand. Durch einen Feldstecher konnte Hackenholt erkennen, dass die junge Mitarbeiterin in Tränen ausbrach, als der Psychiater ihr den Schlüssel übergab und sie in das Haus zurückgehen musste, während er mit den Kleinen den Rückzug antrat. Sobald sich die Tür hinter der Frau geschlossen hatte, liefen mehrere Beamte vor, schnappten sich je zwei Kinder und brachten sie in die Sicherheit der Reinigung, wo sie von einem Arzt untersucht und von speziell ausgebildeten Kräften psychologisch betreut wurden, bis ihre Eltern sie in ihre Arme schließen konnten.

Als Hackenholt wieder in den Transporter stieg, war die Nachbesprechung bereits in vollem Gang. Zu seiner Erleichterung unterließ es der Abschnittsleiter Kriminalpolizei, Prof. Erlwein darauf hinzuweisen, dass er ein unnötiges Risiko eingegangen war, indem er persönlich den Schlüssel übergab. Für Hackenholt spielte der Kollege das Video noch einmal ab, das während des Telefonats und der Schlüsselübergabe im Inneren des Kindergartens aufgenommen worden war. Die Beamten beobachteten, wie Schweinsberger beim ersten Klingelzeichen aufstand und den Raum verließ – da sich das Festnetztelefon im Büro der Leiterin befand.

»Wenn wir einen Trupp im Inneren hätten, wäre das der ideale Moment für einen Zugriff«, erklärte der Großgruppenführer. »Schweinsberger könnte überwältigt werden, ohne dass einer Geisel ein Haar gekrümmt wird.«

»Wie schaut es mit den Möglichkeiten aus, unbemerkt ins Haus einzudringen?«

»Das Gebäude verfügt über einen Kellerraum, der jedoch nur vom Garten aus betreten werden kann.« Der SEK-Beamte rollte auf dem Tisch eine handgezeichnete Skizze aus, die einem Bauplan ähnelte. »Die Läden wurden an allen Fenstern im Erdgeschoss geschlossen. Laut Erzieherin werden sie jedoch nur durch einen einfachen Haken arretiert. Man könnte versuchen, ihn von außen geräuschlos zu lösen, indem man mit einem langen flachen Gegenstand den Schlitz zwischen den beiden Flügeln nach oben fährt. Lässt sich der Haken nicht öffnen, müssten wir ihn durchsägen. Das würde jedoch nicht ohne Geräusche abgehen. Sobald die Fensterläden offen sind, könnte man mit einem Glasschneider ein Loch in die Scheibe machen und den Fensterflügel öffnen. Dann wären wir drin.«

»Ein riskantes Vorgehen. Wenn etwas schiefgeht, hätte Schweinsberger zu viel Zeit, den Geiseln etwas anzutun.«

»Wir würden natürlich weitere Teams um das Haus herum postieren, sodass wir im Ernstfall von mehreren Seiten gleichzeitig eindringen können.«

»Trotzdem, das ginge nicht ohne Blutvergießen ab – und wir haben es mit Kindern zu tun.« In der Stimme des Abschnittsleiters Kriminalpolizei schwang deutlich der Stress mit, den alle Beamten fühlten.

»Wir müssen zunächst versuchen, noch mehr Kinder in Sicherheit zu bringen«, forderte Erlwein entschieden. »Vielleicht kann ich ihn überzeugen, auch die Vierjährigen gehen zu lassen, wenn wir ihm im Gegenzug das Geld bieten.«

»Die Übergabe des Geldes ist der größte Trumpf, den wir noch haben. Wenn wir ihn einmal ausgespielt haben, stehen wir mit leeren Händen da«, warnte der Großgruppenführer. »Wir brauchen ihn, um Schweinsberger abzulenken, während wir ins Haus eindringen.«

»Dafür können wir die Lieferung einer weiteren Mahlzeit nutzen; die Kinder müssen auch noch zu Abend essen. Ich bin allerdings strikt dagegen, dass Sie versuchen, ins Haus einzudringen, während er auf der anderen Seite die Vierjährigen im Austausch für das Geld gehen lässt.«

Hackenholts Handy piepte. Sophies Handynummer leuchtete im Display auf. Er entschuldigte sich und verließ den Wagen.

»Stimmt es, dass dieses Scheusal Kindergartenkinder in seine Gewalt gebracht hat?« Sophie war außer sich.

»Ja, aber ... wir tun alles, was in unserer Macht steht, damit ihnen nichts passiert.«

»Wirklich?« In dem einzelnen Wort schwang genau der Argwohn mit, den Sophie ihm und seinen Kollegen entgegengebracht hatte, als er sie vor einigen Jahren bei seinen Ermittlungen kennenlernte. »Er könnte auch Ronja in seiner Gewalt haben.«

Für einen Moment schloss Hackenholt die Augen. Wenn sie die Sache zu einem guten Ende bringen wollten, durfte er gerade *nicht* daran denken, dass eine der Geiseln seine Tochter sein konnte. Er musste wie alle anderen einen kühlen Kopf bewahren und versuchen, Schweinsberger einen Ausweg aufzuzeigen. Aber: Welchen Ausweg gab es für einen Mann, der realistisch betrachtet den Rest seines Lebens im Gefängnis und danach in Sicherheitsverwahrung verbringen musste?

»Wir tun alles, was wir können«, zwang sich Hackenholt noch einmal zu wiederholen.

»Wirst du bis zum Ende dabeibleiben?« Sophie bemühte sich hörbar um einen ruhigen Ton.

»Ja. Aber ich komme zu euch, sobald es vorbei ist. Hat jemand Martin abgelöst?«

»Christian Berger und Saskia wollen die Nacht hier verbringen, aber Martin hat gesagt, dass er bleibt, bis ihr Schweinsberger festgenommen habt.«

Die Schiebetür wurde geöffnet, Prof. Erlwein winkte Hackenholt.

»Ich muss Schluss machen, Sophie.«

»Pass auf dich auf.«

Wie vor Jahren drückte er verschämt einen Kuss auf das kalte Plastik des Handys, dann steckte er es weg und ging zum Einsatzwagen zurück. »Was gibt's?«

»Schweinsbergers Tochter hat sich bereit erklärt, mit ihrem Vater zu sprechen. Sie will versuchen, ihn zur Aufgabe zu überreden. Jetzt diskutieren Ihre Kollegen gerade, ob es sinnvoller ist, ihn vor oder nach der Geldübergabe mit ihr sprechen zu lassen.«

»Natürlich danach.«

»Genau so sehe ich das auch – Ihr Einsatzleiter scheint allerdings anderer Meinung zu sein.«

»Wenn wir Schweinsberger zuerst mit seiner Tochter sprechen lassen und sie ihn zur Aufgabe auffordert, wird er sich anschließend nicht mehr auf Prof. Erlwein einlassen, wenn der als Gegenleistung für das Geld die Freilassung der Vierjährigen verlangt«, argumentierte Hackenholt wenig später. In seiner Abwesenheit hatte sich die Stimmung im Bus verändert – und zwar nicht zum Besseren. Irgendetwas musste vorgefallen sein.

»Wenn er neben dem Auto auch das Geld hat, wird er nicht mehr auf die Argumente seiner Tochter eingehen. Außerdem habe ich Anweisung, genau nach Leitfaden vorzugehen«, insistierte der Abschnittsleiter.

Hackenholt seufzte still in sich hinein. Es hatte offenbar einen Anruf von ganz oben gegeben.

»Schweinsberger wird sich sowieso nicht zur Aufgabe überreden lassen – einen solchen Schritt sieht sein Aktionsplan nicht vor. Vielmehr würde er es als Indiz dafür werten, dass wir auf seine Tochter eingewirkt haben. Dadurch könnte es zu einer Eskalation kommen: Er denkt, er müsse ein Exempel statuieren, weil seine Familie sonst nicht freigelassen wird.« Der Psychiater raufte sich die Haare. »Bevor er mit seiner Tochter spricht, müssen wir versuchen, noch weitere Kinder in Sicherheit zu bringen – und dazu brauche ich etwas, worüber ich mit ihm verhandeln kann.«

»Aber das Geld –«, widersprach der Abschnittsleiter, wurde jedoch sofort von Erlwein unterbrochen.

»Es geht hier um Menschenleben! Um Kinder und ihre Erzieherinnen.« Seine Augen funkelten. »Wenn Sie jetzt stupide nach Plan vorgehen, wird es zu einem Eklat kommen – dann müssen Sie den Scherbenhaufen ganz alleine aufräumen, das garantiere ich Ihnen. Weil ich nämlich dafür sorgen werde, dass das nicht unter den Teppich gekehrt wird.«

Hackenholt legte dem Mediziner die Hand auf die Schulter. »Machen wir eine Pause, dann kann jeder für sich die Situation noch einmal überdenken.«

Als wolle eine höhere Gewalt den Männern die Entscheidung abnehmen, begann in dem Moment das Handy der Verhandlungsgruppe zu klingeln. Erlwein blickte dem Abschnittsleiter noch einmal in die Augen, dann nahm der Psychiater das Gespräch entgegen und wandte sich ab.

Lautlos schlichen sich Zugriffsbeamte im Schutz der Dunkelheit auf ihre Positionen, um die Geldübergabe abzusichern. Manche lagen bereits hinter dem vermeintlichen Fluchtauto, andere hatten unmittelbar nach Einbruch der Dämmerung begonnen, sich von den Nachbargrundstücken dem Haus zu nähern. Prof. Erlwein hatte auch diesmal darauf bestanden, das Geld persönlich an die Kinderpflegerin zu übergeben. Schweinsberger kannte ihn, und der Psychiater hoffte, dass das dem Täter so viel Zutrauen vermittelte, um diese Aktion ohne Zwischenfall abwickeln zu können. Auch weil der Austausch Kinder gegen Auto positiv verlaufen war.

Hackenholt war wie schon beim vorherigen Mal unwahrscheinlich angespannt. Aus zusammengekniffenen Augen beobachtete er, wie der Psychiater langsam an dem Mondeo vorüberging. In der einen Hand trug er eine Taschenlampe, in der anderen einen ledernen Aktenkoffer.

Ungefähr nach der Hälfte der Strecke zwischen Auto und Eingang blieb er stehen, öffnete den Koffer und leuchtete dessen Inhalt mit der Lampe an. Die Tür zum Kindergarten öffnete sich, Hackenholt sah jedoch nur ein schwarzes Loch; Schweinsberger hatte darauf verzichtet, das Licht im Eingangsbereich einzuschalten, weil er damit ein perfektes Ziel für die Scharfschützen abgeben würde. Nach einem Augenblick nahm der Hauptkommissar eine Bewegung wahr. Die weiße Bluse der Kinderpflegerin schimmerte matt im kargen Schein der Straßenlaterne, als sie aus dem Gebäude trat und langsam auf Erlwein zuging.

Plötzlich zuckte Hackenholt zusammen. Eine Stimme murmelte im Ohrhörer seines Funkgeräts, an der Westseite des Anwesens gebe es eine Veränderung: Der Fensterladen des Zimmers, in dem sich die Kinder mit den Erzieherinnen befanden, wurde von innen geöffnet, eine Frau mache Anstalten herauszuklettern. Hackenholts Herzschlag beschleunigte sich.

Was hatte das zu bedeuten?

Im nächsten Augenblick erscholl Schweinsbergers Stimme. Hackenholt wandte seine Aufmerksamkeit wieder dem Geschehen vor seinen Augen zu und sah, dass die Kinderpflegerin bei Prof. Erlwein angekommen war. Schweinsberger wies sie an, welche Geldbündel sie ins Licht halten sollte.

Hackenholt war hin- und hergerissen zwischen dem, was er beobachtete, und dem, was der Kollege vom SEK meldete: Die Frau war inzwischen aus dem Fenster gestiegen, eine andere hob von innen ein Kind heraus. Der Beamte erbat Anweisungen des Einsatzleiters. Offenbar versuchten die Mitarbeiterinnen auf eigene Faust, die restlichen Kinder und sich selbst zu retten. Aber was, wenn ein Kind einen Mucks machte und alles verriet? Und was würde aus der Kinderpflegerin, die das Geld zu Schweinsberger zurückbringen sollte, nachdem sie die Vierjährigen in Prof. Erlweins Obhut gegeben hatte?

Hackenholt bekam eine Gänsehaut.

Die junge Frau hatte inzwischen die Geldbündel kontrolliert und rief Schweinsberger zu, dass alles seine Richtigkeit habe.

»Dann bring den Koffer mit dem Geld her!«, lautete dessen Anweisung.

»Erst die Kinder!«, verlangte Erlwein. »Wir machen es so wie mit dem Schlüssel.«

Einen Augenblick blieb es vollkommen still. Hackenholt kniff die Augen zusammen. Dann konnte er wieder eine Bewegung wahrnehmen – und leise Schritte. Die Kinder kamen aus dem Eingang.

Hackenholt verfolgte die Szene so gebannt, dass er zunächst nicht mitbekam, was an der Westseite des Hauses vor sich ging. Doch jetzt bemerkte er, dass mehrere Beamte lautlos in Richtung des Grundstücks die Straße überquerten.

»Die Kinderpflegerin«, murmelte er in das Mikrofon seines Funkgeräts. »Was passiert mit ihr, wenn sie Schweinsberger das Geld gegeben hat und er merkt, dass die anderen Frauen und Kinder geflüchtet sind?«

Die Vierjährigen hatten inzwischen Erlwein und die Kinderpflegerin erreicht und marschierten an ihnen vorbei auf den Mondeo zu. Hackenholt sah, wie die Mitarbeiterin dem Professor den Koffer mit dem Geld aus der Hand nahm und ihn noch immer geöffnet in Richtung Eingang zeigte. Sie machte zwei zögerliche Schritte. Plötzlich schleuderte sie den Koffer von sich, Geldscheine stoben in alle Richtungen.

Hackenholt rannte zu den Kindern. Die Frau schubste Erlwein zur Seite und sprang selbst in die andere Richtung. Im nächsten Moment krachte ein Schuss. Kinder schrien. Sekundenbruchteile später durchzuckte ein greller Lichtblitz die Dunkelheit.

Eine Blendgranate.

Hackenholt packte kleine Ärmchen und zerrte sie hinter das Fahrzeug in Deckung, während die zwei Zugriffsbeamten dort hervorsprangen und Erlwein und die Frau hinter ihre Schutzschilde geduckt in Sicherheit brachten. Wieder hörte Hackenholt einen Schuss, er klang jedoch dumpfer und stammte wohl aus dem Inneren des Hauses.

Hatten es die Erzieherinnen mit den anderen Kindern rechtzeitig hinausgeschafft, oder machte Schweinsberger nun Jagd auf sie?

Auf den einzelnen Knall folgte die Dreiersalve einer Maschinenpistole. Aus dem Haus drangen laute Rufe. Eine Stimme warnte die Kollegen über Funk, dass Schweinsberger aus einem Fenster gesprungen sei und in Richtung Bahnstrecke flüchtete. An Hackenholt sprintete ein SEK-Beamter mit seinem Schäferhund vorüber. Noch war das Tier angeleint, aber er wusste, dass der Mann es loslassen würde, sobald sie hinter dem Haus ankamen.

Um Hackenholt herum griffen Polizeibeamte nach den Kindern, die sich hinter dem Wagen um ihn scharten, hoben sie hoch und trugen sie weg. Auch Hackenholt nahm zwei auf den Arm und brachte sie in die hell erleuchtete Reinigung. Aus einiger Entfernung hörte er, wie die Eltern die Beamten an der Absperrung hysterisch anschrien. Es war nur noch eine Frage von Sekunden, bis sie sie überrennen würden. In der Ferne ertönte das lang gezogene metallische Quietschen eines Zuges.

»Sind alle Kinder in Sicherheit?«, fragte er eine Beamtin, die sich am Eingang zur Reinigung postiert hatte. Sie zuckte nur hilflos mit den Schultern. Hackenholt übergab ihr die beiden Mädchen in seinen Armen und rannte zum Einsatzleitfahrzeug. Mit einem Ruck riss er die Tür auf. Der Abschnittsleiter Kriminalpolizei brüllte Anweisungen in ein Mikrofon, während andere Beamte hektisch telefonierten.

»Sind alle Kinder in Sicherheit, oder ist noch jemand im Gebäude?«

Keine Antwort.

Mit erhobener Stimme wiederholte er die Frage.

»Muss noch durchsucht werden«, beschied jemand knapp.

Hackenholt wandte sich ab. Auf einmal tauchten Wünnenberg und Christine Mur neben ihm auf.

»Kümmre dich um die Eltern, Christine. Die Kinder sind in der Reinigung. Es geht ihnen gut. Ralph, du kommst mit mir.« Ohne eine Antwort abzuwarten, drehte er sich um und rannte zum Kindergarten zurück. An den Schritten hinter ihm hörte er, dass Wünnenberg ihm folgte.

Am Eingang zog er seine Dienstwaffe. Wie bei einer Amoklage betraten sie Rücken an Rücken das Gebäude. Das Deckenlicht brannte. Vielleicht hatten es SEK-Beamte eingeschaltet, vielleicht andere Einsatzkräfte, die die Zimmer bereits auf der Suche nach Kindern durchstreift hatten.

Nach kurzer Zeit war klar, dass sich im Inneren niemand mehr aufhielt. Langsam gingen die beiden Beamten zurück zur Straße.

Erlwein saß in der offenen Schiebetür von Murs VW-Bus. Er hielt die schluchzende Kinderpflegerin im Arm. Als er Hackenholt kommen hörte, blickte er auf. »Ich habe nicht gewusst, dass ein Schuss so laut ist. Ich habe immer noch ein Pfeifen im Ohr.«

Hackenholt nickte. Der Psychiater stand ganz eindeutig unter Schock.

»Was ist mit Schweinsberger?«

»Ich ...« Hackenholt hielt inne. »Ich weiß es nicht«, murmelte er vage. »Die Kollegen suchen ihn noch.« Er konnte Erlwein nicht in die Augen sehen.

»Ist hier jemand von der Spurensicherung?«, fragte eine Stimme hinter ihm.

»Nein, warum?«

»Wir brauchen einen Kriminaltechniker an den Bahngleisen. Jemand wurde vom Zug erfasst.«

Hackenholts Magen krampfte sich zusammen. Bitte kein Kollege!, betete er im Stillen. Lass bitte keinen Kollegen zu Schaden gekommen sein. Ohne nachzudenken, wandte er sich ab und lief los. Am Anfang war es nur ein schnelles Gehen, doch je weiter er kam, desto länger wurden seine Schritte und desto schneller die Trittfolge, bis er schließlich rannte.

Hinter dem Kindergarten schloss sich das Gelände der Deutschen Bahn Regio an. Eigentlich fuhren hier nur Regional- und S-Bahn-Züge, die in oder aus der neuen Bahnwerkstatt kamen. Es war unwahrscheinlich, dass um diese Uhrzeit ein Zug vorbeigekommen sein sollte. Doch in gut zweihundert Metern Entfernung nahm Hackenholt ein Schimmern in der Dunkelheit wahr. Taschenlampen und die Reflektoren der Schutzwesten. Wieder lief er los, diesmal jedoch langsamer, um nicht auf dem Schotter der Gleisbetten zu stolpern. Kurz darauf erreichte er die Stelle, an der das Unglück geschehen war.

Wie ihm der Hundeführer berichtete, hatte er seinen Schäferhund von der Leine gelassen, als dieser die Witterung des Geiselnehmers aufgenommen hatte. Um den Hund abzuschütteln, achtete Schweinsberger offenbar nicht mehr auf das, was um ihn herum passierte. Vielleicht wollte er sich auch nur durch einen waghalsigen Sprung über die Schienen vor dem Tier in Sicherheit bringen. Jedenfalls hatte ihn der Sog des Zuges erfasst und durch die Luft geschleudert. Er war gegen den ICE geprallt und anschließend auf dem Schotter neben den Gleisen aufgeschlagen.

Als Hackenholt den Schein seiner Taschenlampe über die reglose Gestalt gleiten ließ, sah er die massiven Kopfverletzungen. Anton Schweinsberger war tot. Er würde nie wieder eine Straftat begehen. Hackenholt fühlte, wie ein Zittern durch seinen Körper lief.

»Und was ist mit deinem Hund?«, fragte er den Kollegen, sobald er seine Emotionen wieder im Griff hatte.

»Ist direkt in den Zug gerannt. Er war ein guter Hund. Der beste, den ich je hatte.« Der Beamte nickte zu einem blutigen Fellbündel, das keine zehn Meter von Schweinsbergers Leiche entfernt lag.

Samstag

Hackenholt wurde vom Duft frisch gebratenen Specks und Rühreiern geweckt. Schlaftrunken sah er sich um. Er lag in Maurice' Gästezimmer. Die Gardinen waren zugezogen, aber vor dem Fenster schien die blasse Wintersonne. Hackenholt fuhr sich müde mit der Hand über das Gesicht.

Nachdem die Geiselnahme zu Ende gegangen war, hatte sich die Tatortarbeit noch einige Stunden lang hingezogen. Erst danach konnte er nach Feucht fahren. Wie erwartet brannte im Wohnzimmer dennoch Licht. Martin Groß, Maurice Puellen und Sophie wollten einen Bericht aus erster Hand.

Hackenholt sah auf seine Armbanduhr: halb neun. Abgeschlagen wühlte er sich aus den Federn und ging in dem ungemein luxuriösen Bad duschen. Puellen hatte bei der Renovierung des alten Häuschens definitiv nicht am falschen Ende gespart. Allein die Dusche war eines Luxustempels würdig. Hackenholt fragte sich, ob er selbst so viel Geld in ein Badezimmer investieren würde – vorausgesetzt, Sophie und er fänden jemals ein passendes Haus.

Aber womöglich lag darin ja Puellens Geheimnis seiner beständigen guten Laune: Wer den Tag mit einer Duschmassage begann, der musste einfach Glück und Zufriedenheit ausstrahlen. Hackenholt lachte bei dem Gedanken unwillkürlich auf, Puellens Geheimnis gelüftet zu haben. Es dauerte eine ganze Weile, bis er sich endlich von der Dusche mit den unzähligen Massagedüsen trennen konnte, ankleidete und ins Erdgeschoss hinunterging.

»Ich dachte schon, du willst den Warmwasservorrat von ganz Feucht aufbrauchen«, kommentierte Christine Mur augenzwinkernd.

»Es ist auf alle Fälle ein Erlebnis der Superlative«, gab Hackenholt zu.

»Im Augenblick fühlt sich alles ein bisschen wie Urlaub an«, lächelte auch Sophie, während Maurice Puellen einen Teller amerikanischer Pancakes auf den Tisch stellte. »Mein Gott, ich bin so froh, dass es vorbei ist.« Sie schloss die Augen. Hackenholt legte ihr einen Arm um die Schulter und drückte sie an sich.

»Wie sieht eigentlich der Plan für heute aus?«, fragte Martin Groß, nachdem sie alle eine Weile schweigend gegessen hatten. »Haben wir frei oder müssen wir in die Dienststelle?«

»Da uns mit den gestrigen Geschehnissen ein ganzer Tag für unsere Ermittlungen flöten gegangen ist, gibt es einiges, was wir heute dringend nachholen müssen. Aber ich hoffe, dass wir das bis zum Nachmittag erledigt haben und dann in ein verkürztes Wochenende gehen können. Wir haben es uns alle mehr als verdient.«

»Braucht ihr mich?«, fragte Mur. »Wenn nicht, begleite ich Sophie nach Hause. Es sei denn, ihr wollt noch einen Tag Urlaub hier in Maurice' Häuschen dranhängen.«

»Nein, du musst nicht zur Besprechung kommen, Christine. Ich habe mich gestern von einer deiner Kolleginnen auf den aktuellen Stand bringen lassen; seither wird sich wohl kaum etwas Neues ereignet haben.«

Als Hackenholt und Groß schließlich im Kommissariat eintrafen, waren die anderen Kollegen bereits anwesend. Hackenholt begann die Lagebesprechung mit einer knappen Zusammenfassung der gestrigen Ereignisse und dankte den Kollegen für ihren jeweiligen Einsatz; natürlich auch denen, die das Kommissariat am Laufen gehalten hatten, während die anderen ihn unterstützten.

Da Stellfeldt wieder einmal die Büroleitung zugefallen war, übernahm sodann er das Wort und berichtete, dass sie Hans Pauckner gehen lassen mussten. Der Staatsanwalt war aufgrund des Alibis überzeugt, dass sie vor dem Haftrichter scheitern würden.

»Ist uns bei der Bestimmung des Todeszeitpunkts ein Fehler unterlaufen?«, fragte Groß. »Könnte Pauckner Traub schon früher getötet und irgendwo in der Kleingartensiedlung versteckt haben, um ihn dann in der Nacht erst in Neunhof abzulegen?«

»Traub hat um ...«, Wünnenberg blätterte in den Aufzeichnungen, »vierzehn Uhr siebenunddreißig bei der Taxizentrale angerufen.«

»Obber wäi der Daggserer bei den Baggerluuch ookummer is, wårer nemmer då«, stellte Baumann heraus. »Då hädd wass Godd wer middn Draub sein Händi delefoniern kenner.«[22]

»Das ist absolut richtig, aber zum einen hat sich das Telefon zum

---

22 »Aber als der Taxifahrer beim Baggerloch angekommen ist, war er nicht mehr da«, (...). »Es könnte also weiß Gott wer mit Traubs Handy telefoniert haben.«

Zeitpunkt des Anrufs nach wie vor in der Funkzelle befunden, in der es die vorhergehenden Stunden eingeloggt war. Und Pauckner behauptet, zu dem Zeitpunkt nicht mehr in der Nähe der Kleingartenkolonie gewesen zu sein. Zum anderen haben wir die Wirtin als Zeugin, die ausgesagt hat, dass Traub als letzter Stammtischgast zwischen halb drei und drei gegangen ist. Er hat also definitiv noch gelebt, als Pauckner schon bei Frau und Tochter war«, stellte Stellfeldt klar.

»Kann er jemanden mit dem Mord beauftragt haben?«, warf Groß einen neuen Gedanken in die Runde.

Wünnenberg zog die Augenbrauen hoch. »Wir sind hier im richtigen Leben und nicht im sonntagabendlichen Tatort.«

»Un wos is mied denner Gschwisder ausn Landgreis Erlanger-Höggschdadd, däi wou den Audohändler bedrängd hom, dasser ihner ern Aufdråchskiller organisierd, der nåcherd däi Ehefraa vom Brouder umbringd?«, ergriff Baumann Partei für Groß.[23]

Der Fall war im November vergangenen Jahres groß durch die Medien gegangen, als die Geschichte vor dem Landgericht Nürnberg-Fürth verhandelt worden war. Der Mann hatte sich mithilfe eines Auftragskillers seiner Gattin entledigen wollen. Da er selbst keinen kannte, wählte er als Vermittler einen palästinensisch-stämmigen Autohändler aus, da der aufgrund seines Namens in der Vorstellung des Ehemanns schlicht und ergreifend passende Leute kennen musste. Dass es sich bei dem Händler um einen gesetzestreuen Menschen handelte, wurde dem Täter erst klar, als er nach einem Vorgespräch mit dem vermeintlichen Killer – der tatsächlich ein verdeckter Ermittler war – festgenommen wurde.

»Du hast doch gesehen, wie das geendet hat«, brummte Stellfeldt. »Solche Vollpfosten. Wie viel haben sie gekriegt? Er fünf und seine Schwester vier Jahre wegen Verabredung zum Mord?«

Baumann nickte.

»Das war zum Glück eine absolute Ausnahme«, setzte Hackenholt der Diskussion ein Ende. »Nein, ich denke, wir müssen uns von Pauckner als Täter verabschieden – so verlockend der Gedanke nach Pohls Aussage auch gewesen sein mag.«

---

23 »Und was ist mit dem Geschwisterpaar aus dem Landkreis Erlangen-Höchstadt, das den Autohändler bedrängt hat, ihnen einen Auftragskiller zu organisieren, der die Ehefrau des Bruders umbringt?«, (...).

»Was ist, wenn uns der Arbeiter mit seinen Angaben gezielt auf eine falsche Fährte locken wollte?«, fragte Wünnenberg. »Der Kerl war mir von Anfang an suspekt. Schlussendlich hat er versucht, eine Belohnung zu erpressen – auch wenn das juristisch nicht so gewertet wird.«

»Ich denke auch, dass wir uns Pohl noch einmal vornehmen sollten«, stimmte Hackenholt zu. »Womöglich hat er uns absichtlich die Unwahrheit erzählt, als er realisierte, dass er von uns kein Geld erhalten würde.«

»Allmächd! Maansd gwieß, der versoucherd edzerd, dasserern andern mied sein Wissen erbressd, waller doch nou an des Bulfer kummer mäicherd?«, fragte Baumann entsetzt.[24]

»Zuzutrauen wäre es ihm«, meinte Wünnenberg.

»Wir holen uns den Mann heute noch einmal her«, entschied Hackenholt.

»Lasst uns jetzt über eine andere Sache sprechen«, bat Stellfeldt. »Wir waren gestern nicht untätig. Ich bin in Traubs Unterlagen sämtliche Rechnungen der fraglichen Jahre durchgegangen und habe sie mit den Eintragungen in seinem Terminkalender abgeglichen. Die notierten Bauvorhaben hat er alle offiziell abgerechnet. Er scheint also nichts schwarz gemacht zu haben – wenn doch, dann hat er es sehr geschickt angestellt. Aber irgendwie glaube ich das nicht. Das würde einfach nicht ins Bild passen. Auf mich macht er einen äußerst peniblen Eindruck: Im Terminplaner sind stets die Arbeitszeiten vermerkt; selbst, wenn es nur um eine Viertelstunde ging.«

»Mer kennerd aa behaubdn, dasserer Bfennifuggser wår«, beschied Baumann.[25]

»Ich habe daher gestern bei Frieder Dierauff angerufen und ihn für heute zur Vernehmung vorgeladen. Er ist der Arbeiter, der Traub bis vor kurzem bei seinen Arbeiten unterstützt hat. Vielleicht kann er uns weiterhelfen.«

»Hast du Hinweise gefunden, wie der Mann abgerechnet wurde? Ich meine, er war doch kein richtiger Angestellter mehr, oder?«, fragte Hackenholt.

»Er wird als geringfügig Beschäftigter geführt.«

---

24 »Auweia! Meinst du, der versucht jetzt, jemand anderen mit seinem Wissen zu erpressen, um doch noch an das Geld zu kommen?«, (…).

25 »Man könnte auch behaupten, dass er ein Pfennigfuchser war«, (…).

»Es gibt noch etwas zu berichten«, meldete sich die Hospitantin zu Wort. »Ihr habt mir doch die Aufgabe übertragen, mich um die zerschnittenen Zeitungen zu kümmern.«

»Was hast du herausgefunden?«

»Als Erstes habe ich mir von den Verlagen die kompletten Ausgaben der jeweiligen Tage geholt. Und dann habe ich mich hingesetzt und alle Wörter markiert, die in Traubs Zeitungen fehlten, und ebenfalls ausgeschnitten.« Sie wies auf den vor ihr liegenden Schreibblock. »Anschließend habe ich mir eine Kopie des in Pauckners Tresor sichergestellten Erpresserbriefs genommen und eine Aufstellung der darin enthaltenen Wörter gemacht. Vergleicht man die Anzahl der ausgeschnittenen Wörter mit derjenigen, die er brauchte, stellt man eine enorme Diskrepanz fest.«

Hackenholt freute sich über das methodische Vorgehen der Kollegin. »Was folgerst du daraus?«

»Ich glaube, er hat mehr als einen Erpresserbrief zusammengeschnipselt.«

»Allmächd! Amend hodd der Kerl ned blous in Baugner erbressd, sondern nuern andern Moo. Un der hoddnern aans affm Ulmers geem.«[26]

»Entweder das oder er hat erst ein oder zwei Probebriefe zusammengeklebt. Vielleicht, weil er sich verschrieben oder in dem Fall eher verklebt hat.«

»Hätten wir die Versuche dann nicht irgendwo bei ihm gefunden?«, fragte Wünnenberg. »In der Altpapiertonne waren jedenfalls keine Briefe.«

»Wenn ich jemandem einen Erpresserbrief schicke, würde ich die fehlerhaften Exemplare ganz sicher nicht einfach so in die Altpapiertonne werfen«, stellte Hackenholt fest. Er dachte einen Augenblick nach. »Ich würde sie entweder durch den Schredder jagen oder verbrennen.«

Wünnenberg presste die Augen zusammen, wie man es tut, wenn man große Schmerzen hat. »Sag jetzt bitte nicht, dass wir noch einmal zu Traub fahren sollen, um den Inhalt seines Aktenvernichters zu holen und danach vier mal acht Millimeter kleine Schnipsel zu untersuchen.«

---

26 »Um Himmels willen! Am Ende hat der Kerl nicht nur Pauckner erpresst, sondern noch einen anderen Mann. Und der hat ihm dann eins auf den Kopf gegeben.«

»Hatte Traub solch ein Gerät?«

»Es steht im Büro zwischen dem Schreibtisch und dem Tischchen mit dem Drucker.«

»Tja dann, Ralph.« Hackenholt konnte sich ein Grinsen nicht verkneifen.

»Ich kann das übernehmen«, schlug die Hospitantin diensteifrig vor.

»Fantastisch!« Wünnenberg war die Erleichterung anzusehen.

»Lasst es uns folgendermaßen machen«, schlug Stellfeldt vor. »Die Damen fahren zu Traub, holen den Papierabfall und setzen gemeinsam die Schnipsel zusammen. Martin und ich machen uns auf die Suche nach Pohl und bringen ihn in die Dienststelle. Und du, Frank, befragst unterdessen zusammen mit Ralph Traubs Arbeiter. Der Mann müsste inzwischen unten am Empfang sitzen. Wir sollten ihn nicht unnötig warten lassen.«

Frieder Dierauff war ein vierschrötiger Mann Anfang fünfzig. Was jedem, der mit ihm in Berührung kam, sofort auffallen musste, waren die großen, schraubstockähnlich zupackenden Hände. Davon abgesehen schien der Mann ein stilles Wasser zu sein; beim Sprechen beschränkte er sich auf das Nötigste.

Er schilderte den Beamten kurz seinen Werdegang: Nach dem Hauptschulabschluss hatte er Maurer gelernt und war seinem Ausbildungsbetrieb über viele Jahre hinweg treu geblieben. Im Laufe der Zeit erarbeitete er sich einen zuverlässigen Ruf. Leider nicht nur hinsichtlich der Qualität seiner Arbeit, sondern auch in Bezug auf die Anzahl der Bierflaschen, die er nebenbei kippte. Mit Ende zwanzig war er ein Alkoholiker erster Güte. Seine Frau verließ ihn, sein Leben verlotterte zusehends, er erschien nicht mehr zur Arbeit, der Chef warf ihn raus. Irgendwann stand er nur noch auf, um in die Kneipe zu gehen. Eines Nachts wurde er mit drei Komma zwei Promille von der Polizei aufgegriffen und zum Ausnüchtern auf die toxikologische Intensivstation im Klinikum Nürnberg Nord gebracht. Dort skizzierte ihm am nächsten Tag der Arzt ein sehr drastisches Bild seiner Zukunft, sollte er keinen Entzug machen. Er hatte die Kurve gekriegt und war seither trocken.

Da er sich nicht mehr in seiner alten Firma bewerben wollte, jobbte er zunächst saisonal auf verschiedenen Baustellen, bis schließlich Dieter Traub ihm eine Festanstellung anbot. Zwanzig Jahre lang arbeitete er sodann in dessen Betrieb, bis der Chef vor drei Jahren den Laden altersbedingt dichtmachte. Danach war er bei einer großen Firma in Fürth untergekommen und half an den Wochenenden oder nach Feierabend bei Traub aus, wenn der doch mal wieder einen kleinen Auftrag übernommen hatte, weil er nicht völlig auf dem Altenteil versauern wollte.

Frieder Dierauff beschrieb seinen ehemaligen Chef als einen Fuchs, der bei Ausschreibungen häufig den richtigen Riecher gehabt hatte. Das äußerte sich dahingehend, dass er die Konkurrenz manchmal um weniger als fünfhundert Euro unterbot und den Zuschlag bekam. Bei anderen Gelegenheiten gab er hohe Angebote ab, weil er den Auftrag nicht haben wollte – was sich im Nachhinein als Glück herausstellte, denn diese Baustellen hatte häufig der Teufel gesehen: Vieles lief schief, und die Firmen kamen allenfalls null auf null aus der Sache heraus.

Natürlich kannte Dierauff die Gerüchte, die sich in der Branche um Dieter Traub rankten. Ob er Karl Henglein damals tatsächlich angeschwärzt hatte, wusste Dierauff nicht. Es sprach einiges dafür, da Letzterer eine Weile lang versuchte, ihnen das Leben schwer zu machen. Doch auch das war vorübergegangen. Zu Pauckner fiel dem Arbeiter nichts ein. Dass Traub einen Kollegen erpresst haben sollte, hielt er für abwegig. Einen Auftrag wegschnappen? Ja. Eine Anzeige wegen Schwarzarbeit? Ja. Aber einen Erpresserbrief? Nein. Das passte nicht zu Traubs Charakter.

Nachdem Hackenholt Dierauff zur Pforte begleitet hatte, ging er in Stellfeldts Büro. Baumann blickte vom Schreibtisch auf und beschwerte sich.

»Iech wenn gwissd hedd, wos des fierer Ärberd machd, heddich alles dou, dass der Ralph des iebernimmd!«[27] Sie griff mit beiden Händen in den vor ihr liegenden Papierberg und hob ihn leicht an.

»Immerhin sind es keine vier mal fünf Millimeter kleinen Schnipselchen, sondern seitenlange Papierschlangen. Das sollte euch die Arbeit erleichtern.« Hackenholt setzte sein gewinnendstes Lächeln auf. »Haben Manfred und Martin schon von sich hören lassen?«

---

27 »Wenn ich gewusst hätte, was das für eine Arbeit macht, hätte ich dafür gesorgt, dass Ralph das übernimmt!«

»Däi mäißerdn jedn Momend då sei.«[28]

Fast im selben Moment wurden Stimmen im Flur laut. Hackenholt ging zur Tür. Martin Groß brachte Fritz Pohl in die Dienststelle; von Stellfeldt keine Spur.

»Kommen Sie hier herein, Herr Pohl«, bat Hackenholt und führte den Mann in ein Vernehmungszimmer.

»Warum haben Sie meinen Chef nicht festgenommen?«, fragte der Arbeiter, noch bevor Hackenholt die neuerliche Befragung beginnen konnte.

»Woher wissen Sie, dass wir das nicht getan haben?«

»Er hat mich heute Morgen angerufen.«

»Was wollte er?«

»Es ging um eine Baustelle, ob ich ausreichend Material bestellt habe. Ich bin ziemlich erschrocken.«

»Wieso?«

»Weil ich dachte, Sie hätten ihn verhaftet!«

»Wir leben in einem Rechtsstaat, Herr Pohl. Da braucht man Beweise, bevor man einen Menschen seiner Freiheit berauben darf.«

»Aber ich habe Ihnen doch gesagt, dass er von Traub erpresst wurde und ihn deshalb umgebracht hat.«

»Herr Pauckner hat für die Tatzeit ein Alibi. Er kann mit Dieter Traubs Tod nichts zu tun haben.« Hackenholt sah Pohl unverwandt an. »Außerdem sind Sie der Einzige, der behauptet, dass es Ihr Chef war, der Traub getötet hat. Ich frage mich daher: Warum tun Sie das? Wollen Sie den Verdacht vielleicht absichtlich auf ihn lenken, um in aller Ruhe den wahren Täter mit Ihrem Wissen zu erpressen?«

»Das ist doch absurd!«, protestierte Pohl.

»Warum? Sie haben versucht, von der Polizei eine Belohnung zu bekommen. Als Ihnen klar wurde, dass Sie nichts kriegen, haben Sie uns einfach jede Menge Mist aufgetischt. Nachdem wir Sie gehen ließen, haben Sie den wahren Täter mit Ihrem Wissen konfrontiert und ein Schweigegeld eingestrichen.« Hackenholt nickte versonnen. »Ja, ich glaube, genau so ist es gelaufen.«

»Nein!« Pohl sah den Ermittler zornig an. »Ich bin doch nicht blöd! Pauckner würde mich genauso umbringen, wie er es mit Traub und Jelko getan hat.«

Hackenholt schüttelte den Kopf. »Sie haben sich da in etwas ver-

28 »Die müssten jeden Augenblick hier sein.«

rannt. Nichts spricht dafür, dass Ihr Chef Jelko damals etwas angetan hat.« Er hielt inne. »Oder gibt es etwas, das Sie uns bislang verschwiegen haben?«

»Nein, natürlich nicht.« Die Antwort kam schnell und bestimmt.

Zu schnell? Zu bestimmt? Hackenholt musterte Pohl mit hochgezogenen Augenbrauen. »Sie sagten, Sie hätten damals auf einer Baustelle in Mögeldorf gearbeitet.«

Pohl begann unruhig mit den Fingern über seine schwieligen Hände zu reiben. Dann nickte er.

»Was ist dort vorgefallen?«

»Nichts!« Er blickte abrupt auf.

»Das glaube ich Ihnen nicht.«

»Wenn ich es Ihnen doch sage!«

Hackenholt lehnte sich in seinem Stuhl zurück, verschränkte die Arme und wartete ab. Stille legte sich über das Zimmer. Die Schreibkraft starrte mit gelangweiltem Gesichtsausdruck aus dem Fenster. Auf dem Flur wurden Schritte lauter, dann wieder leiser.

Plötzlich atmete Pohl tief ein; es klang wie ein Seufzen. Noch immer fuhr er mit dem Daumen der linken Hand über die Schwielen an seiner rechten.

»Ich habe Ihnen ja schon gesagt, dass dieses Bauvorhaben an der Laufamholzstraße eine riesige Sache war – für unsere Firma alleine fast schon zu groß. Wir standen unter enormem Zeitdruck und hatten einen sehr eng gesteckten Zeitplan. Jede Verzögerung hätte Unsummen gekostet. Deshalb hat uns der Bauleiter wie Sklaven reingetrieben.« Pohls Blick schweifte von seinen Händen in die Ferne. »Gleich zu Beginn kam eine Frau auf die Baustelle und sagte, sie wäre Archäologin und wollte zuschauen, wenn wir die Grube ausheben. An dieser Stelle könnte es bedeutende Funde aus der Vergangenheit geben. Dann müssten wir die Baggerarbeiten sofort stoppen. Der Bauleiter wäre fast durchgedreht.«

Hackenholt runzelte die Stirn. »Das verstehe ich nicht. Was denn für archäologische Funde?«

»Da sind Sie nicht der Einzige. Wir haben auch nur Bahnhof verstanden. Angeblich sollen in Mögeldorf und Oberbürg zahlreiche archäologische Funde gemacht worden sein, die nahelegen, dass dort bereits in der Bronzezeit eine Besiedlung stattgefunden hat. Also wollte die Frau dabei sein; für den Fall, dass wir auf etwas stoßen. Der

Bauleiter hat ihr erklärt, dass wir noch gar nicht so weit sind, weil wir auf Material warten müssten. Die Archäologin ist zum Glück wieder abgezogen. Daraufhin hat der Chef mich zur Seite genommen und gesagt, dass ich alles verschwinden lassen soll, was nach alten Tonscherben oder Ähnlichem aussieht. Denn es ist ja bekannt, dass die Behörden eine Baustelle manchmal über Wochen oder Monate lahmlegen.«

»Und? Haben Sie etwas entdeckt?«, fragte Wünnenberg neugierig.

Wieder senkte Pohl den Blick auf seine Hände. »Ja. Jelko.«

Hackenholt hielt den Atem an.

»Das war kurze Zeit später. Wir waren mit dem Aushub der Bodenplatte fast fertig, als er mit der Schaufel ein Stück begradigt hat, das beim Ausbaggern zu uneben geworden war. Dabei ist er auf zwei kleine Tonfigürchen gestoßen.« Pohl zeigte mit Daumen und Zeigefinger seiner rechten Hand einen Abstand von gut zehn Zentimetern. »Die hatten ganz eigenartige Kopfbedeckungen, fast wie einen Heiligenschein. Natürlich waren sie nicht mehr völlig intakt. Bei der einen waren die Beine abgebrochen, bei der anderen ein Teil vom Kopf.«

»Was hat Jelko damit gemacht?«

»Ich habe sie ihm abgenommen und dem Chef gezeigt.«

Hackenholt trommelte mit den Fingern auf den Schreibtisch.

»Der Bauleiter meinte, ich soll an der Stelle, an der Jelko gearbeitet hat, ein kleines Loch ausheben und die Dinger wieder verbuddeln. Am nächsten Tag käme die Betonplatte drüber und niemand würde davon erfahren.«

»Und das haben Sie getan?«

Pohl nickte.

»Was geschah dann?«

»Nichts. Damit war die Sache erledigt.«

»Sie haben den Fund also nie der Denkmalschutzbehörde gemeldet?«

»Natürlich nicht.«

»Und Jelko? Hat er verstanden, was er da ausgegraben hatte?«

»Woher soll ich das wissen? Als ich am Abend gegangen bin, hat er noch die Ränder der Grube abgestochen, damit am nächsten Tag beim Betongießen nichts abrutscht – aber dann ist er nicht mehr auf der Arbeit erschienen.«

»Und Ratko?«

»Was soll mit ihm sein?«

»Hat er etwas von den Figurenfunden mitbekommen?«

»Keine Ahnung.«

Hackenholt lehnte sich wieder in seinem Bürostuhl zurück. »Bei Ihrer letzten Vernehmung haben Sie behauptet, Dieter Traub wäre am Tag vor Jelkos und Ratkos Verschwinden auf der Baustelle aufgetaucht. Und jetzt erzählen Sie uns etwas von archäologischen Funden. Wie passt das zusammen?«

»Das eine hat doch nichts mit dem anderen zu tun«, protestierte Pohl. »Der Traub war an dem Nachmittag wirklich auf der Baustelle und hat mit dem Bauleiter gesprochen. Deswegen konnte ich ihm auch erst später von den Figuren berichten; nachdem der Alte wieder weg war.«

»Habe ich das richtig verstanden: Von dem vermeintlichen archäologischen Fund wussten nur Jelko, Sie und Pauckner?«

»Und der Bauleiter.«

»Sind Sie sicher, dass Traub nichts davon mitbekommen hat?«

»Absolut.«

»Hältst du das mit den historischen Figürchen für möglich?« Wünnenberg gähnte herzhaft und rieb sich über die geröteten Augen.

»Ich habe noch nie davon gehört, aber das soll nichts heißen. 2002 habe ich noch in Münster gewohnt.« Hackenholt ging zu Stellfeldts Büro, aber es war leer. Die Akten lagen ordentlich gestapelt neben der Tastatur. Offensichtlich hatten die Kollegen Feierabend gemacht. Auch von den Papierschlangen war nichts mehr auf Baumanns Schreibtisch zu sehen. Hackenholt wandte sich wieder zu Wünnenberg. »Komm, gehen wir auch heim. Gestern war ein langer, anstrengender Tag. Ich muss mich um Sophie kümmern. Wer weiß, ob sie das alles wirklich so gut weggesteckt hat, wie sie behauptet.«

»Und was machen wir morgen?«

»Da nehmen wir uns als Erstes noch einmal Henglein vor. Ich will wissen, ob er damals von Traub erpresst wurde, wie Pohl es uns gesagt hat.«

»Das haben wir ihn doch schon gefragt, und er hat es abgestritten. Warum sollte er es jetzt zugeben? Er würde sich doch nur selbst in ein komisches Licht stellen. Außerdem: Als ich ihn als Hauptverdächtigen vorgeschlagen habe, hast du mich ständig gebremst. Nun soll er es auf einmal doch sein?«

»Nein. Er war bei seiner Schwester in Naila, damit hat er ein Alibi und kann Traub nicht umgebracht haben. Außerdem gibt es keinen plausiblen Grund, warum er damit so viele Jahre gewartet haben sollte. Wenn wir ihm aber den Erpresserbrief an Pauckner zeigen, gibt er vielleicht zu, dass Traub ihn damals tatsächlich zu erpressen versuchte, er jedoch nicht darauf einging.«

»Du meintest gerade, das machen wir als Erstes: Was kommt als Zweites?«

»Wir statten Pauckner einen Besuch ab. Ich will mehr über die Sache mit den Tonfigürchen wissen.«

Zu Hause erwartete Hackenholt das gewohnte Familienidyll. Er war mehr als erleichtert. Sophie machte einen unbefangenen Eindruck. Sie saß auf dem Sofa und las in einer Zeitschrift, während Ronja in ihrem Laufstall lag und mit einer Rassel spielte.

Er nahm sein glücklich strahlendes Töchterchen auf den Arm, dann setzte er sich mit ihr zu Sophie. »Alles in Ordnung?«

Sie blickte auf und nickte knapp.

»Wegen gestern ...«

»Es war ein Ende mit Schrecken, aber eben ein Ende.« Nach einer kurzen Pause ging sie zur Tagesordnung über. »Wie war dein Tag?«

»Hast du schon mal von historischen Funden in Nürnberg gehört, die einen Bau unverhältnismäßig lange aufgehalten haben?«

»Allerdings!«

»Ich wusste gar nicht, dass ich in einem archäologisch so bedeutsamen Gebiet lebe.«

»Na, das wäre wohl auch etwas übertrieben. Aber denk doch nur mal an die Tiefgarage am Rosa-Luxemburg-Platz. Als man damals beim Bau Reste der Stadtmauer fand, war der Teufel los. Die Geschichtswahrer forderten den Erhalt der gefundenen Fragmente, die Rationalisten wollten die Trümmer weg haben – zumindest soweit sie den Baufortschritt gehemmt beziehungsweise zusätzliche Kosten verursacht hätten. Es gab heftige Diskussionen, und nichts ging mehr. Der Bauherr hat sich schließlich zu einem Kompromiss durchgerungen: Er hat nicht alles, aber doch immerhin einen wesentlichen Teil erhalten und dafür auch richtig Geld in die Hand genommen.«

»Diese Größenordnung meine ich nicht. Eine Stadtmauer ist ja ein bedeutendes Kulturgut. Ich spreche eher von kleinen Objekten. Keramiken oder so.«

»Die kommen doch laufend zum Vorschein.« Sophie sah ihn stirnrunzelnd an. »Seit wann interessierst du dich für archäologische Funde? Das ist ja ganz was Neues. Genügen dir deine Geschichtsbücher nicht mehr? Willst du jetzt selbst graben?« Sie grinste ihn an. »Ich erinnere mich, dass vor einigen Jahren bei Bauarbeiten hinter Schloss Almoshof Tonscherben gefunden wurden, die zeigen, dass das Knoblauchsland schon vor dreitausendfünfhundert Jahren besiedelt war, also in der Bronzezeit. Und bei einer Grabung in Katzwang hat man Skelette gefunden, die beweisen, dass dort bereits zwischen 1010 und 1060 eine großflächige Besiedlung erfolgt ist und nicht erst im 12. Jahrhundert.«

»Wenn solche Dinge gefunden werden, verzögern sich die Bauarbeiten dann wirklich signifikant?«

»Klar. Erinnerst du dich nicht mehr? Vor rund anderthalb Jahren wurde ein Teil der Lorenzer Straße aufgerissen, weil dort eine Stromleitung verlegt werden sollte. Dabei wurden so viele Fundstücke entdeckt, dass sich die Arbeiten von dreieinhalb Wochen auf vier Monate ausgedehnt haben. Die Archäologen arbeiten oft allein. Und während die Stadt Nürnberg früher bei Erdarbeiten noch großzügig weggesehen hat, um wirtschaftlich wichtige Projekte nicht zu gefährden, wird heutzutage alles genau dokumentiert. Was meinst du, was los ist, wenn der kreuzungsfreie Ausbau vom Frankenschnellweg kommt? Darunter befinden sich die Reste des Ludwig-Donau-Main-Kanals.«

»Wer ist für so was zuständig?«

»Keine Ahnung. Die Stadtarchäologin? Oder die Naturhistorische Gesellschaft?« Sophie grübelte einen Moment. »Ich glaube, auch irgendwann mal gelesen zu haben, dass in Nürnberg ein Archäologieverein gegründet wurde. Aber damit kenne ich mich wirklich nicht aus. Warum interessierst du dich dafür?«, fragte sie erneut.

»Mir hat heute jemand erzählt, dass auf einer Baustelle Tonscherben gefunden wurden, die man hat verschwinden lassen, damit die Denkmalbehörde keinen Wind von der Sache bekommt. Der Bauherr hatte angeblich Angst, dass sich die Arbeiten sonst monatelang verzögert hätten.«

»Nicht gerade die feine englische Art«, kommentierte Sophie. »Wo war denn diese Baustelle?«

»In Mögeldorf.«

»So? Dort habe ich noch nichts von derartigen Funden gehört. Da hätte ich jetzt eher an eine Bombe aus dem Zweiten Weltkrieg gedacht. Die Gegend wurde in den mittleren Kriegsjahren von den Briten heftig bombardiert, bevor sie dann am 2. Januar 1945 die Innenstadt zerstört haben.«

»Hat du Literatur darüber?«

»Über Fliegerangriffe während des Zweiten Weltkriegs?«

»Nein. Über archäologische Funde in Nürnberg.«

»Warte mal einen Moment.«

Es dauerte eine Weile, bis Sophie schließlich mit einem dicken Buch zurückkam. Sie legte es ihm auf den Schoß, dann nahm sie ihm Ronja vom Arm. »Zeit für unsere Badesession.«

»Ich komme gleich und helfe dir«, murmelte Hackenholt, bevor er sich in die Lektüre vertiefte.

Schon im Inhaltsverzeichnis wurde er fündig. Eines der Kapitel lautete: Nürnberg, ein Produktionszentrum spätmittelalterlicher Tonfiguren? Beim Überfliegen der Seiten erfuhr er, dass gegen 1859 unter einem Nürnberger Straßenpflaster ein Sammelfund von über einhundert Tonfigürchen entdeckt worden war. Mittlerweile schien es rund dreihundertsechzig solcher Kleinplastiken aus dem Mittelalter und der Frühen Neuzeit mit Fundort Nürnberg zu geben, die auf diverse Sammlungen verteilt waren.

Der nächste Abschnitt beschäftigte sich mit sogenannten Kruselerfiguren: zehn bis siebzehn Zentimeter hohen Frauenfigürchen aus überwiegend hellgebranntem Ton, die aus der zweiten Hälfte des 14. Jahrhunderts stammten. Den Namen hatten sie von der spätgotischen Kopfbedeckung, die sie trugen: dem Kruseler. Dieser bestand aus übereinandergelegten Tüchern, deren Säume an den Rändern in Rüschen endeten und die mittels Stärke und Brennschere in eindrucksvollen Kopfputz gepresst werden konnten.

Hackenholt betrachtete ein Bild. Mit etwas gutem Willen hatte es eine entfernte Ähnlichkeit mit dem, was Pohl beschrieben hatte – allerdings konnte es natürlich auch etwas völlig anderes sein. Woher sollte er wissen, ob er hier einem Kunstschatz auf die Spur gekommen war oder einem Ballon mit heißer Luft hinterherjagte?

Laut Aussage der Autoren erstreckten sich die bisherigen Fundorte überwiegend vom südlichen Thüringen bis ins nördliche Voralpenland sowie vom Neckar entlang der Donau bis zum Bayerischen Wald. Wobei es eine auffällige Häufung der Fundorte im mittelfränkischen Raum gab, insbesondere in und um Nürnberg. Also genau entlang der mittelalterlichen Handelsstraßen.

Über die Funktion der Kruselerfiguren schienen keine gesicherten Erkenntnisse vorzuliegen. Da die Figürchen Damen der adeligen und gehobenen bürgerlichen Gesellschaft des 14./15. Jahrhunderts darstellten, ging man davon aus, dass es sich um Kinderspielzeug handelte. Eine Verwendung im religiösen Bereich schien auszuscheiden, da die Figuren keine gefalteten Hände hatten und die modischen Kleidungsdetails sehr ausgeprägt waren. Vielleicht ein früher Vorgänger der heutigen Barbiepuppe und damit möglicherweise ein erster Verkaufsschlager zu Beginn der Nürnberger Spielwarenproduktion?

Plötzlich erinnerte sich Hackenholt an sein Töchterchen, das gerade in der Wanne planschte. Rasch klappte er den Schmöker zu und ging ins Badezimmer.

Sonntag

Hackenholt hatte Sophies Buch mit in die Arbeit genommen und von den abgebildeten Kruselerfiguren Kopien gefertigt, die er in der Lagebesprechung verteilte.

»Saskia, ich möchte, dass du mit Martin noch einmal zu Pohl fährst und ihm diese Bilder zeigst. Fragt ihn, ob die Figuren, die auf der Baustelle an der Laufamholzstraße gefunden wurden, so ähnlich ausgesehen haben.«

»Direggd schäi sinns obber fei ned.«[29] Baumann rümpfte die Nase.

»Im Mittelalter hatte man wahrscheinlich andere Schönheitsideale als heute«, gab Hackenholt ungerührt zurück.

»Sinns nåcherdler wenichsdns werdvoll?«[30]

»Ich habe nicht die geringste Ahnung.«

»Dann sollten wir versuchen, jemanden aufzutreiben, der uns das sagen kann«, beschied Stellfeldt.

»An einem Sonntag?« Martin Groß klang skeptisch.

»Irgendjemanden werden wir schon finden«, meinte der alte Kriminaler zuversichtlich. »Und wenn wir es im Germanischen Nationalmuseum probieren.«

»Darum kümmern wir uns, sobald Pohl bestätigt hat, dass die Figürchen, die auf der Baustelle gefunden wurden, diesen ähneln. Ich will kein Luftschloss bauen«, stellte Hackenholt klar.

»Des is edzerd er gouds Schdichwodd: Wäi bassnern er bår middelalderliche Doonscherm in unserne Ermiddlunger nei?«[31]

»Das habe ich mich gestern auch den halben Abend lang gefragt. Aber sie erscheinen mir einfach zu wichtig, als dass wir sie außer Acht lassen können.« Hackenholt holte tief Luft, dann fasste er zusammen: »Zum ersten Mal in Erscheinung getreten ist Jelko Dzemajl im Frühjahr 2002. Er fragt bei Dieter Traub nach, ob er für ihn arbeiten kann. Der Unternehmer lehnt ab, weil Jelko ein Illegaler ist. Unmittelbar darauf findet er jedoch eine Anstellung bei Karl Henglein, der sich für den Aufenthaltsstatus nicht so sehr interessiert. Jelko Dze-

29 »Schön sind die aber nicht gerade.«
30 »Sind die wenigstens wertvoll?«
31 »Das ist ein gutes Stichwort: Wie passen denn ein paar mittelalterliche Tonscherben in unsere Ermittlungen?«

majl arbeitet auf einer Großbaustelle in der Bayreuther Straße, wo er prompt von Dieter Traub gesehen wird. Hier beginnen die Vermutungen: Möglicherweise hat Traub versucht, Henglein zu erpressen. Als der nicht bezahlt, gibt Traub der Zollbehörde, die sich um die Bekämpfung der Schwarzarbeit kümmert, einen Tipp, wo sie sich mal umschauen sollen. Jelko Dzemajl wird erwischt, Henglein muss eine saftige Strafe bezahlen. Bevor Jelko jedoch ins ehemalige Jugoslawien abgeschoben werden kann, verschwindet er. Wohin wissen wir nicht – möglicherweise findet er bei weitläufiger Verwandtschaft irgendwo in Deutschland oder im benachbarten Ausland Unterschlupf.«

Hackenholt erhob sich und ging langsam im Zimmer auf und ab. »Etwas mehr als ein Vierteljahr später taucht er wieder in Nürnberg auf. Diesmal auf einer von Pauckners Baustellen. Entlang der Laufamholzstraße sollen mehrere große Wohnblocks entstehen. Die Firma ist unter Zeitdruck und hat Personalmangel. Doch auch dort bleibt Jelko Dzemajl nicht unerkannt. Dieter Traub entdeckt ihn erneut und erpresst Pauckner, wie er es wahrscheinlich auch mit Henglein getan hat. Jetzt gibt es mehrere Varianten: Pauckner behauptet, er habe Jelko daraufhin davongejagt. Damit hätte der Zoll nichts gegen ihn in der Hand. Pohl hingegen behauptet, Pauckner zahlt anstandslos die Erpressersumme, da er auf keinen Mann verzichten kann – die Firma steht unter immensem Zeitdruck. Dennoch verschwindet Jelko unmittelbar darauf spurlos. Sein Skelett wird schließlich im November 2008 bei einer Treibjagd in Neunhof entdeckt. Die damaligen Ermittlungen verlaufen im Sand.«

Hackenholt sah in die Runde und erblickte hoch konzentrierte Gesichter. »Als Martin und ich beginnen, den ungeklärten Altfall zu bearbeiten, und mit der Weichteilrekonstruktion an die Öffentlichkeit gehen, tut sich plötzlich etwas: Wir finden Menschen, die sich an Jelko Dzemajl erinnern. Wir erfahren all das, was ich euch gerade geschildert habe. Aber es passiert noch mehr: Dieter Traub schickt einen Erpresserbrief an Hans Pauckner, mit dem er Schweigegeld fordert, und wird am Tag der Geldübergabe selbst getötet. Die Leiche wird keine fünfzig Meter von der Stelle entfernt abgelegt, an der Jelkos Skelett Jahre vorher gefunden wurde.«

»Lass uns den Tag von Jelkos Verschwinden noch ein bisschen genauer beleuchten«, bat Stellfeldt.

»Angeblich geschieht es, unmittelbar nachdem er auf der Baustelle im Erdaushub ein paar mittelalterliche Figürchen entdeckt hat, die dort keinesfalls gefunden werden dürfen, weil sich die Bauarbeiten sonst für Wochen verzögert hätten.«

»Und angeblich ist das auch der Tag, an dem Traub auf der Baustelle aufgetaucht ist und mit Pauckner wegen seines illegalen Arbeiters gesprochen hat«, warf Wünnenberg ein.

»Beides ist kein triftiger Grund für einen Mord«, sagte Groß entschieden. »Außerdem habt ihr bislang Ratko außer Acht gelassen, den anderen illegalen Arbeiter. Er ist zeitgleich mit Jelko verschwunden. Ihr könnt sagen, was ihr wollt, aber kein Mensch tötet zwei Illegale, um sie loszuwerden.« Er schüttelte entschieden den Kopf. »Pauckner hat sie rausgeschmissen, ganz wie er es behauptet hat. Ob mit oder ohne Wochenlohn, dafür möchte ich meine Hand nicht ins Feuer legen. Aber alles andere würde jeglicher Logik entbehren.«

»Iech maan, der Maddin hodd rechd.«[32]

»Wie machen wir jetzt weiter?«, fragte Stellfeldt in die eingetretene Stille hinein.

»Wie bereits gesagt: Ich möchte, dass Saskia und Martin noch einmal zu Pohl fahren und ihm diese Kopien von den Figürchen zeigen. Sobald wir wissen, ob es eine Ähnlichkeit gibt, klemmst du dich ans Telefon und schaust, ob du einen Experten auftreiben kannst. In meinen Augen steht und fällt alles damit, ob diese Figürchen wertvoll sind oder nicht.«

»Und was machen wir unterdessen?«, wollte Wünnenberg wissen.

»Wir knöpfen uns Karl Henglein noch einmal vor.«

»Wissen Sie eigentlich, was heute für ein Tag ist?«, polterte der Bauunternehmer, als er sah, wer vor der Tür stand. Wie immer hielt er den Kopf unnatürlich gesenkt, um über den oberen Rand seiner Brille blicken zu können.

»Da sehen Sie mal, dass Beamte ganz entgegen ihrem Ruf nicht einmal am vierten Advent schlafen«, konterte Wünnenberg.

»Hätten Sie uns von Anfang an die Wahrheit gesagt, wären wir jetzt nicht hier, Herr Henglein. Sie haben sich das also alles selbst zuzuschreiben. Lassen Sie uns nun herein oder sollen wir Sie mit in die Dienststelle nehmen?«

Widerwillig öffnete der Mann die Tür.

---

32 »Ich denke, Martin hat recht.«

»Herr Henglein«, begann Hackenholt, nachdem sie im warmen Arbeitszimmer des Bauunternehmers Platz genommen hatten, »wir sind noch einmal wegen Dieter Traub hier.«

»Sie geben wohl nie Ruhe?«, knurrte der Mann.

»Erst wenn wir die Wahrheit kennen.«

»Ich habe weder mit Jelkos Tod etwas zu tun noch mit dem von Traub.«

»Das behaupten wir auch nicht.« Hackenholt lehnte sich zurück und schlug die Beine übereinander.

»Was wollen Sie dann noch von mir?«

»Wir müssen wissen, ob Traub Sie seinerzeit erpresst hat.«

Henglein kniff die Lippen zusammen, dann saugte er die Wangen ein, runzelte die Stirn, gab ein schmatzendes Geräusch von sich und schob die Brille auf den Kopf.

»Also gut. Wenn Sie mich danach nicht mehr weiter belästigen: Ja, Dieter hat damals versucht, mich zu erpressen. Ich habe nicht gezahlt, er hat mich verpfiffen, Ende der Geschichte.«

»Wie ist das konkret abgelaufen?«

»Es war wie in einem schlechten Film: Er hat mir einen Brief in den Postkasten geworfen, den er aus Zeitungsschnipseln zusammengestückelt hatte.«

»Woher wissen Sie, dass es Traub war?«

»Ich habe ihn beobachtet, als er das Kuvert einwarf. Reiner Zufall. Nachts schlafe ich oft schlecht. Ich war wach, als er mit seinem Firmenwagen vorfuhr, ausstieg und das Kuvert in den Kasten steckte. Er hat sogar den Motor laufen lassen. Wahrscheinlich ist die halbe Nachbarschaft aufgewacht.«

»Was geschah dann?«

»Mein erster Impuls war, ihn anzurufen und zu fragen, ob er noch ganz sauber ist. Aber davon habe ich abgesehen.«

»Warum?«

»Man weiß nie, wann man solche Unterlagen mal braucht.« Hengleins Mund umspielte ein gehässiges Grinsen. »Ich habe ihn also in dem Glauben gelassen, ich wüsste nicht, von wem das Schreiben stammte und habe einfach nicht reagiert. Daraufhin hat er mich angezeigt, ich habe die Strafe bekommen und bezahlt. Danach hat er allerdings lange Zeit keinen größeren Auftrag erhalten – dafür habe ich gesorgt.«

Hackenholt befand es für besser, nicht nachzuhaken, wie genau er das bewerkstelligt hatte. Stattdessen fragte er: »Besitzen Sie seinen Brief noch?«

»Ja.« Henglein erhob sich und ging zum Wandschrank. Er öffnete ihn und entnahm ihm einen darin befindlichen Dokumentenkasten. Mit einem Schlüssel von seinem Bund schloss er ihn auf. Ein braunes Kuvert kam zum Vorschein, optisch identisch mit dem, das die Beamten in Pauckners Tresor sichergestellt hatten. Auch die Art des Briefes, wie die Buchstaben zusammengestückelt waren, ja, sogar die Wortwahl, stimmten überein.

Hackenholt und Wünnenberg kehrten ins Kommissariat zurück. Eine junge Frau saß auf einem der Besucherstühle in Stellfeldts Büro. Neben ihr rutschte Pohl sichtlich nervös hin und her.

»Sind Sie sich sicher, dass die Figürchen, die Sie gefunden haben, diesen hier ähneln?«, fragte die junge Frau.

Der Arbeiter nickte.

»Wo genau haben Sie sie entdeckt?«

»In der Laufamholzstraße, als diese Wohnblocks gebaut wurden.«

»Wann war das?«

»2002.«

»Damals habe ich noch studiert.« Die junge Frau musste sich sichtlich zusammenreißen. Sie hakte unerbittlich nach. »Was haben Sie mit den Figuren gemacht?«

»In einem Loch vergraben«, murmelte Pohl und wandte sich an Stellfeldt. »Das habe ich doch alles gestern schon erzählt.«

»Wo genau haben Sie die Figuren vergraben?«, machte die junge Frau ungerührt weiter. Leidenschaft schwang in ihrer Stimme. »Können Sie sich erinnern? Es ist sehr wichtig, dass wir sie finden. Vielleicht können wir sie ausgraben und –«

»Unmittelbar darüber befindet sich jetzt ein sechsstöckiges Haus! Das werden Sie wohl nicht wegen den zwei Dingern abreißen wollen, oder?« Pohl verlor die Geduld.

Hackenholt unterdrückte ein Lächeln. Die junge Frau war puterrot angelaufen und wollte offenbar eine entsprechende Erwiderung geben. Rasch betrat er das Zimmer.

»Sie sind sich also sicher, dass es sich bei den beiden Figürchen, die bei den Aushubarbeiten in der Laufamholzstraße zum Vorschein kamen, um so ähnliche Exemplare handelt wie diese hier?«, fragte er Pohl in freundlichem Tonfall.

Der Mann sah erleichtert aus. »Jein. Wirklich sicher sein kann ich mir nicht, ich kenne mich mit dem Zeug nicht aus.« Dann blickte er Hackenholt flehentlich an. »Kann ich jetzt gehen? Meine Frau war schon ganz komisch, als mich Ihre Kollegen vorhin abgeholt haben. Ich fürchte, sie glaubt langsam, ich hätte etwas ausgefressen.«

»Ja, Sie dürfen gehen.« Hackenholt nickte Groß zu, der den Arbeiter daraufhin zur Hinterpforte brachte.

»Des is Ulrigge Winnerlein, die Schdaddarchäologin«, stellte Baumann unterdessen die junge Frau vor.[33]

»Es ist sehr freundlich von Ihnen, dass Sie uns einen Teil Ihres Sonntags opfern«, bedankte sich der Hauptkommissar.

Die Frau wischte die Bemerkung mit einer Handbewegung beiseite. »Eine Selbstverständlichkeit in unserem Beruf.« Anschließend kam sie auf das zu sprechen, was sie wirklich bewegte. »Es ist eine absolute Ungeheuerlichkeit, was da passiert ist. Unverantwortlich. Wer weiß, was während des Aushubs sonst noch alles zum Vorschein gekommen ist, und die Herren Arbeiter haben es verschwinden lassen. Oder es ist ihnen überhaupt nicht aufgefallen. Dabei sind wir bei unserer Arbeit auf solche Funde angewiesen.«

»Warum?«

Frau Winnerlein riss ungläubig die Augen auf. »Damit wir mehr über das Leben in Nürnberg zu früheren Zeiten erfahren, natürlich.«

»Sie würden also sagen, es ist durchaus möglich, dass an der Stelle solche Figürchen zum Vorschein gekommen sind?«, rettete sich Hackenholt rasch auf sicheres Terrain.

»Ich kann es zumindest nicht ausschließen. Zwar wurden die bisherigen Funde hauptsächlich innerhalb der Stadtmauern gemacht. Aber nachdem die Siedlungen Unterbürg und Laufamholz in unmittelbarer Nähe liegen und wir diese bis ins 13. Jahrhundert zurückdatieren können, ist es nicht abwegig. Es wäre also von enormer Wichtigkeit gewesen, die Aushubarbeiten beim Fund der Objekte zu stoppen und Grabungsexperten hinzuzuziehen.«

»Was hätte das für die Baustelle bedeutet?«, fragte Hackenholt in scheinbar harmlosem Tonfall, aber die Archäologin hatte ihn offensichtlich schon zu oft gehört, um ihn nicht sofort zu erkennen.

---

33 »Das ist Ulrike Winnerlein, die Stadtarchäologin«, (…).

»Die Baustelle wäre stillgelegt worden, bis ein Team von uns das Gebiet sondiert und die Erdschichten Stück für Stück abgetragen hätte. Möglicherweise in Zusammenarbeit mit der Baufirma.«

»Der Zeitfaktor?«

»Das kommt ganz auf die Größe der Baustelle an.« Die junge Frau zuckte mit den Schultern. »Ein paar Wochen bis mehrere Monate«, gab sie schließlich zu.

Und genau deswegen hat niemand den Fund gemeldet, dachte Hackenholt. Laut fragte er: »Können Sie mir sagen, wie viel solch ein Figürchen wert ist?«

»Sie meinen einen Preis?«

Hackenholt nickte.

»Das ist unmöglich. Die Objekte werden ja nicht verkauft. Nachdem wir sie ausgegraben, gereinigt und untersucht haben, werden sie der Öffentlichkeit in einer Ausstellung zugänglich gemacht.«

»Ich könnte mir vorstellen, dass es für solche Figürchen durchaus einen Schwarzmarkt unter interessierten Kunstliebhabern gibt.«

Die junge Frau presste die Lippen zusammen und schüttelte den Kopf. »Das wäre absoluter Frevel.«

Stellt sich die Frage, ob jemand bereit wäre, einen Mord zu begehen, um an eine der Kruselerfiguren zu kommen, dachte Hackenholt. Was, wenn Jelko Dzemajl Pohl dabei beobachtet hatte, wie er die Skulpturen wieder in einem Loch in der Erde verscharrte? Nur weil der junge Mann aus dem ehemaligen Jugoslawien stammte, hieß das nicht, dass er auf den Kopf gefallen war. Vielleicht dachte er, er könne die Fundstücke an irgendjemanden unter der Hand verkaufen und grub sie erneut aus?

»Ich fürchte, das waren schon alle Fragen, die wir an Sie hatten, Frau Winnerlein. Sie haben uns sehr bei unseren Ermittlungen geholfen.« Hackenholt erhob sich zum Zeichen, dass das Gespräch beendet war. »Eins noch«, sagte er im Hinausgehen. »Ich muss Sie leider bitten, hierüber einstweilen absolutes Stillschweigen zu bewahren. Sollte bekannt werden, dass auf der Baustelle möglicherweise zwei Kruselerfiguren gefunden wurden, könnte das unsere gesamten Mordermittlungen zu Fall bringen.« Er sah der jungen Frau in die Augen. »Und das ist nicht so dahingesagt, ich meine es absolut ernst.«

Sie senkte den Blick und nickte. »Gut. Aber wenn Sie fertig sind, dann muss es eine Aufarbeitung des Vorfalls geben.«

»Sobald unsere Ermittlungen abgeschlossen sind, dürfen Sie tun und lassen, was immer Sie für richtig halten.«

»Allmächdnaa, edzerdler hommers scho widder mied ersuener andiggn Wår zern dou!«, stöhnte Baumann, nachdem Hackenholt die Archäologin hinausbegleitet hatte. »Iech hobb allerwall gmaand, dass bei der Bollizei um Baragråfm gengerd – obber mir denner schdendich mied Gschichde ummernand.«[34]

»Ein bisschen Bildung hat noch keinem geschadet«, konstatierte Wünnenberg.

»Das sagt der Richtige«, brummte Stellfeldt.

»Macht Schluss für heute«, bat Hackenholt, um dem Gefrotzel ein Ende zu setzen. »Ralph und ich fahren noch rasch zu Herrn Pauckner. Mal sehen, wie er seinen wohlverdienten Sonntag verbringt und was er uns zu alledem sagen kann. Wir sehen uns morgen früh.«

Einmal mehr war es die Tochter, die auf das Klingeln der Beamten hin die Tür öffnete. Ohne etwas zu sagen, machte sie auf den Hacken kehrt und überließ es den Ermittlern einzutreten. Es dauerte jedoch nicht lange, bis Pauckner in der Diele erschien. Auch er war, ähnlich wie Karl Henglein, ungehalten über die sonntägliche Störung.

»Haben Sie so was schon mal gesehen?« Ohne weitere Einleitung hielt Hackenholt ihm eine Kopie hin, auf der eine der Kruselerfiguren abgebildet war.

Pauckner warf einen Blick auf das Blatt, zog die Augenbrauen hoch, rieb sich mit Daumen und Zeigefinger über den Schnauzbart. Dann wandte er sich ab und ging ins Wohnzimmer, wo er sich eine Zigarette anzündete. Danach fragte er: »Was soll das sein?«

»Ein Tonfigürchen aus dem 14./15. Jahrhundert.«

»Aha. Nein. Derlei habe ich noch nicht gesehen.«

»Uns liegen gegenteilige Informationen vor, Herr Pauckner«, entgegnete Hackenholt ruhig. »Es gibt einen Zeugen, der sich daran erinnert, dass zwei solche Skulpturen während der Aushubarbeiten in der Laufamholzstraße im Erdreich entdeckt wurden.«

Der Unternehmer wurde erst blass, dann errötete er. »Das kann nicht sein. Davon weiß ich nichts.«

---

34 »Meine Güte, jetzt haben wir es schon wieder mit so einem antiken Zeug zu tun!«, (...). »Ich habe immer gedacht, bei der Polizei ginge es um Paragrafen – aber wir haben hier ja ständig mit Geschichte zu tun.«

»Sie sollen sogar die Anweisung gegeben haben, die Figürchen wieder zu vergraben, um sich auf diese vermeintlich elegante Weise aus der Affäre zu ziehen.«

»Davon höre ich gerade zum ersten Mal! Wer verbreitet so einen Unsinn?«

»Herr Pauckner –«

»Ich will sofort wissen, wer solche Dinge über mich sagt!«, unterbrach er den Ermittler unwirsch und fuchtelte dabei so heftig mit der Zigarette durch die Luft, dass sich ein paar Aschepartikel lösten und auf den Boden fielen. »Schließlich geht es hier um meinen guten Ruf. Den Kerl zeige ich an!«

»Zu Zeugenaussagen können wir Ihnen keine Auskünfte geben.« Hackenholt beobachtete den Mann scharf. Pauckner lief aufgebracht im Raum hin und her und murmelte immer wieder Wortfetzen vor sich hin. Konnte das alles gespielt sein? Oder hatte er tatsächlich nichts davon gewusst? Hackenholt war fast geneigt, ihm zu glauben. Er warf Wünnenberg einen fragenden Blick zu, den dieser mit einem leichten Heben der Schultern quittierte. Offenbar war er genauso unsicher, ob sie es mit einem guten Schauspieler zu tun hatten oder einem Mann, der wirklich nichts wusste.

»Herr Pauckner, wir benötigen nähere Auskünfte zu dem Bauprojekt in der Laufamholzstraße: Name des Bauherrn und des Architekten. Wer war der Bauleiter, der die Arbeiten vor Ort beaufsichtigte? Welche anderen Firmen waren involviert? Welche Mitarbeiter von Ihnen?«

»Der Bauträger heißt FraWo – Franken Wohnen. Er hat das Grundstück gekauft, führte die Planung durch, vergab die Bauaufträge und hat sich um den Verkauf gekümmert. Als der Rohbau stand, hatte er einen Baucontainer vor Ort, in dem ein Verkaufsbüro untergebracht war. Zum Bauträger hatten wir aber keinen Kontakt, alles wurde über das Planungsbüro Nowak & Kollegen abgewickelt. Hubert Nowak war der Bauleiter und befand sich schier rund um die Uhr auf der Baustelle. Die Pläne für das Projekt stammten von Architekt Silberbrunn. Der Mann war allerdings so gut wie nie vor Ort – für ihn ging es ausschließlich um die Zeichnungen.«

»War Herr Nowak bei den Aushubarbeiten dabei?«

»Selbstverständlich.«

»Welche Firmen waren sonst noch auf der Baustelle tätig?«

»Nur ein paar Zulieferer – den Rohbau hat voll und ganz mein Unternehmen geleistet.«

Hackenholt blickte von seinen Notizen auf. »War Hubert Nowak am Samstag vor einer Woche ebenfalls im Baggerloch?«

»Nein.« Pauckner musterte Hackenholt irritiert. »Geht das jetzt schon wieder los?« Unwirsch wandte er sich ab und drückte die Zigarette im Topf einer großen Yucca Palme aus.

»Wir werden den Mord an Dieter Traub aufklären. Dazu müssen wir immer wieder auf den Tag zu sprechen kommen.« Dennoch wechselte der Hauptkommissar das Thema. »Noch einmal zu den Kruselerfiguren –«

»Den was?«

»Den mittelalterlichen Figürchen, von denen zwei Stück auf dem Grundstück gefunden wurden.«

»Davon habe ich noch nie gehört!«, stellte Pauckner nochmals klar.

»Wir wissen, dass Jelko Dzemajl sie entdeckt hat. An wen könnte er sich gewendet haben, um zu fragen, was mit ihnen geschehen soll, wenn nicht an Sie?«

Pauckner zuckte mit den Schultern. »An seinen Vorarbeiter natürlich. Vielleicht auch an Hubert Nowak.«

»Er hat sich also nicht an Sie gewandt?«

»Ich war doch gar nicht auf der Baustelle.«

»Wann? Als Jelko die Figuren fand?«, hakte Hackenholt sofort nach.

»Ich meine insgesamt: Ich war nur selten vor Ort.«

»Das Projekt war zu dem Zeitpunkt aber Ihr größtes – oder gab es noch andere?«

»Es gibt immer mehrere Baustellen«, antwortete Pauckner vage.

»Wenn Sie uns die bitte benennen könnten?«

Pauckner machte eine wegwerfende Handbewegung. »Reklamationen an früheren Bauten, kleine Ausbesserungsarbeiten, Besichtigungen von neuen Bauplätzen. Solcherlei Dinge. Da merkt man sich nicht, wann man wo war.«

Müde und abgespannt kam Hackenholt am Nachmittag nach Hause. Das schöne Wetter, das ihn am gestrigen Morgen geweckt hatte, hielt nach wie vor an. Weiße Weihnachten war in weite Ferne gerückt. Vielleicht würde er eine Runde joggen gehen. Wenn er Ronja im Kinderwagen mitnahm, hätte Sophie ein bisschen Zeit für sich. Bestimmt musste sie noch einiges für das bevorstehende Weihnachtsfest vorbereiten. Vielleicht wollte sie frische Lebkuchen backen.

»Das ist aber schön, dass du heute früher heimkommst«, begrüßte sie ihn freudig. Sie hielt Ronja auf dem Arm, die ihren Schneeanzug trug.

»Wollt ihr spazieren gehen?«

Sophie nickte. »Kommst du mit? Dann könnten wir einen Abstecher zum Kobergerplatz machen.«

»Was gibt es denn dort? Einen Weihnachtsmarkt?«

»Nein, einen Christbaumverkäufer.«

»Am Sonntag?« Rasch drehte er sich wieder zur Tür und trug Ronjas Kinderwagen hinaus.

»Natürlich. Wann sonst sollen Tag und Nacht arbeitende Kripobeamte ihren Christbaum kaufen?«

Im Garten saß eine Schar Spatzen in dem kahlen Fliederbusch, in dem normalerweise zu dieser Jahreszeit Meisenknödel hingen, und zwitscherte so fröhlich, als stünde der Frühling und nicht das Weihnachtsfest vor der Tür.

Während Hackenholt und Sophie die milde Wintersonne genossen, hingen sie ihren Gedanken nach; Ronja war schon nach wenigen Metern eingeschlafen. Plötzlich stieg Hackenholt der Duft von frisch gebrannten Mandeln in die Nase.

»Wir haben es diesmal überhaupt nicht auf den Christkindlesmarkt geschafft«, sagte er nach einer Weile wehmütig. »Und das, obwohl ich die letzten Wochen donnerstags und freitags frei hatte.«

»Du hattest andere Dinge ihm Kopf«, entgegnete Sophie. »Man muss dafür in der richtigen Stimmung sein.«

»Aber ich hätte Ronja gerne die Buden und Stände gezeigt – auch wenn sie dafür noch ein bisschen zu klein ist. Na, wahrscheinlich war es besser so, in dem Gedränge hätte sie am Ende bloß Platzangst bekommen.«

»Das holen wir nächstes Jahr nach.« Sophie hielt inne und schnupperte. Zu dem Duft gebrannter Mandeln gesellte sich nun auch noch der von Glühwein. »Wenn ich das hier so rieche, dann sollten wir mit dem Besuch besser doch nicht so lange warten. Wie lange musst du an Heiligabend arbeiten? Soweit ich weiß, schließt der Christkindlesmarkt um vierzehn Uhr. Wir könnten uns in der Stadt treffen, wenn du Lust hast.«

Hackenholt nickte. »Gute Idee. Bis Mittag bin ich sicher fertig.«

Montag

Hubert Nowak war ein Hüne. Knapp zwei Meter groß und weit über hundert Kilo schwer füllte er den Rahmen seiner Haustür aus. Hackenholt musste ihren Besuch ankündigen, da unter der Telefonnummer der Firma Nowak & Kollegen nur ein Anrufbeantworter lief, der mitteilte, dass die Firma zwischen den Jahren geschlossen hatte. Für Notfälle wurde jedoch eine Handynummer genannt. Wie sich herausstellte, gehörte sie dem Chef persönlich.

»Was gibt es denn so Dringendes, dass mich die Kripo zwei Tage vor Weihnachten zu Hause heimsucht?« Nowak sah zwischen Hackenholt und Wünnenberg hin und her.

»Es geht um ein Tötungsdelikt.« Hackenholt zog den Fahndungsaufruf mit dem Bild von Jelko Dzemajls Gesichtsrekonstruktion aus der Jackentasche. »Haben Sie diesen Mann schon einmal gesehen?«

Hubert Nowak nahm das Blatt und betrachtete es einen Moment lang, bevor er es zurückgab. »Vielleicht. Vielleicht auch nicht. Ich bin mir nicht sicher. Es gibt so viele Arbeiter auf den Baustellen, die ich betreue.«

»Wieso glauben Sie, dass der Mann ein Arbeiter war?«

»Sie haben mich unter dem Firmenhandy angerufen – es wird sich also wohl nicht um eine Privatangelegenheit handeln.«

Hackenholt beobachtete den Mann scharf, konnte jedoch kein Anzeichen von Unruhe erkennen. »Sie sind ihm auf einer Baustelle begegnet. Er hieß Jelko Dzemajl und stammte aus Südeuropa.«

»Und was ist mit ihm?«

»Er wurde getötet und die Leiche verscharrt, sodass sie erst Jahre später gefunden wurde.«

»Aha.« Nowak sah Hackenholt abwartend an.

»Sagen Sie«, wechselte der scheinbar das Thema, »hatten Sie jemals Probleme mit der Denkmalschutzbehörde? Oder mit der Stadtarchäologin?«

Nowak kniff die Augen zusammen. »Warum fragen Sie?« Misstrauen hatte sich in die Stimme geschlichen.

»Ja oder nein?«

»Nein.«

»Es wurde nie jemand auf einer von Ihnen betreuten Baustelle vorstellig und wies Sie darauf hin, dass es in dem betreffenden Gebiet möglicherweise zu archäologischen Funden kommen könnte und dass Sie dann die Bauarbeiten sofort einstellen müssten?«

»Doch, das sicher. Die Behörden in Nürnberg sind pingelig geworden. Aber zum Glück kam nie was zum Vorschein. Funde bedeuten nämlich immer einen immensen wirtschaftlichen Schaden.«

»Was würden Sie unternehmen, wenn ein Arbeiter zu Ihnen käme und Ihnen einen solchen Fund zeigen würde?«

»Dann bliebe mir nichts anderes übrig, als die Herrschaften zu verständigen.« Nowak zuckte mit den Schultern. »So ein Stück Stadtmauer lässt einem im Allgemeinen keine andere Wahl, nicht wahr?«

»Was haben Sie damals gemacht, nachdem Jelko Dzemajl die Kruselerfiguren beim Begradigen des Bodenaushubs entdeckt hatte?«

»Was?« Nowak sah verständnislos von Hackenholt zu Wünnenberg und zurück.

»Herbst 2002. Die Baustelle in der Laufamholzstraße. Wir wissen, dass dieser Mann«, Hackenholt deutete auf das Fahndungsfoto, »mindestens zwei archäologisch bedeutsame Figuren gefunden hat.«

»Das ist das Erste, was ich davon höre.« Nowak schüttelte den Kopf. »Daran müsste ich mich ja wohl erinnern. Wie kommen Sie ausgerechnet jetzt darauf? Das liegt zwölf Jahre zurück.«

»Eine Zeugenaussage«, antwortete Hackenholt knapp.

»Der Kerl hat Ihnen entweder absichtlich einen Bären aufgebunden oder er hat irgendetwas falsch verstanden.«

Hackenholt starrte den Mann einige Sekunden lang an, dann fragte er: »Was haben Sie unternommen, als Jelko Dzemajl und Ratko Uljarevic von einem Tag auf den anderen nicht zur Arbeit erschienen sind?«

»War das so? Ich muss gestehen, ich kann mich beim besten Willen nicht mehr erinnern, welcher Arbeiter auf welcher Baustelle wann anwesend war und wann gekündigt hat. Das ist auch nicht mein Problem, sondern das der Baufirma. Mein Job ist es, den Leuten zu sagen, was sie wann und wie tun sollen.« Nowak sah demonstrativ auf seine Armbanduhr. »Wenn Sie mich jetzt entschuldigen würden? Ich habe noch ein paar Einkäufe zu erledigen. Weihnachten steht vor der Tür.«

Architekt Reinhardt Silberbrunn saß in seinem schnieken gläsernen Bürohaus, als die Beamten ihn als Nächsten aufsuchten. Die Sekretärin war offensichtlich bereits im Weihnachtsurlaub. Auch der Architekt gab an, nach seiner Rückkehr aus New York nur noch einmal schnell nach dem Rechten sehen zu wollen.

Er war erstaunt, dass es diesmal nicht wieder um den Bau des Einkaufszentrums, sondern um einen Wohnblock in Mögeldorf ging. Bereitwillig holte er die Akte aus dem Schrank und blätterte darin, um sich besser an das Bauvorhaben erinnern zu können. Nachdem er die Skizzen gesehen hatte, fiel ihm wieder ein, dass er damals keine Bauleitung übernommen hatte, weil sich seine Frau mit einem gebrochenen Wirbel im Krankenhaus befand und er möglichst viel Zeit für sein Privatleben benötigte. Daher erbrachte er nur die reinen Architektenleistungen: Er fertigte Pläne und erstellte die Vorkalkulation. Ansonsten gab er die Bauleitung an einen langjährigen Bekannten ab: Hubert Nowak.

Ob während der Bauphase irgendetwas Ungewöhnliches vorgefallen war, konnte er nicht sagen – er war praktisch nicht auf der Baustelle. Möglicherweise zum Richtfest. Von Kruselerfiguren hatte er noch nie in seinem Leben gehört. Damit komplimentierte er die Beamten hinaus. Er wollte noch diverse Telefonate führen, bevor er wieder in den wohlverdienten Urlaub gehen konnte.

»Wenn noch einmal jemand die Bezeichnung *wohlverdienten Urlaub* verwendet, dreh ich durch«, beschied Wünnenberg, sobald er mit Hackenholt das Glashaus verlassen hatte.

Auch im Polizeipräsidium hatte sich die alljährliche vorweihnachtliche Ruhe ausgebreitet. Jeder Kripobeamte, der irgendwie konnte, hatte am vergangenen Freitag seinen letzten Arbeitstag für dieses Jahr gehabt. Eine Handvoll weniger glücklicher Kollegen war als Notbesetzung geblieben. Während Hackenholt und Wünnenberg in ihr Kommissariat im zweiten Stock gingen, begegneten sie auf der Haupttreppe keiner Menschenseele. Unter normalen Umständen ein Ding der Unmöglichkeit.

»Soll ich noch schnell einen Bericht über die zwei Besuche tippen? Oder übernimmst du das?«, fragte Wünnenberg und blieb unschlüssig vor seiner Kaffeemaschine stehen.

»Wenn du was vorhast, kann ich das tun«, murmelte Hackenholt.

»Na ja, ich hatte eigentlich geplant, heute meine Weihnachtsgeschenke zu besorgen, weil ich morgen früh zu meinen Eltern nach Unterfranken fahren wollte«, entgegnete Wünnenberg ohne sonderlich viel Enthusiasmus. Plötzlich hellte sich sein Gesicht auf. »Ich könnte anrufen und absagen, weil mein Urlaub kurzfristig gestrichen wurde.«

»Warum triffst du solche Vereinbarungen, wenn du schlussendlich doch nie Lust dazu hast?« Hackenholt bedachte den jüngeren Kollegen mit einem langen Blick. »Mach den Abflug, deine Eltern werden sich ganz bestimmt freuen, dich mal wieder zu sehen.«

»Wer außer dir und Martin hält über Weihnachten die Stellung?«

»Iech!« Saskia Baumann stand in der Verbindungstür zwischen den beiden Büros. »Obber bevuur dassd uns då allaans lässd, kennersd fei zern Abschied nuer Kännler Kaffe kochn.«[35]

Wünnenberg nickte und begann seine ganz eigene, feierliche Zeremonie.

»Ist Manfred schon weg?«, fragte Hackenholt.

»Der is haid gårned erschd affd Ärberd kummer. Un rechd hodder. Urlaub is schließlich Urlaub.«[36]

»Wie wollen wir jetzt weitermachen?«, fragte Martin Groß, der in Stellfeldts Abwesenheit zu Baumann ins Büro gezogen war. Nun nahm er sich einen Besucherstuhl und setzte sich rücklings darauf. »Während der Feiertage werden wir bestimmt nicht viel erreichen.«

»Wir konzentrieren uns auf die Akten.«

»Aggdnschdudium is so ziemlich is Fadste, wos iech mir an Weihnachdn vuurschdelln koo.«[37]

Auch Groß sah nicht sonderlich begeistert aus.

»Ich kann es nicht ändern«, murmelte Hackenholt. »Es scheint derzeit unsere einzige Chance zu sein, neue Aspekte zu finden. Irgendjemand lügt bei dem Ganzen – ich weiß nur nicht wer. Aber das werden wir herausbekommen.«

»Zur Not könntest du auch mal Theo Winter in München anrufen und ihn wegen den Kruselerfiguren fragen«, schlug Wünnenberg

---

35 »Ich!« (...). »Aber bevor du uns hier uns selbst überlässt, könntest du uns zum Abschied noch eine Kanne Kaffee kochen.«

36 »Der ist heute gar nicht erst in die Arbeit gekommen. Und recht hat er. Urlaub ist schließlich Urlaub.«

37 »Aktenstudium ist so ziemlich das Langweiligste, was ich mir an Weihnachten vorstellen kann.«

vor, während er den letzten Löffel frisch gemahlenes Kaffeepulver in den Filter gab. »Unter Umständen sind die Figürchen auf dem Schwarzmarkt total gefragt, und wir wissen es bloß nicht. Stell dir mal vor, Jelko Dzemajl hätte die beiden Dinger heimlich wieder ausgegraben und behalten. Weil sie ihm gefallen haben oder weil er hoffte, sie könnten wertvoll sein. Und als er sie jemandem gezeigt hat oder sie verkaufen wollte, wurde er getötet.«

»Das klingt nach einer plausiblen Lösung unseres Falles«, meinte Martin Groß.

Hackenholt blickte von der Akte vor ihm auf und schüttelte den Kopf. »Geh heim, Ralph. Du bist urlaubsreif.«

»Warum denn nicht?«, fragte Wünnenberg aufgebracht. »Es könnte genau so abgelaufen sein.«

»Und warum sollte dann auch Ratko vom nächsten Tag an verschwunden sein?«

»Na, weil Dieter Traub Pauckner gedroht hat, dass er ihn beim Zoll anschwärzt.«

»Ausgerechnet am selben Tag, an dem Jelko zwei Kruselerfiguren findet?«

»Das war Zufall.«

»Du weißt, dass ich nicht an Zufälle glaube.«

»Manchsmål bassierns obber«, gab Baumann zu bedenken.[38]

Hackenholt lehnte sich in seinem Stuhl zurück. Nach einer Weile schüttelte er den Kopf. »Das glaube ich nicht. Einer der Männer lügt uns an. Es kann eine Kleinigkeit sein, aber es ruiniert das Gesamtbild. Wenn wir nur an Ratko Uljarevic herankommen könnten. Er ist ein wichtiger Zeuge.«

»Sofern er noch lebt und nicht wie Jelko in einem entlegenen Winkel in einem Grab liegt, das noch niemand entdeckt hat.«

»Auch das haben wir schon diskutiert: Er kann nicht tot sein. Zum einen geben das die Einträge im Ausländerzentralregister nicht her. Dort steht, dass er nach Montenegro zurückgekehrt ist. Zum anderen: Kein normaler Mensch würde zwei unterschiedliche Ablageplätze verwenden, wenn er zwei Leichen verscharren muss. Das Risiko, bei der Entsorgung entdeckt zu werden, würde sich verdoppeln.«

»Strategisch wäre es aber sinnvoll«, gab Wünnenberg zu bedenken. »Wenn man die beiden Leichen getrennt voneinander vergräbt,

38 »Manchmal passieren sie aber«, (...).

wird mit etwas Glück nur eine gefunden. Passiert das erst nach vielen Jahren, kann möglicherweise nicht nachgewiesen werden, dass es Mord war. Und Totschlag verjährt nun mal im Gegensatz zum Mord nach dreißig Jahren. Werden dagegen zwei Leichen gefunden, ist die Totschlagstheorie dahin. Plus: Bei zwei Leichen kommen wir schnell in den Bereich der Sicherungsverwahrung.«

»Glabbsd wärgli, dass jemand, der gråd zwaa Menschn umbrochd hodd, an mögliche Rechdsfolng hiehirnd?«[39] Baumann klang skeptisch.

»Wie gesagt: Ich bin davon überzeugt, dass Ratko Uljarevic noch am Leben ist«, bekräftigte Hackenholt. »Sonst stünde nicht in seiner Akte, dass er in seine Heimat abgeschoben wurde.«

»Hodd schoermål anner versouchd, obber bei denne Behördn in Mondenegro wos rausgräichd? Dauerd des Jåre? Odder Jårzehnde?«[40]

»Ich fürchte Letzteres«, antwortete Hackenholt düster.

»Ich kenne jemanden, der uns –« Martin Groß hielt abrupt inne. Hackenholt blickte auf. Der Kollege zögerte, dann holte er tief Luft. »Ich hab dir doch erzählt, dass ich in Afghanistan war – das war jedoch nicht mein einziger Auslandseinsatz. Ich war vorher mal ein Jahr lang als Personenschützer in der Botschaft in Bogotá und mehrere Male zu Ausbildungs- und Schulungszwecken von Spezialeinheiten auf dem Balkan.«

»Allmächdnaa! Bei di Droongdieler in Kolumbien?«[41] Baumann ließ sich auf den nächstgelegenen Stuhl sinken und starrte den Kollegen an, als sei er ein Geist.

»Bei meinen Aufenthalten auf dem Balkan habe ich natürlich Kontakte geknüpft. Ich könnte versuchen, über einen dortigen Kollegen etwas auf dem kleinen Dienstweg herauszubekommen.«

»Das wäre großartig.«

Martin Groß nickte und ging zurück in das verwaiste Nachbarbüro. Er zückte sein Handy und klickte sich durch das Telefonbuch, bis er die Nummer in Podgorica fand, die er suchte.

---

39 »Glaubst du wirklich, dass jemand, der gerade zwei Menschen umgebracht hat, an mögliche Rechtsfolgen denkt?«

40 »Hat schon mal jemand versucht, bei den Behörden in Montenegro etwas herauszubekommen? Dauert das Jahre? Oder Jahrzehnte?«

41 »Ach du meine Güte! Bei den Drogendealern in Kolumbien?«

Christian Berger hörte scharfes Bremsenquietschen und hob automatisch den Kopf, um aus dem Fenster auf den Vorplatz der PI Ost zu blicken. Er sah einen silberfarbenen Honda Civic, der unmittelbar vor dem villenähnlichen Gebäude der Dienststelle schlitternd zum Stehen kam. Die Fahrertür wurde aufgerissen, ein schmächtiger Mann in Jeans und Winterjacke sprang heraus, rannte auf die schwere hölzerne Eingangstür zu und stieß sie auf. Inzwischen waren auch Bergers Kollegen aufmerksam geworden. Im nächsten Moment warf sich der Mann gegen die geschlossene Sicherheitstür, die in den Wachraum führte – sie erzitterte nicht einmal.

Berger drückte den Knopf der Sprechanlage und bat den Mann, sich zu beruhigen und auf der Holzbank im Vorraum Platz zu nehmen.

»Ich werde verfolgt! Sie müssen mir helfen«, rief der Mann atemlos. »Rufen Sie die Kripo an, die wissen Bescheid.«

Berger warf seinen beiden Kollegen einen fragenden Blick zu. Sie nickten. Der junge Hauptmeister drückte den Türöffner, und der Mann stürmte in den Wachraum.

»Hinsetzen!«, befahl Berger in scharfem Tonfall und wies auf eine unbequeme Sitzbank, die etwas über einen Meter vom Tresen entfernt an der Wand stand.

Der Mann gehorchte.

»Worum geht es hier?«

»Ich bin verfolgt worden, jemand wollte mich von der Straße abdrängen.«

»Wann? Wo? Und: wer? Aber als Erstes brauche ich Ihren Ausweis.«

Der Mann erhob sich mit einem Ruck, Berger machte automatisch einen Schritt zurück. Doch der Kerl griff nur in seine Gesäßtasche und holte seinen Geldbeutel hervor, dem er das Plastikkärtchen entnahm und auf den Tresen legte.

»Fritz Pohl?«

Der Mann nickte und reichte Berger ein Stück Papier. Es war eine Visitenkarte von Kriminalhauptkommissar Frank Hackenholt. Berger zog die Augenbrauen hoch.

»Was haben Sie mit der Mordkommission zu tun?«

»Rufen Sie Ihren Kollegen an, er weiß Bescheid.«

Während Berger tatsächlich Hackenholt anrief, ging einer seiner Kollegen zu Pohls Wagen hinaus, stellte ihn auf einem regulären Parkplatz ab, schaltete Licht und Zündung aus und nahm den Schlüssel mit in die Dienststelle.

Es dauerte eine halbe Stunde, bis der Hauptkommissar gefolgt von Martin Groß in der PI Ost erschien. Fritz Pohl war inzwischen in einen kleinen Raum im hinteren Teil der Dienststelle gebracht worden.

»Was ist passiert?«, eröffnete Hackenholt ohne Umschweife das Gespräch.

»Ich wohne in Lauf und bin von zu Hause nach Nürnberg gefahren, als plötzlich ein dunkler SUV versucht hat, mich von der Straße zu drängen.« Pohl stand der Schrecken noch immer ins Gesicht geschrieben.

»Wo war das?«

»Auf der B14 kurz hinter Behringersdorf.«

»Wie ging das genau vonstatten?«, fragte Groß.

»Zuerst ist er dicht aufgefahren und hat die Scheinwerfer voll aufgeblendet. Dann, als die Straße zweispurig wurde, hat er überholt, ist aber nicht an mir vorbeigezogen, sondern blieb auf meiner Höhe und kam immer weiter auf meine Spur rüber, bis sich die Autos fast berührt haben.«

»Was taten Sie?«

»Ich habe gebremst, um einen Zusammenstoß zu vermeiden. Er wurde ebenfalls langsamer und zog immer weiter auf meine Spur.« Pohls Stimme überschlug sich fast bei der Erinnerung. »Also habe ich Gas gegeben. Dabei haben sich die Autos berührt, ich kam ins Schleudern, habe mich einmal um die eigene Achse gedreht, blieb aber auf der Fahrbahn. Inzwischen hatten uns andere Fahrzeuge eingeholt. Der SUV stand keine fünf Meter von mir entfernt auf der anderen Spur. Plötzlich ging die Tür auf, jemand stieg aus dem Wagen und kam zu mir herüber. Ich bin so erschrocken, dass ich aufs Gas trat und davonfuhr.«

Pohls Atem ging stoßweise. »Das war aber noch nicht alles. Im Rückspiegel habe ich gesehen, dass der Mann zu seinem Auto zurückgerannt ist und die Verfolgung wieder aufgenommen hat. Ich bin gefahren wie der Teufel, habe überholt, wann ich konnte – der andere immer hinter mir her. Und dann hatte ich endlich Glück:

Ich bin an einem Laster vorbeigekommen, der SUV aber nicht, weil zu viel Gegenverkehr war. Die Ampel in Erlenstegen habe ich noch mitgenommen, obwohl sie fast rot war, aber der Lastwagen hinter mir hat gehalten. Als ich das Schild POLIZEI sah, bin ich kurzerhand in die Einfahrt abgebogen.« Er holte Luft. »Der wollte mir etwas antun, verstehen Sie? Der wollte mich umbringen.«

»Wer?«, fragte Hackenholt ruhig.

Pohl zuckte mit den Schultern. »Pauckner, nehme ich an.«

»Seit ungefähr einer halben Stunde versucht jemand alle zehn Minuten, Herrn Pohl auf seinem Handy zu erreichen«, sagte Berger, als der Mann keine Anstalten machte weiterzusprechen.

Hackenholt sah ihn überrascht an. »Wer ist der Anrufer?«

»Unterdrückte Rufnummer.«

»Hat er eine Nachricht auf der Mailbox hinterlassen?«

»Keine Ahnung.« Pohl zuckte mit den Schultern.

»Rufen Sie sie ab!«

Pohl drückte ein paar Tasten. Plötzlich schallte eine Frauenstimme durch den Raum: »Sie haben drei Anrufe in Abwesenheit. Erster Anruf, heute, siebzehn Uhr elf.« Dann: »Fritz, ich bin's. Ruf mich bitte zurück, wenn du das abhörst.« Eine Männerstimme. Ganz klar Hans Pauckner. Es knackte in der Leitung, anschließend ertönte wieder die Ansage: »Zweiter Anruf, heute, siebzehn Uhr neunundzwanzig.« Danach: »Fritz, ich muss dich dringend sprechen. Ich bin im Büro. Ruf mich bitte umgehend zurück.« Dreißig Minuten später folgte die letzte Nachricht: »Fritz, verdammt noch mal, wo steckst du? Ich sitze über dem Angebot für die Familie Dennerlein und ich finde die Unterlagen nicht, die du zusammenstellen wolltest. Ohne die kann ich das Angebot aber nicht fertig machen. Ruf mich endlich an!«

»Falscher Alarm?« Hackenholt sah Pohl fragend an.

Der Arbeiter schüttelte vehement den Kopf. »Das Angebot habe ich längst erstellt und zur Post gegeben. Eine Kopie ist im Angebotsordner abgeheftet. Das ist eine Falle. Er will mich umbringen. Ich hätte Ihnen das mit den komischen Figuren nicht erzählen dürfen, die Jelko gefunden hat. Pauckner weiß, dass nur ich Ihnen das gesagt haben kann.«

»Sie sollten jetzt nicht paranoid werden«, mahnte Hackenholt eindringlich.

»Aber das bin ich doch nicht! Er will mich umbringen.«

»Sie sagten, das Fahrzeug, das Ihnen gefolgt ist, wäre ein großer dunkler SUV gewesen. Fährt Pauckner so einen?«

»Nein«, murmelte Pohl nach einem Augenblick. Dann straffte er die Schultern. »Aber er kann ihn sich von jemandem geliehen haben. Er leiht sich ständig irgendwelche Autos.«

»Haben Sie Hans Pauckner in dem Wagen erkannt?«, fragte Hackenholt scharf.

»Nein.« Pohl rang die Hände ineinander. »Aber ich bin mir sicher, dass er es war.«

Wieder klingelte das Handy. Pohl zuckte zusammen und starrte es an. Groß warf Hackenholt einen fragenden Blick zu. Der nickte zur Tür.

»Gehen Sie einstweilen nicht ran!«, schärfte er dem Arbeiter ein, bevor sie sich zu einer raschen Besprechung in den Flur zurückzogen.

»Ich habe Pohls Wagen untersucht, während wir auf euch gewartet haben. Er weist tatsächlich frische Unfallspuren auf.«

»Hast du sie dokumentiert?«

Berger nickte. »Diverse Lichtbilder, und die Lackspuren habe ich mit Tesafilm gesichert und übertragen. Für mich klang das Unfallgeschehen schlüssig und stimmt mit dem überein, was ich an seinem Auto festgestellt habe. Die Frage ist nur: Hat er überreagiert? War es ein ganz gewöhnlicher Unfall, der aus Unachtsamkeit entstanden ist, oder steckt wirklich ein solcher Anschlag dahinter, wie er es behauptet? Denn das klingt in meinen Ohren äußerst abenteuerlich.«

Hackenholt rieb sich mit der Hand übers Gesicht. »Er hat uns Informationen in einem Mordfall gegeben. Aber es ist nicht gesagt, dass die Person aus den von ihm genannten Gründen getötet wurde. Es kann genauso gut eine völlig unwichtige Nebenhandlung sein.«

»Andererseits bist du mit Ralph heute Morgen dieser Sache nachgegangen – und keine zwölf Stunden später wird der Informant bedroht«, gab Groß zu bedenken.

»*Wenn* er bedroht wurde«, schnaubte Hackenholt. »Wenn er sich das alles nicht nur eingebildet hat. Pauckner weiß nicht erst seit heute davon. Wir haben am Vormittag lediglich mit dem Bauleiter und dem Architekten gesprochen.«

»Der Mann riecht nach Angst. Damit habe ich Erfahrung. Ich glaube ihm.« Groß klang bestimmt.

»Wie gehen wir dann weiter vor?«

»Wir nehmen seine Geschichte ernst.«

»Das bedeutet: Er braucht Personenschutz.«

Groß wiegte den Kopf hin und her. »Damit würden wir nicht weiterkommen, nicht wahr? Ich dachte eher, wir stellen dem Kerl, der ihn verfolgt, eine Falle.«

Als sein Handy das nächste Mal klingelte, ging Pohl ran. Dass ihm nicht wohl bei der Sache war, konnte man seiner Stimme anhören. Kein gutes Zeichen, fand Hackenholt. Aber Pohl hielt sich an die Absprache und stellte das Handy auf Raumlautsprecher.

»Was hallt denn da so?«, fragte Pauckner misstrauisch.

»Ich bin im Auto unterwegs, das ist die Freisprecheinrichtung.«

»Wo bist du gerade?«

»In Ansbach. Ich stehe vor dem Haus von Freunden. Was willst du? Das Angebot für Familie Dennerlein habe ich letzte Woche fertig gemacht und weggeschickt. Eine Kopie ist im Angebotsordner, ich habe sie selbst abgeheftet.«

»Komisch. Da habe ich sie nicht gefunden.«

»Ich wüsste nicht, wer den Ausdruck weggenommen haben sollte, aber ich kann ihn nach den Feiertagen noch einmal aus dem Computer rauslassen. Das ist kein Problem, ich habe das Angebot abgespeichert.«

Am anderen Ende herrschte eine Weile Schweigen. Dann sagte Pauckner: »Fritz, wir müssen uns sehen.«

Pohl schluckte so laut, dass Hackenholt hoffte, Pauckner würde das Geräusch nicht zuordnen können.

»Warum? Was ist denn los?« Pohl versuchte, unbefangen zu klingen, aber es misslang ihm gründlich.

»Die Polizei macht mir gerade das Leben zur Hölle. Wir müssen da eine gemeinsame Linie reinbringen. Komm bitte in die Firma, wir haben einiges zu besprechen.«

»Jetzt?« Pohls Stimme war viel zu hoch. Nackte Angst.

Martin Groß legte dem Mann beruhigend die Hand auf die Schulter und sah ihn eindringlich an.

Der Arbeiter kniff die Augen zusammen und atmete tief durch. »Ich kann jetzt nicht«, murmelte er. »Wie gesagt, ich bin in Ansbach bei einem Bekannten. Wir wollen einen draufmachen.«

»Es ist dringend, Fritz. Die Bullen stehen morgen wieder bei mir auf der Matte. Wenn du nächstes Jahr noch einen Job haben willst, dann komm heute Abend her!«

»Also gut«, lenkte Pohl ein. »Aber vor halb neun schaffe ich es nicht. Ich brauche mindestens eine Stunde zurück nach Nürnberg, und ich muss erst meinem Bekannten Bescheid geben. Ich parke direkt vor seiner Tür, er hat mich gesehen.«

Wieder herrschte am anderen Ende sekundenlang Schweigen. »Einverstanden: um halb neun in der Firma.«

Der Parkplatz der Gebrüder Klinker Constructions Compagnie lag verlassen da. Nur die Firmenfahrzeuge standen im Hof. Von der Straßenbeleuchtung der Brunecker Straße drang spärliches Licht auf das Gelände. Die Voraussetzungen für die von Martin Groß instruierten Einsatzkräfte waren ideal.

Ein Beamter des Aufklärungstrupps gab die Rückmeldung, dass sich zwei Individuen im Gebäude befanden.

»Handelt es sich bei der zweiten Person um eine Frau? Ende dreißig, schlank, lange blonde Haare?« Hackenholt erinnerte sich an den Überraschungsbesuch in der Firma, bei dem sie Pauckner bei einem Schäferstündchen mit der Sekretärin erwischt hatten.

»Das kann ich nicht sehen. Die Jalousien vor dem Bürofenster sind heruntergelassen.«

Pauckner hatte also dazugelernt, dachte Hackenholt und war sofort davon überzeugt, dass sich der Chef die Zeit bis zu Pohls Eintreffen auch diesmal von Marieluise Hirschmann versüßen ließ.

»Den Stimmen nach handelt es sich um zwei Männer«, sagte der Kollege über das Funkgerät.

Hackenholt runzelte die Stirn. Wer konnte das sein? »Sollen wir den Einsatz abblasen? Wir dürfen Pohl nicht in Gefahr bringen«, fragte er leise.

Groß schüttelte den Kopf. »Bislang ist der Täter immer mit einem Hammer auf das Opfer losgegangen, dann wird er sich in der kurzen Zeit sicher keine Schusswaffe besorgt haben. Die Dinger bekommt man schließlich nicht im Discounter seines Vertrauens. Außerdem muss man damit erst einmal umgehen können. Wenn Pohl den Mann auf Abstand hält, kann ihm nichts passieren. Wir haben genügend Einsatzkräfte für den Zugriff. Blasen wir die Sache jetzt ab, finden wir nie heraus, wer dem Mann ans Leder will.«

»Was mich irritiert, ist, dass dieser schwarze SUV nicht auf dem Firmenparkplatz steht. Wer außer dem Fahrer kann der zweite Mann in Pauckners Büro sein?«

»Wir werden es herausfinden.«

»Hoffen wir, dass der SUV nicht irgendwo in einer Seitenstraße steht und der Fahrer uns dabei beobachtet hat, wie wir Stellung bezogen haben.«

»Keine Sorge, unsere Männer sind über ein Brachgelände von hinten gekommen und waren von der Straße aus nicht zu sehen.«

Es knackte im Funkgerät, dann vernahmen sie die Stimme eines weiteren Mannes des Aufklärungstrupps. »Ein schwarzer Geländewagen steht in der Halle östlich vom Haupthaus.«

»Kennzeichen?«, fragte Groß knapp.

»Kann ich durch das Fenster nicht erkennen. Die Tür ist verschlossen.«

»Also gut, ziehen wir die Sache durch«, entschied Hackenholt.

Sekundenbruchteile später schlüpfte Groß aus dem Fahrzeug und schickte die Einsatzkräfte auf die zuvor bestimmten Positionen im Hof.

Als Pohls alter Honda Civic schließlich fünf Minuten nach halb neun über die mit Schlaglöchern übersäte Zufahrtsstraße auf das Firmengelände rumpelte, waren alle bereit.

Wie abgesprochen hielt Pohl rund fünf Meter vom Eingang entfernt, drückte zweimal auf die Hupe und schaltete den Motor aus. Hackenholt hatte ursprünglich die Meinung vertreten, es sei besser, wenn der Polier den Gang herausnahm und die Handbremse anzog, damit die Scheinwerfer seines Wagens die Szenerie beleuchteten. Aber er hatte sich von Groß überzeugen lassen, dass dies keine sonderlich gute Idee war. In Anbetracht des Motorenlärms wäre es schwer gewesen, eine Unterhaltung zu führen, und Groß legte großen Wert darauf, dass zwischen Pohl und dem Täter zu jederzeit ein Sicherheitsabstand blieb. Daneben konnte es gefährlich sein, wenn es zu hell war, da im grellen Scheinwerferlicht auch harte Schatten von sich bewegenden Beamten entstanden, die den Täter warnen konnten. Außerdem hatten sich die Augen der seit geraumer Zeit im Dunkeln wartenden Einsatzkräfte an die Lichtverhältnisse gewöhnt und konnten sogar ohne Nachtsichtgeräte Bewegungen wahrnehmen.

Hackenholt hielt den Atem an. Warum rührte sich im Inneren der Firma nichts?

Noch einmal zerriss die Hupe von Pohls Wagen die abendliche Stille. Zwei lang gezogene, durchdringende Signale, die man nicht überhören konnte. Wenn Pauckner jetzt nicht reagierte, musste Pohl zur Eingangstür gehen und klopfen. Das wäre ein kritischer Moment. Zwar besaß der Arbeiter einen Schlüssel, aber er sollte sagen, er habe ihn zu Hause vergessen – tatsächlich hatte Martin Groß ihn sich aushändigen lassen.

Plötzlich hörte Hackenholt eine Stimme über Funk: »Zielperson verlässt über Fenster das Gebäude.«

»Beschatten, einstweilen kein Zugriff«, ordnete Groß an. Kaum hatte er ausgesprochen, öffnete sich die metallene Eingangstür des Firmengebäudes und Hans Pauckner trat heraus.

»Ich dachte schon, du hättest es dir anders überlegt. Gerade wollte ich deine Kündigung schreiben. Wo hast du so lange gesteckt?«

»Ich habe dir schon am Telefon erklärt, dass ich in Ansbach war und erst meinem Bekannten Bescheid sagen musste, mit dem ich –«

»Guten Abend, Fritz«, ertönte plötzlich eine Stimme von der Hausecke her.

Der Arbeiter fuhr herum. Hackenholts Augen weiteten sich, als er den Sprecher erkannte: Reinhardt Silberbrunn.

»Das hätte ich wirklich nicht von dir erwartet.« Langsam kam der Architekt auf Pohls Wagen zu.

»Was?«

»Dass du mit der Polizei gemeinsame Sache machst. Und das, nachdem Hans dich jahrelang protegiert und zu seiner rechten Hand herangezogen hat. Aber ich habe ihm von Anfang an prophezeit, dass du eine falsche Schlange bist.«

»Aber ... das stimmt doch gar nicht.« Der Stimme des Arbeiters war mehr Angst als Protest anzuhören.

»Wer sonst sollte der Kripo von dem Fund auf der Baustelle berichtet haben?« Silberbrunn kam immer weiter auf Pohl zu, der angefangen hatte, von seinem Fahrzeug in Richtung eines Lastwagens zurückzuweichen.

Hackenholt sah es mit Besorgnis. Lange durfte das Gespräch nicht dauern, dann wurde die Gefahr zu groß, dass Silberbrunn einen der zwischen den Fahrzeugen versteckten Beamten bemerkte.

»Ich ... ich war es nicht.«

Plötzlich drehte sich Pohl um und rannte in einem Anflug von Panik davon. Silberbrunn riss einen Gegenstand aus der Tasche und lief ihm mit großen Schritten hinterher. Kurz bevor er ihn erreichte, hob er den Arm über den Kopf. Im selben Moment wurde er von einem Zugriffsbeamten zu Fall gebracht. Zwei weitere Kräfte fixierten ihn auf dem Boden und legten ihm Handschellen an, während andere Hans Pauckner festnahmen, dem die Überraschung ins Gesicht geschrieben stand.

»Frank?« Martin Groß winkte Hackenholt zu sich. In einen Asservatenbeutel verpackt hielt er ihm den Gegenstand entgegen, den der Beamte Silberbrunn aus der Hand geschlagen hatte.

»Sieh an: ein Hammer. Wollen wir wetten, dass die Spurensicherung daran Blutspuren finden wird?«

»Ich setze nicht auf Verlierer«, antwortete Groß grinsend.

Nachdem auf dem Gelände wieder Ruhe eingekehrt war, bat Hackenholt den Beamten des Aufklärungsteams ihm zu zeigen, in welcher Halle er den schwarzen SUV entdeckt hatte, und ließ sich von Pauckner den Schlüssel aushändigen.

Ausgerüstet mit zwei hochlumigen LED-Taschenlampen betrat er schließlich mit Martin Groß die Halle. Zunächst gingen die Beamten einmal um das Fahrzeug herum und besahen sich die frischen Unfallschäden, die entstanden sein mussten, als der Fahrer versucht hatte, Pohls Honda von der Straße abzudrängen.

Anschließend leuchtete Hackenholt durch die Fenster in den Innenraum. Der Wagen war offen, der Schlüssel steckte im Zündschloss. Während er den SUV durchsuchte, veranlasste Groß eine Halterabfrage.

Hinter dem Fahrersitz entdeckte der Hauptkommissar ein Paar grüne Gummistiefel. Sie konnten nicht oft getragen worden sein, denn dem Stiefelschaft sah man keinerlei Gebrauchsspuren an. Die Sohle war jedoch mit Lehm verkrustet. Hackenholt zückte einen Kugelschreiber und rieb über das Profil. Es ähnelte dem eines Traktorreifens. Und dann war da noch die Größe: fünfundvierzig. Hackenholt stellte die Schuhe zurück. Die Spurensicherung würde sich um sie kümmern.

Als er schließlich die Heckklappe des Fahrzeugs öffnete, blieb ihm für einen Augenblick die Luft weg. Der Kofferraum war äußerst sorgfältig mit einer dicken schwarzen Plastikplane ausgelegt und abgeklebt worden. Was auch immer darin transportiert worden wäre, es hätte mit Sicherheit keine Spuren im Fahrzeug hinterlassen.

»Der Wagen ist auf das Architekturbüro Silberbrunn zugelassen«, erklärte Groß schließlich.

»Ich verstehe zwar nicht, was er mit alldem zu tun hat, aber ich glaube, wir haben unseren Mann.« Hackenholt zückte sein Handy und rief einen Abschleppdienst, der den SUV ins Präsidium bringen sollte. Dann wählte er Christine Murs Nummer. Auch wenn es eine Weile dauern würde, bis die Beamtin von Feucht in die Dienststelle gefahren war, wollte er doch, dass sie sich persönlich um Silberbrunns Wagen kümmerte. Sie arbeitete von allen am akribischsten. Und das würde in Anbetracht des sorgfältig präparierten Kofferraums dringend nötig sein, wenn sie in dem Fahrzeug Hinweise finden wollten, ob Dieter Traubs Leiche darin transportiert worden war.

»Mit welchem von beiden fangen wir an?«, fragte Groß, nachdem die zwei Männer ins Polizeipräsidium gebracht worden waren.

»Silberbrunn. Ich sehe beim besten Willen nicht, wie er ins Bild passt.« Dann wandte sich Hackenholt an Saskia Baumann. »Veranlasst du bitte, dass Pauckner erkennungsdienstlich behandelt wird?«

Baumann nickte und griff zum Telefonhörer. Sie gab beim Kriminaldauerdienst Bescheid. Dann folgte sie den beiden Kollegen in eins der Vernehmungszimmer und nahm den Platz hinter dem Computer ein, der tagsüber der Schreibkraft gehörte.

»Herr Silberbrunn«, begann Hackenholt die Vernehmung nach der obligatorischen Rechtsbelehrung und der Feststellung der Personalien. »Sie werden beschuldigt, Herrn Fritz Pohl heute am späten Nachmittag mithilfe Ihres Fahrzeugs auf der B14 Fahrtrichtung Nürnberg von der Straße abgedrängt zu haben.«

»Ich möchte derzeit keine Angaben zur Sache machen.«

Die Formulierung könnte einem Handbuch für Rechtsanwälte entnommen sein, dachte Hackenholt. Da es jedoch Silberbrunns gutes Recht war, die Aussage zu verweigern, ging er nicht weiter darauf ein.

»Darüber hinaus werden Sie beschuldigt, gemeinsam mit Hans Pauckner einen Angriff auf das Leben von Fritz Pohl geplant und bis zu unserem Einschreiten auch ausgeführt zu haben.«

»Auch dazu werde ich mich nicht äußern.«

»Zudem wird Ihnen vorgeworfen, Herrn Dieter Traub getötet zu haben.«

»Ich habe nichts dazu zu sagen.«

»Dann bleibt uns nichts anderes übrig, als Sie über Nacht ins Polizeigewahrsam zu bringen und morgen dem Haftrichter vorzuführen. Sind Sie einstweilen damit einverstanden, dass wir eine Speichelprobe zum Zweck einer DNA-Analyse von Ihnen nehmen?«

»Natürlich nicht.«

»Dann werden wir uns dafür eine richterliche Anordnung besorgen.« Hackenholt hielt kurz inne. »Einen Rat möchte ich Ihnen allerdings geben: Nutzen Sie die Zeit heute Nacht, um intensiv darüber nachzudenken, ob Sie nicht doch eine Aussage machen wollen. Wir haben in Ihrem Wagen Gummistiefel gefunden, deren Profil mit Abdrücken übereinstimmen, die wir in unmittelbarer Nähe des Fundorts von Dieter Traubs Leiche gesichert haben. Ferner hatten Sie heute Abend einen Hammer bei sich, an dem sich definitiv Blutspuren befinden. Welchen Personen wir diese zuordnen können, wird eine Analyse zeigen. Außerdem fragen wir uns natürlich, warum der Kofferraum Ihres Fahrzeugs so ordentlich mit dicker Plastikfolie ausgelegt war und ob Sie darin womöglich Herrn Pohls Leiche transportieren wollten, ohne dass diese Rückstände im Wagen hinterlassen hätte. Denken Sie nicht, dass einiges gegen Sie spricht? Sollte Herr Pauckner im Anschluss an Ihre Vernehmung eine Aussage machen, sind Sie der Gelackmeierte. Eine Strafmilderung kommt nämlich nur in Betracht, wenn Sie geständig sind und die Polizei aktiv bei der Aufklärung der Verbrechen unterstützen.«

Silberbrunn schnaubte. Dann legte Groß ihm Handschellen an und brachte ihn mit Baumann in die Haftzellen, von wo sie Hans Pauckner ins Kommissariat holten.

»Mit Ihren heutigen Aktionen haben Sie sich in einen ganz schönen Schlamassel katapultiert, Herr Pauckner.« Hackenholt spielte den Mitschnitt des Telefonats ab, das der Bauunternehmer einige Stunden zuvor mit Pohl geführt hatte.

»Ich habe nichts damit zu tun, was Reinhardt gemacht hat. Wirklich!«, distanzierte sich Pauckner sofort. Er wirkte fahrig. Ob das am beginnenden Nikotinentzug lag oder der Tatsache geschuldet war, dass er bei einer Straftat erwischt worden war, konnte Hackenholt nicht sagen.

»Und morgen kommt der Weihnachtsmann«, murmelte Groß. »Verkaufen Sie uns bitte nicht für blöd.«

»Nein, wirklich. Ich ... das ist alles auf Reinhardts Mist gewachsen.« Ruhelos spielten seine Hände mit einem leeren Plastikbecher. Offenbar hatten die Kollegen ihm etwas zu trinken gegeben.

»Was alles?«, hakte Hackenholt nach. »Das mit Pohl? Das mit Traub? Vielleicht auch noch das mit Jelko Dzemajl und Ratko Uljarevic?«

»Wieso Ratko?« Pauckner sah die Beamten erstaunt an. »Davon weiß ich nichts.«

»Dann sollten Sie uns endlich erzählen, was Sie wissen.« Hackenholt zog sich einen Stuhl heran, setzte sich und machte eine auffordernde Geste mit der Hand. »Sollen wir bei Jelko Dzemajl beginnen oder bei den Geschehnissen von heute Abend?«

»Gronologisch wärsmer am libbsdn, sunsd bliggd nåcherdler widder kanner mehr durch«, beschied Baumann, die erneut als Schreibkraft fungierte.[42]

»Sie haben die Wünsche der Kollegin gehört«, meinte Hackenholt. »Beginnen wir also mit Jelko Dzemajl. Was ist damals passiert? Wer hat ihn getötet?«

»Es war ein Unfall. Reinhardt wollte ihn nicht umbringen.«

»Woher wissen Sie das? Waren Sie dabei?«

Pauckner schluckte mehrfach, dann schüttelte er den Kopf. »Er hat mich angerufen, weil er nicht wusste, was er tun sollte. Es war ein Streit, der aus dem Ruder gelaufen ist.«

»Worum ging es dabei?«

»Jelko hatte diese antiken Figürchen gefunden und Fritz Pohl gezeigt. Der hat sie an Hubert Nowak weitergegeben. Natürlich wusste der sofort, welch brisantes Material er in Händen hielt. Also hat er Reinhardt angerufen und gefragt, was er damit tun sollte. Und der entschied, dass die Dinger wieder an der Stelle vergraben werden müssten, an der Jelko sie gefunden hat.«

Pauckner fuhr sich mit der Zunge über die Lippen. Groß stand auf und füllte den Pappbecher mit frischem Leitungswasser. Dankbar trank der Bauunternehmer einen Schluck.

42 »Chronologisch wäre mir am liebsten, sonst blickt am Ende keiner mehr durch«, (...).

»Hubert hat Fritz angewiesen, das zu tun. Am Abend kam dann Reinhardt auf die Baustelle, um wie immer nach dem Rechten zu sehen – und dabei ist er in der Umkleide auf Jelko gestoßen, der die beiden Figuren in der Hand hielt. Reinhardt hat ihm die Hölle heißgemacht, weil es zu einem Baustopp gekommen wäre, wenn jemandem von den Behörden etwas von den Figürchen zu Ohren gekommen wäre. Jelko wollte aber partout nicht einsehen, welche Gefahr die Fundstücke für den Bau darstellten. Dann kam eins zum anderen. Es entstand ein Gerangel und dabei ist Jelko mit dem Kopf gegen eine Kante geknallt und war tot.«

Hackenholt hob die Augenbrauen. Da waren zwei Ungereimtheiten, die ihm in der kurzen Aussage aufgefallen waren. Jelko war nicht gestorben, weil er mit dem Kopf gegen etwas gestoßen war – ein Hammerschlag war die Todesursache. Diesbezüglich war sich der Pathologe absolut sicher. Die andere Ungereimtheit war: Nach früheren Angaben hatte Silberbrunn für dieses Projekt nur die Pläne gefertigt, mehr hatte er angeblich nicht damit zu schaffen. Warum war er dann *jeden Abend* auf die Baustelle gekommen, um nach dem Rechten zu sehen?

Einstweilen behielt Hackenholt seine Gedanken für sich. Stattdessen fragte er: »Wie ging es dann weiter?«

»Reinhardt hat mich angerufen und erzählt, was passiert ist. Er war ganz außer sich. Es war zwar ein Unfall, aber wenn er die Polizei geholt hätte, hätte er einen Grund für den Streit benennen müssen. Das konnte er nicht, sonst wäre sofort ein Baustopp verhängt worden. Die Polizei durfte unter keinen Umständen auf das Gelände kommen. Also musste die Leiche irgendwo hingebracht werden, wo sie keiner fand. Zuerst wollte Reinhardt, dass wir sie in meinem Garten vergraben, aber dabei habe ich nicht mitgemacht. Dann ist mir der Acker bei Neunhof eingefallen. Meine Frau war dort draußen häufig mit ihrem Pferd unterwegs. Einmal hat der Gaul sie abgeworfen und wir mussten ihn einfangen. Dabei habe ich die Stelle entdeckt.«

»Sie sind also zu Silberbrunn auf die Baustelle gefahren und haben gemeinsam mit ihm den Toten nach Neunhof geschafft?«

»Nein«, wehrte Pauckner rasch ab. »Ich habe ihm nur einen Tipp gegeben, wo es meiner Meinung nach günstig wäre. Schlussendlich hat er dann eine ganz andere Stelle genommen als die, die ich ihm beschrieben habe.«

»Und was ist mit Ratko Uljarevic passiert?«, fragte Hackenholt.

»Nichts.«

»Warum ist er dann von einem Tag auf den anderen nicht mehr zur Arbeit erschienen? Oder haben Sie uns in dem Punkt auch angelogen?«

»Nein. Er ist tatsächlich verschwunden.«

»Er hat sich also nie seinen noch ausstehenden Lohn bei Ihnen abgeholt?«

»Er bekam sein Geld jeden Abend bar auf die Hand. Wenn ich nicht da war, hat Hubert Nowak ihn bezahlt. Genauso wie Jelko.«

Hackenholt wechselte das Thema. »Dieter Traub.«

Pauckner senkte den Blick und schürzte die Lippen. »Sie haben seinen Erpresserbrief in meinem Tresor gefunden – dazu muss ich nichts mehr sagen.«

»Es gibt durchaus noch Klärungsbedarf. Wusste Herr Traub beispielsweise, was mit Jelko Dzemajl passiert ist?«

»Nein, natürlich nicht. Wie sollte er davon erfahren haben?« Pauckners Finger trommelten ein Stakkato auf die Platte des Schreibtischs vor ihm. Unter normalen Umständen hätte er sich jetzt sicher eine Zigarette angesteckt. Doch die lagen in einem Plastikbeutel verpackt bei den anderen Dingen, die in seinen Taschen sichergestellt worden waren.

»Traub hat Sie also 2002 nicht erpresst?«

Die Finger hielten schlagartig inne, Pauckner sank in sich zusammen. »Doch. Und ich habe bezahlt. Ich wollte nicht, dass noch mehr Staub aufgewirbelt wird. Insbesondere nachdem die Sache mit Jelko passiert war. Da war der Verlust von fünftausend Euro das geringere Übel.«

»Zumal Sie sich den Betrag von Silberbrunn zurückgeholt haben dürften«, warf Groß ein.

Pauckner reagierte nicht.

»Sie haben also damals bezahlt, weil Sie zwei illegale Arbeiter beschäftigt haben. Und damit war der Fall erledigt?«, fragte Hackenholt. »Traub wollte keinen Nachschlag?«

»So war Dieter nicht. Ich weiß, dass es komisch klingen mag, aber er hat immer zu seinem Wort gestanden.«

»Als wir den alten Fall hervorgeholt und neue Ermittlungen begonnen haben, wurde er jedoch rückfällig.«

»Leider.«
»Schildern Sie uns das ein bisschen genauer.«
»Sie waren bei ihm und haben ihm das Bild von Jelko gezeigt. Er hat ihn sofort erkannt und keine Zeit verschwendet, mir den Erpresserbrief zu schicken.«
»Sie wussten, von wem er war?«
»Selbstverständlich. Nur Dieter kam infrage. Außerdem war der Brief vom Stil her mit dem ersten identisch.«
»Gibt es das Schreiben noch?«
»Nein.«
»Was ist dann passiert?«
»Ich bin am Samstag ins Baggerloch und habe Dieter getroffen. In einem ruhigen Moment habe ich ihm gesagt, dass ich derzeit kein Geld für solch einen Mist übrig habe. Das war alles. Anschließend bin ich gegangen.«
»Und Traub hat das akzeptiert?«
»Natürlich war er nicht sonderlich begeistert, aber er hat kapiert, dass bei mir nichts zu holen war.«
»Wie kam Reinhardt Silberbrunn ins Spiel?«
»Ich weiß es nicht.«
Hackenholt sah Pauckner scharf an.
»Ich habe ihm von dem Brief erzählt.«
»Warum haben Sie das getan? Dachten Sie, Silberbrunn würde sich um Ihr *kleines Problem* kümmern?«
»Nein, natürlich nicht. Ich wollte mir einfach nur einen Ratschlag von ihm holen. Jedenfalls hat er mir bei der Gelegenheit gesagt, dass er ebenfalls einen erhalten hat.«
»Das verstehe ich jetzt nicht. Warum sollte Traub Silberbrunn erpressen? Traub wusste doch angeblich nichts von Jelko Dzemajls Tod.«
»Nein, aber Reinhardt war der Verantwortliche auf der Baustelle. Ohne sein Einverständnis hätte Jelko nicht dort gearbeitet.«
Erneut schüttelte Hackenholt verständnislos den Kopf.
»Dieter Traub war einer von uns. Ein Insider, der wusste, wie der Hase läuft. Reinhardt war der Strippenzieher hinter den Kulissen und Hubert Nowak nur ein Strohmann. Jemand, der sich nach außen hin um alles gekümmert hat, damit keinem etwas auffiel.«
»Was hätte denn auffallen sollen?«

»Dass Reinhardt hinter der Firma FraWo – Franken Wohnen steckt.«

»Herr Silberbrunn ist Eigentümer des Bauträgers?«, fragte Hackenholt überrascht. Endlich war der Groschen gefallen.

»Auf dem Papier ist es seine Frau – sie heißt Silke Ostermeyer –, aber tatsächlich verbirgt sich Reinhardt dahinter.«

»Was ist am Samstag im Baggerloch passiert?«

»Ich weiß es wirklich nicht. Ich habe Dieter Traub gesagt, dass ich kein Geld habe, und bin gegangen.«

»Wie kommen Sie dann zu der Annahme, dass Reinhardt Silberbrunn Dieter Traub getötet hat?«

»Wer soll es denn sonst gewesen sein?« Pauckner sah Hackenholt ehrlich erstaunt an. »Er hat Dieter doch an der Stelle abgelegt, an der er Jahre zuvor Jelko vergraben hat.«

»Und das ist der springende Punkt: Es ist nicht dieselbe Stelle. Außerdem: Warum hat er Jelko Dzemajl vergraben und Dieter Traub nicht?«

»Woher soll ich das wissen?« Pauckner klang entgeistert.

»Machen wir eine Pause«, entschied Hackenholt und ging mit Groß vor die Tür. »Wir brauchen einen Durchsuchungsbeschluss für Silberbrunns Wohn- und Geschäftsräume. Kannst du dich bitte darum kümmern? Dann machen Saskia und ich allein mit der Vernehmung weiter. Sobald du vom Staatsanwalt grünes Licht hast, schnappst du dir ein paar Kollegen vom Unterstützungskommando und beginnst mit der Durchsuchung.«

»Wonach sollen wir die Augen offen halten?«

Hackenholt zuckte mit den Schultern. »Alles, was Silberbrunn und die zwei Toten miteinander in Verbindung bringt. Unterlagen, Erpresserbrief, Kleidung.«

Groß nickte und ging in das benachbarte Büro, während Hackenholt wieder das Vernehmungszimmer betrat.

»Lassen Sie uns jetzt über heute Abend sprechen: Fritz Pohl.«

»Wenn der Idiot seinen Mund gehalten hätte, säßen wir nicht in diesem Schlamassel!« Pauckner war die Wut anzuhören. »Reinhardt hat von Anfang an gesagt, dass er ein Sicherheitsrisiko ist und ich schauen soll, dass ich ihn unter irgendeinem Vorwand loswerde. Aber ich dachte immer, wenn ich ihn behalte und in der Hierarchie sogar weiter aufsteigen lasse, dann wird er nicht so blöd sein, den Mund aufzumachen. Die Hand, die einen füttert, beißt man nicht. Heißt es nicht so? Aber kaum bietet sich ihm eine Gelegenheit, schon tut er es!«

»Was ist heute geschehen?« Hackenholt wurde es allmählich leid, seine Fragen immer wiederholen zu müssen. »Sie wussten schon gestern, dass wir von den Kruselerfiguren erfahren haben.«

»Ja, aber ich habe meinen Mund gehalten. *Sie* waren es, die heute Morgen zu Hubert und Reinhardt gegangen sind und beiden von Ihren Erkenntnissen erzählt haben. Keine fünf Minuten später hat mich Reinhardt angerufen und gefragt, was ich zu tun gedenke. Als ich gesagt habe, dass wir da jetzt unmöglich noch mehr Staub aufwirbeln dürfen, meinte er, Fritz hätte so viel Schaden angerichtet, dass wir das nicht länger hinnehmen können.«

»Woraufhin Sie was genau getan haben?«

»Gar nichts! Reinhardt ist offenbar zu Fritz nach Hause gefahren. Und just als er dort angekommen ist, ist der in sein Auto gestiegen und nach Nürnberg gefahren. Das hat mir Reinhardt aber erst erzählt, nachdem Fritz ihm entwischt ist.«

Kein Wunder, dass Pohl so panisch reagiert hatte. Er hatte mit seiner Vermutung, jemand habe es auf ihn abgesehen, absolut richtig gelegen. Ob er mehr wusste, als er den Beamten gesagt hatte?

»Nachdem das nicht geklappt hat, kam Reinhardt zu mir«, erzählte Pauckner weiter. »Er weiß, dass ich normalerweise bis spätabends im Büro anzutreffen bin.«

Meistens zusammen mit deiner Sekretärin, dachte Hackenholt.

»Er bestand darauf, dass ich Fritz anrufe und ins Büro zitiere – und ab da kennen Sie die Geschichte.«

»Was hätten Sie Fritz Pohl angetan, wenn wir ihn nicht geschützt hätten?«

»Ich hätte gar nichts gemacht!«

Hackenholt warf ihm wieder einen seiner bohrenden Blicke zu.

»Wirklich«, beeilte sich Pauckner zu beteuern. »Ich wollte Fritz ermahnen. Aber Reinhardt …«, er schluckte, »Reinhardt hatte alles schon vorbereitet. Mir wurde richtiggehend schlecht, als ich seinen Kofferraum gesehen habe.«

»Sie wussten also, dass Pohl den Abend nicht überleben sollte?«

»Was hätte ich denn tun können? Wenn ich ihn gewarnt hätte, dann hätte Reinhardt am Ende mich umgebracht.«

»Wer wassnern, obber des ned suuwäisuu vuurghadd hadd«, murmelte Baumann.[43]

Hackenholt warf ihr einen nachdenklichen Blick zu.

43 »Wer weiß, ob er das nicht sowieso vorhatte«, (...).

Dienstag

Weder Hackenholt noch Groß oder Baumann waren sonderlich ausgeschlafen, als sie sich am Morgen vor Heiligabend wieder im Büro trafen. Auch Christine Mur betrat Hackenholts Zimmer herzhaft gähnend.

»Wo bleibt Ralph?«, fragte sie und beäugte die leere Kaffeekanne.

»Hat Urlaub.«

»Heißt das, heute bleibt die Kaffeemaschine kalt?«

»Wenn wir uns keinen Feind fürs Leben machen wollen, sollten wir das Ding besser nicht anrühren«, grinste Martin Groß.

»Geh ins Geschäftszimmer, dort gibt es immer einen«, schlug Hackenholt vor.

»Und genau so schmeckt er auch: bitter bis zum Gehtnichtmehr, da stundenlang auf der Warmhalteplatte abgestanden.«

»Wennermer verschbrechd, dasser miech ned verrådn doud, bräi iech uns gschwind er Kännler.«[44] Flugs huschte Baumann aus dem Zimmer, um frisches Wasser zu holen.

»Was haben wir gegen Silberbrunn in der Hand?«, fragte Hackenholt in die kleine Runde, sobald die Kollegin zurück war.

»Ich habe die halbe Nacht mit seinem Wagen verbracht«, sagte Christine Mur und gähnte erneut. Dann riss sie sich zusammen. »Beginnen wir mit den Gummistiefeln: Das Profil stimmt zu hundert Prozent mit dem Abdruck überein, den wir im Maisfeld neben Dieter Traubs Leiche gefunden haben. Das kann, muss aber nichts heißen, denn solche Gummistiefel werden trotz allem zu Tausenden hergestellt. Wir müssen die Analyse der Erdanhaftungen abwarten, um Gewissheit zu erlangen – und das wird eine Weile dauern.«

»Was ist mit dem Hammer, den er bei seiner Festnahme bei sich hatte?«, hakte Hackenholt nach.

»Dass wir daran Rückstände von Blut gesichert haben, hast du ja mitbekommen. Die Proben sind im Labor – auch hier gilt es abzuwarten, ob sich eine Übereinstimmung mit Dieter Traubs DNA nachweisen lässt.«

---

44 »Wenn ihr versprecht, mich nicht zu verraten, brühe ich uns schnell eine Kanne.«

»Nicht auch mit der von Jelko Dzemajl?« Groß sah die Kollegin überrascht an.

»Sollte der vor all den Jahren tatsächlich ebenfalls mit diesem Hammer getötet worden sein, glaube ich nicht, dass sich heute noch Spuren davon finden lassen. Ein Hammer ist ein Gebrauchsgegenstand – er wurde seither sicher auf diversen Baustellen verwendet, sodass keine Anhaftungen mehr vorhanden sein dürften.«

»Silberbrunn ist kein Bauarbeiter, sondern Architekt«, gab Groß zu bedenken. »Wozu sollte der einen Hammer brauchen?«

Hackenholt nickte zustimmend. »Kannst du Maurice bitten, ein Gutachten anzufertigen, ob sowohl Traub als auch Dzemajl mit diesem Hammer erschlagen worden sein können?«

»Natürlich.« Mur machte sich eine Notiz. »Nun zu Silberbrunns Wagen: Ihr habt gestern selbst gesehen, wie professionell der Kofferraum mit Folie abgeklebt worden war. Da ich keinerlei Hinweise auf Dieter Traubs Leiche in dem Fahrzeug gefunden habe, liegt der Schluss nahe, dass er sich entweder nie darin befunden hat, oder aber, dass der Kofferraum auch da so umsichtig ausgelegt war.«

»Mal eine ganz andere Frage: Wenn wir unterstellen, dass Silberbrunn Traub nach dem Besuch im Baggerloch getötet hat – wie soll er dann eigentlich die Leiche losgeworden sein? Er ist doch an dem Wochenende nach New York gejettet«, gab Groß zu bedenken.

»Genau das ist bislang der Schwachpunkt in unserer Indizienkette«, gab Hackenholt zu. »Hast du die Flugtickets bei der Durchsuchung gefunden?«

»Leider nicht.«

»Dann müssen wir heute unbedingt überprüfen, welchen Flieger er genommen hat und wie das zeitlich zu bewerkstelligen war. Meiner Meinung nach ist noch nicht alles in trockenen Tüchern. Was gibt es sonst noch?«

»Ich habe Unmengen an Papierkram sowie Computer und Speichermedien in seinem Büro und in der Wohnung sichergestellt. Es wird allerdings einige Zeit in Anspruch nehmen, bis wir das alles gesichtet haben«, meinte Groß. »Außerdem habe ich mehrere schwarze Kleidungsstücke gefunden, deren Fasern vielleicht mit denen aus dem Maisfeld identisch sein könnten.«

»Gut.« Hackenholt nickte gedankenverloren, dann sah er Mur an. »Wann können wir mit dem Ergebnis von Silberbrunns DNA-Probe rechnen? Wenn sie mit der übereinstimmt, die du an Traubs Leiche gesichert hast, haben wir unseren Täter.«

»Ich hoffe, das Resultat bis heute Abend zu erhalten. Aber in U-Haft kommt er schon allein wegen seines Angriffs auf Pohl, oder?«

Hackenholt nickte.

»Un wos is min Baugner?«, fragte Baumann.[45]

»Wir haben sein Geständnis, dass er Fritz Pohl in eine Falle gelockt hat, damit Silberbrunn mit ihm *reden* konnte. Außerdem hat er zugegeben, dass diese Unterhaltung kein gutes Ende für Pohl nehmen sollte«, sagte Hackenholt. »Damit steht eine Mittäterschaft im Raum.«

»Zudem haben wir den Mitschnitt seines gestrigen Telefonanrufs bei Pohl und diverse Kollegen als Zeugen für die Geschehnisse auf dem Parkplatz«, ergänzte Groß.

Als Hackenholt den Bauleiter Hubert Nowak auf seinem Handy anrief und zu einer neuerlichen Vernehmung ins Polizeipräsidium bestellte, polterte der Hüne ungehalten, dass er am Tag vor Weihnachten Besseres zu tun habe, als sich schon wieder mit der Polizei auseinanderzusetzen. Dennoch meldete er sich zur angegebenen Uhrzeit an der Pforte.

Nowak war anzumerken, dass er deutlich nervöser war als am Vortag. Das verschlimmerte sich, als Hackenholt ihm knapp darlegte, dass Silberbrunn und Pauckner am vergangenen Abend verhaftet worden waren. Da die Ermittler nicht davon ausgingen, dass Nowak seine Finger bei dem Komplott gegen Pohl im Spiel hatte, wurde er weiterhin als Zeuge geführt.

Hackenholt kam zunächst wieder auf den Bau in der Laufamholzstraße zu sprechen und leitete dann auf die Grundstückseigentümerin über, die Firma FraWo – Franken Wohnen.

»Ich habe mir einen Handelsregisterauszug besorgt. Danach ist Frau Silke Ostermeyer alleinige Geschäftsführerin der GmbH. Sie kennen die Dame?«

»Natürlich. Ihr Unternehmen hat mir ja die Bauleitung übertragen.«

»In welchem Verhältnis steht Frau Ostermeyer zu Architekt Silberbrunn?«

---

45 »Und was ist mit Pauckner?«, (…).

Nowak war anzusehen, dass er die Frage am liebsten nicht beantwortet hätte. »Frau Ostermeyer ist mit Herrn Silberbrunn verheiratet«, gab er nach einer Weile zu.

Hackenholt zog in gespielter Überraschung die Augenbrauen hoch. »Wenn ich Sie richtig verstanden habe, dann heißt das also, dass Herr Silberbrunn die Pläne für sein eigenes Bauprojekt gefertigt hat?«

»Für das seiner Frau. Und daran ist nichts Verwerfliches!«

»Warum hat er dann nicht wie bei anderen Baustellen die Bauleitung übernommen?«

Wieder druckste Nowak herum, bevor er sich zu einer Antwort hinreißen ließ. »Es sollte nicht publik werden, dass Reinhardt in das Projekt involviert war.«

»Warum?«

»Weil ...« Nowak hielt inne, zögerte, dann holte er tief Luft. »Das hatte mit dem ursprünglichen Grundstückseigentümer zu tun. Erst wollte er nicht verkaufen, dann hat Reinhardt Druck gemacht und schließlich hat die FraWo zugeschlagen.«

»Glück hat es Frau Ostermeyer offenbar keins gebracht. Wenn ich richtig informiert bin, hatte sie sich zu dem Zeitpunkt einen Wirbel gebrochen und war außer Gefecht gesetzt?«

Nowak nickte. »Sie ist die Treppen hinuntergefallen – böse Zungen haben damals behauptet, ihr Mann habe sie gestoßen. Das habe ich allerdings nie geglaubt. Jedenfalls befand sie sich nach mehreren großen Operationen zur Reha am Tegernsee.«

»Und Herr Silberbrunn?«

»Der blieb natürlich hier.«

»*Natürlich?* Er hätte seine Frau begleiten können, schließlich hatten Sie die Bauleitung übernommen.«

»Reinhardt hätten keine zehn Pferde von hier weggebracht, dazu stand er viel zu sehr unter Druck.« Als Nowak Hackenholts fragenden Blick sah, erklärte er: »Reinhardt hatte sich damals finanziell völlig verhoben. Er musste einen Wahnsinnskredit aufnehmen, um das Bauvorhaben realisieren zu können, und dann sind ihm durch die Finanzkrise von einem Tag auf den anderen Sicherheiten weggebrochen. Er war schier am Durchdrehen. Deswegen mussten wir den ersten Wohnblock in Rekordzeit hochziehen und konnten uns keinerlei Verzögerungen leisten – er wäre sonst pleitegegangen.

Erst als die meisten Wohnungen verkauft waren, hat er ein bisschen das Tempo rausgenommen. Bis dahin hat er Blut und Wasser geschwitzt.«

»Mit anderen Worten: Ein Arbeiter, der einen archäologischen Fund gemacht hatte und diesen nicht verschweigen wollte, wäre sein Untergang gewesen.«

Nowak nickte.

»Ich habe einen Anruf aus Podgorica erhalten«, sagte Martin Groß, als Hackenholt nach der Vernehmung wieder in sein Büro zurückkam.

»Aus Podgorica?«, echote der Hauptkommissar überrascht.

»Ich sollte doch wegen Ratko Uljarevic bei meinen Kontakten nachfragen.«

»Stimmt. Haben sie den Mann gefunden?«

»Nein. Er lebt nämlich nicht mehr in Montenegro.«

»Schade«, seufzte Hackenholt.

»Ratko Uljarevic wohnt in Stuttgart«, ließ Groß die Bombe platzen.

»Was?« Hackenholt, der gerade im Begriff gewesen war, sich die letzte Tasse Kaffee einzuschenken, fuhr herum. »Warum wissen wir nichts davon?«

»Weil er mit dem Ausweis seines verstorbenen Bruders in die Bundesrepublik eingereist ist und kurz darauf eine Deutsche geheiratet hat.« Groß nahm einen Ausdruck vom Schreibtisch und reichte ihn Hackenholt. Es war ein Auszug aus dem Ausländerzentralregister.

Ein Damir Uljarevic, geboren am 29. Oktober 1973, war 2003 nach Deutschland gekommen und hatte vier Monate nach seiner Einreise eine Jutta Sperling geheiratet, von der er sich dreieinhalb Jahre und zwei Kinder später scheiden ließ. Durch das gemeinsame Sorgerecht hatte er sich jedoch einen eigenen Aufenthaltstitel erworben.

»Und dein Informant ist ganz sicher, dass es sich bei Damir in Wirklichkeit um Ratko handelt?«

»Mein *Informant* ist der Leiter der dortigen Spezialeinheit. Er hat höchstpersönlich Uljarevics Mutter aufgesucht und sich ihre Geschichte erzählen lassen.«

»Und die Frau hat das alles einfach so zugegeben?«, fragte Hackenholt skeptisch. Mit einem Mal war ihm nicht mehr wohl bei dem Gedanken, die Zeugenbefragung in Auftrag gegeben zu haben. Montenegrinische Polizeibeamte standen nicht gerade im Ruf, besonders zimperlich mit Bürgern umzuspringen.

»Er hat ihr versprochen, ihr bei einem Rentenantrag zu helfen, wenn sie ihm die Wahrheit sagt.«

»Hoffen wir es«, murmelte Hackenholt.

»He! Ich hätte den Kollegen nicht angerufen, wenn ich nicht davon überzeugt wäre, dass er nach halbwegs rechtsstaatlichen Prinzipien arbeitet«, entrüstete sich Groß.

»Wie gesagt: Hoffen wir es.«

»Was wollen wir jetzt machen?« Groß klang beleidigt. »Soll ich die Kollegen in Stuttgart anrufen und bitten, Herrn Uljarevic vorzuladen?«

»Nein, das übernehmen wir selbst.«

»Ich habe was für euch.« Christine Mur stand in der Tür und wedelte mit einem Blatt Papier. »Reinhardt Silberbrunns DNA stimmt mit der überein, die wir an Traubs Leiche gefunden haben.«

»Damit haben wir ihn.« Martin Groß ballte seine Hand und ließ die Faust auf den Tisch sausen.

»Dann müssen wir nur noch die Frage klären, wann er nach New York geflogen ist.«

»Darum hat sich Saskia gekümmert.« Groß griff nach einem Aktendeckel, in dem ein paar Ausdrucke lagen.

»Wo ist sie?« Erst jetzt bemerkte Hackenholt, dass die Kollegin offenbar nicht an ihrem Platz im Nachbarzimmer saß.

»Sie ist mit Pauckner beim Haftrichter. Der Haftvorführungstermin für Silberbrunn ist um vierzehn Uhr.«

»Also, was ist bei den Flugdaten herausgekommen?«, fragte Mur ungeduldig.

»Die Tickets wurden kurzfristig umgebucht. Ursprünglich sollten Silberbrunn und seine Frau am Samstag um dreizehn Uhr fünfunddreißig von Frankfurt nach New York, John F. Kennedy International, fliegen. Aber am Samstagmorgen hat Herr Silberbrunn bei der Lufthansa angerufen und auf einen Flug umgebucht, der um neunzehn Uhr zwanzig in München gestartet ist.«

Hackenholt sah Mur fragend an.

»Neunzehn Uhr zwanzig?« Die Kollegin schürzte die Lippen.

»Minus eine Stunde mit dem ICE, minus zwei Stunden Anwesenheit vor dem Abflug, minus ein bisschen Zeitpuffer – das wird knapp.«

»Dieter Traub hat um halb drei noch gelebt«, sagte Hackenholt.

»Dann wird es richtig knapp.«

»Hat sich Saskia bestätigen lassen, dass Silberbrunn den Flug antrat und nicht vielleicht nur seine Frau?«, wollte Hackenholt von Groß wissen.

»Das steht hier nicht.«

»Dann ruf noch einmal bei der Lufthansa an und überprüfe es bitte.«

»Wenn sie nur etwas Handgepäck hatten, wäre es vielleicht machbar.« Mur griff geistesabwesend nach einem Kugelschreiber auf Hackenholts Schreibtisch und begann, ihn zu zerlegen. »Zumindest wäre es eine logische Erklärung, warum er quer durch das Feld gelaufen ist«, murmelte sie.

»Was?«

Mur blickte auf und ließ den halbzerlegten Kugelschreiber auf Hackenholts Schreibtisch fallen. Offenbar war es ihr peinlich, dass sie unbewusst wieder in ihr altes Verhaltensmuster zurückgefallen war. »Ich habe mich schon die ganze Zeit gewundert, warum jemand mit einer so schweren und unförmigen Last, wie es eine Leiche nun mal ist, mitten durch ein Maisfeld läuft, anstatt am Rand des Felds entlangzugehen. Wenn Silberbrunn den Toten aber entgegen unserer bisherigen Annahme nicht bei Dunkelheit, sondern tagsüber am späteren Fundort abgelegt hat, gäbe es eine plausible Erklärung: Er wollte nicht gesehen werden.«

Hackenholt wiegte den Kopf hin und her. »Deine Überlegung hat was. Dennoch: Wer würde eine Leiche am helllichten Tag irgendwo abladen?«

»Helllichter Tag dürfte übertrieben sein. Wir wissen, dass an dem Wochenende richtiges Ekelwetter herrschte: Es hat genieselt und war kalt. Das heißt, es war ab halb vier dunkel – wenn man mal davon absieht, dass es den ganzen Tag über mehr oder weniger nicht richtig hell geworden ist.«

Groß beendete das Telefonat und wandte sich wieder seinen beiden Kollegen zu. »Die Eheleute waren an Bord der Maschine – aber sie kamen zu spät. Erst nach dem letzten Aufruf sind sie am Gate aufgetaucht.«

»Tja und damit habt ihr ihn«, kommentierte Mur. »Außerdem lösen wir damit noch ein weiteres Rätsel: Er hat die Leiche nicht ordentlich vergraben, weil er schlicht und ergreifend keine Zeit dazu hatte.«

»Ich denke, wir sollten jetzt schleunigst mit Silberbrunns Frau sprechen. Welchen Eindruck hat sie gestern Abend bei der Hausdurchsuchung auf dich gemacht?«

»Sie hat sich benommen wie ein aufgescheuchtes Huhn.«

»Dann rufe ich sie an und bitte sie zu uns ins Präsidium.«

»Warte noch einen Augenblick. Was ist jetzt mit Ratko alias Damir Uljarevic? Willst du ihn nach wie vor selbst vernehmen? Morgen ist Weihnachten. Mithilfe von Paucknérs Aussage und den sichergestellten Indizien können wir Silberbrunn so gut wie alles nachweisen.«

»Trotzdem«, entschied Hackenholt. »Es gibt ein paar Dinge, die an Paucknérs Aussage nicht stimmig sind. Ich will zum Beispiel wissen, warum Uljarevic just am Tag nach Jelkos Tod nicht mehr zur Arbeit erschienen ist. Vielleicht hat er etwas gesehen, was ihn zur Flucht getrieben hat.«

Martin Groß seufzte vernehmlich. »Also gut, dann fahren wir morgen nach Stuttgart. Ich kümmere mich darum, dass die Kollegen ihn vorladen. Zehn Uhr?«

Hackenholt nickte.

Frau Ostermeyers Vernehmung gestaltete sich genauso kurz und prägnant wie die ihres Gatten. Offenbar hatte sie seit der nächtlichen Hausdurchsuchung anwaltlichen Rat eingeholt und wusste nun, was zu tun war. Sie verwies auf ihr Zeugnisverweigerungsrecht als Ehefrau des Beschuldigten. Weder machte sie Angaben zu ihrem damaligen Treppensturz noch zu den Geschehnissen am Samstag, an dem sie nach New York geflogen waren. Und zu allen anderen Vorgängen schon gar nicht.

Hackenholt war aufgrund der kurzen Nacht ziemlich müde, als er gegen halb vier nach Hause kam.

»So früh habe ich nicht mit dir gerechnet«, stellte Sophie erstaunt fest. »Hast du jetzt Weihnachtsferien?«

»Noch nicht ganz«, antwortete er gähnend.

»Das heißt?«

»Ich muss morgen Vormittag nach Stuttgart.«

»Nach Stuttgart?«, echote Sophie. »Dann werden wir es wohl kaum auf den Christkindlesmarkt schaffen.«

»Nein, leider nicht. Ich muss unbedingt noch einen Zeugen befragen, dem wir erst heute auf die Spur gekommen sind. Weihnachten hin oder her.« Den verabredeten Besuch des Christkindlesmarkts hatte Hackenholt schlicht und ergreifend schon wieder vergessen, als er mit Martin Groß die Dienstfahrt vereinbarte.

»Dann ist dieser Architekt also doch nicht der Täter?«

»Hinsichtlich des Tötungsdelikts an dem anderen Bauunternehmer und dem versuchten Mord an dem Bauarbeiter gestern Abend schon. Aber in Bezug auf die Tat, mit der alles begonnen hat, sieht es ziemlich mau aus. Wenn wir da nicht noch etwas finden, werden wir ihm nichts nachweisen können, denn Silberbrunn schweigt bislang beharrlich. Nicht einmal vor dem Haftrichter hat er etwas gesagt.«

»Und deshalb willst du jetzt unbedingt an Heiligabend diesen Zeugen in Stuttgart befragen?«

»Genau.«

»Denkst du nicht, dass er dir mehr verrät, wenn du das Ganze auf nach Weihnachten verschiebst? Morgen ist doch sowieso jeder im Stress. Da wird er sich bestimmt keine sonderliche Mühe geben, sich an etwas zu erinnern – vor allem, wenn er sich bislang nicht gemeldet hat.«

»Das liegt wohl eher daran, dass er falsche Papiere verwendet hat, als er nach Deutschland eingereist ist, und nach wie vor die Identität seines Bruders verwendet.«

Sophie gab sich geschlagen. Wieder einmal hatte sie wegen Hackenholts Beruf das Nachsehen. »Wenn du morgen nicht wie jeder normale Mensch spätestens ab Mittag frei hast, dann müssen wir heute Abend den Christbaum aufstellen.«

»Aber das können wir doch am Nachmittag machen.«

»Nichts da. Wer weiß, was dir wieder dazwischenkommt. Am Ende stünden wir zu Ronjas erstem Weihnachtsfest ohne geschmückten Baum da.«

Mit einem Seufzen erhob sich Hackenholt vom Sofa. »Wo ist denn der Christbaumständer?«

Mittwoch – Heiligabend

Hackenholt und Groß erreichten das Stuttgarter Polizeipräsidium in der Hahnemannstraße eine halbe Stunde früher als geplant. Groß hatte die Strecke souverän auf der linken Fahrspur zurückgelegt. Das Wetter spendierte ihnen dreizehn Grad plus bei strahlendem Sonnenschein und damit eisfreie Straßen.

Ein Kollege des Dezernats 1.1 holte sie am Empfang ab und brachte sie in sein Büro. Mit einem Blick zur Uhr sagte er: »Ich hoffe, euer Zeuge ist zuverlässig. Nicht dass ihr den weiten Weg völlig umsonst gemacht habt.«

»Das hoffe ich auch«, brummte Martin Groß.

Nachdem sie noch ein paar Höflichkeiten ausgetauscht hatten, ging den Beamten der Gesprächsstoff aus. Sie saßen schweigend in dem kleinen Raum. Hackenholt wurde den Eindruck nicht los, dass der schwäbische Ermittler nur ihretwegen in die Dienststelle gekommen war und möglichst schnell wieder nach Hause wollte.

Eine halbe Stunde später zückte der Hauptkommissar sein Handy und rief Saskia Baumann an, die in Nürnberg die Stellung hielt.

»Seider goud ookummer?«, fragte sie ihn zur Begrüßung.[46]

»Ja, schon vor einer Weile. Leider ist von unserem Zeugen bislang weit und breit nichts zu sehen.«

»Hier is aa alles ruich. Nedermål is Delefon in Gscheffdszimmer glingld.«[47]

»Uns wird wohl nichts anderes übrig bleiben, als weiter zu warten. Ich habe keine Ahnung, wann wir zurückkommen.« Hackenholt beendete das Gespräch und dachte im selben Augenblick, dass er sich den Anruf hätte sparen können. Er stand auf und ging ans Fenster, von wo er auf den sonnenbeschienenen kahlen Weinberg blickte, der das Stuttgarter Polizeipräsidium von drei Seiten umgab.

»Was machen wir, wenn er nicht kommt?«, fragte Groß.

»Jetzt geben wir ihm erst mal noch eine Viertelstunde. Nicht jeder hat die deutsche Pünktlichkeit gepachtet. Wenn er dann nicht auftaucht, fahren wir zu seiner Wohnadresse und hören uns um.«

---

46 »Seid ihr gut angekommen?«, (...).

47 »Hier ist auch alles ruhig. Nicht einmal das Telefon im Geschäftszimmer klingelt.«

»Ob das viel bringt?«, zweifelte der schwäbische Beamte, der offenbar fürchtete, die Nürnberger begleiten zu müssen und nicht zeitnah in den Feierabend entschwinden zu können. »Wenn er nicht zum Termin erscheint, wird er wohl Besseres zu tun haben und nicht zu Hause sitzen und auf uns warten. Aber wenn ihr wollt, kann ich die Kollegen vom Revier Ostendstraße anrufen, damit sie eine Streife bei ihm vorbeischicken.«

Im selben Moment klingelte das Telefon. Es war Uljarevic, der den Stuttgarter Beamten wissen ließ, dass er sich verspätete, weil die S-Bahnen hoffnungslos überfüllt waren.

Als die Vernehmung gegen elf Uhr schließlich begann, saß Hackenholt und Groß ein kräftiger Mann mit Vollbart und kurzgeschorenen schwarzen Haaren gegenüber, der gut Deutsch sprach. Auf dem Tisch vor sich breitete er die Geburtsurkunden seiner Kinder aus, einen Ausweis mit seinem Bild und den Personalien seines verstorbenen Bruders, die er jedoch als seine eigenen ausgab, und das bläulich schimmernde Kärtchen seines elektronischen Aufenthaltstitels.

»Herr Uljarevic, uns geht es nicht um Ihren Aufenthaltsstatus. Wir wissen, dass Sie mit den Dokumenten Ihres Bruders illegal nach Deutschland gekommen sind, aber Sie haben inzwischen zwei Kinder, welche die deutsche Staatsangehörigkeit besitzen und für die Sie sich das Sorgerecht mit Ihrer geschiedenen Frau teilen. Dadurch haben Sie eine Berechtigung, in Deutschland zu leben – egal unter welchem Namen Sie ursprünglich eingereist sind. Ich bin mir sicher, dass die Kollegen ein Verfahren gegen Sie wegen des Urkundsdelikts, der illegalen Einreise und des illegalen Aufenthalts einleiten werden. Aber schlussendlich stellt die Staatsanwaltschaft solche Verfahren meistens gegen Zahlung einer geringen Geldstrafe ein, wenn sie nicht sowieso im Sande verlaufen. Uns geht es um etwas anderes: Wir sind bei der Nürnberger Mordkommission tätig.«

Hackenholt öffnete die mitgebrachte Akte und entnahm ihr den Aufruf, mit dem sie nach Jelko Dzemajl gefahndet hatten. Ratko Uljarevic starrte auf die beiden Fotos des rekonstruierten Gesichts.

»Im November 2008 wurde bei einer Jagd im Norden von Nürnberg ein Skelett gefunden. Die ermittelnden Kollegen haben damals nur sehr wenig herausgefunden: dass es sich um einen neunundzwanzig- bis fünfunddreißigjährigen Mann handelte, der zwischen einem Meter sechsundsechzig und einem Meter zweiundsiebzig groß und sehr schlank war. Obwohl er auffällige Dreadlocks trug, meldete sich niemand auf den damaligen Zeugenaufruf. Keiner schien ihn zu vermissen. Der Tote konnte nicht identifiziert werden.«

Hackenholt machte eine kurze Pause, aber Uljarevic sagte nichts.

»Eine Isotopenuntersuchung ergab, dass der Verstorbene im südlichen Balkangebiet aufgewachsen und etwa zwei Jahre vor seinem Tod nach Deutschland gekommen ist. Aber auch das half nicht weiter. Als wir den Fall vor knapp zwei Monaten routinemäßig wieder hervorgeholt haben, um nach neuen Ermittlungsansätzen zu suchen, habe ich in der Rechtsmedizin eine Weichteilrekonstruktion in Auftrag gegeben. Entstanden ist diese Nachbildung des Gesichts, mit der wir schließlich an die Öffentlichkeit gegangen sind. Und diesmal hatten wir Glück: Es haben sich Personen bei uns gemeldet, mit deren Hilfe wir herausgefunden haben, dass es sich bei dem Toten um Ihren ehemaligen Kollegen Jelko Dzemajl handelt.«

Noch immer sah Uljarevic den Hauptkommissar abwartend an.

»Wir wissen, dass Sie zusammen mit Herrn Dzemajl im Herbst 2002 für Hans Pauckner und seine Firma illegal auf einer Baustelle in der Laufamholzstraße in Nürnberg gearbeitet haben. Wir wissen ferner, dass Jelko Dzemajl eines Nachmittags zwei mittelalterliche Tonfigürchen entdeckt und diesen Fund an seinen Vorgesetzten gemeldet hat. Und wir wissen, dass Sie und Herr Dzemajl an diesem Tag zum letzten Mal die Baustelle betreten haben.« Hackenholt machte eine kurze Pause, dann fragte er: »Was ist passiert?«

Ratko Uljarevics Hände lagen gefaltet auf dem Tisch. Er schluckte mehrmals, räusperte sich. Dann sagte er mit rauer Stimme. »Werden Sie mir glauben, wenn ich Ihnen die Wahrheit sage?«

»Ja.«

»Auch wenn man sie nicht beweisen kann?«

»Vielleicht können wir das. Erzählen Sie uns, was an dem Nachmittag vor zwölf Jahren passiert ist.«

Wieder räusperte sich Uljarevic. Groß sah sich im Zimmer um, in einer Ecke war ein Waschbecken. Er stand auf, nahm das Glas, das dort stand, füllte es mit Leitungswasser und stellte es vor den Zeugen auf den Tisch. Ratko Uljarevic nickte einen Dank, doch anstatt zu trinken, umschlossen die Finger seiner kräftigen Hände das Glas und begannen, es über den Tisch zu schieben.

»Jelko und ich waren weitläufig verwandt und kamen bei denselben Leuten in Nürnberg unter. Wir haben davor schon zusammen auf anderen Baustellen gearbeitet. Weil wir keine Arbeitserlaubnis hatten und eigentlich auch nicht in Deutschland hätten sein dürfen, war es immer schwer, etwas zu finden. Meistens durften wir nur ein paar Tage aushelfen. Auf Großbaustellen hatten wir es leichter: Dort gab es sehr viel zu tun und wir konnten uns gut verstecken. Trotzdem ist Jelko auf einer Baustelle für ein Einkaufszentrum einem Mann aufgefallen.«

»Das wissen wir alles, Herr Uljarevic«, unterbrach Hackenholt den Montenegriner freundlich, aber bestimmt. »Wir arbeiten seit etlichen Wochen an nichts anderem als an diesem Fall. Lassen Sie uns zu dem alles entscheidenden Tag auf der Baustelle in der Laufamholzstraße kommen.«

»Ein Bagger hatte die Baugrube ausgehoben. Jelko und ich haben mit der Schaufel den Boden begradigt und die Ränder glatt gestochen. Dabei hat er diese alten Figuren gefunden. Er hat mich gerufen und sie mir gezeigt. Ich wusste nicht, was das sein soll, aber sie sahen sehr alt aus. Also wollte Jelko sie einstecken. Aber da kam der Vorarbeiter und hat gefragt, warum wir herumstehen und nicht arbeiten. Er hat Jelko die Figuren weggenommen. Vielleicht wollte er sie dem Chef zeigen, vielleicht aber auch selbst einstecken. Jelko hat geschimpft, weil er sie gefunden hat und sie deshalb ihm gehörten. Der Vorarbeiter hat jedoch gesagt, wenn er Schwierigkeiten macht, schmeißt der Chef ihn sofort raus.«

Ratko Uljarevic tauchte die Spitze seines rechten Zeigefingers in das Glas und malte kleine Kreise auf den Tisch, während er fortfuhr. »Jelko blieb nichts anderes übrig, als seinen Ärger hinunterzuschlucken und weiterzuarbeiten. Aber er war wütend und hat die Augen offen gehalten. Er hoffte, noch mehr solcher Sachen zu finden. Und gerade als wir am Abend Feierabend machen wollten, hat er tatsächlich etwas entdeckt.«

Der Mann hielt inne und trank einen Schluck Wasser. »Es war aber keine solche Tonfigur, die da am Rand der Baugrube aus der Erde schaute, sondern Metall. Rostiges Metall. Jelko war natürlich neugierig, aber er wollte nicht, dass der Vorarbeiter etwas merkt. Daher taten wir so, als würden wir nach Hause gehen. Tatsächlich haben wir uns versteckt und gewartet, bis alle weg waren. Dann sind wir zurück und haben vorsichtig weitergegraben. Kurze Zeit später wussten wir, was Jelko gefunden hat: eine Bombe.«

»Eine Bombe?« Hackenholt glaubte, sich verhört zu haben.

»Aus dem Krieg.«

»Was haben Sie gemacht?«

»Wir haben das Ding nicht angerührt. Ich komme aus einem Kriegsgebiet – da weiß jedes Kind, wie gefährlich eine Bombe ist. Man muss jemanden rufen, der sich damit auskennt. Jelko ging in den Umkleidecontainer. Ich habe die Schaufeln aufgeräumt und bin ihm anschließend gefolgt. Gerade als ich die Tür aufmachen wollte, habe ich von innen Stimmen gehört. Wütende Stimmen. Ich bin zu einem Fenster geschlichen und habe vorsichtig hineingeschaut. Im Container waren Jelko und der Chef, sie haben sich gestritten. Jelko hat immer wieder gerufen, dass wir die Polizei informieren müssen, und der Chef hat gebrüllt: ›Keine Polizei!‹ Die beiden wurden lauter und lauter. Es klang, als würde der Chef Jelko jeden Moment rausschmeißen, weil er nicht nachgab. Ich hatte Angst, dass er mich auch entlässt, wenn er mich sieht. Also habe ich mich hinter dem Container versteckt. Nach einer Weile wurde es ruhig, und ich habe gehört, wie jemand weggegangen ist. Ich bin zurückgeschlichen und habe nachgesehen. Jelko lag auf dem Boden, um seinen Kopf war alles voller Blut. Er war tot.«

Im Laufe der Schilderung war Uljarevics Stimme schneller, drängender geworden. Jetzt fielen seine Schultern nach vorn und er sprach nur noch leise weiter. »Ich wusste nicht, was ich tun sollte. Ich habe mich furchtbar geschämt, weil ich Jelko nicht geholfen hatte. Plötzlich habe ich den Chef zurückkommen hören. Also habe ich mich wieder versteckt, bis er weggefahren ist.«

»Der Chef war Hans Pauckner – habe ich Sie so weit richtig verstanden?«

»Nein. Nicht der Chef von der Baufirma. Der Chef von der Baustelle.«

»Erinnern Sie sich an seinen Namen?«

Der Montenegriner schüttelte den Kopf.

Hackenholt ärgerte sich, weil er kein Foto von Hubert Nowak mitgebracht hatte. Dennoch nahm er die Lichtbilder von Fritz Pohl, Reinhardt Silberbrunn und Hans Pauckner aus der Akte. »War es einer dieser Männer?«

Sofort deutete Uljarevic auf das Foto von Reinhardt Silberbrunn.

»Sind Sie sicher?«, fragte Hackenholt.

»Absolut.«

»Während Sie sich versteckt haben und darauf warteten, dass der Architekt wegfährt, haben Sie da noch etwas beobachtet?«, wollte Martin Groß wissen.

»Ja, das war aber nicht sehr schön.«

»Erzählen Sie es uns trotzdem.«

»Er hat sein Auto ganz nah an den Container gefahren. Dann ist er hineingegangen, hat Jelko geholt und in den Kofferraum gelegt.«

»Können Sie das Auto beschreiben?«

»Es war ein Mercedes. Ein Kombi, wo man so eine Abdeckung über den Kofferraum ziehen kann, damit niemand von außen sieht, was sich darin befindet.«

Groß blickte Hackenholt fragend an. Sie mussten recherchieren, was aus dem Fahrzeug geworden war.

»Wie ging es dann weiter?«, fragte Hackenholt Uljarevic.

»Nachdem der Chef Jelko ins Auto gelegt hat, ist er noch einmal in den Container zurück und lange dort geblieben. Wahrscheinlich hat er das Blut weggewischt, das konnte ich nicht sehen. Danach hat er jedenfalls eine Schaufel geholt und ist in die Baugrube gestiegen. Zuerst dachte ich, er will ein Loch für Jelko machen, aber dann hat er die Bombe wieder zugegraben.«

Hackenholt zuckte bei den Worten zusammen. »Er hat was?«

»Er hat Erde darauf geworfen, bis man sie nicht mehr gesehen hat. Sie lag ja nur am Rand. Da, wo am nächsten Tag kein Beton gegossen werden sollte.«

Hackenholt durchlief ein Zittern. »Was wurde aus der Bombe?«

»Ich weiß es nicht.« Uljarevic zuckte mit den Schultern. »Nachdem der Chef mit Jelko im Kofferraum weggefahren ist, habe ich noch eine Weile gewartet, bis ich mich getraut habe, aus meinem Versteck zu kommen. Anschließend bin ich nach Hause gegangen, habe meine Sachen gepackt und bin zu einem Vetter in Norddeutschland gefahren, wo ich eine Weile gelebt habe, bis ich nach Montenegro abgeschoben wurde.«

»Machen wir einen Moment Pause«, schlug Hackenholt vor und erhob sich.

Martin Groß folgte ihm vor die Tür. »Was sagst du zu der Aussage? Ziemlich abenteuerlich, oder? Will er sich schützen? Hat möglicherweise er selbst Jelko im Streit den Hammer auf den Kopf geschlagen?«

»Warum sollte er das tun?«

»Keine Ahnung. Aber diesen Quatsch, dass Jelko eine Weltkriegsbombe gefunden hat, kann man ja wohl nicht glauben. Niemand hat bislang etwas von einer Bombe erwähnt – und das hätten sie, da bin ich mir sicher. So ein Ding zu entschärfen ist ein Mordsaufwand, auch wenn das vor zwölf Jahren noch nicht so durch die Medien ging wie heute. Außerdem wäre es damit nicht getan gewesen: Wenn auf dem Gelände eine Bombe gefunden wurde, hätte der Kampfmittelräumdienst erst mal nach weiteren gesucht.«

»Und das hätte genau die Verzögerung ergeben, die sich Silberbrunn nicht leisten konnte.«

»Was willst du damit sagen?« Groß starrte Hackenholt an.

»Hast du von einer Bombenentschärfung in der Laufamholzstraße gehört?«

»Nein, aber ich war damals ziemlich viel in der Welt unterwegs und habe nicht sonderlich darauf geachtet, was in Nürnberg passiert ist. Du?«

»Ich habe zu dem Zeitpunkt noch in Münster gelebt.« Hackenholt zögerte einen Augenblick, dann zückte er sein Handy und rief Sophie an.

»Seid ihr schon zurück?«, fragte sie überrascht.

»Nein, Schatz, es geht um etwas anderes: Hast du von einer Fliegerbombe aus dem Zweiten Weltkrieg gehört, die vor einigen Jahren in der Laufamholzstraße gefunden wurde?«

Sophie dachte einen Moment lang nach. »Nein, habe ich nicht. Wobei das eigentlich ziemlich verwunderlich ist.«

»Warum?«

»Weil der Nürnberger Osten bei einem Bombenangriff fast völlig zerstört wurde. Davon habe ich dir doch neulich erzählt. Wie kommst du jetzt darauf?«

»Das Thema ist am Rande unserer Ermittlungen aufgetaucht. Ich dachte, du würdest dich an einen derartigen Fund erinnern.« Nachdem Hackenholt das Telefonat beendet hatte, wählte er Baumanns Büronummer. Er musste es lange klingeln lassen, bis sich die Kollegin endlich meldete. »Saskia, du musst für mich bitte sofort und absolut zuverlässig herausfinden, ob vor zwölf Jahren bei Bauarbeiten in der Laufamholzstraße eine Fliegerbombe aus dem Zweiten Weltkrieg gefunden und entschärft wurde.«

»Un wäi sollerd iech des biddschön rausgräing?«[48]

»Recherchiere im Internet. Lass jemanden von der Zeitung in deren Archiv wühlen. Ruf bei der Stadt Nürnberg an. Frag beim Sprengkommando in Feucht nach. Was weiß ich. Es ist sehr wichtig, dass du gründlich arbeitest.«

»Meinst du nicht, dass du übertreibst?«, fragte Groß, nachdem Hackenholt aufgelegt hatte.

Der Hauptkommissar presste für Sekundenbruchteile die Augen fest zusammen und konzentrierte sich darauf, tief ein- und auszuatmen. Er wollte Martin Groß nicht anschreien. Er durfte ihn nicht anschreien. Nur Idioten verloren die Selbstbeherrschung.

»Als ich fünf Jahre alt war, ist meine Welt explodiert«, sagte er schließlich mit bemüht ruhiger Stimme. »Das meine ich nicht im übertragenen Sinn, sondern wörtlich. Das Haus, in dem meine Eltern und ich in einer Wohnung im zweiten Stock gelebt haben, ist bei einer Gasexplosion wie ein Kartenhaus in sich zusammengestürzt. Wir wurden alle verschüttet. Meine Großmutter hat mich mit bloßen Händen aus den Trümmern gezogen. Ohne sie wäre ich womöglich tot; wie meine Eltern und noch vier andere Hausbewohner. Ich weiß nicht, ob du dir vorstellen kannst, was das für mein weiteres Leben bedeutet hat.« Obwohl er sich zur Ruhe zwang, merkte er, dass sein Herz raste. »Sollte auch nur die geringste Wahrscheinlichkeit bestehen, dass neben diesem Haus in der Laufamholzstraße eine Fliegerbombe liegt, deren Existenz den Behörden nie gemeldet wurde, werde ich Himmel und Hölle in Bewegung setzen, um das zu klären. Denn wenn das Ding hochgeht, will ich nicht dafür verantwortlich sein, dass Menschen auf diese grausame Art ihr Leben verlieren.«

Damit ging er zu Uljarevic zurück ins Zimmer, nahm ein leeres Blatt Papier aus der Akte und legte es zusammen mit einem Kugelschreiber vor den Arbeiter auf den Tisch.

»Können Sie mir eine Skizze anfertigen, wie das Gelände damals ausgesehen hat? Wo war die Straße, wo die Baugrube, wo standen die Container?«

---

48 »Und wie soll ich das bitteschön herausbekommen?«

Ohne zu zögern, griff der Montenegriner nach dem Stift und begann zu zeichnen. Soweit Hackenholt es beurteilen konnte, sah der Plan realistisch aus.

»An welcher Stelle hat Herr Dzemajl die Figuren gefunden?«

Uljarevic deutete mit der Spitze des Kugelschreibers auf einen Punkt im nordwestlichen Teil der Baugrube.

»Und wo lag die Bombe?«

»Ungefähr hier.« Er deutete auf das östliche Eck ganz in der Nähe der Hauptstraße.

»Warum sind Sie sich so sicher, dass es eine Bombe war? Könnte es nicht vielleicht einfach nur ein verrosteter Tank gewesen sein?«

Der Arbeiter schüttelte den Kopf. »Wenn Sie mal eine Bombe gesehen haben, vergessen Sie nicht mehr, wie sie aussieht. In meiner Heimat gab es viele nach dem Krieg. Die hier lag gleich neben der Rampe, über die man in die Grube gelangte. Jelko hat sie nur entdeckt, weil er dort Erde zur Seite geschaufelt hat.«

»Also noch mal: Sie lag nicht in der eigentlichen Grube?«

»Nein, sie lag daneben. Vielleicht zwei oder drei Meter von der Stelle entfernt, wo die Mauern der Tiefgarage gesetzt werden sollten.«

»Gut. Ich denke, für heute ist das alles.« Hackenholt griff nach der Skizze und verstaute sie sorgfältig in der Akte. »Wir werden noch einmal ausführlich mit Ihnen sprechen müssen, aber das hat Zeit bis nach den Feiertagen. Es wäre gut, wenn Sie dafür zu uns nach Nürnberg kommen könnten. Ich rufe Sie an, und dann machen wir einen Termin aus. Einverstanden?«

Uljarevic nickte.

Hackenholt hielt sich nicht mehr mit Höflichkeiten gegenüber dem schwäbischen Beamten auf. Während er zum Dienstwagen lief, erstellte er im Geist eine Liste der Dinge, die er als Nächstes veranlassen musste, falls Baumann in der Zwischenzeit nicht herausgefunden hatte, dass die Bombe damals ohne großes Aufsehen entschärft worden war.

Was tat die Kollegin nur so lange? Warum meldete sie sich nicht?

Hackenholt wurde mit jedem Meter, den sie Richtung Nürnberg zurücklegten, unruhiger. Zweimal konnte er sich nur mit allergrößter Anstrengung zurückhalten, nicht zum Handy zu greifen. Erst als sie von der A81 auf die A6 gewechselt waren, piepte es endlich.

»Edz hosdmer gscheid däi Schaufl naufghaud. Dir is scho glår, dass haid Weihnachdn is.« Ohne ihm Gelegenheit für eine Erwiderung zu geben, fuhr Baumann fort. »Erschdermål hobbis Schbrengkommando in Faichd oogruffm. Då wår nerblous der Bereidschafdsdiensd zern Erraing. Obber der Moo wå ersu freindli, dasser fier miech eggsdra ins Büro neigfårn is, zern Rescherschiern. Wäi iech no gwadd hobb, hobbi selber erweng in Indernedd gsouchd, obber nix gfundn. No hobbi bei der Zeidung oogrufm – dodn homms af di Schnelle aa nix gfundn. Un nächerdler hodd der Masder vom Schbrengkommando zriggruffm un gsachd, dass ieberhabbs kanne Underlång ieberern Bombmfund in der Lafferhulzschdrass gibbd.«[49]

»Scheiße!«, entfuhr es Hackenholt.

»Effenduell kennersdmer du ja ermål derzilln, wos eichndlich los is?«[50]

So knapp wie möglich und doch so ausführlich wie nötig fasste Hackenholt zusammen, was sie von Ratko Uljarevic erfahren hatten.

»Un wos denner mer edz?«, fragte Baumann unsicher.[51]

»Martin und ich fahren auf direktem Weg zur JVA und lassen uns von Silberbrunn den Sachverhalt bestätigen. Verständige die Pforte und kündige unseren Besuch an. Wir dürfen keine Zeit verlieren.«

»Werd gmachd.«[52]

»Und wenn Silberbrunn das nicht tut?«, fragte Groß in die Stille hinein, nachdem Hackenholt aufgelegt hatte.

»Was?«

»Wenn er sich nicht dazu äußert?«

»Er wird mit uns sprechen. Die Sache ist viel zu ungeheuerlich, als dass er noch länger schweigen könnte.«

Groß zog die Augenbrauen hoch.

»Ansonsten bleibt uns nichts anderes übrig, als das Sprengkommando zu verständigen und nach der Bombe zu suchen.«

---

49 »Du hast mich vor ein echtes Problem gestellt. Dir ist hoffentlich klar, dass heute Weihnachten ist.« (...) »Als Erstes habe ich das Sprengkommando in Feucht angerufen. Da war nur der Bereitschaftsdienst zu erreichen. Aber der Mann war so freundlich, extra für mich ins Büro zu fahren und zu recherchieren. Während ich gewartet habe, habe ich selbst im Internet gesucht, aber nichts gefunden. Danach habe ich bei der Zeitung angerufen – dort haben sie auf die Schnelle auch nichts gefunden. Und dann hat der Herr vom Sprengkommando zurückgerufen und gesagt, dass es keinerlei Unterlagen über einen Bombenfund in der Laufamholzstraße gibt.«

50 »Vielleicht könntest du mir ja jetzt mal erzählen, was eigentlich los ist?«

51 »Und was machen wir jetzt?«, (...).

52 »Wird erledigt.«

»Heute? An Heiligabend?«

»Wann denn sonst? Auch wenn das Ding dort nun jahrelang gelegen hat, können wir es nicht verantworten, Kenntnis davon zu haben und nichts zu unternehmen.«

»Das heißt dann doch eigentlich, dass wir unter Zeitdruck stehen, oder?«

Anstelle einer Antwort ließ Hackenholt das Beifahrerfenster herunter und setzte das Magnetblaulicht aufs Dach.

»Herr Silberbrunn, ich habe eine einzige Frage an Sie – und die beantworten Sie mir bitte wahrheitsgemäß«, eröffnete Hackenholt eine knappe Dreiviertelstunde später das Gespräch in einem Besucherzimmer der JVA.

Der Architekt schwieg und sah Hackenholt abwartend an.

»Stimmt es, dass bei den Aushubarbeiten zu dem Bauvorhaben an der Laufamholzstraße eine Bombe aus dem Zweiten Weltkrieg gefunden wurde, Sie dies den Behörden aber nicht gemeldet haben?«

Reinhardt Silberbrunns Reaktion war eindeutig: Er zuckte zusammen, als habe man ihm eine Ohrfeige verpasst. Dennoch kam ihm kein Wort über die Lippen.

»Herr Silberbrunn!« Martin Groß' Faust krachte auf den Tisch. »Liegt neben dem Haus eine Bombe, die jederzeit hochgehen kann? Ja oder nein?«

»Ich ... ich habe Ihnen nichts zu sagen.« Die Stimme des Architekten klang dünn und zittrig.

»Sie wissen, dass Sie Dutzende von Menschenleben in Gefahr gebracht haben und noch immer in Gefahr bringen, nicht wahr? Ist Ihnen das alles wirklich völlig egal?« Hackenholts Tonfall war nun leise, eindringlich.

Silberbrunn senkte den Blick. »Woher wissen Sie davon?«

»Das tut nichts zur Sache. Es geht nur darum: Gibt es diese Bombe tatsächlich?«

»Wenn ich Ihnen die Wahrheit sage, wird mir das dann strafmildernd angerechnet?«

»Jedes Geständnis wirkt strafmildernd«, antwortete Hackenholt, der in dem Augenblick mehr oder weniger alles bestätigt hätte, nur um eine brauchbare Antwort zu erhalten.

Endlich sah Silberbrunn auf. »Ja, die Bombe existiert. Jelko hat sie gefunden. Erst diese verdammten Figuren und dann eine Fliegerbombe! Ich konnte doch nicht zulassen, dass er die Polizei ruft und die Arbeiten eingestellt werden.«

Hackenholt sprang auf und lief aus dem Raum. Ab dem Moment hatte er das Gefühl, unter Strom zu stehen.

Da sich Hans-Jürgen Dorschner seit Anfang der Woche im Skiurlaub in Südtirol befand, oblag Hackenholt die stellvertretende Leitung des Kommissariats. Während Groß und er auf dem kürzesten Weg in die Dienststelle fuhren, alarmierte er nicht nur den Leiter des Kriminalfachdezernats 1, sondern auch den diensthabenden Kollegen der Pressestelle, der von zu Hause aus Bereitschaft schob, sowie den Abschnittsleiter Kriminalpolizei. Als Letzten informierte er den Mann vom Bereitschaftsdienst des Sprengkommandos Nürnberg mit Sitz in Feucht.

Keiner der Angerufenen war sonderlich erfreut, am frühen Nachmittag des 24. Dezember ins Polizeipräsidium zitiert zu werden. Doch alle sagten ihr Kommen zu, als der Hauptkommissar etwas von einer Weltkriegsbombe erzählte, die jederzeit explodieren könne.

Es wurde drei Uhr nachmittags, bis endlich alle im Büro versammelt waren.

Jörg Kugler, der Feuerwerker, den das Sprengkommando geschickt hatte, wirkte in seiner blauen Latzhose im ersten Moment wie der freundliche Gas-Wasser-Installateur von nebenan. Er war wohl Anfang sechzig, klein und drahtig gebaut, mit einer Vollglatze. Erst auf den zweiten Blick bemerkte man die Ruhe in seinen Bewegungen. Wenn er etwas sagte, dann hatte es Hand und Fuß.

Nachdem Hackenholt in groben Zügen von den Ergebnissen ihrer Ermittlungen berichtet hatte, herrschte betretenes Schweigen. Jeder der Anwesenden schien für sich abzuwägen, was zu tun war und ob er die Verantwortung dafür übernehmen wollte.

»Unternehmen wir nichts und es passiert etwas, ist das Geschrei groß – unternehmen wir was und finden nichts, ist es genauso groß«, fasste der Dezernatsleiter die Situation zusammen.

»Solange wir nicht mit hundertprozentiger Sicherheit wissen, dass an der Stelle keine Bombe liegt, müssen wir tätig werden. Alles andere ist zu unsicher«, stellte Jörg Kugler sehr bestimmt klar. »Über den östlichen Ausläufern der Stadt wurden Hunderte von Bomben abgeworfen. Die Wahrscheinlichkeit ist hoch, dort einen Blindgänger zu finden.«

Hackenholt fühlte Erleichterung in sich aufsteigen. Er war froh, dass er seinen beiden Vorgesetzten nicht mit drastischen Worten vor Augen führen musste, wie es sich anfühlte, mitsamt einem Haus in die Luft zu fliegen.

»Anhand der Skizze können wir grob abschätzen, wo sich der Blindgänger befinden soll. Als Erstes müssen wir uns die heutige Situation vor Ort ansehen. Wir können die Stelle mit einem Metalldetektor und einem Magnetometer absuchen. Schlagen die Geräte an, bleibt uns nichts anderes übrig, als zu graben«, erklärte der Experte die nächsten Schritte.

»Wer soll das tun?« Die Stimme des Dezernatsleiters klang angespannt. Offenbar sah er sich bereits selbst mit Schaufel und Spitzhacke bewaffnet in einem Erdloch wühlen.

»Das übernehmen wir. Meine Kollegen sind für derlei Arbeiten ausgerüstet. Hilfreich wäre, wenn jemand von Ihrer Seite die Eigentümer oder den Hausverwalter informieren könnte.«

»Muss das Gebäude sofort evakuiert werden?«, fragte Hackenholt.

»Das ist die Gretchenfrage, nicht wahr?« Kugler fuhr sich über die Glatze; eine Bewegung, die Hackenholt sehr an Manfred Stellfeldt erinnerte. »Wenn es an der Stelle wirklich eine Bombe gibt, bringt es nichts, nur das Haus zu evakuieren. Je nach Größe und Sprengkraft sind die Menschen in einem Radius von mehreren Hundert Metern in Gefahr. Andererseits: Solange man Blindgänger nicht bewegt, detonieren sie üblicherweise nicht einfach so – das kommt zwar vor, ist allerdings zum Glück noch die Ausnahme. Das kann in ein paar Jahren ganz anders aussehen, wenn die Korrosion entsprechend weit fortgeschritten ist. Ich denke, wir sollten erst einmal versuchen, den Blindgänger zu finden – und wenn wir definitiv wissen, dass es ihn gibt, dann evakuieren wir, graben ihn vollständig aus und entschärfen.«

So, wie Kugler das sagte, klang es nach dem Normalsten der Welt.

In den folgenden zwei Stunden kam den Beamten endlich das zugute, was sie an diesem Tag bislang stets behindert hatte: das Weihnachtsfest.

Kaum ein Anwohner schien zu bemerken, dass eine Handvoll

Arbeiter mit Spitzhacke ausgerüstet das Pflaster neben dem Haus aufstemmte, nachdem ein Mann mit einem Metalldetektor zuvor die Längsseite des Anwesens abgeschritten war. Und die Mieter, die es bemerkten, kümmerten sich nicht darum. Nicht einmal der leise vor sich hin tuckernde Generator, der den aufgestellten Scheinwerfern Strom lieferte, um die Gefahrenstelle auszuleuchten, erregte Aufmerksamkeit.

Das Desinteresse konnte allerdings auch daran liegen, dass das Bundesland Bayern den Kampfmittelräumdienst privatisiert hatte und die Feuerwerker des Sprengkommandos bei einer ganz normalen Baufirma angestellt waren. Deshalb sah man den Lastwagen und Mitarbeitern nicht an, dass sie im Auftrag des Innenministeriums Bomben entschärften.

Nachdem das Pflaster in einem anfänglichen Radius von gut drei Metern um die Stelle abgetragen worden war, an der die hochsensiblen Geräte einen Fund angezeigt hatten, begannen die Männer in den blauen Latzhosen, sich von der Seite her ins Erdreich zu graben. Da es sich um geschultes Personal handelte und alle wussten, wonach sie suchten, gingen sie mit der erforderlichen Vorsicht vor. Dennoch dauerte es nicht übermäßig lang, bis sie in knapp zwei Metern Tiefe einen stark verrosteten, länglichen Gegenstand freilegten.

»Sapperlot!« war alles, was aus der Grube zu Hackenholt hinaufdrang.

»Was genau heißt das?«, rief er zu Kugler hinunter.

»Das heißt: Wir müssen sofort das volle Programm auffahren. Hier liegt ein Blindgänger aus dem Zweiten Weltkrieg mit intaktem Langzeitzünder. Hochgefährlich.«

+++ Liveticker zum Nürnberger Bombenfund +++

18:03 Uhr: Eine kurze Zusammenfassung für diejenigen Leser, die gerade erst neu hinzugekommen sind: Im Laufe des Nachmittags hat die Nürnberger Kriminalpolizei einen spektakulären Bombenfund mitten in Nürnberg gemacht. In der Laufamholzstraße Höhe Alfelder Weg wurde unmittelbar neben einem Wohnblock eine Fliegerbombe aus dem Zweiten Weltkrieg ausgegraben.

18:05 Uhr: Der Bombenfund soll im Zusammenhang mit den Mordermittlungen hinsichtlich des Bauunternehmers Dieter Traub stehen. Die Pressestelle der Polizei wollte dies bislang jedoch nicht kommentieren.

18:08 Uhr: Mitarbeiter des Sprengkommandos waren von Anfang an in die Suche nach der Bombe eingebunden. Die Fundstelle wurde umgehend abgesichert.

18:12 Uhr: Bei dem Blindgänger, der sich nur rund anderthalb Meter tief im Erdboden befinden soll, handelt es sich nach Angaben des Sprengmeisters um eine britische Fliegerbombe mit Langzeitzünder, der durch eine Glasampulle mit Aceton ausgelöst werden sollte. Eine Entschärfung ist deutlich schwieriger als bei einer rein mechanisch funktionierenden Bombe mit Aufschlagzünder.

18:19 Uhr: Sprengmeister Jörg Kugler hat uns das folgendermaßen erklärt: »Ein rotierendes Windrad am Heck der Bombe schraubt nach dem Abwurf die Auslösespindel in das Zündergehäuse und zerstört dadurch eine Ampulle mit Aceton. Das Lösungsmittel wiederum zerfrisst nach und nach mehrere Zelluloidplättchen, die mithilfe sogenannter Haltekugeln den Schlagbolzen arretieren. Schließlich rutschen die Kugeln aus ihrer Position, der Schlagbolzen schnellt vor und zündet eine Übertragungsladung, die wiederum die große Sprengladung zur Explosion bringt. Damit niemand eine solche Bombe rechtzeitig entschärfen konnte, haben die Konstrukteure zusätzlich eine Ausbausperre eingebaut. Jeder Versuch, den Zünder einfach herauszuschrauben, führte zur sofortigen Detonation.«

18:25 Uhr: Die Fünfzentnerbombe mit Langzeitzünder, die im

August 2012 in München-Schwabing kontrolliert gesprengt werden musste, war übrigens amerikanischen Ursprungs. Wir hoffen, Nürnberg bleibt ein solches Szenario erspart.

18:34 Uhr: Dass Bombenentschärfungen nicht immer glattgehen, wurde den Nürnbergern 1951 drastisch vor Augen geführt, als drei Feuerwerker im Stadtpark bei der Arbeit an einem Fünfzentnerblindgänger den Tod fanden.

18:41 Uhr: Der Sprengmeister hat einen Evakuierungsbereich von bis zu 500 Metern festgelegt. Betroffen sind rund 8500 Einwohner in Mögeldorf mit Rehhof, Ober- und Unterbürg.

18:45 Uhr: Betreuungsstellen:
Für Menschen, die nicht bei Verwandten oder Freunden unterkommen können, hat die Stadt Nürnberg eine Betreuungsstelle im Schulgebäude in der Thusneldastraße eingerichtet. Auch die Stadt Schwaig stellt eine Betreuungsstelle zur Verfügung, und zwar in der Südschule, Oberer Röthelweg 3. Die VAG hat einen Bus-Shuttle im Einsatz.

18:48 Uhr: Straßensperren:
Während der Evakuierung und Entschärfung kommt es zu folgenden Straßensperrungen: Die Staatsstraße 2241 durch Mögeldorf ist ab sofort gesperrt. Verkehrsteilnehmer werden im Westen über die Fluß- bzw. Schmausenbuckstraße und über die A3 im Osten umgeleitet. Die B14 ist von der Sperrung nicht betroffen, Ortskundige werden gebeten, das Gebiet großräumig zu umfahren.

18:53 Uhr: Nahverkehr:
Busse und S-Bahnen verkehren noch bis circa 30 Minuten vor der Entschärfung. Allerdings darf im kompletten Evakuierungsbereich schon jetzt nur noch zugestiegen werden. Die VAG setzt entgegen ihrem Feiertagsfahrplan Sonderbusse und -züge ein.

18:59 Uhr: Die Stadt Nürnberg hält Sie übrigens auch auf ihrem offiziellen Twitterkanal auf dem Laufenden. Zum einfacheren Auffinden werden die Meldungen unter dem Hashtag #bombenstimmung veröffentlicht.

19:07 Uhr: Laut Feuerwehr sind derzeit rund 70 Prozent des Evakuierungsbereichs geräumt.

19:13 Uhr: Die Polizei hat mehrere Straßensperren im Umkreis des Evakuierungsgebietes eingerichtet und regelt den Umleitungsverkehr.

19:19 Uhr: Wie lange Sprengmeister Jörg Kugler brauchen wird, um den Sprengsatz zu entschärfen, weiß er nicht. »Jede Bombe ist anders. Aber bislang ist immer alles gutgegangen.« Das klingt beruhigend.

19:22 Uhr: Inzwischen hat das THW den Bereich über der Bombe mit einem Zelt abgedeckt.

19:30 Uhr: In 60 Minuten wird entschärft.

19:41 Uhr: Update von der Einsatzleitung: Bislang läuft alles planmäßig. In vier Fällen mussten Wohnungstüren aufgebrochen werden. Dreimal fanden die Einsatzkräfte leere Wohnräume vor, im letzten Fall hatte sich eine Anwohnerin mit ihren Hunden bewusst versteckt. Sie wurde in Sicherheit gebracht.

19:45 Uhr: Feuerwehr und Polizei sind so weit zufrieden. Der Verkehr rund um das Sperrgebiet läuft ohne größere Probleme.

19:48 Uhr: Allmählich beginnt die heiße Phase. Bis 20:00 Uhr soll die Evakuierung abgeschlossen sein.

19:52 Uhr: Auch der Luftraum wird dann gesperrt werden.

19:54 Uhr: In der Betreuungsstelle in der Thusnelda-Schule haben sich bisher keine 20 Menschen eingefunden. Die meisten dürften wohl bei Verwandten untergekommen sein.

19:57 Uhr: Trotz Heiligabend sind derzeit 570 Kräfte vor Ort im Einsatz, um für einen reibungslosen Ablauf zu sorgen.

20:00 Uhr: Die N-ERGIE Netz GmbH hat vorsorglich einige Anwesen von der Gas- und Wasserversorgung getrennt. Die Wiederinbetriebnahme wird unmittelbar nach der Bombenentschärfung erfolgen können.

20:03 Uhr: Sprengmeister Jörg Kugler nimmt sich noch einmal ein paar Minuten Zeit für die Presse, bevor es ernst wird. Er ist ein mittelgroßer, muskulöser Mann mit Vollglatze, der zu seiner blauen

Latzhose eine lederne Fliegerjacke trägt. Sein wettergegerbtes Gesicht zeugt davon, dass er viel in der freien Natur unterwegs ist.

20:10 Uhr: »Dieser Blindgänger ist wahrscheinlich das Relikt eines Großangriffs auf Nürnberg vom 27. auf den 28. August 1943. Gestartet waren damals insgesamt 674 Bomber. Dass es nicht schon in dieser Nacht zu einem verheerenden Inferno in der Stadt kam, hatten die Bürger den Wetterbedingungen zu verdanken: Der Himmel über Nürnberg war zwar wolkenlos, die Nacht wegen des Neumonds aber extrem dunkel.«

20:13 Uhr: »Die Pfadfinder (Anm. d. Red.: Aufklärungsflugzeuge) schafften es nicht, die Leuchtmarkierungen – im Volksmund Christbäume genannt, weil die roten und grünen Leuchtmarkierungen kegelförmige Lichtgebilde in der Luft formten – genau über Nürnberg abzuwerfen. Eine Ursache dafür waren die Schwierigkeiten vieler Besatzungen mit ihren Radargeräten. Daneben wurden die Angreifer auch durch Flak und Nachtjäger massiv bedrängt. Laut britischen Angaben wurden 33 Bomber getroffen und stürzten ab.«

20:17 Uhr: »Dennoch gestaltete sich der Angriff für den Nürnberger Osten verheerend: Mögeldorf wurde quasi ausgelöscht. Und das weiß ich, weil meine Mutter mir früher immer von den Bratäpfeln erzählt hat, die nach dem Angriff an den halbverbrannten Bäumen hingen, an denen sie auf dem Weg in die Stadt vorbei musste.«

20:19 Uhr: Nach Jörg Kuglers Erzählung fällt es einem schwer, in die Gegenwart zurückzukehren. Der Mann vermittelt den Eindruck, die Bombennacht selbst miterlebt zu haben – dabei ist er nur 58 Jahre alt, wie er auf Nachfrage mit einem Schmunzeln erklärt.

20:21 Uhr: Alle Evakuierungszonen sind vollständig geräumt. Der öffentliche Nahverkehr wurde im betroffenen Gebiet eingestellt. Es wird also jeden Moment losgehen.

20:25 Uhr: Sprengmeister Kugler verabschiedet sich. Nach einem Schlusswort gefragt, sagt er: »Im schlimmsten Fall kann die Bombe einen enormen Schaden anrichten.«

20:26 Uhr: Jetzt ist auch der Oberbürgermeister bei den Einsatzkräften eingetroffen. Die Entschärfung rückt näher.

20:28 Uhr: Nürnbergs Oberbürgermeister hat sich im Franken Fernsehen folgendermaßen zur Fliegerbombe geäußert: »Ein Bombenfund kommt nie zur richtigen Zeit – aber an Heiligabend trifft es die vielen Menschen natürlich besonders hart.« Dennoch sei ihm klar, dass es jederzeit wieder zu solch einem Einsatz kommen kann. In einer Stadt wie Nürnberg müsse man ständig mit dem Auffinden von Relikten aus dem Zweiten Weltkrieg rechnen. Persönlich schätzt der Oberbürgermeister, dass es noch rund eintausend Blindgänger im Großraum gibt.

20:32 Uhr: Nun wird auf die Sperrung des Luftraumes gewartet.

20:36 Uhr: Sämtliche Einsatzkräfte haben das Evakuierungsgebiet seit einer Viertelstunde verlassen.

20:45 Uhr: Die Einsatzleitung der Polizei gibt bekannt, dass sich die Entschärfung der Bombe verzögert. Offensichtlich haben sich ein paar Jugendliche in die Evakuierungszone geschlichen.

20:47 Uhr: Wir nutzen die Wartezeit, um an einen herausragenden Nürnberger Sprengmeister zu erinnern: Richard Hesse. Der Träger der »Goldenen Bürgermedaille« ging 1976 nach zwanzig Jahren Bombengeschäft in den wohlverdienten Ruhestand. Bis dahin hatte er nach eigenen Angaben über 1000 Bomben zwischen 50 und 1800 Kilo entschärft.

20:50 Uhr: Ein Zitat, das zu Herzen geht: »Angst? Aber natürlich, jedes Mal; ich bitt' Sie, ich bin doch auch nur ein Mensch!«

20:51 Uhr: 1952 stand er vor einer seiner gefährlichsten und spektakulärsten Aufgaben: Im Neubauviertel unterhalb der Burg war eine 1800-Kilo-Luftmine gefunden worden. Die Arbeit in dem evakuierten und totenstillen Gebiet dauerte drei Tage und Nächte. Hoffen wir, dass es mit dieser Bombe schneller geht.

20:53 Uhr: Bis 1955 war Sprengmeister Hesse übrigens nur mit Zange, Meißel und Hammer an die Arbeit gegangen. Bis zu dem Unglück im Tennenloher Wald, bei dem während der Entschärfung eine 37-Millimeter-Granate hochging und Hesse die rechte Hand zerriss.

20:55 Uhr: Seine elfmonatige Rekonvaleszenz nutzte der Feuerwerker jedoch, um Spezialgeräte zur Bombenentschärfung zu entwickeln, deren Gebrauch den heutigen Sprengmeistern eine Selbstverständlichkeit ist.

20:57 Uhr: Die Jugendlichen wurden aus dem Evakuierungsbereich entfernt.

20:58 Uhr: Jetzt wird es ernst.

21:13 Uhr: Was wohl in einem Menschen vorgehen mag, der weiß, dass ein einziger falscher Handgriff sein letzter sein kann?

21:20 Uhr: Das Rote Kreuz reicht heißen Tee und Lebkuchen. Weihnachtsstimmung will dennoch nicht aufkommen.

21:28 Uhr: Meine Kollegin hat inzwischen selbst über den von Sprengmeister Kugler genannten Bombenangriff auf Nürnberg recherchiert und herausgefunden, dass in jener Nacht 56 Nürnberger und Nürnbergerinnen getötet wurden. 203 erlitten Verletzungen. In Nürnberg wurden 458 Wohngebäude total zerstört, 381 mittelschwer und 1704 leicht beschädigt. 5556 Bürgerinnen und Bürger wurden obdachlos.

21:32 Uhr: In Mögeldorf wurden 80 Prozent der Gebäude zerstört. Schloss Oberbürg erlitt schwere Sprengschäden. Auch der Nürnberger Tiergarten wurde getroffen – zahlreiche Tiere verloren ihr Leben.

21:34 Uhr: Nach Angaben der Royal Air Force wurden 849,3 Tonnen Spreng- und 849,1 Tonnen Brandbomben abgeworfen. Das waren mehr Brandbomben als bei dem verheerenden Angriff auf Nürnberg am 2. Januar 1945.

21:37 Uhr: Ziel der Angriffe auf die Wohngebiete war, die Moral der Bevölkerung zu brechen. Um das zu erreichen, sollte die Stadt physisch unbewohnbar gemacht werden. Gleichzeitig wollte man den Menschen suggerieren, jederzeit in Lebensgefahr zu schweben.

21:43 Uhr: Besonders interessant: Laut amtlichen Unterlagen wurden nach diesem Bombenabwurf 34 Blindgänger festgestellt, von denen 25 entschärft werden konnten. 9 Langzeitzünderbomben explodierten von selbst: nach 4, 9¼, 15½, 16¾, 17, 19, 57¼, 62¾ und 103 Stunden.

21:50 Uhr: Derzeit gibt es keine offiziellen Neuigkeiten zum Stand der Entschärfung.

21:56 Uhr: Die Pressesprecherin der Polizei verbreitet gute Laune. Fragen zum Ermittlungsstand im Mordfall Dieter Traub will sie jedoch nicht beantworten.

22:07 Uhr: Ein Gerücht macht die Runde: Die Bombe kann nicht entschärft werden.

22:13 Uhr: Fassungsloses Getuschel unter den wartenden Journalisten. Alle belagern die Pressesprecherin der Polizei, doch die kann oder will noch nichts Näheres preisgeben.

22:29 Uhr: Ein Streifenwagen fährt vor. Jörg Kugler steigt aus. Sofort ist er von den wartenden Menschen umringt.

22:31 Uhr: »Sie haben es vermutlich schon erfahren: Es gibt Probleme. Wir müssen einen Kollegen aus Brandenburg einfliegen, der sich mit dieser speziellen Art von Langzeitzünder besonders gut auskennt.«

22:37 Uhr: Die Pressesprecherin der Polizei bittet um Verständnis, dass der Sprengmeister seine Ruhe brauche und jetzt nicht mit Fragen belästigt werden soll.

22:43 Uhr: Kugler sieht das offenbar anders, denn er gibt bereitwillig weitere Auskünfte: »Langzeitzünder funktionieren chemisch-mechanisch statt nur mechanisch wie normale Aufschlagzünder. Glücklicherweise waren nur rund zehn Prozent der Sprengbomben mit derartigen Langzeitzündern ausgerüstet. Weil sie aber häufig versagten, war ihr Anteil an den Blindgängern hoch, was vielen Feuerwerkern das Leben kostete.«

22:51 Uhr: »Generell zählen Bomben dieses Typs zu den gefährlichsten überhaupt, da sich von außen nicht erkennen lässt, ob und wie weit das Aceton die Verzögerungsscheiben bereits zerfressen hat. Oft kann die kleinste Erschütterung zur Explosion führen. Es kann sogar passieren, dass derartige Bomben ohne jede Außeneinwirkung detonieren.«

22:58 Uhr: »Während des Zweiten Weltkriegs mussten die Feuerwerker daher versuchen, den hinteren Teil des Zünders ganz vorsichtig zu öffnen, um sodann mit einer Lupe den chemischen Prozess im Inneren zu beobachten. Das Weichwerden der Zelluloidplättchen war genau zu erkennen. Außerdem hat man meistens auch schon den Acetongeruch wahrgenommen. Um den Auflösungsprozess zu stoppen, musste sodann mit einer Spritze tropfenweise Äther in den Zünder geträufelt werden. Wenn alles gut ging, hat sich daraufhin das Zelluloid wieder verhärtet – aber es bestand natürlich keine Chance festzustellen, wie dick die Scheiben zu dem Zeitpunkt noch waren.«

23:06 Uhr: »Das war jedoch nicht das einzige Problem, mit dem sich die Feuerwerker im Zweiten Weltkrieg konfrontiert sahen. Der Feind wollte natürlich verhindern, dass die Zünder ausgebaut werden konnten – also wurden sogenannte Ausbausperren eingebaut. Und diese Erfindungen waren Teufelszeug, das vielen Männern das Leben gekostet hat. Denn ihre Funktionsweise wurde ständig verändert, sodass es immer schwieriger wurde, die Zünder auszubauen.«

23:10 Uhr: »Zu Beginn des Krieges hat es beispielsweise genügt, wenn man mit der Fräse das Zündergewinde in zwei Teile geschnitten hat. Dann konnte man mit einem Schraubenzieher die zerschnittenen Messingteile nach innen drücken und mit einer Spezialzange den Zünder herausholen. Zuletzt wurde dann mit dem Zeigefinger der Detonator herausgekitzelt, also die Sprengkapsel mit dem Zündhütchen.«

23:13 Uhr: »Im Verlauf der Kriegsjahre kam es zu einem Kampf der Langzeitzünder-Konstrukteure gegen die Bodenräumer. Immer neuere Verfahren wurden zum Entschärfen erfunden – und die Zünder immer besser gesichert; zum Teil sogar dreifach.«

23:20 Uhr: »Und genau das ist hier der Fall. Zudem sind die Zünder nach der langen Zeit unter der Erde oft sehr empfindlich. Ich will kein Risiko eingehen. Daher habe ich einen erfahrenen Kollegen angefordert, der sich mit dieser speziellen Art auskennt.« Damit zieht sich Kugler zu seinem Assistenten zurück.

23:26 Uhr: Sobald man weiß, was alles schiefgehen kann, hat man gleich noch mehr Respekt vor der Arbeit des Sprengmeisters. Wer würde dieses Risiko schon eingehen wollen?

23:38 Uhr: Meine Kollegin hat in der Zwischenzeit recherchiert, wer derartige Einsätze eigentlich bezahlt: Die Suche per Metalldetektor oder Luftaufnahmen muss jeder Grundstückseigentümer selbst zahlen – wird ein Blindgänger gefunden, kommt der Freistaat Bayern für die Kosten der Entschärfung durch das Sprengkommando auf. Sollten hierbei Schäden entstehen, geht dies jedoch wiederum zu Lasten der Eigentümer.

23:48 Uhr: Dem Roten Kreuz sind die Lebkuchen ausgegangen.

23:52 Uhr: Laut Pressesprecherin der Polizei musste die Feuerwehr bislang zu vier Wohnungsbränden ausrücken. Daneben gab es auch den einen oder anderen häuslichen Streit, aber alles in allem handelt es sich wohl um einen eher ruhigen Heiligabend.

23:59 Uhr: Die Nacht droht lang zu werden.

00:04 Uhr: Manche haben heute aufs Christkind gewartet – wir warten auf den Brandenburger Kollegen unseres Sprengmeisters Jörg Kugler. Er soll sich mit Langzeitzündern besonders gut auskennen. Allerdings wird er wohl erst in gut einer Stunde hier eintreffen, obwohl er von der Polizei mit einem Hubschrauber eingeflogen wird.

00:15 Uhr: Laut Wetterbericht soll es heute Nacht sternenklar bleiben und bis zu minus sieben Grad kalt werden.

00:22 Uhr: Wir schauen inzwischen mal, was das Internet zum Bombeneinsatz in Nürnberg sagt: erschreckend wenig. Offenbar sind die meisten Menschen in Feierlaune und haben von dem Drama, das sich hier abspielt, noch nichts mitbekommen.

00:29 Uhr: Der Nürnberger Oberbürgermeister ist wieder vor Ort und lobt: »Es ist einmalig, wie professionell Feuerwehr, THW, Polizei und ehrenamtliche Helfer zusammenarbeiten.«

00:35 Uhr: Angeblich soll die Chance, dass die Bombe entschärft werden kann, bei 60 Prozent liegen. Laut Oberbürgermeister würde es bei einer kontrollierten Sprengung »erhebliche Schäden« geben. Am Schlimmsten seien die Splitter. Sie flögen bis zu 1000 Meter weit und seien rasiermesserscharf. Gebäude würden beschädigt, Fenster würden kaputtgehen. Dazu käme noch eine Druckwelle, die sich in alle Richtungen ausdehnen würde. Keine sonderlich schöne Vorstellung.

00:38 Uhr: Aber noch ist nicht gesagt, dass es so weit kommt.

00:51 Uhr: Wir warten noch immer auf den Fachmann aus Brandenburg.

01:00 Uhr: Derzeit gibt es nichts Neues zu berichten.

01:12 Uhr: Das Knattern der Rotoren eines Hubschraubers ist zu hören.

01:29 Uhr: Eine Einsatzstreife fährt mit Blaulicht vor. Der Experte aus Brandenburg ist eingetroffen. Jörg Kugler und sein Assistent steigen zu. Offenbar wollen sie keine Zeit verlieren.

01:43 Uhr: Die Entschärfung geht weiter.

02:08 Uhr: Lautes Geschrei an der Polizeiabsperrung. Eine Anwohnerin will in ihre Wohnung zurück, weil sie ihre Katze füttern muss. Die Dame scheint unter Alkoholeinfluss zu stehen.

02:23 Uhr: Die Nerven aller Anwesenden sind bis zum Zerreißen gespannt.

02:35 Uhr: Sollte es den Sprengmeistern nicht gelingen, die Bombe zu entschärfen, müsste sie kontrolliert gesprengt werden. Was das bedeutet, mag sich derzeit noch keiner ausmalen.

02:48 Uhr: Bei der Sprengung in Schwabing wurden seinerzeit über 20 Häuser beschädigt, die Fensterscheiben ganzer Straßenzüge gingen zu Bruch. Der wirtschaftliche Gesamtschaden belief sich auf mehrere Millionen Euro.

02:52 Uhr: Hier wären die Auswirkungen einer Sprengung ebenfalls verheerend, da die Bombe nur knappe drei Meter von den Grundmauern eines Wohnblocks entfernt liegt.

03:11 Uhr: Minuten dehnen sich zu gefühlten Stunden – und niemand hier möchte mit Jörg Kugler und seinen Helfern tauschen.

03:19 Uhr: Die Kollegin wird langsam panisch, weil sie nicht mehr weiß, wo sie noch neues Material herbekommen soll, um den Liveticker zu füllen. Es passiert einfach nichts.

03:26 Uhr: Von jetzt an heißt es: Sterne zählen und warten.

03:39 Uhr: Derzeit gibt es keine offiziellen Neuigkeiten.

03:47 Uhr: Die Verkehrslage in und um Nürnberg ist ruhig.

04:03 Uhr: Ein Funkgerät knattert: Bombe entschärft!

04:05 Uhr: Die Meldung wird offiziell bestätigt.

04:06 Uhr: Alle sehen sich ungläubig an, dann brandet Applaus auf.

04:09 Uhr: Erst jetzt wird klar, welch enorme Anspannung sich in den letzten Stunden hier aufgebaut hat. Noch immer jubeln die Leute und liegen sich in den Armen.

04:12 Uhr: Durch die heutige Entschärfung ist der Nürnberger Osten einer Katastrophe entgangen. Wäre die Bombe unkontrolliert hochgegangen, hätte sie nach Einschätzung von Experten viele Menschen in den Tod gerissen.

04:28 Uhr: Ein Streifenwagen fährt vor. Jörg Kugler ist die Erleichterung deutlich anzusehen. Als wir ihn noch einmal um ein Gespräch bitten, winkt er ab.

04:34 Uhr: Der Hashtag #bombenstimmung ist deutschlandweit doch noch die Nummer eins geworden.

04:38 Uhr: Die Anwohner dürfen ab sofort wieder in ihre Häuser zurückkehren.

04:40 Uhr: Das Bürgertelefon bleibt noch circa eine Stunde geschaltet.

04:42 Uhr: Auf die Frage einer Anwohnerin, ob Weihnachten nun endlich kommen könne, meint Sprengmeister Jörg Kugler: »Nach den Erlebnissen der letzten Stunden werde ich mir morgen einen ganz besonderen Tag mit der Familie gönnen, das dürfen Sie mir glauben.«

04:45 Uhr: In diesem Sinne verabschiedet sich auch die Redaktion für heute von Ihnen, liebe Leser. Wir wünschen allen ein besinnliches und frohes Weihnachtsfest – ganz ohne Bombenstimmung.

Donnerstag – 1. Weihnachtsfeiertag

Sophie ließ sich auf ihren Stuhl sinken und betrachtete stolz ihr Werk: Die Gans lag zerlegt auf einer Platte, daneben standen dampfende Schüsseln mit Klößen, Blaukraut und Soße. Zwischen den Köstlichkeiten befanden sich frische Tannenzweige, mit Nelken gespickte Orangen und Walnüsse.

»Du hast dich mal wieder selbst übertroffen«, schwärmte Christine Mur, während sie genüsslich an ihrem Teller schnupperte. »Ich wüsste nicht, was ich ohne dich tun sollte: Weihnachten ohne Gans wäre für mich kein Weihnachten.«

»Na, na«, lächelte Sophie. »Ich bin mir sicher, Maurice würde dir ebenfalls ein wundervolles Weihnachtsessen zaubern, das meinem in nichts nachstünde.«

»Ja, aber derlei macht er bevorzugt in *meiner* Küche – und nicht in seiner.« Sie warf Puellen einen vorwurfsvollen Blick zu. »Das wäre ja zur Not noch zu akzeptieren, aber wie es der Teufel will, ruft immer jemand auf seinem Handy an, wenn es ans Saubermachen geht.«

Als sei er gerade erst zur Tür hereingekommen und habe nicht schon das gesamte Gespräch verfolgt, sagte Puellen just in dem Moment: »Nächstes Jahr könnten wir Sophie, Ronja und Frank doch zu dir einladen, Schnurzelchen – und ich koche für uns alle.«

»Ich glaube, nächstes Jahr buche ich einen langen Urlaub in Ganzweitweg, der zwei Wochen vor Weihnachten beginnt und erst eine danach aufhört.« Sophie erhob sich. Ihr war erst in diesem Moment aufgefallen, dass sie vergessen hatte, die Kerzen anzuzünden.

»Was habt ihr eigentlich an Heiligabend gemacht? Da Maurice den Abend bei seinen Eltern verbracht hat und ich leider zu spät dran war, um mitzufahren«, Murs Tonfall klang nicht gerade so, als würde sie diese Tatsache bedauern, »bin ich die ganze Zeit gebannt vor dem Liveticker gesessen und habe mitgefiebert, ob der Sprengmeister das Ding entschärfen kann oder doch sprengen muss.«

Hackenholt steckte sich hastig ein Stück Gänsebrust in den Mund und begann, intensiv zu kauen.

»Da haben wir beide exakt dasselbe getan«, murmelte Sophie. »War mal wieder ein Weihnachten der anderen Art.«

Mur blickte auf und starrte Hackenholt an. »Sag jetzt nicht, dass du dir den Abend in der Dienststelle um die Ohren geschlagen hast.«

»Ich glaube, du hast keine Ahnung, was wir gestern in Windeseile organisieren mussten.«

»Frank! Dafür gibt es Krisenstäbe – bei der Polizei, der Feuerwehr, der Stadt Nürnberg und auch beim THW.«

»Die hätten sicher auch alle ganz wunderbar funktioniert, wenn zum einen nicht gerade Heiligabend gewesen wäre und es sich zum anderen nicht um eine derart hochexplosive Bombe gehandelt hätte, die wirklich nicht die geringste Verzögerung erlaubt hat.«

»Willst du deswegen nächstes Jahr ganz lange nach Ganzweitweg fliegen?« Mur sah Sophie mitfühlend an.

Sophie nickte.

»Bis dahin ist das doch alles vergessen«, meinte Puellen fröhlich.

»Frank fällt jedes Jahr etwas Neues ein, wie er Weihnachten außergewöhnlich gestalten kann.«

Hackenholt hatte eine schuldbewusste Miene aufgesetzt. »Nächstes Jahr wird alles anders«, versprach er ernst. Was genau er damit meinte, musste er zum Glück nicht weiter erläutern, da in diesem Augenblick Ronja in ihrem Bettchen zu quengeln begann.

»Was ist schlussendlich eigentlich bei euren Ermittlungen herausgekommen?«, fragte Puellen, während er sich eine weitere Portion Blaukraut nahm. »Habt ihr den Täter gefasst, der den beiden Männern den Kopf eingeschlagen hat?«

»Ja, Gott sei Dank! Der Architekt hat nicht nur den montenegrinischen Arbeiter sowie den Bauunternehmer getötet und es bei einem weiteren Arbeiter versucht, sondern auch Hunderte Menschen in Lebensgefahr gebracht.« Auf Puellens neugierigen Blick hin begann Hackenholt, die ganze Geschichte zu erzählen. So, wie er sie von Ratko Uljarevic erfahren hatte.

»Könnt ihr ihm das auch alles nachweisen?«, fragte Mur.

Hackenholt nickte. »Für den Mord an Jelko Dzemajl haben wir Uljarevics Aussage und mit ein bisschen Glück lässt sich an dem Hammer doch noch Jelkos DNA feststellen.«

»Ist das nicht ein bisschen dünn?«, fragte Sophie.

»Saskia hat gestern Vormittag herausgefunden, dass Silberbrunn vor zwölf Jahren das Wasser bis zum Hals stand. Es hätte ihm das Genick gebrochen, wenn sich der Bau auch nur um kurze Zeit verzögert hätte. Die Bank wollte schon Zwangsvollstreckungsmaßnahmen einleiten.«

»Außerdem kann man mithilfe moderner forensischer Methoden belegen, dass der Schädel von diesem Montenegriner und der von dem Bauunternehmer fast identische Bruchmuster aufweisen. Was besagt, dass dieselbe Person mit derselben Kraft und demselben Gegenstand auf die Opfer eingeschlagen hat«, erklärte Puellen.

»Und in Bezug auf Dieter Traub haben wir zusätzlich noch Silberbrunns DNA, die ich an dem Toten gesichert habe. Es ist nur schade, dass es in seinem Auto so gar keinen Hinweis darauf gibt, ob er eine Leiche darin transportiert hat«, seufzte Mur.

»Vor zwölf Jahren hat er einen Mercedes gefahren. Das habe ich gestern noch nachgeprüft. Den Wagen hat er zwei Monate nach der Tat an Pauckner verkauft. Ich habe ihn umgehend auf dem Firmenparkplatz sicherstellen lassen. Er steht jetzt in der Tiefgarage des Präsidiums. Du kannst ihn dir bei Gelegenheit gründlich vornehmen.«

»Du musst aber nicht sofort losrennen!« Sophie warf Hackenholt einen vielsagenden Blick zu. »Auch wenn Frank die Ergebnisse am liebsten vorgestern hätte. Eigentlich ist es ein Wunder, dass er heute hier ist. Ich bin mir sicher, es gäbe noch *sooo* viel im Büro zu tun.«

Hackenholt zog es vor, nichts darauf zu erwidern.

Eine Weile war nur das Klappern von Besteck zu hören.

»Wie geht es dir eigentlich im Hinblick auf die Schweinsbergers?«, fragte Puellen schließlich.

»Die Sache ist für mich abgeschlossen.« Hackenholt lächelte und legte Messer und Gabel beiseite. Dann nahm er Ronja von Sophies Schoß, damit Sophie auch endlich ihr Essen genießen konnte.

»Wirklich?« Puellen musterte ihn prüfend.

»Ja. Der Vater war der Drahtzieher, der hinter allem gesteckt hat, der große Planer. Arnold Schweinsberger und Brian O'Connor waren nur die ausführenden Lakaien. Ohne den Vater sind sie aufgeschmissen. Sie können ihm in puncto Grips nicht annähernd das Wasser reichen.«

»Trotzdem werden sie für lange Zeit ins Gefängnis gehen«, sagte Mur voller Überzeugung.

»Wann ist denn die Urteilsverkündung?«, fragte Puellen.

»Ende Januar, soweit ich weiß.«

»So, jetzt ist es aber genug mit dem trübsinnigen Zeug. Lasst uns lieber den wirklich wichtigen Dingen des Lebens zuwenden: Was hat eigentlich dein Badezimmer gekostet, Maurice?«, wechselte Sophie das Thema. »Seit ich bei dir geduscht habe, macht es mir hier gar keinen Spaß mehr. Sollten wir jemals unser Traumhaus finden, will ich auch so ein Luxusbad haben.«

»Oh, es gibt da noch ganz andere Möglichkeiten, ein Badezimmer innovativ zu gestalten«, begann Puellen freudestrahlend. »Nicht ganz billig, aber traumhaft schön und –«

»Mit nicht ganz billig meint er ab fünfzigtausend aufwärts«, unterbrach Mur ihn in seinen Schwärmereien. »Der Herr braucht nämlich den Porsche unter den Bädern.« Dann wandte sie sich ihm zu. »Am besten lässt du deins ganz schnell renovieren, Liebling. Es ist ja nun immerhin schon drei Monate alt.«

Hackenholt konnte sich ein Grinsen nicht verkneifen.

Danksagung

Wie stets an dieser Stelle möchte ich mich bei allen Personen, die zum Gelingen des Romans beigetragen haben, recht herzlich bedanken. Leider sind es zu viele, um alle einzeln zu benennen.

Den Anstoß zu der Idee, Hackenholt einen Altfall bearbeiten zu lassen, gab eine Personenfahndung der Polizei Baden-Württemberg – dieser ist das Ergebnis der Isotopenanalyse entlehnt. Sämtliche darüber hinausgehenden Personendaten sind jedoch frei erfunden. Genauso wurden natürlich keinerlei illegale Arbeiter auf einer der im Buch genannten Baustellen beschäftigt und Weltkriegsbomben wurden ebenso wenig irgendwo liegen gelassen! Dieser Teil der Geschichte entspringt allein meiner Fantasie. Dass in Nürnberg jedoch nach wie vor Weltkriegsbomben gefunden werden und entschärft werden müssen, ist trauriger Alltag. Hinreichend belegt ist außerdem, dass auch über Nürnberg Bomben mit chemischem Langzeitzünder abgeworfen wurden – allerdings wird in Fachkreisen davon ausgegangen, dass es wesentlich weniger waren als in anderen Städten und diese alle bereits detonierten.

Die Gaststätte Baggerloch gibt es wirklich – auch wenn dort kein Bauarbeiterstammtisch stattfindet. Einen Besuch ist sie jedoch allemal wert.

Ein herzliches Dankeschön geht an die Herrschaften vom Zoll, die mich in puncto Finanzkontrolle Schwarzarbeit aufklärten, sowie an die Kriminalpolizei Nürnberg, die so freundlich war, sich mit meinen Fragen rund um Ausländer- und Asylrechtsfragen auseinanderzusetzen und mich zu beraten.

Ohne meinen lieben Übersetzer Gunter Hackel hätte Saskia Baumann hochdeutsch sprechen müssen und ich hätte nie von der Existenz der Kruselerfiguren erfahren; außerdem wäre ich wohl genauso wenig an die für dieses Buch benötigte Hintergrundliteratur gekommen. Vielen herzlichen Dank für die Hilfe und Leihgaben!

Die verwendeten Informationen zu den Kruselerfiguren stammen aus: Birgit Friedel und Claudia Frieser (Hrsg.), Nürnberg – Archäologie und Kulturgeschichte, Verlag Dr. Faustus, 1999, ISBN 9783933474035. Die im Liveticker eingestreuten Fakten hinsichtlich der Bombenabwürfe über Nürnberg habe ich entnommen: Georg W. Schramm: Bomben auf Nürnberg, Luftangriffe 1940 – 1945, Hugendubel Heinrich, München 1988, ISBN 9783880343948. Und die Details zur Funktionsweise und der Entschärfung sind nachzulesen in: Walter Merz, Feuerwerker: Namenlose Helden der Bombennächte, Erich Pabel Verlag, Rastatt 1970.

Herzlichen Dank auch all denjenigen, die sich rege an der Diskussion beteiligt haben, ob das fränkische Wort für Kopf »Umlers« oder »Bulmers« heißt. Schon allein an dieser Streitfrage kann man erkennen, wie komplex und kleinräumig die Dialektgeografie betrieben werden muss. Man tut sich schwer, Regeln aufzustellen oder gar deren Einhaltung durchsetzen zu wollen. Wos denner däi Laid? Blaudern wäinern der Schnåbl gwaxn is! Unerhört! Wie soll man das in den Griff kriegen? Ner, gårnedd! Übrigens: Der Ulmers (Bulmers ist die verhunzte Sonderform, zumindest nach Herbert Maas) leitet sich laut schwäbischem Wörterbuch von den bekannten handgeschnitzten Ulmer Pfeifenköpfen ab. Auch das wäre mir ohne meinen lieben Übersetzer verborgen geblieben.

Ein letztes großes Dankeschön geht wie immer an meine Lektorin und die Korrektorinnen für ihre wunderbare Arbeit.

In dieser Reihe bereits erschienen:

Die vergessenen Schwestern
Das letzte Lächeln
Die dunkle Seite des Sommers
Frauentormauer
Glasscherbenviertel
Reichskleinodien
Tödliche Kristalle
Bombenstimmung